JN145034

謎解きはディナーのあとで

東川篤哉／著

★小学館ジュニア文庫★

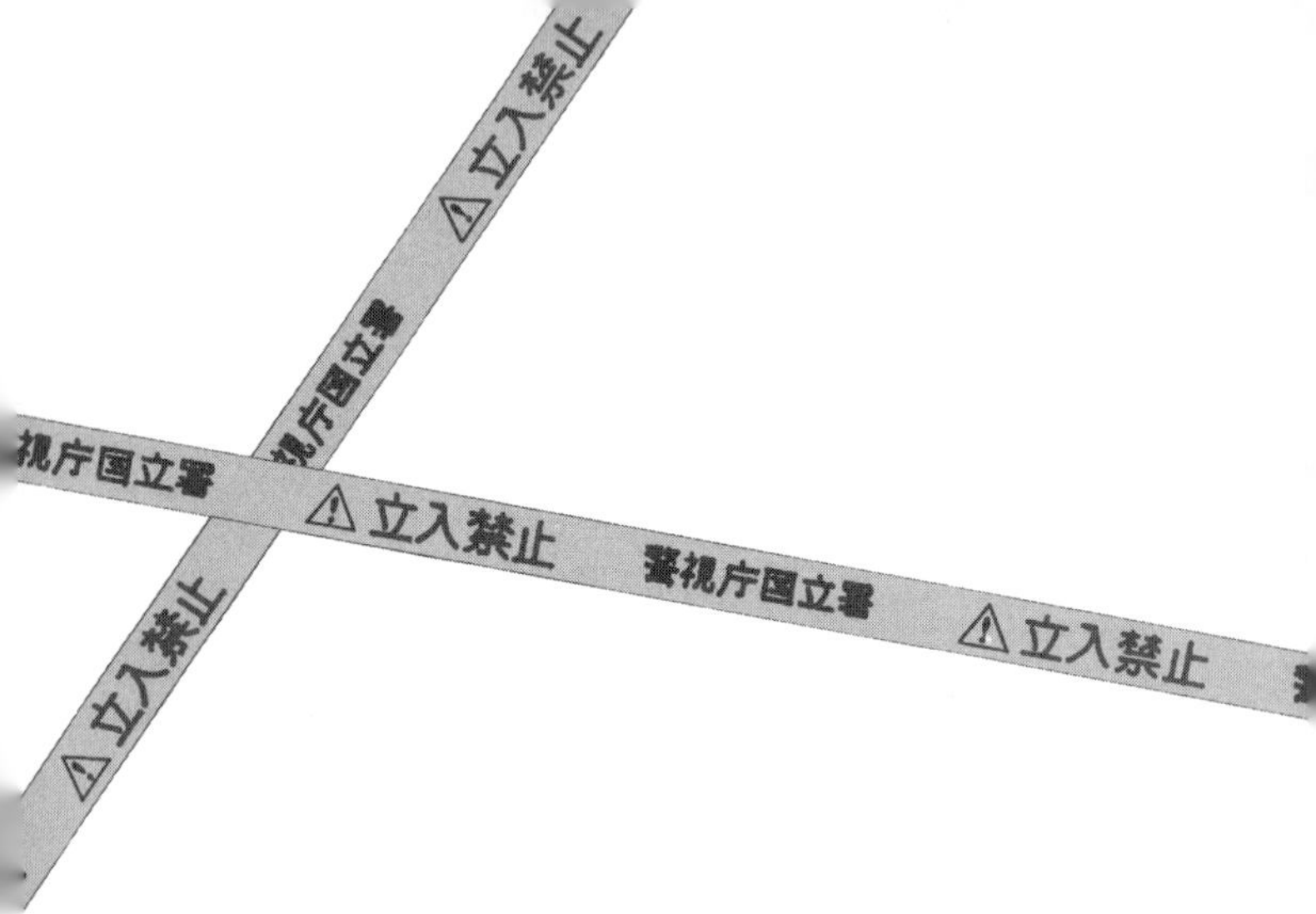

立入禁止
警視庁国立署

目《もく》次《じ》

第《だい》一《いち》話《わ》　殺《さつ》人《じん》現《げん》場《ば》では靴《くつ》をお脱《ぬ》ぎください……5
第《だい》二《に》話《わ》　殺《ころ》しのワインはいかがでしょう……51
第《だい》三《さん》話《わ》　綺《き》麗《れい》な薔《ば》薇《ら》には殺《さつ》意《い》がございます……101
第《だい》四《よん》話《わ》　花《はな》嫁《よめ》は密《みっ》室《しつ》の中《なか》でございます……153
第《だい》五《ご》話《わ》　二《ふた》股《また》にはお気《き》をつけください……207
第《だい》六《ろく》話《わ》　死《し》者《しゃ》からの伝《でん》言《ごん》をどうぞ……259

第《だい》一《いち》話《わ》

殺《さつ》人《じん》現《げん》場《ば》では靴《くつ》をお脱《ぬ》ぎください

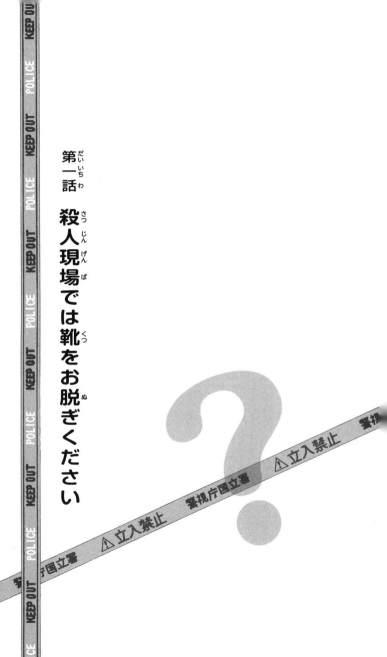

1

マンションの一室《いっしつ》。宝生麗子《ほうしょうれいこ》がチャイムを鳴《な》らすと扉《とびら》がチェーンの長《なが》さだけ細《ほそ》く開《ひら》き、男《おとこ》の顔《かお》が覗《のぞ》いた。麗子《れいこ》の隣《となり》で風祭警部《かざまつりけいぶ》が勢《いきお》いよく手帳《てちょう》を出《だ》す。たちまち相手《あいて》の男《おとこ》、田代裕也《たしろゆうや》の顔色《かおいろ》が変《か》わった。どうやら自分《じぶん》たちの訪問《ほうもん》は彼《かれ》にとって予想外《よそうがい》の出来事《できごと》であり、なおかつ不《ふ》愉快《ゆかい》なものだったらしい。まあ、それも仕方《しかた》がない、と麗子《れいこ》は思《おも》う。警察《けいさつ》の訪問《ほうもん》を前《まえ》もって予想《よそう》する人《ひと》はあまりいない。歓迎《かんげい》してくれる人《ひと》は、さらに少《すく》ないだろう。

「刑事《けいじ》さんが僕《ぼく》になんの用《よう》ですか」

「実《じつ》はですね」と、風祭警部《かざまつりけいぶ》がもったいぶるように用件《ようけん》を伝《つた》える。「吉本瞳《よしもとひとみ》さんという女性《じょせい》について、お聞《き》きしたいことがありまして」

「ちょ、ちょっと待《ま》ってください、刑事《けいじ》さん。なんで刑事《けいじ》さんがそんなことを聞《き》きにくるんです？　彼女《かのじょ》がなにかやったんですか」

「おや、その様子《ようす》ですと、まだご存《ぞん》じない？」風祭警部《かざまつりけいぶ》は相手《あいて》の反応《はんのう》を見《み》るように間《ま》を取《と》ってから事実《じじつ》を口《くち》にした。「吉本瞳《よしもとひとみ》さんは昨日《きのう》の夜《よる》、何者《なにもの》かによって殺害《さつがい》されました」

「なんですって！」田代裕也《たしろゆうや》は愕然《がくぜん》とした表情《ひょうじょう》を浮《う》かべるとチェーンロックを解除《かいじょ》し、今度《こんど》は靴《くつ》を履《は》いた姿《すがた》で扉《とびら》の外《そと》へと姿《すがた》を現《あらわ》した。「判《わか》りました。そういうことなら、どこかべつの場所《ばしょ》でお話《はな》ししましょう」

田代裕也《たしろゆうや》は刑事《けいじ》たちを自室《じしつ》に招《まね》き入《い》れることはせず、むしろ一歩《いっぽ》たりとも入《はい》らせまいとするようにすぐさま扉《とびら》を閉《し》めた。

しかし扉《とびら》が閉《と》じる寸前《すんぜん》、麗子《れいこ》は確《たし》かに見《み》た。運動靴《うんどうぐつ》や革靴《かわぐつ》が無造作《むぞうさ》に並《なら》んだ靴脱《くつぬ》ぎスペースの一隅《いちぐう》に、可憐《かれん》な白《しろ》いハイヒール。どうりで部屋《へや》に入《い》れてくれないわけだ。新《あたら》しい恋人《こいびと》でもきているのだろう。そして、ふいに麗子《れいこ》の脳裏《のうり》に昨日《きのう》見《み》た被害者《ひがいしゃ》の姿《すがた》が蘇《よみがえ》った。

殺《ころ》された吉本瞳《よしもとひとみ》はハイヒールではなく、ブーツを履《は》いていた——

国立市《くにたちし》の殺人現場《さつじんげんば》付近《ふきん》でシルバーメタリックのジャガーを見《み》かけたなら、それは風祭警部《かざまつりけいぶ》のものだと思《おも》って間違《まちが》いない。国立市《くにたちし》においては、銀色《ぎんいろ》のジャガーなどそう見《み》かけるものではないし、殺人事件《さつじんじけん》はさらに珍《めずら》しい——

十月十五日《じゅうがつじゅうごにち》の土曜日《どようび》、午後七時半《ごごしちじはん》。国立駅《くにたちえき》の南口《みなみぐち》、文化《ぶんか》の香《かお》り漂《ただよ》うお洒落《しゃれ》な街《まち》の中心《ちゅうしん》である大学通《だいがくどお》りは学生《がくせい》や勤《つと》め人《にん》の姿《すがた》でなかなかの賑《にぎ》わい。一方《いっぽう》、駅《えき》の北口《きたぐち》から徒歩数分《とほすうふん》。生活感《せいかつかん》漂《ただよ》う普通《ふつう》の住宅街《じゅうたくがい》、北二丁目《きたにちょうめ》は警察官《けいさつかん》の制服姿《せいふくすがた》で賑《にぎ》わっていた。

そこは三階建《さんがいだ》てのアパートだった。風祭警部《かざまつりけいぶ》はすでに到着《とうちゃく》しているらしい。パトカーを降《お》りた宝生麗子《ほうしょうれいこ》は路上《ろじょう》に停《と》められたジャガーのシルエットを横目《よこめ》で確認《かくにん》しながら、立入禁止《たちいりきんし》の黄色《きいろ》いテープをくぐった。鉄製《てっせい》の外階段《そとかいだん》を駆《か》け上《あ》がり、三〇四号室《さんまるよんごうしつ》へ。扉《とびら》の前《まえ》に立《た》つ制服巡査《せいふくじゅんさ》に一礼《いちれい》して、殺人現場《さつじんげんば》へと足《あし》を踏《ふ》み入《い》れる。ごく普通《ふつう》の単身者用《たんしんしゃよう》のワンルームアパート。入口《いりぐち》を入《はい》ると小《ちい》さな靴脱《くつぬ》ぎスペースがあり、そこからカーペットの敷《し》かれた短《みじか》い廊下《ろうか》が延《の》びている。その廊下《ろうか》に英国製三《えいこくせいみ》つ揃《ぞろ》いスーツを着《き》た風祭警部《かざまつりけいぶ》の姿《すがた》があった。

「やあ、やっときたね。どこかで迷子《まいご》になったのではと心配《しんぱい》したよ、お嬢《じょう》さん」

「申《もう》し訳《わけ》ありません、遅《おく》れてしまって」麗子《れいこ》は素直《すなお》に頭《あたま》を下《さ》げながら、しかし大事《だいじ》な部分《ぶぶん》では譲《ゆず》らなかった。「あの――『お嬢《じょう》さん』って呼《よ》ぶのはやめていただけますか、警部《けいぶ》。他《ほか》の人《ひと》たちが真似《まね》しますから」

「おや、そうかい」風祭警部《かざまつりけいぶ》は、なにがいけないのといいたげに小首《こくび》を傾《かし》げる。

風祭警部《かざまつりけいぶ》は、今年三十二歳《ことしさんじゅうにさい》で独身《どくしん》。だが、ただの独身《どくしん》ではない。父親《ちちおや》は中堅自動車《ちゅうけんじどうしゃ》メーカー『風祭《かざまつり》モータース』の社長《しゃちょう》で、つまり彼《かれ》はお金持《かねも》ちの御曹司《おんぞうし》。まさに独身貴族《どくしんきぞく》という呼《よ》び名《な》が相応《ふさわ》しい存在《そんざい》といえる。それでいて彼《かれ》は国立署《くにたちしょ》に所属《しょぞく》する警察官《けいさつかん》であり肩書《かたがき》は警部《けいぶ》である。ここらあたりがマトモな人《ひと》には判《わか》りづらい。「なぜですか」と尋《たず》ねると、決《き》まって彼《かれ》は余裕《よゆう》の笑《え》みを浮《う》かべながら「本当《ほんとう》はプロ野球選手《やきゅうせんしゅ》になりたかったんだけどね」と答《こた》えにならない答《こた》えを返《かえ》すのだが、それもあながち冗談《じょうだん》ではないらしい。実際《じっさい》、高校野球《こうこうやきゅう》では結構《けっこう》その名《な》を知《し》られた存在《そんざい》だったそうだ。

　要《よう》するに風祭警部《かざまつりけいぶ》という存在《そんざい》を判《わか》りやすい例《れい》でたとえるなら、《『花形《はながた》モーターズ』の御曹《おんぞう》司《し》花形満《はながたみつる》が阪神《はんしん》タイガースに入団《にゅうだん》しそこなって、仕方《しかた》なく受《う》けた警察官採用試験《けいさつかんさいようしけん》に合格《ごうかく》し、そのまま警察官《けいさつかん》になったようなもの》といえるかもしれない。あるいはもっと簡単《かんたん》に《金持《かねも》ちのボンボンが警部《けいぶ》になった》といってもいい。本人《ほんにん》は怒《おこ》るだろうけれど。

　宝生麗子《ほうしょうれいこ》はこの警部《けいぶ》が苦手《にがて》である。そして風祭警部《かざまつりけいぶ》はそのことに薄々《うすうす》とさえ気《き》がついていないらしい。こんなに勘《かん》の悪《わる》い男《おとこ》がよく警部《けいぶ》になれたものだと思《おも》う。

「被害者《ひがいしゃ》はこの部屋《へや》に住《す》む吉本瞳《よしもとひとみ》という二十五歳《にじゅうごさい》の派遣社員《はけんしゃいん》だ。見《み》てきてごらん」

　風祭警部《かざまつりけいぶ》は短《みじか》い廊下《ろうか》の突《つ》き当《あ》たりの扉《とびら》を指差《ゆびさ》した。麗子《れいこ》はその扉《とびら》を開《あ》けて恐《おそ》る恐《おそ》る現場《げんば》に足《あし》を踏《ふ》み入《い》れた。そこは六畳程度《ろくじょうていど》のフローリングの部屋《へや》だった。

死体《したい》は部屋《へや》に入《はい》ってすぐのところで、床《ゆか》にうつ伏《ぶ》せの状態《じょうたい》で大《だい》の字《じ》になっていた。幸《さいわ》いにして、死体《したい》に出血《しゅっけつ》は見《み》られない。どうやら首《くび》を絞《し》められて殺《ころ》されたらしい。血《ち》まみれの凄惨《せいさん》な現場《げんば》を覚悟《かくご》していた麗子《れいこ》は、その点《てん》でホッと胸《むね》を撫《な》で下《お》ろした。と同時《どうじ》に麗子《れいこ》はその死体《したい》に関《かん》して、奇妙《きみょう》な印象《いんしょう》を受《う》けた。原因《げんいん》は被害者《ひがいしゃ》の身《み》につけているものにあった。デニムのミニスカートにカントリー風《ふう》のシャツ。背中《せなか》には小《ちい》さなリュックを背負《せお》っている。あきらかにお出掛《でか》けの際《さい》の恰好《かっこう》だ。おまけに被害者《ひがいしゃ》は靴《くつ》まで履《は》いている。正確《せいかく》には茶色《ちゃいろ》のブーツだ。部屋《へや》の中《なか》でブーツ。これは変《へん》だ。

麗子《れいこ》が頭《あたま》の中《なか》で状況《じょうきょう》を整理《せいり》しようとしていると、横《よこ》から風祭警部《かざまつりけいぶ》の余計《よけい》な雑音《ざつおん》が――いや、貴重《きちょう》な助言《じょげん》が与《あた》えられた。

「例《たと》えば帰宅《きたく》する間際《まぎわ》、被害者《ひがいしゃ》が何者《なにもの》かの襲撃《しゅうげき》を受《う》けたとしよう。被害者《ひがいしゃ》は必死《ひっし》で抵抗《ていこう》したが、力及《ちからおよ》ばずついにこの部屋《へや》で犯人《はんにん》の手《て》に掛《か》かって絞《し》め殺《ころ》された。そういうストーリーが浮《う》かぶ。だが、そうではない。見《み》たまえ、宝生君《ほうしょうくん》、玄関《げんかん》からこの部屋《へや》へと続《つづ》く廊下《ろうか》に、足跡《あしあと》らしきものはひとつとして見当《みあ》たらない。このフローリングの床《ゆか》も同様《どうよう》に綺麗《きれい》だ。被害者《ひがいしゃ》はブーツを履《は》いているというのに！　この状況《じょうきょう》は変《へん》だと思《おも》わないかね」

いわれるまでもなく、現場《げんば》をひと目見《めみ》た瞬間《しゅんかん》から変《へん》だと思《おも》っています――正直《しょうじき》にそういってしまおうかとも思《おも》ったのだが、それではなんだか上司《じょうし》の機嫌《きげん》を損《そこ》ねるような気《き》がしたので、麗子《れいこ》は適当《てきとう》に感心《かんしん》してやることにした。「確《たし》かに警部《けいぶ》のおっしゃるとおり変《へん》ですね。いったいどういうことなのでしょうか」

ひょっとすると被害者《ひがいしゃ》はべつの場所《ばしょ》で殺害《さつがい》されて、死体《したい》となった状態《じょうたい》でこの部屋《へや》まで運《はこ》ばれてきたのかもしれない。犯人《はんにん》が死体《したい》を担《かつ》いで運《はこ》べば廊下《ろうか》やフローリングに被害者《ひがいしゃ》の足跡《あしあと》は残《のこ》らないわけだから——麗子《れいこ》はそう考《かんが》えた。すると一方《いっぽう》の風祭警部《かざまつりけいぶ》は、

「おそらく犯人《はんにん》は被害者《ひがいしゃ》をどこかべつの場所《ばしょ》で殺害《さつがい》し、その死体《したい》をこの部屋《へや》まで運《はこ》んできたのだろう。死体《したい》を担《かつ》いで運《はこ》べば、足跡《あしあと》が残《のこ》らないのも当然《とうぜん》だ」

と、彼女《かのじょ》とまったく同《おな》じ意見《いけん》。麗子《れいこ》はなんだか著作権侵害《ちょさくけんしんがい》にあったような気分《きぶん》だった。だが、それはまあいい。とにかく、この推理《すいり》が正《ただ》しいとすれば、容疑者《ようぎしゃ》は一気《いっき》に半分《はんぶん》になる。すなわち犯人《はんにん》は男《おとこ》だ。女《おんな》の力《ちから》では死体《したい》を担《かつ》いで運《はこ》ぶことは難《むずか》しいだろうから。麗子《れいこ》がそこまで考《かんが》えたところで、

「そう、犯人《はんにん》は男《おとこ》だ！」と、またもや風祭警部《かざまつりけいぶ》が先回《さきまわ》り。「女《おんな》の力《ちから》では死体《したい》を担《かつ》ぐのは無理《むり》だ。それに一対一《いったいいち》の状態《じょうたい》ですみやかに相手《あいて》を絞《し》め殺《ころ》すという行為《こうい》は、それなりの体力差《たいりょくさ》がなければ不可能《ふかのう》だ。やはり犯人《はんにん》は男《おとこ》だな」

「なるほど、さすが警部《けいぶ》」誰《だれ》もが思《おも》いつくようなことを誰《だれ》よりも先《さき》に口《くち》にする素早《すばや》さにおいて、風祭警部《かざまつりけいぶ》は超一流《ちょういちりゅう》である。しかし感心《かんしん》してばかりもいられない。「警部《けいぶ》、男《おとこ》の単独犯《たんどくはん》であると決《き》め付《つ》けるのはどうかと思《おも》います。たとえ女性《じょせい》といえども二人組《ふたりぐみ》ならば、相手《あいて》を絞《し》め殺《ころ》す行為《こうい》も、死体《したい》を運《はこ》ぶ作業《さぎょう》も、割合簡単《わりあいかんたん》にできるのではありませんか」

「いわれるまでもなく、現場《げんば》をひと目見《めみ》た瞬間《しゅんかん》に僕《ぼく》はその可能性《かのうせい》を考《かんが》えていたさ」

いや、それは嘘《うそ》だろ！　いま、いわれて初《はじ》めて考《かんが》えたんだろ！　この絶対勝《ぜったいか》ち組男《ぐみおとこ》！

「どうかしたのかね、宝生君《ほうしょうくん》？」

「いえ、さすがです、警部《けいぶ》」

もうそれ以上《いじょう》の言葉《ことば》を思《おも》いつかない。やはり宝生麗子《ほうしょうれいこ》は風祭警部《かざまつりけいぶ》が苦手《にがて》である。

間《ま》もなく検視《けんし》がおこなわれ、いくつかの重要《じゅうよう》な事柄《ことがら》が明《あき》らかになった。まず死亡推定時刻《しぼうすいていじこく》は午後六時前後《ごごろくじぜんご》。死因《しいん》は想像《そうぞう》されたとおり首《くび》を絞《し》められての窒息死《ちっそくし》。それ以外《いがい》の外傷《がいしょう》や暴行《ぼうこう》の痕跡《こんせき》は見《み》つからなかった。絞殺《こうさつ》に用《もち》いられた凶器《きょうき》は、細《ほそ》いロープのようなものと推測《すいそく》された。

死体《したい》が運《はこ》び出《だ》されるのを待《ま》って、麗子《れいこ》はあらためて被害者《ひがいしゃ》の部屋《へや》を観察《かんさつ》した。殺《ころ》された女《じょ》性《せい》に鞭《むち》打《う》つようで申《もう》し訳《わけ》ないが、お世辞《せじ》にも整理整頓《せいりせいとん》の行《ゆ》き届《とど》いたとはいいがたい乱《みだ》れた部《へ》屋《や》だ。本棚《ほんだな》からは本《ほん》が溢《あふ》れ、CD《シーディー》ラックからはCD《シーディー》が溢《あふ》れ、新聞《しんぶん》ストッカーからはたっぷり一ヶ月分《いっげつぶん》の新聞《しんぶん》が溢《あふ》れていた。ベッドの布団《ふとん》も起《お》きたときの状態《じょうたい》のまま。まあ、若《わか》い女性《じょせい》のひとり暮《ぐ》らしなどだいたいこんなもので、べつに驚《おどろ》くには値《あたい》しないが。

麗子《れいこ》はそんなことを思《おも》いながら、部屋《へや》で唯一《ゆいいつ》のサッシ窓《まど》を開《あ》けてみた。窓《まど》の外《そと》には畳一枚《たたみいちまい》分《ぶん》ほどの小《ち》さなベランダがある。そこには洗濯《せんたく》ロープが張《は》ってあり、シャツやジーンズ、靴《くつ》下《した》や運動靴《うんどうぐつ》に至《いた》るまで雑多《ざった》な洗濯物《せんたくもの》が干《ほ》してあった。

風祭警部《かざまつりけいぶ》は洗濯物《せんたくもの》よりも洗濯《せんたく》ロープに興味《きょうみ》を感《かん》じたらしく、念入《ねんい》りに観察《かんさつ》をはじめた。

「絞殺《こうさつ》に用《もち》いられたのは細《ほそ》いロープ……」

風祭警部《かざまつりけいぶ》の呟《つぶや》きに、麗子《れいこ》は嫌《いや》な予感《よかん》。

「まさか、警部《けいぶ》、殺人犯《さつじんはん》が被害者《ひがいしゃ》を絞《し》め殺《ころ》した後《あと》、そのロープをベランダに張《は》って、洗濯物《せんたくもの》を吊《つ》るした、なんていいだす気《き》じゃないでしょうね？」

「いや、そんなことは思《おも》っていないさ」

いや、いまあきらかに彼《かれ》の脳味噌《のうみそ》はそんなことを思《おも》っていたはずだ。麗子《れいこ》には判《わか》る。

「凶器《きょうき》のロープは犯人《はんにん》が持《も》ち去《さ》ったのでしょう。そう嵩張《かさば》るものでもないでしょうから」

「そうだな」警部《けいぶ》は早々《そうそう》に洗濯《せんたく》ロープに別《わか》れを告《つ》げてフローリングの部屋《へや》に戻《もど》った。「では、そろそろ第一発見者《だいいちはっけんしゃ》の事情聴取《じじょうちょうしゅ》といくか」

さっそく第一発見者《だいいちはっけんしゃ》の女性《じょせい》が呼《よ》ばれた。同《おな》じアパートの三〇一号室《さんまるいちごうしつ》に住《す》む杉村恵理《すぎむらえり》というOL《オーエル》。被害者《ひがいしゃ》と同《おな》じ二十五歳《にじゅうごさい》で、二人《ふたり》は普段《ふだん》から一緒《いっしょ》に酒《さけ》を飲《の》むことの多《おお》い、いわば飲《の》み友達《ともだち》だという。彼女《かのじょ》が吉本瞳《よしもとひとみ》の死体《したい》を発見《はっけん》したのは、午後七時《ごごしちじ》ごろのこと。例《れい》によって杉村恵《すぎむらえ》理《り》が吉本瞳《よしもとひとみ》を飲《の》みに誘《さそ》いにいったところ、異変《いへん》を察知《さっち》したのだという。

「部屋《へや》の鍵《かぎ》が開《あ》いていたんです。普段《ふだん》は人並《ひとな》み以上《いじょう》に戸締《とじま》りに気《き》を遣《つか》う人《ひと》で、鍵《かぎ》を掛《か》け忘《わす》れることなんて絶対《ぜったい》ないのに。それで中《なか》に瞳《ひとみ》ちゃんがいるのかなと思《おも》って、扉《とびら》を開《あ》けて呼《よ》んでみたけど、返事《へんじ》はありませんでした。部屋《へや》は暗《くら》いままで、人《ひと》がいるような気配《けはい》も感《かん》じません。でも、よーく見《み》てみると、廊下《ろうか》の突《つ》き当《あ》たりの扉《とびら》が開《ひら》いていて、その向《む》こうに誰《だれ》かが倒《たお》れているように見《み》えたんです。わたしはびっくりして部屋《へや》に飛《と》び込《こ》みました……明《あ》かりを点《つ》けて見《み》てみると、やっぱり瞳《ひとみ》ちゃんで……」

友人《ゆうじん》の死《し》にビックリ仰天《ぎょうてん》した杉村恵理《すぎむらえり》は、すぐさま自分《じぶん》の携帯《けいたい》から一一〇番通報《ひゃくとおばんつうほう》したのだという。第一発見者《だいいちはっけんしゃ》を疑《うたが》うのは捜査《そうさ》の鉄則《てっそく》だが、杉村恵理《すぎむらえり》の話《はな》しぶりに不自然《ふしぜん》さは感《かん》じられなかった。彼女《かのじょ》の話《はなし》が事実《じじつ》だとするなら、被害者《ひがいしゃ》は殺害《さつがい》されてほんの一時間《いちじかん》ほどで発見《はっけん》されたということになる。杉村恵理《すぎむらえり》の訪問《ほうもん》がなければ、事件《じけん》の発覚《はっかく》は明日以降《あすいこう》にずれ込《こ》んでいただろう。

風祭警部《かざまつりけいぶ》と宝生麗子《ほうしょうれいこ》は杉村恵理《すぎむらえり》からの事情聴取《じじょうちょうしゅ》を終《お》えると、三〇四号室《さんまるよんごうしつ》をいったん出《で》て、近隣《きんりん》の住人《じゅうにん》に話《はなし》を聞《き》いて回《まわ》った。事件発覚《じけんはっかく》が早《はや》かったことが幸《さいわ》いしたのか、いくつかの重要《じゅうよう》な証言《しょうげん》がもたらされた。

まずはこのアパートの大家《おおや》であり、自《みずか》らも一階《いっかい》に暮《く》らす河原健作《かわはらけんさく》という中年男性《ちゅうねんだんせい》。彼《かれ》は「生前《せいぜん》の被害者《ひがいしゃ》の姿《すがた》を目撃《もくげき》した」と証言《しょうげん》した。

「わたしが郵便《ゆうびん》受《う》けに夕刊《ゆうかん》を取《と》りにいったときのことです。このアパートでは郵便《ゆうびん》受《う》けは外《そと》階段《かいだん》の一階部分《いっかいぶぶん》にまとめて設置《せっち》してあるんですが、そこでちょうど帰宅《きたく》する吉本《よしもと》さんとすれ違《ちが》いました。ひとりで駅《えき》のほうから歩《ある》いてきて、わたしの横《よこ》を通《とお》り過《す》ぎたんです。ええ、間《ま》違《ちが》いありません。デニムのミニスカートに茶色《ちゃいろ》いブーツでした」

「それは何時《なんじ》ごろのこと？」

風祭警部《かざまつりけいぶ》が自慢《じまん》のロレックスを見《み》せびらかしながら聞《き》く。

「五時台《ごじだい》のテレビ番組《ばんぐみ》が終《お》わって少《すこ》ししたころでしたから、午後六時《ごごろくじ》ごろでしょうね」

死亡推定時刻《しぼうすいていじこく》はまさしく午後六時前後《ごごろくじぜんご》である。風祭警部《かざまつりけいぶ》の声《こえ》がさらに緊張《きんちょう》を増《ま》す。

「そのとき吉本《よしもと》さんの様子《ようす》はどうでしたか。彼女《かのじょ》との間《あいだ》で会話《かいわ》などしませんでしたか」

「ええ、わたしは『おかえりなさい』と挨拶《あいさつ》したんですが、彼女《かのじょ》はなんだか困《こま》ったような顔《かお》で『どうも』とかなんとか曖昧《あいまい》なことをいっただけで、そのまま小走《こばし》りに階段《かいだん》を上《あ》がっていきました。そういえば、いまにして思《おも》うと彼女《かのじょ》の様子《ようす》はなんだか変《へん》でしたね。普段《ふだん》の彼女《かのじょ》はもう少《すこ》し愛想《あいそ》がよくて、大家《おおや》であるわたしにきちんと挨拶《あいさつ》してくれるんですが」

「彼女《かのじょ》とすれ違《ちが》った後《あと》、あなたはなにを？」

「そりゃまっすぐ自分《じぶん》の部屋《へや》に戻《もど》りましたとも。嘘《うそ》じゃありませんよ。——疑《うたが》うんならアパートの向《む》かいの果物屋《くだものや》の主人《しゅじん》に聞《き》いてみるといい。わたしと彼女《かのじょ》がすれ違《ちが》ったとき、ちょうど主人《しゅじん》も店先《みせさき》に出《で》ていたから」

さっそく二人《ふたり》の刑事《けいじ》は、アパートの向《む》かいの果物屋《くだものや》に足《あし》を向《む》けた。果物屋《くだものや》の主人《しゅじん》は「確《たし》かに河原《かわはら》さんと若《わか》い女《おんな》が郵便受《ゆうびんう》けの前《まえ》ですれ違《ちが》うのを見《み》た」と証言《しょうげん》し、「河原《かわはら》さんはそのまま自分《じぶん》の部屋《へや》に戻《もど》っていった」と太鼓判《たいこばん》を押《お》した。だが、果物屋《くだものや》の主人《しゅじん》もべつに四六時中《しろくじちゅう》アパートを見張《みは》っているわけではない。主人《しゅじん》の口《くち》からそれ以上《いじょう》の情報《じょうほう》がもたらされることはなかった。

続《つづ》いて刑事《けいじ》たちに貴重《きちょう》な情報《じょうほう》をもたらしたのは、アパートの二階《にかい》に住《す》む森谷康夫《もりたにやすお》という大《だい》学生《がくせい》。彼《かれ》は「犯人《はんにん》のものと思《おも》われる足音《あしおと》を耳《みみ》にした」と証言《しょうげん》した。

「俺《おれ》の部屋《へや》、二〇一号室《にまるいちごうしつ》は見《み》てのとおり、階段《かいだん》のすぐ隣《となり》みたいなもんでしょ。だから階段《かいだん》を上《のぼ》り下《お》りする音《おと》がよく聞《き》こえるんだよ。この階段《かいだん》、鉄製《てっせい》でよく響《ひび》くしね。それに俺《おれ》が聞《き》いた足音《あしおと》っていうのは、特別《とくべつ》やかましい足音《あしおと》だったんだよ。ダダダダッて感《かん》じで階段《かいだん》を駆《か》け下《お》りるような音《おと》。そう、上《あ》がっていったんじゃなくて、あれは駆《か》け下《お》りていった足音《あしおと》。それは間《ま》違《ちが》いないよ。そのときはべつになんとも思《おも》わなかったけど、でも三階《さんがい》で殺人事件《さつじんじけん》があったんだろ？　ひょっとして、あれって犯人《はんにん》が逃《に》げ出《だ》すときの足音《あしおと》だったのかなって思《おも》ってね。え、何時《なんじ》ごろかって？　たぶん午後六時《ごごろくじ》ごろじゃないかな」

これまた犯行《はんこう》のあったとされる時刻《じこく》とぴたりと一致《いっち》する。

「他《ほか》の足音《あしおと》は聞《き》かなかったかい？」

「さあ、聞《き》いたのかもしれないけど、憶《おぼ》えてないね。午後六時《ごごろくじ》の足音《あしおと》だってたまたま憶《おぼ》えていただけなんだからさ」

結局《けっきょく》、森谷康夫《もりたにやすお》はそれ以外《いがい》の足音《あしおと》については、特《とく》に印象《いんしょう》にない様子《ようす》だった。

二人《ふたり》の刑事《けいじ》は聞《き》き込《こ》みを終《お》えて、再《ふたた》び三階《さんがい》の現場《げんば》に向《む》けて階段《かいだん》を上《のぼ》っていった。

「警部《けいぶ》」と階段《かいだん》の途中《とちゅう》で麗子《れいこ》が聞《き》いた。「森谷康夫《もりたにやすお》が聞《き》いた足音《あしおと》は本当《ほんとう》に犯人《はんにん》が逃走《とうそう》する際《さい》の足音《あしおと》と考《かんが》えていいのでしょうか」

「いや、そう決《き》め付《つ》けるのはまだ早《はや》いよ、宝生君《ほうしょうくん》。たまたま犯行《はんこう》と同《おな》じ時間帯《じかんたい》に、事件《じけん》とまったく関係《かんけい》のないおっちょこちょいが、階段《かいだん》を駆《か》け下《お》りただけなのかもしれない」

だとすればずいぶん紛《まぎ》らわしい話《はなし》だが、そういったことは現実《げんじつ》に起《お》こりうる。

「しかし警部《けいぶ》、河原健作《かわはらけんさく》の証言《しょうげん》は間違《まちが》いなく重要《じゅうよう》ですね。午後六時《ごごろくじ》ごろ、帰宅《きたく》した吉本瞳《よしもとひとみ》は河原健作《かわはらけんさく》と郵便受《ゆうびんう》けの前《まえ》ですれ違《ちが》っている。その瞬間《しゅんかん》までは彼女《かのじょ》は生《い》きていた。彼女《かのじょ》が殺害《さつがい》されたのはその直後《ちょくご》ということになります。すなわち、この階段《かいだん》を三階《さんがい》まで上《のぼ》り、廊下《ろうか》を進《すす》み三〇四号室《さんまるよんごうしつ》にたどり着《つ》き、玄関《げんかん》でブーツを脱《ぬ》ごうとする直前《ちょくぜん》までの、ほんの僅《わず》かな間《あいだ》に彼女《かの》女《じょ》は殺《ころ》された。そして犯人《はんにん》はその死体《したい》をフローリングの部屋《へや》へと担《かつ》ぎ込《こ》んだ。そういうことなんじゃありませんか、警部《けいぶ》」

被害者《ひがいしゃ》がブーツを履《は》いたまま死《し》んでいた、ということから導《みちび》き出《だ》される当然《とうぜん》の推理《すいり》である。

しかしながら風祭警部《かざまつりけいぶ》は麗子《れいこ》の推理《すいり》を揶揄《やゆ》するかのように、

「ふふん、それはどうかな、宝生君《ほうしょうくん》」と小《ちい》さく鼻《はな》で笑《わら》うと、往年《おうねん》の天知茂《あまちしげる》を意識《いしき》しているのだろうか、眉間《みけん》に深《ふか》い皺《しわ》を刻《きざ》みながらひとつの推理《すいり》を語《かた》った。「例《たと》えば、犯人《はんにん》は吉本瞳《よしもとひとみ》をフローリングの部屋《へや》の中《なか》で殺《ころ》し、捜査《そうさ》の目《め》を欺《あざむ》くために後《あと》から死体《したい》にブーツを履《は》かせた――あたかも犯行《はんこう》が部屋《へや》の外《そと》でおこなわれたように見《み》せかけるために――というのは、どうだろうか。僕《ぼく》には充分《じゅうぶん》、可能性《かのうせい》があるように思《おも》えるんだけどね」

「いえ、それはないと思《おも》いますよ、警部《けいぶ》」麗子《れいこ》、即反撃《そくはんげき》。「だって死体《したい》にブーツを履《は》かせるというのは、口《くち》でいうほど簡単《かんたん》じゃないですから。まして、被害者《ひがいしゃ》の履《は》いていたブーツは靴《くつ》紐《ひも》で編《あ》み上《あ》げるタイプのものでした。ああいったブーツは自分《じぶん》で履《は》くことだって相当面倒《そうとうめんどう》なんですよ。それを死体《したい》に履《は》かせようと思《おも》ったら、どれだけ苦労《くろう》することか。そんな手間《てま》がかかることを殺人犯《さつじんはん》がおこなうとは、わたしには到底思《とうていおも》えません」

「もちろん僕《ぼく》も君《きみ》と同《おな》じ意見《いけん》だ」風祭警部《かざまつりけいぶ》、即追従《そくついじゅう》。「死体《したい》にブーツを履《は》かせるなんて、馬《ば》鹿馬鹿《かばか》しいにも程《ほど》がある。もしそんなことをしたら、きっと死体《したい》に不自然《ふしぜん》な状況《じょうきょう》が現《あらわ》れて、検視《けんし》のときに話題《わだい》になったはずだ。そう、死体《したい》に後《あと》からブーツを履《は》かせることなど不可能《ふかのう》だ。あり得《え》ない。そうだろ、宝生君《ほうしょうくん》」

「……はい、警部《けいぶ》のおっしゃるとおりです」

確《たし》かほんの六十秒《ろくじゅうびょう》ほど前《まえ》、眉間《みけん》に皺《しわ》を寄《よ》せながら『充分《じゅうぶん》、可能性《かのうせい》があるように思《おも》える』となんとかおっしゃっていた人物《じんぶつ》がいたはずなのだが、あれはいったい誰《だれ》？　麗子《れいこ》は風祭警《かざまつりけい》部《ぶ》の変《か》わり身《み》の早《はや》さに呆《あき》れるしかない。

そんなこんなで二人《ふたり》が現場《げんば》である三〇四号室《さんまるよんごうしつ》に戻《もど》ると、それを待《ま》っていたかのようにひとりの刑事《けいじ》が風祭警部《かざまつりけいぶ》に駆《か》け寄《よ》った。

「被害者《ひがいしゃ》のパソコンデスクの引《ひ》き出《だ》しの中《なか》から、こんなものが出《で》てきました」

それは一枚《いちまい》の写真《しゃしん》と一個《いっこ》の鍵《かぎ》だった。鍵《かぎ》はこのアパートのものではない。このアパートは建物《たてもの》は古《ふる》いが、鍵《かぎ》だけは防犯性《ぼうはんせい》に優《すぐ》れた最新《さいしん》のものが使用《しよう》されている。目《め》の前《まえ》の鍵《かぎ》はあきらかにそれとはべつのものだ。

「ほう、これは」風祭警部《かざまつりけいぶ》は興味《きょうみ》を引《ひ》かれたように写真《しゃしん》のほうに顔《かお》を寄《よ》せた。「吉本瞳《よしもとひとみ》と若《わか》い男《おとこ》とのツーショット写真《しゃしん》じゃないか。そうか、被害者《ひがいしゃ》には付《つ》き合《あ》っている男《おとこ》がいたんだな。だとすると、こっちの鍵《かぎ》はその男《おとこ》の部屋《へや》の鍵《かぎ》か——ふふん、これは面白《おもしろ》い」

麗子《れいこ》にも風祭警部《かざまつりけいぶ》のいわんとするところが理解《りかい》できた。すでに二人《ふたり》の間《あいだ》で論《ろん》じられてきたように、今回《こんかい》の事件《じけん》においては、犯人《はんにん》は男《おとこ》である確率《かくりつ》が高《たか》い。しかも恋愛感情《れんあいかんじょう》の縺《もつ》れは殺人《さつじん》の動機《どうき》になりやすいものだ。

「被害者《ひがいしゃ》の恋人《こいびと》なら容疑者《ようぎしゃ》としてうってつけだな」風祭警部《かざまつりけいぶ》は上機嫌《じょうきげん》でそういうと、写真《しゃしん》を手《て》にしたまま「とりあえず、杉村恵理《すぎむらえり》に見《み》てもらおう」と部屋《へや》を飛《と》び出《だ》した。

そうして問題《もんだい》の写真《しゃしん》を見《み》せられた杉村恵理《すぎむらえり》は、「ああ、この人《ひと》！」と心当《こころあ》たりがある様子《ようす》で、すぐにこう答《こた》えた。「この人《ひと》は瞳《ひとみ》ちゃんが半年前《はんとしまえ》まで派遣《はけん》で働《はたら》いていた会社《かいしゃ》の人《ひと》で、確《たし》か名前《なまえ》は田代《たしろ》……田代裕也《たしろゆうや》だったかしら」

2

そんなわけで翌日《よくじつ》の日曜日《にちようび》、風祭警部《かざまつりけいぶ》と宝生麗子《ほうしょうれいこ》はさっそく田代裕也《たしろゆうや》のマンションを訪《おとず》れ、そして近《ちか》くの喫茶店《きっさてん》にて彼《かれ》との面談《めんだん》にこぎつけた。

田代裕也《たしろゆうや》は三十三歳《さんじゅうさんさい》。中堅《ちゅうけん》の機械《きかい》メーカーの総務部《そうむぶ》で若《わか》いながらに課長《かちょう》を務《つと》めるエリート社員《しゃいん》である。あらためて間近《まぢか》で見《み》る田代裕也《たしろゆうや》は休日《きゅうじつ》らしいラフないでたち。顔立《かおだ》ちはなかなか整《ととの》っており、女性《じょせい》にモテそうなタイプに見《み》える。派遣社員《はけんしゃいん》だった吉本瞳《よしもとひとみ》がこの男《おとこ》のルックスとエリートの肩書《かたがき》に惹《ひ》かれたとしても無理《むり》はない、そう麗子《れいこ》は思《おも》った。もちろん、麗子《れいこ》はこの程度《ていど》のルックスとこの程度《ていど》の肩書《かたがき》にはなんの魅力《みりょく》も感《かん》じない。だいいち、こんなものにいちいち反応《はんのう》していたら、『風祭《かざまつり》モータース』の御曹司《おんぞうし》の相方《あいかた》は務《つと》まらない。

その風祭警部《かざまつりけいぶ》は他《ほか》の二人《ふたり》が無難《ぶなん》にブレンド珈琲《コーヒー》を注文《ちゅうもん》しようとするのを遮《さえぎ》り、勝手《かって》に『ブルーマウンテン・スペシャルセレクト』を三《みっ》つ注文《ちゅうもん》し、悪《わる》びれることもなく尋問《じんもん》を進《すす》めた。

「——では、吉本《よしもと》さんと以前《いぜん》付《つ》き合《あ》っていたことは認《みと》めるのですね、田代《たしろ》さん」

「ええ、認《みと》めます。彼女《かのじょ》と付《つ》き合《あ》いだしたのは一年《いちねん》ほど前《まえ》。彼女《かのじょ》がうちの会社《かいしゃ》に派遣《はけん》されてすぐに仲良《なかよ》くなりました。でも半年前《はんとしまえ》に別《わか》れました。なに、自然消滅《しぜんしょうめつ》ですよ。派遣社員《はけんしゃいん》である彼女《かのじょ》はうちの会社《かいしゃ》で半年《はんとし》ほど働《はたら》いて、また別《べつ》の会社《かいしゃ》へ移《うつ》っていきました。それ以来《いらい》、疎遠《そえん》になってしまったんです」

「なるほど。しかし、そうだとするとなぜ吉本《よしもと》さんはあなたの写真《しゃしん》を大事《だいじ》に持《も》っていたんでしょうね。いや、写真《しゃしん》ばかりではない。吉本《よしもと》さんはこんなものも持《も》っていたんですが」

風祭警部《かざまつりけいぶ》は例《れい》の鍵《かぎ》を田代《たしろ》の鼻先《はなさき》に示《しめ》した。

「田代《たしろ》さん、ひょっとしてこれはあなたの部屋《へや》の鍵《かぎ》ではありませんか」

田代《たしろ》は示《しめ》された鍵《かぎ》を一瞥《いちべつ》するなり、「どうやら、そのようですね」とアッサリ事実《じじつ》を認《みと》めた。「で、それがどうかしましたか」

「では、率直《そっちょく》に伺《うかが》います。あなたと吉本《よしもと》さんは互《たが》いの部屋《へや》の鍵《かぎ》を交換《こうかん》し合《あ》うような深《ふか》い仲《なか》だった。あなたはとっくに別《わか》れたといっているが、その実《じつ》、二人《ふたり》の関係《かんけい》は継続中《けいぞくちゅう》だったのではありませんか。だから、あなたの鍵《かぎ》をいまだに彼女《かのじょ》が持《も》っていた。違《ちが》いますか？」

「そんなことはありません」いままで冷静《れいせい》さを保《たも》っていた田代裕也《たしろゆうや》が、初《はじ》めて声《こえ》を荒《あら》らげた。「確《たし》かに僕《ぼく》は彼女《かのじょ》と鍵《かぎ》を交換《こうかん》したことがある。でも、僕《ぼく》の鍵《かぎ》をいまだに彼女《かのじょ》が持《も》っていたのは、別《わか》れたときについつい取《と》り返《かえ》しそびれて、そのままになっていたからです。よくあることでしょう。それに百歩譲《ひゃっぽゆず》って、刑事《けいじ》さんのいうとおり僕《ぼく》と彼女《かのじょ》の関係《かんけい》が続《つづ》いていたとして、それがなんだというのです？　僕《ぼく》が彼女《かのじょ》を殺《ころ》したとでもいうのですか」

なんだか百歩譲《ひゃっぽゆず》るタイミングが早《はや》すぎるような気《き》がしないでもないが、おかげで話《はなし》は意外《いがい》に早《はや》く進《すす》みそうな気配《けはい》である。

「まあまあ、我々《われわれ》もあなたを疑《うたが》っているわけではありません」と、風祭警部《かざまつりけいぶ》はこういった場《ば》合《あい》の常套句《じょうとうく》を口《くち》にしてから、核心《かくしん》に迫《せま》る問《と》いを発《はっ》した。「ところで田代《たしろ》さん、あなたは昨日《きのう》の午後《ごご》、どこにいらっしゃいましたか」

「アリバイ調《しら》べですか。ふん、まあいいでしょう。幸《さいわ》いというべきか、昨日《きのう》の午後《ごご》なら僕《ぼく》は会社《かいしゃ》の釣《つ》り仲間《なかま》たちと一緒《いっしょ》に出掛《でか》けていましたよ。平塚《ひらつか》の湘南海岸《しょうなんかいがん》です。正午《しょうご》に友人《ゆうじん》の車《くるま》で出発《しゅっぱつ》して平塚《ひらつか》の穴場《あなば》に到着《とうちゃく》したのが三時《さんじ》ごろ。それから夜中《よなか》まで釣《つ》り三昧《ざんまい》でしたよ」

「ほう、夜中《よなか》まで釣《つ》り」風祭警部《かざまつりけいぶ》はふいににこやかな口調《くちょう》になって、「だったら、昨夜《さくや》は大《たい》変《へん》だったでしょう。平塚《ひらつか》は雨《あめ》が降《ふ》って釣《つ》りどころではなかったんじゃありませんか」

「ははは、警部《けいぶ》さん、鎌《かま》を掛《か》けようったって無駄《むだ》ですよ。確《たし》かに昨日《きのう》の天気予報《てんきよほう》では、夜《よる》になって関東全域《かんとうぜんいき》で雨《あめ》が降《ふ》るなんていってましたね。けれど予報《よほう》は大外《おおはず》れ。平塚《ひらつか》では雨《あめ》は一滴《いってき》も降《ふ》らなかった。国立《くにたち》でも降《ふ》らなかったんじゃありませんか。ね、警部《けいぶ》さん」

「ああ、そういえばそうでしたっけ」

「でしょう。昨日《きのう》の夜《よる》は快適《かいてき》な釣《つ》りを楽《たの》しめましたよ。そして、そのまま車《くるま》の中《なか》で一泊《いっぱく》。国立《くに》に戻《もど》ったのは今日《きょう》の朝《あさ》です。ええ、もちろんずっと仲間《なかま》たちと一緒《いっしょ》に過《す》ごしましたよ。ところで警部《けいぶ》さん、吉本瞳《よしもとひとみ》が殺《ころ》された時刻《じこく》は、いつごろなんですか」

勝《か》ち誇《ほこ》ったように尋《たず》ねる田代裕也《たしろゆうや》。一方《いっぽう》、完全《かんぜん》にアテが外《はず》れた恰好《かっこう》の風祭警部《かざまつりけいぶ》は、運《はこ》ばれてきた珈琲《コーヒー》を苦《にが》そうに啜《すす》るばかりだった。


それから風祭警部《かざまつりけいぶ》と宝生麗子《ほうしょうれいこ》は田代裕也《たしろゆうや》の証言《しょうげん》の裏《うら》をとるべく、彼《かれ》の釣《つ》り仲間《なかま》に話《はなし》を聞《き》いて回《まわ》った。しかし、その努力《どりょく》は結局《けっきょく》、田代《たしろ》のアリバイを完璧《かんぺき》に立証《りっしょう》するだけに終《お》わった。

二人《ふたり》はすっかり日《ひ》の暮《く》れたころに国立署《くにたちしょ》に戻《もど》ると、どっかと椅子《いす》に腰《こし》を下《お》ろしてしばし押《お》し黙《だま》った。もはや議論《ぎろん》を戦《たたか》わせる気力《きりょく》も起《お》きない。やがて澱《よど》んだ空気《くうき》の中《なか》から、風祭警部《かざまつりけいぶ》が力《ちから》のない声《こえ》をあげた。

「やれやれ、いちばん疑《うたが》わしいと睨《にら》んだ田代裕也《たしろゆうや》が犯人《はんにん》でないと判《わか》ったことだけが収穫《しゅうかく》か。捜査《そうさ》はまた振《ふ》り出《だ》しに戻《もど》ったわけだ。明日《あした》からまたやり直《なお》しだな。——ああ、宝生君《ほうしょうくん》」警部《けいぶ》はネクタイを緩《ゆる》めながら、麗子《れいこ》のほうを向《む》いた。「君《きみ》はもう帰《かえ》りなさい。昨日《きのう》は君《きみ》も泊《と》まりだったんだろ。働《はたら》きすぎはお肌《はだ》に悪《わる》いよ、お嬢《じょう》さん」

「はあ」気遣《きづか》ってもらえるのは嬉《うれ》しいが『お嬢《じょう》さん』呼《よ》ばわりはやっぱり嬉《うれ》しくない。事実《じじつ》に反《はん》するといってもいい。とはいえ、いまの麗子《れいこ》には文句《もんく》を返《かえ》すほどの気力《きりょく》もなかった。確《たし》かにかなり疲《つか》れがきているようだ。「じゃ、お言葉《ことば》に甘《あま》えて今日《きょう》は帰《かえ》ります」

「ああ、それがいい。それじゃ僕《ぼく》がジャガーで送《おく》ってあげ——」

「結構《けっこう》ですッ！」

麗子《れいこ》は断固拒否《だんこきょひ》。椅子《いす》から腰《こし》を浮《う》かせかけていた風祭警部《かざまつりけいぶ》は、気合負《きあいま》けしたように椅子《いす》ごと真後《まうし》ろにひっくり返《かえ》った。


宝生麗子《ほうしょうれいこ》はひとり国立署《くにたちしょ》を出《で》て歩《ある》き出《だ》した。国立《くにたち》はお洒落《しゃれ》で清潔感溢《せいけつかんあふ》れる街並《まちな》みを誇《ほこ》り、中央線沿線都市《ちゅうおうせんえんせんとし》の中《なか》でも一目置《いちもくお》かれる存在《そんざい》であるが、市役所《しやくしょ》などの公共機関《こうきょうきかん》は実《じつ》は南武線沿《なんぶせんぞ》いにある。だから南武線沿線都市《なんぶせんえんせんとし》ともいえるわけだが、そう呼《よ》ばれることを国立市民《くにたちしみん》はたぶん喜《よろこ》ばない。要《よう》はイメージの問題《もんだい》なのだが、それはともかく——

麗子《れいこ》は市役所《しやくしょ》の建物《たてもの》を横目《よこめ》に見《み》ながら、南武線谷保駅方向《なんぶせんやほえきほうこう》へ歩《ほ》を進《すす》めた。秋《あき》の深《ふか》まりを感《かん》じさせる武蔵野《むさしの》の冷《つめ》たい空気《くうき》が、疲《つか》れた身体《からだ》に気持《きも》ちいい。しかし頭《あたま》の中《なか》は事件《じけん》のことでいっぱいだ。田代裕也《たしろゆうや》がシロだとすると、どうやら今回《こんかい》の吉本瞳殺《よしもとひとみごろ》しは、案外難《あんがいむずか》しい事件《じけん》になりそうだ。まず動機《どうき》が判《わか》らない。犯行《はんこう》の手口《てぐち》もハッキリしない。おまけに捜査《そうさ》の指揮《しき》を執《と》るのは風祭警部《かざまつりけいぶ》なのだ。迷宮入《めいきゅうい》りの匂《にお》いがする——

いや、けっして風祭警部《かざまつりけいぶ》が無能《むのう》というわけではない。なにしろ若《わか》くして警部《けいぶ》なのだ。ただあれでもう少《すこ》し部下《ぶか》の言葉《ことば》に謙虚《けんきょ》に耳《みみ》を傾《かたむ》ける姿勢《しせい》があれば、あるいはいま少《すこ》しの協調性《きょうちょうせい》と慎重《しんちょう》さがあればいいのだが、あ、それから成金趣味《なりきんしゅみ》を見《み》せびらかすような振《ふ》る舞《ま》いをやめてほしいし、セクハラ紛《まが》いの言動《げんどう》を謹《つつし》んでもらえればと思《おも》う。だって働《はたら》く女性《じょせい》に向《む》かって『お嬢《じょう》さん』は失礼《しつれい》だろ！　おまえはみのもんたかよ！

「ええい！」腹立《はらだ》ち紛《まぎ》れに道端《みちばた》の小石《こいし》を蹴《け》る。すると弾《はじ》き飛《と》ばされた小石《こいし》は路上駐車《ろじょうちゅうしゃ》の車《くるま》——黒塗《くろぬ》りの外車《がいしゃ》、それも全長七《ぜんちょうなな》メートルはあろうかというリムジン——の側面《そくめん》に見事命中《みごとめいちゅう》し、鈍《にぶ》い金属音《きんぞくおん》を奏《かな》でた。麗子《れいこ》は両手《りょうて》で口許《くちもと》を覆《おお》った。「う、やばッ！」

すぐさま運転席《うんてんせき》の扉《とびら》が開《あ》き、中《なか》からひょろりと背《せ》の高《たか》い男《おとこ》が姿《すがた》を現《あらわ》した。歳《とし》のころなら三十代半《さんじゅうだいなか》ば。喪服《もふく》と見紛《みまが》うようなダークスーツを着《き》こなした姿《すがた》は、高貴《こうき》な家《いえ》柄《がら》の人物《じんぶつ》のようにも、キャバレーの呼《よ》び込《こ》みのようにも見《み》える。男《おとこ》は銀縁眼鏡《ぎんぶちめがね》の奥《おく》から鋭《するど》い視線《しせん》で麗子《れいこ》のほうを一瞥《いちべつ》すると、そのまま、いっさい表情《ひょうじょう》を変《か》えることなく、車《くるま》の側面《そくめん》に片膝《かたひざ》をつき車体《しゃたい》の傷《きず》の確認《かくにん》に移《うつ》った。

麗子《れいこ》はおずおずと男《おとこ》のもとに歩《あゆ》み寄《よ》り、「ごめんなさい」と、とりあえず頭《あたま》を下《さ》げて謝《あやま》った。「修理代《しゅうりだい》はいくらかしら?」

「ご心配《しんぱい》なく。せいぜい七《しち》、八十万《はちじゅうまん》といったところでしょう」男《おとこ》は何事《なにごと》もないように静《しず》かに立《た》ち上《あ》がると、麗子《れいこ》のほうを向《む》いて恭《うやうや》しく一礼《いちれい》した。「ほんのかすり傷《きず》でございます。お嬢《じょう》様《さま》」

「そう、不幸中《ふこうちゅう》の幸《さいわ》いね」

麗子《れいこ》は小《ちい》さく溜《た》め息《いき》をつき、黒塗《くろぬ》りのリムジンを眺《なが》めた。

「良《よ》かったわ、他人《たにん》の車《くるま》じゃなくて――ところで影山《かげやま》」麗子《れいこ》はあらためてダークスーツの男《おとこ》に声《こえ》を掛《か》けた。「わざわざ、わたしを迎《むか》えにきてくれたの?」

「さようでございます。そろそろご帰還《きかん》されるころかと思《おも》いまして」

「ずいぶん勘《かん》がいいのね。あなた刑事《けいじ》になれるわよ」

「とんでもない」影山《かげやま》と呼《よ》ばれた男《おとこ》は大袈裟《おおげさ》に首《くび》を振《ふ》って、「わたくしは宝生家《ほうしょうけ》の執事兼運《しつじけんうん》転手《てんしゅ》。お嬢様《じょうさま》のような才覚《さいかく》に溢《あふ》れた高貴《こうき》なお方《かた》とは比《くら》べ物《もの》になりません。刑事《けいじ》などとてもとても――」

「相変《あいか》わらず、お上手《じょうず》ね」麗子《れいこ》がからかうようにいうと、

「けっして、そのようなことは」影山《かげやま》は困《こま》ったように眼鏡《めがね》の縁《ふち》に手《て》をやり、「とにかく、お乗《の》りくださいませ、お嬢様《じょうさま》」

影山《かげやま》は執事《しつじ》らしい無駄《むだ》のない動《うご》きでリムジンの車内《しゃない》に麗子《れいこ》をエスコート。麗子《れいこ》もまた宝生《ほうしょう》家《け》の令嬢《れいじょう》らしく「ありがとう」などと会釈《えしゃく》でもしながら、優雅《ゆうが》な仕草《しぐさ》で乗《の》り込《こ》むべきところだが、なにせ昨日《きのう》からの激務《げきむ》のせいで疲《つか》れがピーク。麗子《れいこ》はクッションの利《き》いたシートに頭《あたま》から突《つ》っ込《こ》むように倒《たお》れこんだ。もう一歩《いっぽ》も動《うご》きたくない。「ねぇ、影山《かげやま》ぁ、あたしここでひと眠《ねむ》りするから、あんたこの車《くるま》、一時間《いちじかん》ほど適当《てきとう》に走《はし》らせなさいよぉ」

麗子《れいこ》の超《ちょう》わがままな命令《めいれい》に対《たい》して、「かしこまりました」と運転席《うんてんせき》から影山《かげやま》の返事《へんじ》。

麗子《れいこ》はシートの上《うえ》に身《み》を横《よこ》たえながら、いっぱいに伸《の》びをする。それでもL字形《エルじけい》のシートにはまだまだ余裕《よゆう》がある。やがて麗子《れいこ》はリムジンの心地《ここち》よい揺《ゆ》れを感《かん》じながら、束《つか》の間《ま》の眠《ねむ》

りについた。ハンドルを握《にぎ》る影山《かげやま》は、麗子《れいこ》の命《めい》じたままに一時間《いちじかん》ほどゆっくりと車《くるま》を走《はし》らせ、そして国立《くにたち》の某所《ぼうしょ》にある豪勢《ごうせい》な西洋屋敷《せいようやしき》——宝生邸《ほうしょうてい》へと帰還《きかん》した。

そう、国立署《くにたちしょ》の女性刑事《じょせいけいじ》、宝生麗子《ほうしょうれいこ》はけっして『お嬢《じょう》さん』などではなく、正真正銘《しょうしんしょうめい》の『お嬢様《じょうさま》』なのである。

3

宝生麗子《ほうしょうれいこ》は、エビとレンズ豆《まめ》のサラダ、魚介《ぎょかい》のスープ、チキンのトマト煮込《にこ》み、ラム肉《にく》のローズマリーグリルなどといったごくごく軽《かる》い夕食《ゆうしょく》をとると、食後《しょくご》は夜景《やけい》を見渡《みわた》せる広間《ひろま》のソファでくつろいだ。

普段《ふだん》、刑事《けいじ》としての麗子《れいこ》は、バーバリーのシンプルなパンツスーツなどを、あたかも『丸《まる》井国分寺店《いこくぶんじてん》』で買《か》ったかのように地味《じみ》に着《き》こなし、刑事《けいじ》らしい堅実《けんじつ》な印象《いんしょう》を維持《いじ》することに努《つと》めている。だが、ひとたび自分《じぶん》の屋敷《やしき》に戻《もど》れば女性《じょせい》らしさを強調《きょうちょう》したワンピースのドレスなどでリラックスすることが多《おお》い。もしその姿《すがた》を風祭警部《かざまつりけいぶ》が目撃《もくげき》したなら、毎日顔《まいにちかお》を合《あ》わせている自分《じぶん》の部下《ぶか》だとは気付《きづ》かないだろう。風祭警部《かざまつりけいぶ》は麗子《れいこ》が『宝生《ほうしょう》グループ』の総帥《そうすい》、宝生清太郎《ほうしょうせいたろう》のひとり娘《むすめ》であることを知《し》らない。

「旦那様《だんなさま》は刑事《けいじ》になられたお嬢様《じょうさま》のことをたいそう心配《しんぱい》しておいででございます」宝石《ほうせき》のような輝《かがや》きを放《はな》つグラスに、執事《しつじ》が年代《ねんだい》もののワインを注《つ》ぎながらいう。「いまごろ多摩川《たまがわ》の河川敷《かせんしき》で凶悪犯《きょうあくはん》と銃撃戦《じゅうげきせん》になっていないか、いまごろ身代金《みのしろきん》の入《はい》った鞄《かばん》を手《て》に国立《くにたち》の市街地《しがいち》を駆《か》け回《まわ》ってはいないか、いまごろ府中街道《ふちゅうかいどう》でカーチェイスの真《ま》っ最中《さいちゅう》ではないか、とそれはもう仕事《しごと》も手《て》につかないようなご心配《しんぱい》ぶりでございます」

「あら、そう」それだけ現実離《げんじつばな》れした妄想《もうそう》に支配《しはい》されていては、仕事《しごと》どころか日常生活《にちじょうせいかつ》もおぼつかないだろう。一度医者《いちどいしゃ》に診《み》てもらったほうがいいかもしれない。困《こま》った父親《ちちおや》だ。「お父様《とうさま》には大丈夫《だいじょうぶ》だから安心《あんしん》するようにいっといて。いまわたしが関《かか》わっている仕事《しごと》は銃撃戦《じゅうげきせん》も身代金《みのしろきん》もカーチェイスも関係《かんけい》ないの。普通《ふつう》の殺人事件《さつじんじけん》よ——少《すこ》し変《か》わってるけど」

「変《か》わっていると申《もう》しますと？」

「それは死体《したい》が靴《くつ》を履《は》いたままってこと——ああ、でもそれは死体《したい》が動《うご》かされたと考《かんが》えれば、べつに不思議《ふしぎ》でもなんでもないの。でも、なんでわざわざ死体《したい》を動《うご》かすのか、それが判《わか》んないのよねえ、それになんで吉本瞳《よしもとひとみ》が殺《ころ》されなければならなかったのか、その理由《りゆう》も判《わか》らないし――判《わか》る、影山《かげやま》？」

「いいえ、サッパリ判《わか》りません。その説明《せつめい》では、まるで」執事《しつじ》は申《もう》し訳《わけ》なさそうにゆっくり首《くび》を振《ふ》り、それから眼鏡《めがね》の奥《おく》の眸《ひとみ》を一瞬輝《いっしゅんかがや》かせた。「しかし、お嬢様《じょうさま》がもう少《すこ》し時間《じかん》をかけて詳《くわ》しくお話《はな》ししてくださるのならば、あるいはわたくしなりの考《かんが》えをお伝《つた》えすることができるかもしれません」

麗子《れいこ》は彼《かれ》の言葉《ことば》に少《すく》なからず驚《おどろ》いた。この影山《かげやま》という若《わか》い執事《しつじ》は、宝生邸《ほうしょうてい》で働《はたら》くようになってまだ一《いっ》ヶ月《げつ》にしかならない。だから麗子《れいこ》も彼《かれ》のことをよく理解《りかい》しているとはいい難《がた》いのだが、どちらかというと謹厳実直《きんげんじっちょく》を絵《え》に描《か》いたような雰囲気《ふんいき》の男《おとこ》で、むしろ自分《じぶん》の考《かんが》えや感情《じょう》を面《おもて》に出《だ》さないよう心《こころ》がけている印象《いんしょう》さえある。少《すく》なくとも犯罪捜査《はんざいそうさ》に関《かん》して『わたくしなりの考《かんが》えをお伝《つた》えすることができる』ようなタイプの人物《じんぶつ》とは到底思《とうていおも》えない。

しかし麗子《れいこ》は、「判《わか》ったわ。それじゃ詳《くわ》しく話《はな》してあげる」と、影山《かげやま》の要望《ようぼう》に応《こた》えてやることにした。影山《かげやま》の考《かんが》えというものに興味《きょうみ》があったし、それに誰《だれ》かに話《はな》すことで事件《じけん》の理解《りかい》が深《ふか》まり、いままで自分《じぶん》が見過《みす》ごしていた点《てん》が浮《う》かび上《あ》がってくるかもしれない。そんな話《はな》し相手《あいて》としては影山《かげやま》のような真面目《まじめ》で口《くち》の堅《かた》い男《おとこ》は理想的《りそうてき》に思《おも》えた。

「事件《じけん》が起《お》こったのは昨日《きのう》の午後六時《ごごろくじ》ごろ、通報《つうほう》があったのは七時《しちじ》よ。殺《ころ》されたのは吉本瞳《よしもとひとみ》という二十五歳《にじゅうごさい》の女《おんな》で――」

麗子《れいこ》はソファに腰掛《こしか》けて時折《ときおり》ワイングラスを傾《かたむ》けながら、事件《じけん》の詳細《しょうさい》を隠《かく》すことなく語《かた》っていった。麗子《れいこ》の話《はなし》は長《なが》いものになったが、影山《かげやま》は執事《しつじ》らしくきちんと立《た》ったまま真剣《しんけん》に耳《みみ》を傾《かたむ》けていた。やがて田代裕也《たしろゆうや》のアリバイが確実《かくじつ》になり、捜査《そうさ》が振《ふ》り出《だ》しに戻《もど》ったところで、麗子《れいこ》の話《はなし》は終《お》わった。

「どう、影山《かげやま》？　なにか思《おも》いつくことがある？　どんな些細《ささい》なことでもいいのよ」

「はあ」影山《かげやま》は眼鏡《めがね》の縁《ふち》に指先《ゆびさき》をやりながら迷《まよ》いの表情《ひょうじょう》を見《み》せた。「よろしいのですか、お嬢様《じょうさま》、思《おも》ったことを申《もう》し上《あ》げて」

「もちろんよ」麗子《れいこ》は励《はげ》ますようにそういうと、執事《しつじ》に向《む》かって優《やさ》しく微笑《ほほえ》んだ。「遠慮《えんりょ》することはないわ。なんでもどうぞ」

「本当《ほんとう》になんでもよろしいのでございますね」執事《しつじ》は強《つよ》く念《ねん》を押《お》すと、「では、率直《そっちょく》に思《おも》うところを述《の》べさせていただきます」

そういって、深々《ふかぶか》と一礼《いちれい》した執事影山《しつじかげやま》は、ソファに座《すわ》った麗子《れいこ》に顔《かお》を近《ちか》づけた。そして彼《かれ》なりの考《かんが》えをストレートな言葉《ことば》で伝《つた》えた。

「失礼《しつれい》ながらお嬢様《じょうさま》――この程度《ていど》の真相《しんそう》がお判《わか》りにならないとは、お嬢様《じょうさま》はアホでいらっしゃいますか」

「…………」数秒《すうびょう》、もしくは数分《すうふん》の沈黙《ちんもく》があたりを支配《しはい》した。

麗子《れいこ》は空《から》になったグラスに自《みずか》らワインを注《つ》いだ。グラスを持《も》ったまま立《た》ち上《あ》がり、静《しず》かに窓際《まどぎわ》に歩《あゆ》み寄《よ》る。高台《たかだい》に建《た》つ宝生邸《ほうしょうてい》からは蠟燭《ろうそく》を並《なら》べたような国立《くにたち》の夜景《やけい》が一望《いちぼう》できる。いつ見《み》ても美《うつく》しく見飽《みあ》きない景色《けしき》だ。心《こころ》が安《やす》らぐ。よし、大丈夫《だいじょうぶ》、わたしは冷静《れいせい》だ――麗子《れいこ》は小《ちい》さく深呼吸《しんこきゅう》してから影山《かげやま》のほうに向《む》き直《なお》り、慎重《しんちょう》に口《くち》を開《ひら》いた。

「クビよ、クビ！　絶対《ぜったい》クビ！　クビクビッ、クビクビクビクッ、ビクビクビクビクッ」

「まあまあ、そう興奮《こうふん》なさらないでくださいませ、お嬢様《じょうさま》」

「これが興奮《こうふん》せずにいられるかっつーの！」グラスを持《も》つ麗子《れいこ》の手《て》はブルブルと震《ふる》えを帯《お》び、グラスの縁《ふち》からは赤《あか》い液体《えきたい》が零《こぼ》れている。「このあたしが執事《しつじ》に馬鹿《ばか》にされるなんて、あり得《え》ない！　こんな話《はなし》、聞《き》いたことない！」

「いえ、わたくしはけっしてお嬢様《じょうさま》のことを馬鹿《ばか》にしたつもりは……」

「ええ、ええ、そうでしょうとも！」麗子《れいこ》は大袈裟《おおげさ》に頷《うなず》きながら執事《しつじ》の周《まわ》りをぐるぐる回《まわ》りはじめた。「確《たし》かにあなたはあたしを馬鹿《ばか》にしなかった。だって、あなたはあたしをアホと呼《よ》んだんですもの！　馬鹿《ばか》じゃなくてアホと——だからクビよ！　決定《けってい》！　いますぐこの屋《や》敷《しき》を出《で》ていきなさい。荷物《にもつ》は後《あと》で送《おく》ってあげるから心配《しんぱい》しないで。さあ、早《はや》く」

広間《ひろま》の出口《でぐち》をまっすぐ指差《ゆびさ》す麗子《れいこ》。すると影山《かげやま》は執事《しつじ》らしく丁寧《ていねい》なお辞儀《じぎ》をしながら、

「承知《しょうち》いたしました。それでは、わたくしはこれで失礼《しつれい》を——」と静《しず》かに踵《きびす》を返《かえ》す。

しかし、影山《かげやま》が広間《ひろま》を出《で》ようとする寸前《すんぜん》、麗子《れいこ》は慌《あわ》てて彼《かれ》の背中《せなか》に呼《よ》びかけた。

「ちょ——ちょっと待《ま》ちなさいよ」

「はい」まるで呼《よ》び止《と》められることを予期《よき》していたように、影山《かげやま》はスムーズに麗子《れいこ》に向《む》き直《なお》った。「まだ、なにかわたくしにご用《よう》でございますか、お嬢様《じょうさま》」

白々《しらじら》しい奴《やつ》！　麗子《れいこ》は無表情《むひょうじょう》を装《よそお》いつつ密《ひそ》かに唇《くちびる》をかんだ。

「あなた、あたしのことをアホ呼《よ》ばわりしたわね。ということは、あなたはこの事件《じけん》の真相《しんそう》が簡単《かんたん》に判《わか》るっていいたいわけね」

「さようでございます。この事件《じけん》はそう難《むずか》しくはございません」

「やけに自信《じしん》があるのね」麗子《れいこ》は苦々《にがにが》しい思《おも》いで執事《しつじ》影山《かげやま》を眺《なが》めた。麗子《れいこ》の立場《たちば》は微妙《びみょう》である。お嬢様《じょうさま》としては執事《しつじ》の振《ふ》る舞《ま》いは許《ゆる》しがたいものだが、刑事《けいじ》としては影山《かげやま》の話《はなし》を聞《き》き逃《のが》

すわけにはいかない。結局《けっきょく》、麗子《れいこ》は刑事《けいじ》である自分《じぶん》を優先《ゆうせん》させた。「そこまでいうなら聞《き》かせてもらおうじゃないの。犯人《はんにん》はいったい誰《だれ》なのよ?」

しかし影山《かげやま》は「犯人《はんにん》はまだ申《もう》し上《あ》げられません」と意外《いがい》な答《こた》え。「なぜなら、いまこの段《だん》階《かい》で犯人《はんにん》を申《もう》し上《あ》げても、お嬢様《じょうさま》にはご理解《りかい》していただけないと思《おも》いますので」

「なんですって!」聞《き》きようによっては、先《さき》ほどの『アホでいらっしゃいますか』発言《はつげん》にも匹敵《ひってき》する無礼《ぶれい》な言《い》い草《ぐさ》である。「あたしが理解《りかい》できないから犯人《はんにん》が誰《だれ》かいえないっていうの?ええ、まったく理解《りかい》できないわよ、あたしにはあなたの考《かんが》えていることが、サッパリ——」

そして麗子《れいこ》は憮然《ぶぜん》としたまま、お嬢様《じょうさま》としてもあるいはプロの刑事《けいじ》としても、非常《ひじょう》に屈辱《くつじょく》的《てき》に響《ひび》く台詞《せりふ》を口《くち》にした。

「お願《ねが》いだから、あたしにも判《わか》るように説明《せつめい》してちょうだい」

その言葉《ことば》を待《ま》っていたとばかりに影山《かげやま》は口許《くちもと》に微笑《びしょう》を浮《う》かべ、あらためて麗子《れいこ》に向《む》かって深々《ふかぶか》と一礼《いちれい》した。

「かしこまりました、お嬢様《じょうさま》」

4

「今回《こんかい》の事件《じけん》を難《むずか》しくした原因《げんいん》のひとつは、アパートの一階《いっかい》に住《す》む大家《おおや》、河原健作《かわはらけんさく》の証言《しょうげん》にあったように思《おも》われます」

麗子《れいこ》は河原健作《かわはらけんさく》の証言《しょうげん》を思《おも》い返《かえ》した。河原健作《かわはらけんさく》は駅《えき》のほうから歩《ある》いて帰宅《きたく》する吉本瞳《よしもとひとみ》と郵便《ゆうびん》受《う》けの前《まえ》ですれ違《ちが》った。それが午後《ごご》六時《ろくじ》ごろのことだと彼《かれ》は証言《しょうげん》したのだ。

「べつにおかしな証言《しょうげん》ではないと思《おも》うけど」

「では、お尋《たず》ねいたしますが、なぜ吉本瞳《よしもとひとみ》は河原健作《かわはらけんさく》とすれ違《ちが》う際《さい》に、自分《じぶん》の郵便《ゆうびん》受《う》けを確認《かくにん》しなかったのでしょう。外出先《がいしゅつさき》から戻《もど》った人《ひと》は、ごく普通《ふつう》にそうすると思《おも》うのですが。不思議《ふしぎ》には思《おも》われませんか、お嬢様《じょうさま》」

「え、それは――」思《おも》いがけない問《と》いに麗子《れいこ》はうまい答《こた》えを見《み》つけられない。「それは、ただ忘《わす》れただけなんじゃないの？」

「そうかもしれません。では、もうひとつの疑問《ぎもん》です。なぜ彼女《かのじょ》は河原健作《かわはらけんさく》に『おかえりなさい』と声《こえ》を掛《か》けられた際《さい》、困《こま》ったような顔《かお》で『どうも』などと曖昧《あいまい》な返事《へんじ》をしたのでしょうか。べつに返事《へんじ》に困《こま》る場面《ばめん》とは思《おも》われません。普通《ふつう》に『ただいま』といって通《とお》ればいいはずではありませんか」

「確《たし》かにそうね。その点《てん》は河原健作《かわはらけんさく》も不思議《ふしぎ》そうにしていたわ。で、影山《かげやま》はなぜだと思《おも》うの？　あなたの考《かんが》えを聞《き》かせて」

「河原健作《かわはらけんさく》は『帰宅《きたく》する吉本瞳《よしもとひとみ》とすれ違《ちが》った』と証言《しょうげん》しましたが、実際《じっさい》はそうではございません」

「なんですって！　じゃあ、河原《かわはら》はいったい誰《だれ》とすれ違《ちが》ったのよ」

「もちろん吉本瞳《よしもとひとみ》でございます」執事《しつじ》は麗子《れいこ》の気持《きも》ちをはぐらかすようにいった。「ただし、それは『帰宅《きたく》する吉本瞳《よしもとひとみ》』ではなく『出掛《でか》けていく吉本瞳《よしもとひとみ》』だったように思《おも》われます」

「なにをいっているの!?　吉本瞳《よしもとひとみ》は駅《えき》のほうから歩《ある》いてきて河原健作《かわはらけんさく》とすれ違《ちが》って階段《かいだん》を上《のぼ》っていったのよ。あきらかに帰宅《きたく》するところじゃない」

「そうとは限《かぎ》りません、お嬢様《じょうさま》。自宅《じたく》に戻《もど》ろうとする行為《こうい》が、すなわち帰宅《きたく》を意味《いみ》するものとは限《かぎ》りません。出掛《でか》けるために戻《もど》ることも往々《おうおう》にしてあるのでございます」

「出掛《でか》けるために戻《もど》る……」なにやら逆説《ぎゃくせつ》めいた言《い》い回《まわ》しである。「どういう意味《いみ》よ？」

「例《たと》えば会社《かいしゃ》へ出掛《でか》けようとするサラリーマンが駅《えき》の改札《かいさつ》で定期券《ていきけん》を忘《わす》れたのに気付《きづ》き、いったん自宅《じたく》に戻《もど》る。学校《がっこう》へ出掛《でか》けようとした子供《こども》が教科書《きょうかしょ》を忘《わす》れたのに気付《きづ》き、自宅《じたく》に戻《もど》る。買《か》い物《もの》しようと街《まち》まで出掛《でか》けたサザエさんが財布《さいふ》を忘《わす》れて、自宅《じたく》に戻《もど》る。このように人《ひと》は様々《さまざま》な場面《ばめん》において、出掛《でか》けるために自宅《じたく》に戻《もど》るものでございます。おそらく、吉本瞳《よしもとひとみ》もそんなふうに出掛《でか》けるために自宅《じたく》に戻《もど》ろうとする最中《さいちゅう》だったのでしょう。そう考《かんが》えれば、先《さき》ほどの疑問《ぎもん》は綺麗《きれい》に解消《かいしょう》されるのでございます」

「――あ」なるほど、これから出掛《でか》けようとする人間《にんげん》は、郵便《ゆうびん》受けをあまり気《き》にすることもないだろう。これから出掛《でか》けようとする人間《にんげん》は『おかえりなさい』といわれても、『ただいま』と答《こた》えるわけにはいかず曖昧《あいまい》な態度《たいど》になるだろう。「いわれてみれば、そのとおりね」

「さすが、お嬢様《じょうさま》、ご理解《りかい》が早《はや》くていらっしゃいます」影山《かげやま》は敬意《けいい》を表《ひょう》するように小《ちい》さく一礼《いち》《れい》して、「ならばお嬢様《じょうさま》にはもうお判《わか》りでしょう。アパートの二階《にかい》に住《す》む大学生森谷康夫《だいがくせいもりたにやすお》の証言《しょうげん》、その中《なか》に出《で》てきた『ダダダダッて感《かん》じで階段《かいだん》を駆《か》け下《お》りるような音《おと》』の正体《しょうたい》が」

「えーっと……それは犯人《はんにん》の足音《あしおと》ではないのよね」

「はい。それは殺人犯《さつじんはん》の逃亡《とうぼう》の足音《あしおと》などでは全然《ぜんぜん》なくて、実《じつ》は出掛《でか》けようとする吉本瞳《よしもとひとみ》がブーツを履《は》いた足《あし》で慌《あわ》てて階段《かいだん》を駆《か》け下《お》りていった音《おと》に過《す》ぎないのでございます」

「！」麗子《れいこ》は一瞬驚《いっしゅんおどろ》いてから「ええ、もちろん判《わか》っていたわ」と咄嗟《とっさ》に嘘《うそ》をついてその場《ば》を取《と》り繕《つくろ》った。「そう、そうよね。そもそも、殺人犯《さつじんはん》がこれ見《み》よがしに大《おお》きな足音《あしおと》を撒《ま》き散《ち》らして現場《げんば》を立《た》ち去《さ》るというほうが、考《かんが》えにくいことだものね。確《たし》かに、大学生《だいがくせい》が聞《き》いた足音《あしおと》は、吉本瞳《よしもとひとみ》が出掛《でか》ける際《さい》のものと考《かんが》えたほうが、筋《すじ》が通《とお》るわ。とすると――」

麗子《れいこ》はいままでの推理《すいり》をいったん纏《まと》めた。

「土曜日《どようび》の夕方六時《ゆうがたろくじ》ごろ、吉本瞳《よしもとひとみ》は帰宅《きたく》したのではなく、逆《ぎゃく》に出掛《でか》けようとしていた。しかし、駅《えき》に向《む》かう途中《とちゅう》で忘《わす》れものを思《おも》い出《だ》して、数分《すうふん》でまたアパートへ引《ひ》き返《かえ》してきた、というわけね。だけど、もしそうだとすると、いったい彼女《かのじょ》はなにを忘《わす》れたのかしら？」

「さあ、それはわたくしにもハッキリとしたことは申《もう》し上《あ》げられません」

それは無理《むり》もないことだ。被害者《ひがいしゃ》が普段《ふだん》なにを持《も》ち歩《ある》き、あの日《ひ》なにを忘《わす》れたか。そんなことを推理《すいり》するような情報《じょうほう》は、麗子《れいこ》も持《も》っていない。財布《さいふ》や携帯《けいたい》は、被害者《ひがいしゃ》の持《も》ち物《もの》の中《なか》にあったから、それ以外《いがい》のものだということは判《わか》るのだが――そんなことを考《かんが》えていると、執《しっ》事《じ》の口《くち》から意外《いがい》な言葉《ことば》。

「ただひとつ、お嬢様《じょうさま》の話《はなし》を聞《き》く限《かぎ》りでは、吉本瞳《よしもとひとみ》があきらかに忘《わす》れていたと思《おも》われるものがございました。おそらく、そのために彼女《かのじょ》は引《ひ》き返《かえ》したものと思《おも》われます」

「え、なに、なんのこと？」麗子《れいこ》は激《はげ》しく面食《めんく》らった。自分《じぶん》の話《はなし》のどこに、吉本瞳《よしもとひとみ》の忘《わす》れものを示唆《しさ》した部分《ぶぶん》があっただろうか。麗子自身《れいこじしん》、見当《けんとう》もつかない。「忘《わす》れものなんて、どこにあったのよ？」

「ベランダにございました」と、影山《かげやま》はまるで自分《じぶん》で見《み》てきたようないい方《かた》である。

「ベランダ!? 確《たし》かにベランダにはいろんなものがあったけど——シャツとかジーンズとか靴下《くつした》、それに運動靴《うんどうぐつ》も——彼女《かのじょ》の忘《わす》れものって、いったいどれなの？」

「それらのすべてでございます」影山《かげやま》はそういって麗子《れいこ》を見《み》やった。「ご記憶《きおく》ではございませんか、お嬢様《じょうさま》、土曜《どよう》の夜《よる》の天気予報《てんきよほう》を」

「え、天気予報《てんきよほう》!? 確《たし》か土曜《どよう》の夜《よる》は関東全域《かんとうぜんいき》で雨《あめ》が降《ふ》るって——結局《けっきょく》、降《ふ》らなかったけれど——え、じゃあ彼女《かのじょ》の忘《わす》れものって！」

「はい。彼女《かのじょ》の忘《わす》れものはベランダの洗濯物《せんたくもの》。正確《せいかく》にいうなら、それらの洗濯物《せんたくもの》を取《と》り込《こ》むことを忘《わす》れていたのです。しかし、アパートを出《で》て駅《えき》へと歩《ある》きはじめた彼女《かのじょ》は、怪《あや》しい空模様《そらもよう》を見《み》て天気予報《てんきよほう》を思《おも》い出《だ》し、そしてベランダの洗濯物《せんたくもの》を思《おも》い出《だ》したのでしょう。そこで、彼女《かのじょ》は踵《きびす》を返《かえ》して、いまきた道《みち》をアパートに引《ひ》き返《かえ》したものと思《おも》われます」

「なるほど。筋《すじ》が通《とお》っているわね」麗子《れいこ》は一度《いちど》は感心《かんしん》したが、すぐに根本的《こんぽんてき》な疑問《ぎもん》を感《かん》じた。「でも、よく考《かんが》えてみると、あなたの推理《すいり》、あまり意味《いみ》ないんじゃないかしら。だって被害者《ひがいしゃ》が外出先《がいしゅつさき》から帰宅《きたく》したところで殺害《さつがい》されるのも、洗濯物《せんたくもの》を取《と》り込《こ》むために引《ひ》き返《かえ》したところで殺害《さつがい》されるのも、同《おな》じことでしょ」

「ところがそうではございません。これは例《れい》のブーツに関《かか》わる問題《もんだい》なのでございます」

「どういうこと？」

「どうかご自分《じぶん》の身《み》に置《お》き換《か》えてお考《かんが》えくださいませ。お嬢様《じょうさま》がブーツを履《は》いてお出《で》かけの途中《とちゅう》、洗濯物《せんたくもの》を取《と》り込《こ》むのを忘《わす》れていたことに気《き》づき、自宅《じたく》に引《ひ》き返《かえ》したといたしましょう。玄関《げんかん》を入《はい》ったお嬢様《じょうさま》は、そこでどうなさいますか」

「決《き》まってるじゃない。影山《かげやま》を呼《よ》びつけて、『洗濯物《せんたくもの》を取《と》り込《こ》んで』って命令《めいれい》するわ」

「あ——」影山《かげやま》は一瞬言葉《いっしゅんことば》に詰《つ》まり、「ああ、そうでございますね。確《たし》かにお嬢様《じょうさま》ならそうなさるでしょう」と、半《なか》ば感心《かんしん》したように頷《うなず》き、指先《ゆびさき》で顎《あご》を撫《な》でた。「しかし吉本瞳《よしもとひとみ》にはわたくしのような執事《しつじ》はおりません。彼女《かのじょ》ならどうしたと思《おも》われますか」

「どうするもこうするもないわ。ブーツを脱《ぬ》いで部屋《へや》に上《あ》がってベランダにいって洗濯物《せんたくもの》を取《と》り込《こ》むだけよ。そうするしかないもの」

しかし影山《かげやま》はゆっくりと首《くび》を横《よこ》に振《ふ》った。

「確《たし》かにそうなさる方《かた》も大勢《おおぜい》いらっしゃるでしょう。ところが、一方《いっぽう》ではかなりの数《かず》の人間《にんげん》がそのようなやり方《かた》を非効率的《ひこうりつてき》だと感《かん》じて、べつの手段《しゅだん》を選《えら》ぶのでございます。ある意味《いみ》、お嬢様《じょうさま》にはもっとも縁遠《えんどお》いやり方《かた》なので、ピンとこないのも無理《むり》はございませんが」

「わたしに縁遠《えんどお》い？」実際《じっさい》、麗子《れいこ》にはピンとくるものがない。「どういうやり方《かた》よ、それ」

「なに、簡単《かんたん》なことでございます。まずブーツを履《は》いたまま床《ゆか》の上《うえ》に四《よ》つん這《ば》いになります。そして掌《てのひら》と膝小僧《ひざこぞう》で身体《からだ》を支《ささ》え、足《あし》の裏側《うらがわ》を床《ゆか》につけないように気《き》をつけながら、犬《いぬ》のように四本足《よんほんあし》で進《すす》むのでございます。長《なが》い距離《きょり》を進《すす》むのは大変《たいへん》ですが、ワンルームアパートぐらいの広《ひろ》さなら、このやり方《かた》で充分《じゅうぶん》に移動《いどう》できます。見《み》た目《め》の悪《わる》さが難点《なんてん》ですが、ひとり暮《ぐ》らしなら気《き》にすることもないでしょう。なによりも、この手《て》を使《つか》えば、わざわざブーツを脱《ぬ》ぐ必要《ひつよう》がありません。お嬢様《じょうさま》もおっしゃったようにブーツを脱《ぬ》いだり履《は》いたりするのは非常《ひじょう》に面倒《めんどう》なことですから、この手《て》を使《つか》う利点《りてん》は充分《じゅうぶん》にあります。おそらく吉本瞳《よしもとひとみ》もブーツを脱《ぬ》ぐ手間《てま》を惜《お》しみ、この手《て》を使《つか》ったのでしょう。彼女《かのじょ》は四《よ》つん這《ば》いで短《みじか》い廊下《ろうか》を進《すす》み、その奥《おく》のフローリングの部屋《へや》へと犬《いぬ》のように進《すす》んでいったのです――ブーツを履《は》いたままで」

「え、つまり吉本瞳《よしもとひとみ》は自分《じぶん》からフローリングの部屋《へや》へ入《はい》っていったのね。殺《ころ》されて誰《だれ》かに運《はこ》び込《こ》まれたのではなくて」

「はい。殺《ころ》されてから運《はこ》ばれたのではありません。吉本瞳《よしもとひとみ》は自《みずか》らフローリングの部屋《へや》に入《はい》っていき、そこにいた何者《なにもの》かにいきなり背後《はいご》から首《くび》を絞《し》められ殺害《さつがい》されたのです。彼女《かのじょ》はさぞかし驚《おどろ》いたことでしょう。誰《だれ》もいないはずの部屋《へや》に誰《だれ》かがいたのですから。しかし、なにしろ彼女《かのじょ》は四《よ》つん這《ば》いになった状態《じょうたい》ですから、反撃《はんげき》の体勢《たいせい》が取《と》れません。したがって彼女《かのじょ》は悲鳴《ひめい》をあげることもなく、易々《やすやす》と殺《ころ》されてしまったわけです。このようにして、『女性《じょせい》が部屋《へや》の中《なか》でブーツを履《は》いたまま殺《ころ》されている』という奇妙《きみょう》な状況《じょうきょう》ができあがったのでございます」

「そう、そういうことだったの」麗子《れいこ》は執事影山《しつじかげやま》の推理《すいり》に舌《した》を巻《ま》いた。さすが雇《やと》い主《ぬし》の令嬢《れいじょう》をアホ呼《よ》ばわりするだけのことはある。なんだか腹立《はらだ》たしいけれど、それは認《みと》めざるを得《え》ない。「でも、まさか、犯人《はんにん》が誰《だれ》かなんて判《わか》らないんでしょうね。あなたにだって」

「いいえ、いままでのわたくしの推理《すいり》が正《ただ》しいとすれば、犯人《はんにん》の目星《めぼし》もおおかた付《つ》くというものでございます。よろしいですか、お嬢様《じょうさま》。吉本瞳《よしもとひとみ》は外出《がいしゅつ》しようといったん部屋《へや》を出《で》て、また数分後《すうふんご》に引《ひ》き返《かえ》してきた。犯人《はんにん》はその数分《すうふん》の間《あいだ》に彼女《かのじょ》の部屋《へや》三〇四号室《さんまるよんごうしつ》に侵入《しんにゅう》したということになります。ここまではよろしいですね？」

「ええ、結構《けっこう》よ」

「ところが、アパートの鍵《かぎ》は防犯《ぼうはん》に優《すぐ》れた最新式《さいしんしき》です。空《あ》き巣《す》狙《ねら》いの泥棒《どろぼう》が数分《すうふん》で破《やぶ》れるような代物《しろもの》ではありません」

「ええ、そのとおりよ。犯人《はんにん》が鍵《かぎ》を破《やぶ》って侵入《しんにゅう》したとは思《おも》えないわ」

「では、吉本瞳《よしもとひとみ》が鍵《かぎ》を掛《か》け忘《わす》れたのでしょうか。しかし、お嬢様《じょうさま》のお話《はなし》によれば、その可能《かのう》性《せい》も低《ひく》いと思《おも》われます。吉本瞳《よしもとひとみ》は『人並《ひとな》み以上《いじょう》に戸締《とじま》りに気《き》を遣《つか》う人《ひと》で、鍵《かぎ》を掛《か》け忘《わす》れることなんて絶対《ぜったい》ない』。第一発見者《だいいちはっけんしゃ》の杉村恵理《すぎむらえり》はそう断言《だんげん》しております」

「確《たし》かにそうね。吉本瞳《よしもとひとみ》は外出《がいしゅつ》の際《さい》に鍵《かぎ》を掛《か》けたはずよ」

「にもかかわらず、犯人《はんにん》は数分《すうふん》の間《あいだ》にいとも簡単《かんたん》に現場《げんば》への侵入《しんにゅう》を果《は》たしているのです。ここから導《みちび》かれる結論《けつろん》はひとつ。犯人《はんにん》は三〇四号室《さんまるよんごうしつ》の合鍵《あいかぎ》を持《も》っていたものと思《おも》われます」

「合鍵《あいかぎ》――」その言葉《ことば》を耳《みみ》にするなり麗子《れいこ》の脳裏《のうり》にひとりの人物《じんぶつ》が浮《う》かび上《あ》がった。吉本瞳《よしもとひとみ》と互《たが》いの鍵《かぎ》を交換《こうかん》する関係《かんけい》にあった男《おとこ》。「田代裕也《たしろゆうや》――やっぱり彼《かれ》が犯人《はんにん》なの？　ああ、でもそれは無理《むり》よ、影山《かげやま》。彼《かれ》には完璧《かんぺき》なアリバイがあるんだから」

「はい。田代裕也《たしろゆうや》は犯人《はんにん》ではございません」

「じゃあ、まさか大家《おおや》の河原健作《かわはらけんさく》？　彼《かれ》なら合鍵《あいかぎ》を持《も》っているはずだけど」

「しかしながら、河原健作《かわはらけんさく》は新聞受《しんぶんう》けの前《まえ》で吉本瞳《よしもとひとみ》とすれ違《ちが》った後《あと》は、まっすぐ自分《じぶん》の部屋《へや》に戻《もど》っています。そのことは向《む》かいの果物屋《くだものや》の証言《しょうげん》であきらかです。河原健作《かわはらけんさく》が吉本瞳《よしもとひとみ》より先《さき》に彼女《かのじょ》の部屋《へや》に侵入《しんにゅう》し、彼女《かのじょ》を襲《おそ》うことは不可能《ふかのう》です」

「それじゃあ、いったいどういうことになるの？　犯人《はんにん》は合鍵《あいかぎ》を持《も》っていた人物《じんぶつ》である。しかし合鍵《あいかぎ》を持《も》っている二人《ふたり》の人物《じんぶつ》には犯行《はんこう》の機会《きかい》はなかった。これじゃあ、容疑者《ようぎしゃ》がいなくなっちゃうじゃない」

「いいえ、お嬢様《じょうさま》、容疑者《ようぎしゃ》はもうひとりおります。合鍵《あいかぎ》を使《つか》うことのできた人物《じんぶつ》がもうひとりだけ。そして、その人物《じんぶつ》こそが吉本瞳殺《よしもとひとみごろ》しの真犯人《しんはんにん》なのです」

影山《かげやま》の断定的《だんていてき》な口調《くちょう》に、麗子《れいこ》は緊張《きんちょう》した。

「それは誰《だれ》？　わたしの知《し》らない人《ひと》？」

「いいえ、お嬢様《じょうさま》はその人物《じんぶつ》をすでにご存《ぞん》じでございます。正確《せいかく》には、その方《かた》の靴《くつ》をご存《ぞん》じというべきでしょうか」

「靴《くつ》？」

「お忘《わす》れでございますか、お嬢様《じょうさま》。田代裕也《たしろゆうや》の部屋《へや》を訪《おとず》れた際《さい》、玄関《げんかん》に若《わか》い女性《じょせい》のものと思《おも》われる靴《くつ》があったことを」

たちまち麗子《れいこ》の脳裏《のうり》に、田代裕也《たしろゆうや》の部屋《へや》を訪《おとず》れた際《さい》の様子《ようす》が鮮明《せんめい》に浮《う》かび上《あ》がった。男物《おとこもの》の靴《くつ》が散乱《さんらん》する靴脱《くつぬ》ぎスペースに、場違《ばちが》いな感《かん》じの洒落《しゃれ》た靴《くつ》が確《たし》かにあった。

「白《しろ》いハイヒール！」麗子《れいこ》は思《おも》わず叫《さけ》んだ。「あれが真犯人《しんはんにん》の靴《くつ》だというの⁉」

「さようでございます」影山《かげやま》は落《お》ち着き払《はら》った口調《くちょう》でいった。「お嬢様《じょうさま》もご想像《そうぞう》になられたように、おそらくその白《しろ》いハイヒールの女性《じょせい》は、田代裕也《たしろゆうや》の新《あたら》しい恋人《こいびと》なのでしょう。そして恋《こい》人《びと》ならば彼《かれ》の部屋《へや》に自由《じゆう》に入《はい》ることも可能《かのう》なはず。ということは田代裕也《たしろゆうや》が留守《るす》の場合《ばあい》、彼《かれ》が持《も》っている三〇四号室《さんまるよんごうしつ》の合鍵《あいかぎ》をこっそり持《も》ち出《だ》して使《つか》うことが、その女性《じょせい》にはできたはずです」

「そうか。土曜《どよう》の夜《よる》、田代《たしろ》は釣《つ》りに出掛《でか》けて留守《るす》だった！　白《しろ》いハイヒールの女《おんな》は田代《たしろ》の合《あい》鍵《かぎ》を自由《じゆう》に使《つか》うことができたのね！」

「そういうことでございます。ここからはわたくしの想像《そうぞう》が混《ま》ざりますので、そのつもりでお聞《き》きくださいませ。犯人《はんにん》の女性《じょせい》――そうですね、名前《なまえ》が判《わか》らないので仮《かり》に白井靴子《しろいくつこ》と呼《よ》ばせていただいてよろしいでしょうか」

「白《しろ》いハイヒールの女《おんな》、白井靴子《しろいくつこ》ね」

「田代裕也《たしろゆうや》の新《あたら》しい恋人白井靴子《こいびとしろいくつこ》は、なんらかのきっかけで彼《かれ》の隠《かく》し持《も》っている鍵《かぎ》を発見《はっけん》したのでしょう。もちろん誰《だれ》の部屋《へや》の鍵《かぎ》かは判《わか》りません。しかしながら女性《じょせい》の勘《かん》は鋭《するど》いものです。白井靴子《しろいくつこ》はその鍵《かぎ》を見《み》つけるなり、田代裕也《たしろゆうや》が自分《じぶん》に隠《かく》れてべつの女性《じょせい》と付《つ》き合《あ》っているのではないか、この鍵《かぎ》はその女性《じょせい》の部屋《へや》の鍵《かぎ》ではないか、そんなふうに疑《うたが》いを抱《いだ》いたのでしょう。となれば白井靴子《しろいくつこ》が恋人《こいびと》の浮気相手《うわきあいて》を突《つ》き止《と》めたいと思《おも》うのは当然《とうぜん》です。そして彼女《かのじょ》は手《て》を尽《つ》くして情報《じょうほう》を集《あつ》めたか、あるいは前々《まえまえ》からその存在《そんざい》を知《し》っていたのか、それは判《わか》りませんが、とにかく吉本瞳《よしもとひとみ》という女性《じょせい》を疑《うたが》うに至《いた》ったのです。では、吉本瞳《よしもとひとみ》と田代裕也《たしろゆうや》との間《あいだ》に関係《かんけい》があるかないかをどうやって調《しら》べればいいか。そこで、いいやり方《かた》があります。田代裕也《たしろゆうや》の留守中《るすちゅう》に彼《かれ》の持《も》っている鍵《かぎ》を持《も》ち出《だ》して、それを吉本瞳《よしもとひとみ》の部屋《へや》の鍵穴《かぎあな》に合《あ》わせてみるのです。ピッタリ鍵《かぎ》が合《あ》えば、二人《ふたり》の関係《かんけい》は証明《しょうめい》されます。そして白井靴子《しろいくつこ》はこの考《かんが》えを実行《じっこう》に移《うつ》したのです」

「それが土曜日《どようび》のことね」

「はい。白井靴子《しろいくつこ》は田代裕也《たしろゆうや》が釣《つ》りに出掛《でか》けるのを待《ま》って、彼《かれ》の部屋《へや》から合鍵《あいかぎ》を持《も》ち出《だ》し、吉本瞳《よしもとひとみ》のアパートに向《む》かいます。そして、路上《ろじょう》に停《と》めた車《くるま》の中《なか》などから彼女《かのじょ》の部屋《へや》を見張《みは》り、吉本瞳《よしもとひとみ》が外出《がいしゅつ》するのを待《ま》ったのでしょう。部屋《へや》の中《なか》に住人《じゅうにん》がいる状態《じょうたい》では、鍵穴《かぎあな》に鍵《かぎ》を差《さ》すのは憚《はばか》られますから。やがて時間《じかん》が経《た》ち、夕方六時《ゆうがたろくじ》になってようやく吉本瞳《よしもとひとみ》が部屋《へや》を出《で》ていきました。すぐさま白井靴子《しろいくつこ》は合鍵《あいかぎ》を握《にぎ》り締《し》めて、アパートの中《なか》へ。そうして彼女《かのじょ》は三〇四号室《さんまるよんごうしつ》の扉《とびら》の前《まえ》に立《た》ち、鍵穴《かぎあな》に鍵《かぎ》を差《さ》し込《こ》みます。当然《とうぜん》ながら鍵《かぎ》は開《あ》きました。こうして白井《しろい》靴子《くつこ》は恋人《こいびと》の浮気相手《うわきあいて》を突《つ》き止《と》めることに成功《せいこう》したのです」

「目標達成《もくひょうたっせい》。でも、問題《もんだい》はその後《あと》ね」

「はい。ここでやめておけば事件《じけん》は起《お》こらなかったのでしょう。しかし、当分《とうぶん》の間吉本瞳《あいだよしもとひとみ》が戻《もど》らないと思《おも》い込《こ》んでいた白井靴子《しろいくつこ》は、この際《さい》とばかりに部屋《へや》に勝手《かって》に上《あ》がってしまったのです。恋人《こいびと》の浮気相手《うわきあいて》がどんな部屋《へや》に住《す》んでいるか興味《きょうみ》があったのか、あるいはさらなる浮《うわ》気《き》の証拠《しょうこ》を摑《つか》もうと考《かんが》えたのかもしれません。しかし、そこに彼女《かのじょ》の予想《よそう》しなかった事態《じたい》が起《お》こったのです」

「出掛《でか》けたばかりの吉本瞳《よしもとひとみ》が戻《もど》ってきた。洗濯物《せんたくもの》を取《と》り込《こ》むために」

「不法侵入《ふほうしんにゅう》の最中《さなか》に、部屋《へや》の主《あるじ》が戻《もど》ってくる。それだけで充分《じゅうぶん》、白井靴子《しろいくつこ》はパニックに陥《おちい》ったことでしょう。泥棒《どろぼう》と疑《うたが》われても仕方《しかた》のない状況《じょうきょう》ですから。しかも、相手《あいて》は恋人《こいびと》の浮気相手《うわきあいて》なのです。こんなところを見《み》つかるなんて屈辱《くつじょく》以外《いがい》のなにものでもありません。田代裕也《たしろゆうや》との交際《こうさい》もご破算《はさん》になるでしょう。そればかりか社会的《しゃかいてき》な地位《ちい》にも——もちろん彼女《かのじょ》がそういった地位《ちい》にあればの話《はなし》ですが——傷《きず》をつけかねません。白井靴子《しろいくつこ》はなんとかこの窮地《きゅうち》を切《き》り抜《ぬ》けようと考《かんが》えたでしょう。しかし、ワンルームアパートの部屋《へや》に逃《に》げ場《ば》はありません。すると次《つぎ》の瞬間《しゅんかん》、慌《あわ》てふためく彼女《かのじょ》の前《まえ》に、思《おも》いもよらない意外《いがい》な光景《こうけい》が現《あらわ》れました。吉本瞳《よしもとひとみ》はなんとブーツを履《は》いたまま四《よ》つん這《ば》いで部屋《へや》に入《はい》ってきたのです。まるで無防備《むぼうび》なその恰好《かっこう》を見《み》て、とっさに白井靴子《しろいくつこ》が暴力《ぼうりょく》という緊急手段《きんきゅうしゅだん》に訴《うった》えたのも不思議《ふしぎ》なことではないでしょう」

「見《み》つかって騒《さわ》がれる前《まえ》に先制攻撃《せんせいこうげき》を仕掛《しか》けたわけね」

「白井靴子《しろいくつこ》は手近《てぢか》にあったロープを手《て》にします。おそらく新聞《しんぶん》を縛《しば》るビニールロープが新聞《しんぶん》ストッカーの脇《わき》にでもあったのでしょう。そして彼女《かのじょ》は無我夢中《むがむちゅう》で吉本瞳《よしもとひとみ》に襲《おそ》い掛《か》かりました。もとより、計画的《けいかくてき》な犯行《はんこう》ではありませんから殺意《さつい》があったかどうか判《わか》りません。しかし、嫉妬《しっと》の思《おも》いも手伝《てつだ》って力《ちから》が入《はい》りすぎたのか、白井靴子《しろいくつこ》は吉本瞳《よしもとひとみ》をとうとう絞《し》め殺《ころ》すに至《いた》った——と、事件《じけん》の概要《がいよう》はざっとこのようなものだったと推測《すいそく》されるわけです」

そして説明《せつめい》を終《お》えた執事影山《しつじかげやま》は、静《しず》かな表情《ひょうじょう》のまま麗子《れいこ》のほうを向《む》いた。「いかがでございますか、お嬢様《じょうさま》」

「え——そ、そうね。なかなか結構《けっこう》よ。確《たし》かに犯人《はんにん》は白《しろ》いハイヒールの女《おんな》みたいね」

正直《しょうじき》なところ、結構《けっこう》どころではない。麗子《れいこ》には影山《かげやま》の推理《すいり》はほぼ完璧《かんぺき》に思《おも》えた。犯人《はんにん》の行《こう》動《どう》も被害者《ひがいしゃ》の行動《こうどう》も、おそらくは影山《かげやま》が語《かた》ったとおりだったに違《ちが》いない。だが、そう簡単《かんたん》に認《みと》めてしまうのも癪《しゃく》なので麗子《れいこ》はあえて二《に》、三《さん》の質問《しつもん》をおこなった。

「殺人現場《さつじんげんば》からは怪《あや》しい指紋《しもん》は発見《はっけん》されなかったわ。犯人《はんにん》は手袋《てぶくろ》をしていたのかしら」

「他人《たにん》の部屋《へや》の鍵《かぎ》を勝手《かって》に開《あ》けるという行為《こうい》は、それ自体《じたい》、すでに犯罪《はんざい》でございます。ですから、犯人《はんにん》は三〇四号室《さんまるよんごうしつ》の扉《とびら》に鍵《かぎ》を差《さ》す段階《だんかい》で、すでに用心《ようじん》のため手袋《てぶくろ》をしていたのでしょう。結果的《けっかてき》に、犯人《はんにん》は殺人《さつじん》の際《さい》も指紋《しもん》を残《のこ》さずに済《す》んだというわけです」

「吉本瞳《よしもとひとみ》が部屋《へや》に引《ひ》き返《かえ》してきたとき、玄関《げんかん》には犯人《はんにん》の靴《くつ》があったはずよね。吉本瞳《よしもとひとみ》はそれに気付《きづ》かなかったのかしら」

「お嬢様《じょうさま》のお話《はなし》によれば、吉本瞳《よしもとひとみ》の部屋《へや》はあまり整理整頓《せいりせいとん》が行《ゆ》き届《とど》いていなかった様子《ようす》。きっと玄関《げんかん》も乱《みだ》れていたのでしょう。ですから彼女《かのじょ》はそこに他人《たにん》の靴《くつ》があっても気《き》がつかなかったものと思《おも》われます」

麗子《れいこ》の質問《しつもん》に対《たい》して、影山《かげやま》はことごとく満足《まんぞく》のいく答《こた》えを用意《ようい》していた。

「そう、よく判《わか》ったわ」麗子《れいこ》は大《おお》きく頷《うなず》くと、「それじゃあ、最後《さいご》にもうひとつだけ」といって、先《さき》ほどから胸《むね》の奥《おく》に抱《いだ》き続《つづ》けていた疑問《ぎもん》を、今夜《こんや》の締《し》めくくりとして影山《かげやま》にぶつけた。

「あなた、たいした推理力《すいりりょく》だけど、いったい何者《なにもの》？　なぜ執事《しつじ》なんかやってるの？」

すると執事影山《しつじかげやま》は銀縁眼鏡《ぎんぶちめがね》を軽《かる》く持《も》ち上《あ》げ、いたって真面目《まじめ》な顔《かお》でこう答《こた》えた。

「本当《ほんとう》はプロ野球選手《やきゅうせんしゅ》かプロの探偵《たんてい》になりたかったのでございます」

それは答《こた》えになってないいんじゃないの？　麗子《れいこ》はそれだけが不満《ふまん》だった。

第《だい》二《に》話《わ》　殺《ころ》しのワインはいかがでしょう

1

目《め》を覚《さ》ましたとき、ベッドに備《そな》え付《つ》けられたアナログ時計《どけい》の針《はり》は午前七時《ごぜんしちじ》ちょっと前《まえ》を示《しめ》していた。普段《ふだん》より三十分《さんじっぷん》も早《はや》い目覚《めざ》めに、宝生麗子《ほうしょうれいこ》は感激《かんげき》した。なにより、目覚《めざ》ましの力《ちから》を借《か》りずに起《お》きられたこと自体《じたい》が奇跡的《きせきてき》だ。いつもなら、目覚《めざ》ましが鳴《な》っても起《お》きないし、起《お》きてもまた寝《ね》てしまう。二度寝《にどね》した麗子《れいこ》は遅刻寸前《ちこくすんぜん》のところで影山《かげやま》のノックの音《おと》に飛《と》び起《お》きる、というのが最近繰《さいきんく》り返《かえ》される朝《あさ》のパターンである。

ちなみに影山《かげやま》というのは宝生家《ほうしょうけ》の屋敷《やしき》にあまたいる使用人《しようにん》のひとり。三十代《さんじゅうだい》の若《わか》さながら執事兼運転手《しつじけんうんてんしゅ》という枯《か》れた役職《やくしょく》をこなし、なおかつ人間目覚《にんげんめざ》まし時計《どけい》にもなってくれる重宝《ちょうほう》な男《おとこ》だ。このような人物《じんぶつ》は宝生家《ほうしょうけ》以外《いがい》では、滅多《めった》にお目《め》にかかれるものではない。

「せっかく早起《はやお》きしたんだから、影山《かげやま》に自慢《じまん》してやらなくちゃ」

麗子《れいこ》はささやかな野心《やしん》を胸《むね》に抱《いだ》き、パジャマに薄手《うすで》のガウンを羽織《はお》って寝室《しんしつ》を出《で》た。

季節《きせつ》は春《はる》。とはいえ四月《しがつ》の朝《あさ》はまだ寒《さむ》い。廊下《ろうか》の空気《くうき》は冷《ひ》え冷《び》えとしていて、寝起《ねお》きの頭《あたま》をスッキリさせてくれる。いい具合《ぐあい》に、廊下《ろうか》に影山《かげやま》の姿《すがた》があった。朝《あさ》っぱらからダークスーツに身《み》を包《つつ》んだ彼《かれ》の様子《ようす》は、これで黒《くろ》いサングラスでもしていれば立派《りっぱ》に『その筋《すじ》の人《ひと》』に見《み》えるだろう。実際《じっさい》の影山《かげやま》はやや時代遅《じだいおく》れともとれる銀縁眼鏡《ぎんぶちめがね》を愛用《あいよう》しているので、辛《かろ》うじて知的《ちてき》な印象《いんしょう》を保《たも》っている。そんな執事《しつじ》は麗子《れいこ》を目《め》にするなり、長身《ちょうしん》を折《お》り曲《ま》げるようにして型《かた》どおりに朝《あさ》の挨拶《あいさつ》をおこなった。

「おはようございます、お嬢様《じょうさま》。昨夜《ゆうべ》はよくお眠《ねむ》りになられましたでしょうか」

「ええ、いつもよりもよく眠《ねむ》れたわ」

「それはなによりでした」

執事《しつじ》は無表情《むひょうじょう》のまま頷《うなず》き、それから眼鏡《めがね》の縁《ふち》を軽《かる》く持《も》ち上《あ》げる仕草《しぐさ》で、「ところでお嬢様《じょうさま》、昨夜《さくや》は、なにかお困《こま》りになられませんでしたか」と変《へん》な質問《しつもん》。

「困《こま》ってないけど——なにかあったの？」

「春《はる》の嵐《あらし》でございます。落雷《らくらい》の影響《えいきょう》で、真夜中《まよなか》に一時間四十二分《いちじかんよんじゅうにふん》ほど停電《ていでん》した模様《もよう》です」

「へえ、気付《きづ》かなかった」しかし真夜中《まよなか》の停電時間《ていでんじかん》というものは分刻《ふんきざ》みで判《わか》るものなのだろうか？「なんでそこまで詳《くわ》しく判《わか》るわけ？」

「はい。わたくしのベッドにはコンセントに差《さ》し込《こ》むタイプのアナログ時計《どけい》が備《そな》え付《つ》けられておりまして――」

「それなら、わたしのベッドにも同《おな》じものが」

「今朝《けさ》起《お》きてみるとその時計《とけい》が一時間四十二分《いちじかんよんじゅうにふん》遅《おく》れておりました」

「そっか。つまり時計《とけい》の止《と》まっていた時間《じかん》がそのまま停電時間《ていでんじかん》ってわけね」麗子《れいこ》は感心《かんしん》するように数回頷《すうかいうなず》き、それからふいに真顔《まがお》になって「…………」と長《なが》めの沈黙《ちんもく》。そしていきなり影山《かげやま》のネクタイに両《りょう》の手《て》を掛《か》けると、彼《かれ》の身体《からだ》をぶん回《まわ》すようにして壁《かべ》に押《お》し付《つ》けた。

「答《こた》えなさい、影山《かげやま》、いまは午前七時《ごぜんしちじ》よね！」

「いえ、七時《しちじ》ではございません」影山《かげやま》は悲《かな》しげに目《め》を伏《ふ》せた。「おそらく八時四十五分《はちじよんじゅうごふん》を過《す》ぎているのではないかと」

「は、八時四十五分《はちじよんじゅうごふん》！」漫画《まんが》の中《なか》の女子高生《じょしこうせい》なら食《しょく》パンくわえて通学路《つうがくろ》を駆《か》け出《だ》している時間帯《じかんたい》だ。幸《こう》か不幸《ふこう》か、麗子《れいこ》は女子高生《じょしこうせい》ではなくてすでに立派《りっぱ》な社会人《しゃかいじん》。それが平日《へいじつ》の午前八《ごぜんはち》時四十五分《じよんじゅうごふん》に自宅《じたく》でパジャマ。大変《たいへん》だ。もはや一刻《いっこく》の猶予《ゆうよ》もない。切羽詰《せっぱつま》った麗子《れいこ》は精一杯《せいいっぱい》の知恵《ちえ》とお金持《かねも》ちの特権《とっけん》をフルに活用《かつよう》して、目《め》の前《まえ》の執事《しつじ》に緊急命令《きんきゅうめいれい》を下《くだ》した。

「影山《かげやま》、大至急《だいしきゅう》リムジンを玄関《げんかん》に回《まわ》しなさい！」

宝生麗子《ほうしょうれいこ》は金融《きんゆう》とエレクトロニクスと医薬品《いやくひん》とミステリ出版物《しゅっぱんぶつ》などで世界《せかい》にその名《な》を轟《とどろ》かせる『宝生《ほうしょう》グループ』の総帥《そうすい》、宝生清太郎《ほうしょうせいたろう》のひとり娘《むすめ》である。蝶《ちょう》よ花《はな》よと育《そだ》てられ、優秀《ゆうしゅう》な大学《だいがく》を優秀《ゆうしゅう》な成績《せいせき》で卒業《そつぎょう》した、要《よう》するになに不自由《ふじゆう》のない正真正銘《しょうしんしょうめい》のお嬢様《じょうさま》。しかしながら、そんなお嬢様《じょうさま》とていまどきの女性《じょせい》。父親《ちちおや》の意向《いこう》に沿《そ》って箱入《はこい》り娘《むすめ》として花嫁修業《はなよめしゅぎょう》に勤《いそ》しむことを潔《いさぎよ》しとはしなかった。かといってグループ企業《きぎょう》に腰掛《こしか》けのような就職《しゅうしょく》をするのは、もっと嫌《いや》。で、そんな彼女《かのじょ》の選《えら》んだ仕事《しごと》は結構《けっこう》お堅《かた》い公務員《こうむいん》——というか警察官《けいさつかん》。

宝生麗子《ほうしょうれいこ》は東京多摩地区《とうきょうたまちく》、国立署《くにたちしょ》に所属《しょぞく》する若《わか》き女性刑事《じょせいけいじ》である。

もっとも、署《しょ》の人間《にんげん》で彼女《かのじょ》が宝生清太郎《ほうしょうせいたろう》の娘《むすめ》であることを知《し》っているのは、上層部《じょうそうぶ》の一部《いちぶ》のみ。他《ほか》の同僚《どうりょう》たちはみな、彼女《かのじょ》のことをごくごく普通《ふつう》の若《わか》くて綺麗《きれい》な女《おんな》の刑事《けいじ》と思《おも》っているはずだ（事実《じじつ》だから仕方《しかた》がない）。そんなわけだから、寝坊《ねぼう》して遅刻《ちこく》しても特別扱《とくべつあつか》いはしてもらえない。

「急《いそ》ぎなさい、影山《かげやま》！　道交法《どうこうほう》の範囲内《はんいない》でぶっ飛《と》ばして！」

運転席《うんてんせき》の影山《かげやま》に無茶《むちゃ》な命令《めいれい》を伝《つた》えた麗子《れいこ》は、リムジンの広々《ひろびろ》とした空間《くうかん》を利用《りよう》して、寝起《ねお》きのパジャマ姿《すがた》から、仕事用《しごとよう》の服《ふく》に素早《すばや》く着替《きが》える。シックにしてエレガント、繊細《せんさい》でありながら機能的《きのうてき》な、できる女《おんな》のパンツスーツ。『バーバリー銀座店《ぎんざてん》』で買《か》ったウン十万円相当《じゅうまんえんそうとう》の限定品《げんていひん》である。もっとも同僚《どうりょう》たちには、『丸井国分寺店《まるいこくぶんじてん》』で買《か》った三万円相当《さんまんえんそうとう》のバーゲン品《ひん》、といってある。ブランドにとことん疎《うと》い男性刑事《だんせいけいじ》たちは全員《ぜんいん》それを疑《うたが》おうともしない。

着替《きが》えが済《す》んだら髪《かみ》の毛《け》のセット。髪《かみ》は女《おんな》の命《いのち》なので、麗子《れいこ》の髪《かみ》も刑事《けいじ》にしてはちょい長《なが》め。それを勤務中《きんむちゅう》は頭《あたま》の後《うし》ろで地味《じみ》に束《たば》ねている。芳香漂《ほうこうただよ》うサラサラヘアーが野郎《やろう》どもの邪《よこしま》な感情《かんじょう》を掻《か》き立《た》てないようにという、極《きわ》めてオトナの配慮《はいりょ》である。

ところで、手首《てくび》に回《まわ》したラドーのインテグラルジュビリー（要《よう》するに高級腕時計《こうきゅううでどけい》）を装飾品《そうしょくひん》に数《かぞ》えないとするならば、麗子《れいこ》が勤務中《きんむちゅう》に装飾品《そうしょくひん》を身《み》につけることはない。だが、今日《きょう》からはひとつだけ装飾的《そうしょくてき》アイテムを付《つ》け加《くわ》えようと麗子《れいこ》は考《かんが》えていた。麗子《れいこ》は手元《てもと》のケースからそれを取《と》り出《だ》し顔《かお》の前《まえ》にかざした。

アルマーニの眼鏡《めがね》——といっても度《ど》は入《はい》っていない。いわゆるダテ眼鏡《めがね》だ。フレームはシャープな黒《くろ》。鋭角的《えいかくてき》なフォルムがファッショナブルな大人《おとな》の女性《じょせい》を演出《えんしゅつ》する、と店員《てんいん》さんがいっていたけど本当《ほんとう》だろうか。恐《おそ》る恐《おそ》る装着《そうちゃく》して、バックミラー越《ご》しに運転席《うんてんせき》の反応《はんのう》を窺《うかが》う。

「——どうかしら、影山《かげやま》？」

ミラー越《ご》しの執事《しつじ》の表情《ひょうじょう》にわずかながら驚《おどろ》きの色《いろ》が表《あらわ》れ、一瞬《いっしゅん》リムジンが左右《さゆう》に揺《ゆ》れた。

「どうなさいました、お嬢様《じょうさま》。確《たし》か、目《め》だけはよろしかったはずでは？」

「ダテよ、ダテ眼鏡《めがね》。勤務中《きんむちゅう》は雰囲気《ふんいき》を変《か》えてみようと思《おも》ったの。だってほら、刑事《けいじ》って知《ち》的《てき》に見《み》えたほうが得《とく》でしょ……」

麗子《れいこ》が急《きゅう》に眼鏡《めがね》を掛《か》けてみようと考《かんが》えたのにはわけがある。実《じつ》は最近《さいきん》、彼女《かのじょ》のことを面《めん》と向《む》かってアホ呼《よ》ばわりした無粋《ぶすい》な男《おとこ》がいるのだが、その男《おとこ》は、なるほど大口《おおぐち》を叩《たた》くだけのことはあって大《たい》した推理力《すいりりょく》の持《も》ち主《ぬし》だった。彼女《かのじょ》の抱《かか》えていた難事件《なんじけん》を、話《はなし》を聞《き》いただけで見《み》事解決《ごとかいけつ》してしまったのだ。その男《おとこ》の得意《とくい》げな鼻《はな》の上《うえ》には、これ見《み》よがしに銀縁眼鏡《ぎんぶちめがね》がのっかっていた。どうもそれ以来《いらい》、彼女《かのじょ》には眼鏡《めがね》と知性《ちせい》とは多少《たしょう》の関連《かんれん》があるのではないかと思《おも》えて仕方《しかた》がないのだが、それはともかく——「あなたさっき、『目《め》だけは』っていわなかった？」

「いいえ、申《もう》しておりません。空耳《そらみみ》では？」ミラーの中《なか》、影山《かげやま》が何食《なにく》わぬ顔《かお》で銀縁眼鏡《ぎんぶちめがね》を押《お》し上《あ》げる。「いずれにせよ、大変《たいへん》よくお似合《にあ》いでございます。実《じつ》にお美《うつく》しい」

「平凡《へいぼん》すぎて嬉《うれ》しくないわ。他《ほか》に感想《かんそう》は？」

「わたくしとキャラが被《かぶ》っていますが……」

「んなことは、どーだっていいでしょ！」眼鏡《めがね》キャラは影山《かげやま》だけのものではない。「あーあ、眼鏡《めがね》やめようかしら。あんまり似合《にあ》ってないみたいだし」

「——凶悪《きょうあく》な犯罪者《はんざいしゃ》もお嬢様《じょうさま》の前《まえ》でひざまずき、自《みずか》ら懺悔《ざんげ》をはじめることでしょう」

「それ、魅力的《みりょくてき》って意味《いみ》!? 回《まわ》りくどいのね」

「申《もう》し訳《わけ》ございません。わたくしの平凡《へいぼん》な語彙《ごい》をもってしては、お嬢様《じょうさま》の非凡《ひぼん》な魅力《みりょく》を表《あらわ》しきれないのでございます。どうかお許《ゆる》しを」

「お!」いまのは結構嬉《けっこううれ》しかった。非凡《ひぼん》な魅力《みりょく》ってところが特《とく》に。「いいわ、許《ゆる》してあげる」

運転席《うんてんせき》の影山《かげやま》が、やれやれというように小《ちい》さく溜《た》め息《いき》をつく。そのときちょうど麗子《れいこ》の携《けい》帯《たい》が着《ちゃく》メロを奏《かな》でた。電話《でんわ》に出《で》るといきなり、『やあ、おはよう、お嬢《じょう》さん』

そのひと言《こと》だけで相手《あいて》が誰《だれ》だか判《わか》る。風祭警部《かざまつりけいぶ》。国立署《くにたちしょ》の若《わか》き警部《けいぶ》であり、麗子《れいこ》の上司《じょうし》だ。

『君《きみ》、いまどこでなにしているのかな?』

ちょうどリムジンの中《なか》で着替《きが》えを終《お》えたところ、とはさすがにいえない。麗子《れいこ》が返事《へんじ》に迷《まよ》っていると、風祭警部《かざまつりけいぶ》は勝手《かって》に喋《しゃべ》り出《だ》した。

『まあいい。それより宝生君《ほうしょうくん》、国立市東二丁目旭通《くにたちしひがしにちょうめあさひどお》り沿《ぞ》いの若林動物病院《わかばやしどうぶつびょういん》で事件《じけん》だ。院長《いんちょう》が自分《じぶん》の部屋《へや》で死《し》んでいるのが見《み》つかったと通報《つうほう》があった。若林動物病院《わかばやしどうぶつびょういん》は判《わか》るね。——それじゃ君《きみ》は現場《げんば》に直接向《ちょくせつむ》かってくれ。僕《ぼく》もすぐに行《い》く』

「え⁉」この車《くるま》で現場《げんば》に直行《ちょっこう》って……「あ、はい、判《わか》りました」

通話《つうわ》を終《お》えるや否《いな》や、麗子《れいこ》は「急《いそ》いで若林動物病院《わかばやしどうぶつびょういん》へ」と運転席《うんてんせき》の影山《かげやま》に命《めい》じた。それから パトカーや野次馬《やじうま》のひしめく現場《げんば》にリムジンで乗《の》り付《つ》ける自分《じぶん》の姿《すがた》を想像《そうぞう》して、ゾッとなった。「やっぱり、病院《びょういん》の百《ひゃく》メートル手前《てまえ》で降《お》ろしてちょうだい。そこから歩《ある》くわ」

「かしこまりました」影山《かげやま》は大《おお》きくハンドルを切《き》ってリムジンの進行方向《しんこうほうこう》を変《か》えた。

国立駅前《くにたちえきまえ》はロータリーから放射状《ほうしゃじょう》に延《の》びる三本《さんぼん》の通《とお》りが有名《ゆうめい》だが、本当《ほんとう》に知名度《ちめいど》があるのは真《ま》ん中《なか》を通《とお》る大学通《だいがくどお》りだけ。あとの二本《にほん》は「駅《えき》を出《で》て右《みぎ》（左《ひだり》）斜《なな》めに延《の》びてる道路《どうろ》」などと呼《よ》ばれたりする。旭通《あさひどお》りは駅《えき》を出《で》て左斜《ひだりなな》めに延《の》びている道路《どうろ》である（ちなみに右斜《みぎなな》めは富《ふ》士見通《じみどお》りという）。

若林動物病院《わかばやしどうぶつびょういん》はそんな旭通《あさひどお》りがコンビニに突《つ》き当《あ》たる少《すこ》し手前《てまえ》に看板《かんばん》を掲《かか》げている。病院《びょういん》の前《まえ》は、予想《よそう》どおりパトカーや野次馬《やじうま》たちでごったがえしていた。麗子《れいこ》は無意識《むいしき》のうちにシルバーメタリック塗装《とそう》のジャガーを探《さが》した。ジャガーは風祭警部《かざまつりけいぶ》の愛車《あいしゃ》であり、国立《くにたち》の殺人《さつじん》現場《げんば》では常《つね》に異彩《いさい》を放《はな》つ存在《そんざい》である。風祭警部《かざまつりけいぶ》は国産車《こくさんしゃ》には乗《の》らない。理由《りゆう》は「貧乏《びんぼう》くさいから」。そんな警部自身《けいぶじしん》は貧乏《びんぼう》くさい国産車《こくさんしゃ》を製造販売《せいぞうはんばい》する『風祭《かざまつり》モータース』の御曹司《おんぞうし》であるから、自己矛盾《じこむじゅん》も甚《はなは》だしいのだが、それはともかく――麗子《れいこ》の見渡《みわた》したところ、あたりにジャガーの姿《すがた》はない。

「変《へん》ね。警部《けいぶ》、まだなのかしら」首《くび》を傾《かし》げつつ、麗子《れいこ》が立入禁止《たちいりきんし》のテープをくぐろうと身体《からだ》を屈《かが》めたそのとき、「あら!?」

ふいに麗子《れいこ》の視界《しかい》が、朝日《あさひ》を反射《はんしゃ》して鏡《かがみ》のように輝《かがや》く謎《なぞ》の物体《ぶったい》を捉《とら》えた。爆音《ばくおん》を奏《かな》でながらこちらに接近《せっきん》してくる一台《いちだい》の車《くるま》。その正体《しょうたい》が警部《けいぶ》の運転《うんてん》する銀色《ぎんいろ》のジャガーであることはいうまでもない。ジャガーは麗子《れいこ》を轢《ひ》き殺《ころ》さんばかりの勢《いきお》いで飛《と》んできたかと思《おも》うと、彼女《かのじょ》の手前《てまえ》で「ぎゅん」と耳障《みみざわ》りな音《おと》を立《た》てて尻《しり》を振《ふ》りながら急停車《きゅうていしゃ》。運転席《うんてんせき》のドアが開《あ》くと、中《なか》から食《しょく》パンをくわえた風祭警部《かざまつりけいぶ》が現《あらわ》れて、「やあ、宝生君《ほうしょうくん》、おはよう」と片手《かたて》を上《あ》げた。

「…………」おまえは漫画《まんが》の中《なか》の女子高生《じょしこうせい》かよ！　そういいたいところをグッと堪《こら》えて、麗《れい》子《こ》は部下《ぶか》として慎重《しんちょう》に言葉《ことば》を選《えら》んだ。「あ、あの――どうなさいました、警部《けいぶ》」

「話《はな》せば長《なが》いんだけどね」警部《けいぶ》は食《しょく》パンの残《のこ》りを口《くち》の中《なか》に押《お》し込《こ》むと、「実《じつ》は僕《ぼく》のベッドにはコンセントに差《さ》し込《こ》むタイプのアナログ時計《どけい》があってね――」。

「あ、判《わか》りました。もういいです」麗子《れいこ》は警部《けいぶ》の答《こた》えに三秒《さんびょう》で興味《きょうみ》を失《うしな》い、冷《つめ》たく背中《せなか》を向《む》けた。「じゃ、さっそく現場《げんば》へ参《まい》りましょう」

「こら、『どうなさいました』と質問《しつもん》しておいて『もういいです』って失礼《しつれい》だろ、君《きみ》！　それなら、こっちだって聞《き》きたいことがあるぞ。その眼鏡《めがね》はなんだ。それは誰《だれ》かの趣味《しゅみ》なのか。いや、僕《ぼく》もけっして眼鏡美人《めがねびじん》は嫌《きら》いじゃないが、おい、宝生君《ほうしょうくん》――」

ああもう、うっとうしい。誰《だれ》かの趣味《しゅみ》って、そんなわけないだろ！　追《お》いすがる上司《じょうし》を無視《むし》し、怒《おこ》ったような足取《あしど》りで麗子《れいこ》は立入禁止《たちいりきんし》のテープをくぐった。

2

事件《じけん》があったのは病院《びょういん》と隣接《りんせつ》する若林家《わかばやしけ》の邸宅《ていたく》、その二階《にかい》の一室《いっしつ》である。初老《しょろう》の男性《だんせい》が、彼自身《かれじしん》の部屋《へや》の窓際《まどぎわ》で、椅子《いす》から床《ゆか》にくずおれるように死《し》んでいた。警官《けいかん》のひとりが警部《けいぶ》に歩《あゆ》み寄《よ》って、状況《じょうきょう》を説明《せつめい》する。

「死《し》んでいるのは若林辰夫《わかばやしたつお》、六十二歳《ろくじゅうにさい》。第一発見者《だいいちはっけんしゃ》はこの家《いえ》の家政婦《かせいふ》でした。主人《しゅじん》である若《わか》林辰夫《ばやしたつお》がなかなか起《お》きてこないので不審《ふしん》に思《おも》い寝室《しんしつ》の様子《ようす》を見《み》にいったところ、この状態《じょうたい》だったそうです」

宝生麗子《ほうしょうれいこ》はダテ眼鏡《めがね》の奥《おく》の眸《ひとみ》を光《ひか》らせて、素早《すばや》く現場《げんば》の様子《ようす》を観察《かんさつ》した。

若林辰夫《わかばやしたつお》は部屋《へや》着《ぎ》に薄手《うすで》のガウンという、いかにもくつろいだ感《かん》じのいでたち。しかし、その表情《ひょうじょう》は醜《みにく》くゆがんでおり、死《し》に際《ぎわ》の苦《くる》しみを如実《にょじつ》に表《あらわ》している。見《み》たところ外傷《がいしょう》はなく、血《ち》が流《なが》れているようなこともない。

彼《かれ》の右手《みぎて》から十《じっ》センチほど離《はな》れた場所《ばしょ》には、チューリップ型《がた》のワイングラスが転《ころ》がっている。グラスの中身《なかみ》は空《から》で、そのグラスを中心《ちゅうしん》にして広《ひろ》い範囲《はんい》で赤《あか》い染《し》みが絨毯《じゅうたん》に広《ひろ》がっている。若林辰夫《わかばやしたつお》が座《すわ》っていたと思《おも》われる椅子《いす》の前《まえ》には小《ちい》さなテーブルがあり、そこには栓《せん》を抜《ぬ》いた赤《あか》ワインのボトルがトレーに載《の》せて置《お》いてあった。ボトルの中《なか》にはまだ八分目《はちぶんめ》ほどワインが残《のこ》っている。トレーの上《うえ》にはボトルの他《ほか》にコルク栓《せん》とT《ティー》字形《じけい》の栓抜《せんぬ》き、それからボトルの口《くち》の部分《ぶぶん》を封《ふう》じていたキャップシールが丸《まる》められている。

「見《み》ろ、宝生君《ほうしょうくん》」風祭警部《かざまつりけいぶ》は大声《おおごえ》で叫《さけ》んだ。「若林辰夫《わかばやしたつお》は寝《ね》る前《まえ》にワインを飲《の》んでいたのだ」

「……ですね」誰《だれ》が見《み》ても判《わか》るようなことを、さも自分《じぶん》の発見《はっけん》であるかのように口《くち》にするのは、風祭警部《かざまつりけいぶ》の得意《とくい》とするところだ。いちいち文句《もんく》をいっていたら部下《ぶか》は務《つと》まらない。「おや、これはなんでしょうか」

麗子《れいこ》はトレーの上《うえ》で、唯一異彩《ゆいいついさい》を放《はな》っているひとつの物体《ぶったい》を指差《ゆびさ》した。それは病院《びょういん》の診察《しんさつ》室《しつ》で見《み》かけるような茶色《ちゃいろ》いガラスの小瓶《こびん》だった。ラベルは貼《は》っていない。瓶《びん》の中身《なかみ》はすでに空《から》。ただし瓶《びん》の内側《うちがわ》にはわずかに微粒子《びりゅうし》が付着《ふちゃく》しているのが判《わか》る。ひょっとして、毒薬《どくやく》か？ 麗子《れいこ》がそう思《おも》った瞬間《しゅんかん》、

「判《わか》らないのかい、宝生君《ほうしょうくん》」と風祭警部《かざまつりけいぶ》が判《わか》りきった解説《かいせつ》を加《くわ》える。「これはおそらく毒薬《どくやく》だ。この状況《じょうきょう》から見《み》て、まず間違《まちが》いない」

警部《けいぶ》にいわれなくたって、現場《げんば》の状況《じょうきょう》から見《み》て若林辰夫《わかばやしたつお》が毒物《どくぶつ》を飲《の》んで死《し》んだのであろうということは、たやすく想像《そうぞう》がつく。そして間《ま》もなくおこなわれた検視《けんし》の結果《けっか》と鑑識《かんしき》からの報告《ほうこく》は、それを裏付《うらづ》けるものだった。

まず検視《けんし》によって、死因《しいん》は青酸性《せいさんせい》の薬物《やくぶつ》による中毒死《ちゅうどくし》と断定《だんてい》された。死体《したい》に目立《めだ》った外傷《がいしょう》はなく、誰《だれ》かと争《あらそ》ったような形跡《けいせき》も見当《みあ》たらなかった。死亡時刻《しぼうじこく》は深夜《しんや》の午前一時前後《ごぜんいちじぜんご》と推《すい》定《てい》された。

さらに鑑識《かんしき》による分析《ぶんせき》の結果《けっか》、ワインボトルの中《なか》からは毒物《どくぶつ》は検出《けんしゅつ》されなかったが、絨毯《じゅうたん》に沁《し》み込《こ》んだ液体《えきたい》の中《なか》から青酸《せいさん》カリが検出《けんしゅつ》された。また茶色《ちゃいろ》い小瓶《こびん》に付着《ふちゃく》した微粒子《びりゅうし》の正体《しょうたい》も同《おな》じく青酸《せいさん》カリであると判明《はんめい》した。ボトルやグラス、茶色《ちゃいろ》い小瓶《こびん》などからは若林辰夫《わかばやしたつお》本人《ほんにん》

の指紋《しもん》はいくつも出《で》てきたが、それ以外《いがい》の指紋《しもん》は検出《けんしゅつ》されなかった。

なお、今朝《けさ》になって現場付近《げんばふきん》の路上《ろじょう》で普段《ふだん》は見《み》かけることのない怪《あや》しいリムジンカーが目撃《もくげき》されたという情報《じょうほう》が数件寄《すうけんよ》せられたが、それが事件《じけん》と無関係《むかんけい》であることは、麗子自身《れいこじしん》がいちばんよく知《し》っている……

「なるほどなるほど」と、風祭警部《かざまつりけいぶ》は嬉《うれ》しそうに頷《うなず》くと、さっそく麗子《れいこ》に向《む》き直《なお》って、「どう思《おも》うかね、宝生君《ほうしょうくん》」と聞《き》いてきた。

麗子《れいこ》は現場《げんば》をひと目見《めみ》た瞬間《しゅんかん》から、これは凶悪《きょうあく》な殺人事件《さつじんじけん》というよりは、初老《しょろう》に差《さ》し掛《か》かった男性《だんせい》にありがちな自殺《じさつ》ではないかとの印象《いんしょう》を持《も》っていた。そこで麗子《れいこ》は、そのことを訴《うった》えるべく口《くち》を開《ひら》きかけたのだが、

「僕《ぼく》の見《み》るところによれば、若林辰夫《わかばやしたつお》は自殺《じさつ》だ」と、結局《けっきょく》のところ風祭警部《かざまつりけいぶ》は他人《たにん》の意見《いけん》など最初《さいしょ》から聞《き》く気《き》がない（それでいて麗子《れいこ》とぴったり同《おな》じ意見《いけん》だ）。「おそらく若林辰夫《わかばやしたつお》は赤《あか》ワインを注《つ》いだグラスに小瓶《こびん》の中《なか》の青酸《せいさん》カリを混《ま》ぜて、ひと息《いき》にあおったのだ。青酸《せいさん》カリは病院《びょういん》の薬品棚《やくひんだな》あたりから少量持《しょうりょうも》ち出《だ》したものに違《ちが》いない。院長《いんちょう》である彼《かれ》には、それぐらいのことは簡単《かんたん》にできただろう」

「はあ」麗子《れいこ》もほぼ同《おな》じ意見《いけん》だったので、べつに反論《はんろん》する気《き》も起《お》きない。「確《たし》かに、警部《けいぶ》の

おっしゃるとおりですね。これで遺書《いしょ》でもあれば間違《まちが》いないのでしょうけど」

「ふむ、遺書《いしょ》は見当《みあ》たらないようだな。しかしまあ、遺書《いしょ》を残《のこ》さずに自殺《じさつ》する人《ひと》も珍《めずら》しくはないさ。とにかく残《のこ》された家族《かぞく》に話《はなし》を聞《き》いてみようじゃないか」

すでに風祭警部《かざまつりけいぶ》の中《なか》では若林辰夫《わかばやしたつお》の死《し》は八割《はちわり》がた自殺《じさつ》でケリがついている、そんな感《かん》じである。ということは逆《ぎゃく》に自殺《じさつ》ではないのかもしれない、そう麗子《れいこ》は思《おも》いはじめていた。

間《ま》もなく大広間《おおひろま》に若林家《わかばやしけ》の人間《にんげん》が集《あつ》められた。風祭警部《かざまつりけいぶ》と宝生麗子《ほうしょうれいこ》が中央《ちゅうおう》に進《すす》み出《で》ると、若林辰夫《わかばやしたつお》とよく似《に》た顔《かお》を持《も》つ初老《しょろう》の男性《だんせい》がいきなり聞《き》いてきた。

「刑事《けいじ》さん、ひょっとして兄《あに》は自殺《じさつ》したのではありませんか」

男性《だんせい》の名《な》は若林輝夫《わかばやしてるお》。死《し》んだ辰夫《たつお》のひとつ下《した》の弟《おとうと》であるから、すでに還暦《かんれき》を過《す》ぎている。職業《しょくぎょう》は獣医《じゅうい》。院長《いんちょう》である兄《あに》の辰夫《たつお》とともに若林動物病院《わかばやしどうぶつびょういん》を切《き》り盛《も》りしてきた人物《じんぶつ》である。独《どく》身主義者《しんしゅぎしゃ》で、若林家《わかばやしけ》から程近《ほどちか》い場所《ばしょ》にマンションを借《か》りてのひとり暮《ぐ》らし。ただし、昨夜《さくや》に限《かぎ》っては彼《かれ》もこの家《いえ》に一泊《いっぱく》しており、その結果《けっか》今朝《けさ》の騒動《そうどう》に立《た》ち会《あ》ったのだという。

そんな輝夫《てるお》はひとり掛《が》けのソファに深《ふか》く腰《こし》掛《か》けたまま、シャーロック・ホームズが愛用《あいよう》するようなクラシックなパイプを右手《みぎて》で弄《もてあそ》んでいる。どうやら吸《す》いたいのを必死《ひっし》に我慢《がまん》しているようだ。

「いえ、まだ自殺《じさつ》と決《き》まったわけではありませんよ」

風祭警部《かざまつりけいぶ》は自分自身《じぶんじしん》の考《かんが》えはいったん脇《わき》において、慎重《しんちょう》な態度《たいど》で輝夫《てるお》の問《と》いをいなした。

「自殺《じさつ》じゃないというのなら、刑事《けいじ》さんはこれが殺人《さつじん》だというんですか」

二人掛《ふたりが》けのソファに座《すわ》りながら話《はなし》に加《くわ》わったのは辰夫《たつお》の長男《ちょうなん》、若林圭一《わかばやしけいいち》である。圭一《けいいち》は三十六歳《じゅうろくさい》。妻《つま》ひとり子《こ》ひとりで、職業《しょくぎょう》は医者《いしゃ》——ただし動物《どうぶつ》ではなくて人間《にんげん》を診《み》るほうの医者《いしゃ》である。専門《せんもん》は内科《ないか》で、市街地《しがいち》にある総合病院《そうごうびょういん》に勤務《きんむ》している。

「べつに殺人《さつじん》であるとはいっておりません。いまのところ殺人《さつじん》の可能性《かのうせい》も否定《ひてい》できない、といっているだけで」

「まあ、刑事《けいじ》さん、なんて恐《おそ》ろしいことをおっしゃるんです。この家《いえ》にはお義父様《とうさま》を憎《にく》むものなどひとりもいるはずがありません」

圭一《けいいち》の妻《つま》である春絵《はるえ》が、隣《となり》に座《すわ》る夫《おっと》の援護射撃《えんごしゃげき》をするかのように尖《とが》った声《こえ》を上《あ》げる。春絵《はるえ》は圭一《けいいち》よりひとつ年上《としうえ》の三十七歳《さんじゅうななさい》。圭一《けいいち》の勤務《きんむ》する病院《びょういん》で看護師《かんごし》をしていたことがきっかけで結《むす》ばれたのだという。

「おや、奥《おく》さん、わたしはなにもこの家《いえ》の人間《にんげん》が辰夫《たつお》さんを殺害《さつがい》したなどとはいっていませんよ。それともなにか思《おも》い当《あ》たる節《ふし》でもおありなのですか」

風祭警部《かざまつりけいぶ》は一同《いちどう》を挑発《ちょうはつ》するかのように見回《みまわ》す。すると部屋《へや》の隅《すみ》でひとりぽつんと壁《かべ》に身体《からだ》を預《あず》けていた青年《せいねん》が不満《ふまん》げに声《こえ》をあげた。

「刑事《けいじ》さん、親父《おやじ》が死《し》んだのは自殺《じさつ》だよ。ここにいる人間《にんげん》なら、みんな知《し》っていることだ。な、そうだろ」

青年《せいねん》に呼《よ》びかけられて、圭一《けいいち》と春絵《はるえ》の夫妻《ふさい》は互《たが》いにバツの悪《わる》そうな目配《めくば》せをおこなった。

輝夫《てるお》は瞬時《しゅんじ》に顔《かお》をしかめて、「よさないか、修二君《しゅうじくん》」と青年《せいねん》をたしなめた。修二君《しゅうじくん》と呼《よ》ばれた青年《せいねん》は死《し》んだ辰夫《たつお》の次男《じなん》で年齢《ねんれい》は二十四歳《にじゅうよんさい》。圭一《けいいち》のひと回《まわ》り歳《とし》の離《はな》れた弟《おとうと》である。現在《げんざい》は医大《いだい》の学生《がくせい》であり、この若林家《わかばやしけ》から学校《がっこう》に通《かよ》っている。

一同《いちどう》に漂《ただよ》うぎこちない雰囲気《ふんいき》を察《さっ》したように、風祭警部《かざまつりけいぶ》が追及《ついきゅう》する。

「どうやらみなさんには辰夫《たつお》さんが自《みずか》ら命《いのち》を絶《た》つような、そんな心当《こころあ》たりがおありのようですね。ひょっとして、昨夜《さくや》みなさんと辰夫《たつお》さんとの間《あいだ》になにかあったのですか」

警部《けいぶ》の問《と》いかけに、年長者《ねんちょうしゃ》である輝夫《てるお》が一同《いちどう》を代表《だいひょう》する形《かたち》で答《こた》えた。

「実《じつ》は刑事《けいじ》さん、わたしたちの家《いえ》では昨夜《さくや》、ちょっとした家族会議《かぞくかいぎ》のようなものが開《ひら》かれたのです。兄《あに》とわたし、圭一君《けいいちくん》と春絵《はるえ》さん、それに修二君《しゅうじくん》も交《まじ》えての会議《かいぎ》です」

「ほう、それはまたどういったわけで⁉」

「それがあまり他人様《ひとさま》にお聞《き》かせできるような話《はなし》ではないのですが」輝夫《てるお》は白髪《しらが》混《ま》じりの頭《あたま》を掻《か》き上《あ》げると、まるで照《て》れ隠《かく》しのように手《て》に持《も》っていたパイプを口《くち》にくわえた。そして、シャツの胸《むね》ポケットからマッチの小箱《こばこ》を取《と》り出《だ》すと、滑《なめ》らかな動作《どうさ》でパイプに火《ひ》を点《つ》け、それからやや遅《おく》れて、しまったという顔《かお》を見《み》せた。「煙草《タバコ》はマズかったですかな？」

「いえ、構《かま》いませんよ」風祭警部《かざまつりけいぶ》は涼《すず》しい顔《かお》で輝夫《てるお》を見《み》やりながら、「珍《めずら》しいですね、いまどきパイプとは——ま、そういうわたしもときどき葉巻《はまき》を嗜《たしな》みますが」と変《へん》な自慢話《じまんばなし》。

麗子《れいこ》は漂《ただよ》ってくる煙《けむり》をこっそり警察手帳《けいさつてちょう》で追《お》い払《はら》った。麗子《れいこ》は煙草《タバコ》の煙《けむり》が苦手《にがて》である。

「わたしはこう見《み》えてもシャーロキアンでしてね。還暦《かんれき》を過《す》ぎたらパイプをやろうと決《き》めていたのですよ。なかなかいいものです。最近《さいきん》ではすっかり手放《てばな》せなくなってしまいました。ええと、なんの話《はなし》でしたかな？」

「葉巻《はまき》の話《はなし》です」

「違《ちが》います、警部《けいぶ》。家族会議《かぞくかいぎ》を開《ひら》いた話《はなし》です」

「ああ、そうでした」輝夫《てるお》はいったんパイプから口《くち》を離《はな》すと、「刑事《けいじ》さん、兄《あに》に再婚《さいこん》の意思《いし》があったと聞《き》いたら、どう思《おも》われますか」と逆《ぎゃく》に質問《しつもん》してきた。

「辰夫《たつお》さんが再婚《さいこん》!?　しかし彼《かれ》はもう六十二歳《ろくじゅうにさい》でしたよね」

「ええ、しかし連《つ》れ合《あ》いを十年前《じゅうねんまえ》に病気《びょうき》で亡《な》くして以来独身《いらいどくしん》でしたから、いちおう誰《だれ》と結婚《けっこん》しようが問題《もんだい》はありません」

「では、辰夫《たつお》さんにそういったお相手《あいて》が？」

「はい。我々《われわれ》もごく最近《さいきん》になって知《し》ったのですが、実《じつ》は兄《あに》は家政婦《かせいふ》の藤代雅美《ふじしろまさみ》との再婚《さいこん》を考《かんが》えていたのです。昨夜《さくや》の家族会議《かぞくかいぎ》の議題《ぎだい》はそれです」

「ほう、家政婦《かせいふ》さんと――それで、みなさんはその結婚話《けっこんばなし》に賛成《さんせい》されたのですか」

「賛成《さんせい》できるわけがないでしょう」と、苛立《いらだ》たしげに声《こえ》をあげたのは長男《ちょうなん》の圭一《けいいち》である。

「父《ちち》は騙《だま》されているんです、あの家政婦《かせいふ》に。考《かんが》えてもみてください。六十《ろくじゅう》を過《す》ぎた父《ちち》とまだ三十代《さんじゅうだい》の藤代雅美《ふじしろまさみ》との間《あいだ》にマトモな恋愛感情《れんあいかんじょう》があるなんて考《かんが》えられますか？　父《ちち》は単《たん》に藤代《ふじしろ》雅美《まさみ》の若《わか》さに夢中《むちゅう》になったに過《す》ぎません。そして彼女《かのじょ》はそれをいいことに父《ちち》を手玉《てだま》にとって、若林家《わかばやしけ》に入《はい》り込《こ》もうとしていたのです」

「要《よう》するに財産目当《ざいさんめあ》てであると？」

「当《あ》たり前《まえ》です。それしか考《かんが》えられませんよ。だから、昨夜《さくや》は結構《けっこう》きついこともいってやりましたよ。『目《め》を覚《さ》ませ』とか『父《とう》さんは騙《だま》されているんだ』とかいうふうにね」

そういいながら圭一《けいいち》はシャツのポケットからくしゃくしゃになった煙草《タバコ》のパッケージを取《と》り出《だ》した。一本口《いっぽんくち》にくわえて、緑色《みどりいろ》の百円《ひゃくえん》ライターで火《ひ》を点《つ》けようとする。しかし、百円《ひゃくえん》ライターは石《いし》の部分《ぶぶん》が乾《かわ》いた音《おと》を立《た》てるばかりで、いっこうに火《ひ》が点《つ》かない。

「あら、ガス欠《けつ》みたいね」と、隣《となり》に座《すわ》る春絵《はるえ》が無表情《むひょうじょう》に呟《つぶや》く。

「チッ！」圭一《けいいち》は舌打《したう》ちしながら百円《ひゃくえん》ライターをポケットに押《お》し込《こ》むと、壁際《かべぎわ》に佇《たたず》む修二《しゅうじ》に向《む》かって煙草《タバコ》を突《つ》き出《だ》した。「おい、おまえジッポー持《も》ってたよな。貸《か》せ」

「やれやれ、兄貴《あにき》もそれなりに稼《かせ》いでるんだから、いつまでも百円《ひゃくえん》ライターじゃなくて、少《すこ》しはマシなやつを持《も》てよな」

修二《しゅうじ》はそんなことをいいながら、ジッポーのオイルライターを取《と》り出《だ》した。胴《どう》の部分《ぶぶん》にニューヨーク・ヤンキースのロゴが刻《きざ》まれた限定品《げんていひん》のジッポーである。修二《しゅうじ》は圭一《けいいち》の煙草《タバコ》に火《ひ》を点《つ》けてやると、ついでといわんばかりに自分《じぶん》の煙草《タバコ》にも火《ひ》を点《つ》けた。

麗子《れいこ》は黙《だま》って大広間《おおひろま》の窓《まど》を開《あ》けて回《まわ》った。どうも若林家《わかばやしけ》は喫煙率《きつえんりつ》が高《たか》い家族《かぞく》のようだ。

「それで、藤代《ふじしろ》さんとの結婚《けっこん》をみなさんに反対《はんたい》されて、辰夫《たつお》さんはどんな様子《ようす》でしたか」

「それはもう酷《ひど》い落胆《らくたん》ぶりでした」輝夫《てるお》がパイプから煙《けむり》を立《た》ち上《のぼ》らせながら目《め》を閉《と》じる。「足取《あしど》りも重《おも》く部屋《へや》へと戻《もど》っていきましたよ。正直《しょうじき》、わたしも胸《むね》が痛《いた》みました。藤代《ふじしろ》さんは財産目当《ざいさんめあ》てだったかもしれないが、少《すく》なくとも兄《あに》は彼女《かのじょ》に心底惚《しんそこほ》れていたのでしょうな」

「でも、仕方《しかた》がないですよ。僕《ぼく》らは父《ちち》のために善《よ》かれと思《おも》ってアドバイスしたのだから」

圭一《けいいち》がいうと、隣《となり》で春絵《はるえ》が繰《く》り返《かえ》し頷《うなず》く。

「そうよそうよ。結果《けっか》がどうあれ、わたしたちがしたことは間違《まちが》いではないはずよ」

「けど、まさかこんなことになるとはな」煙草《タバコ》の煙《けむり》をぷかりと吹《ふ》かして、修二《しゅうじ》が呟《つぶや》く。「親《おや》父《じ》も馬鹿《ばか》なことをしてくれたもんだぜ」

どうやら、若林辰夫《わかばやしたつお》の死《し》は自殺《じさつ》であるという結論《けつろん》で家族《かぞく》は一致団結《いっちだんけつ》しているようだ。誰《だれ》もそのことに異議《いぎ》を差《さ》し挟《はさ》もうとはしない。そして誰《だれ》もが沈痛《ちんつう》な面持《おもも》ちを浮《う》かべながら、その実《じつ》、誰《だれ》ひとりとして故人《こじん》の死《し》を心《こころ》から悼《いた》んでいないことは明《あき》らかだ。

「そういえば、刑事《けいじ》さん」輝夫《てるお》が最後《さいご》の駄目押《だめお》しともいうべき証言《しょうげん》をした。「現場《げんば》のテーブルにあったワインをご覧《らん》になったでしょう。あれはあの部屋《へや》のサイドボードに飾《かざ》ってあったワインなのです。有名《ゆうめい》な銘柄《めいがら》ではありませんが、ボトルの形《かたち》とラベルのデザインが気《き》に入《い》ったとかで、兄《あに》はあれを飲《の》まないまま、一種《いっしゅ》のオブジェとして棚《たな》に飾《かざ》っておいたんですな。『なにか特別《とくべつ》な日《ひ》に飲《の》むつもりだ』と、兄《あに》はよくいっておりました。このことは、ここにいる誰《だれ》もが知《し》っていることです。ですから今朝《けさ》、兄《あに》が死《し》んでいる現場《げんば》にあのワインボトルを見《み》た瞬間《しゅんかん》に、みんなは兄《あに》が自殺《じさつ》したのだと確信《かくしん》したのですよ。自《みずか》らの命《いのち》を絶《た》つ日《ひ》――これ以上《いじょう》『特別《とくべつ》な日《ひ》』はありませんからな」

家族《かぞく》たちの話《はなし》が一段落《いちだんらく》したのを見計《みはか》らって、風祭警部《かざまつりけいぶ》がいままでの話《はなし》を纏《まと》めた。

「要《よう》するにみなさんはこういうふうにお考《かんが》えなのですね。昨夜《さくや》、みなさんは辰夫《たつお》さんの結婚《けっこん》問題《もんだい》に対《たい》して断固反対《だんこはんたい》を主張《しゅちょう》された。辰夫《たつお》さんは酷《ひど》く落胆《らくたん》した状態《じょうたい》で部屋《へや》へと戻《もど》っていった。そしてあまりにも悲観的《ひかんてき》になった辰夫《たつお》さんは、とっておきのワインに自《みずか》ら毒《どく》を混《ま》ぜて飲《の》んだ。すなわちこれは自殺《じさつ》であると」

その場《ば》にいた誰《だれ》もが黙《だま》って頷《うなず》いた。麗子自身《れいこじしん》、確《たし》かにこれは自殺《じさつ》と見《み》るべきなのかもしれない、とそう思《おも》いかけた瞬間《しゅんかん》、「いいえ、それは違《ちが》います！」。

勢《いきお》いよく扉《とびら》を開《あ》けて飛《と》び込《こ》んできたのは、エプロン姿《すがた》の痩《や》せた女性《じょせい》。家政婦《かせいふ》の藤代雅美《ふじしろまさみ》である。彼女《かのじょ》は思《おも》いつめた表情《ひょうじょう》でまっすぐ風祭警部《かざまつりけいぶ》のもとに歩《あゆ》み寄《よ》ると、「旦那様《だんなさま》は自殺《じさつ》などではありません！」と直接訴《ちょくせつうった》えかけた。

思《おも》いがけない家政婦《かせいふ》の乱入《らんにゅう》に、怒《いか》りの声《こえ》を発《はっ》したのは長男《ちょうなん》の妻《つま》、春絵《はるえ》だった。

「まあ、なにをいうの、あなた！　でしゃばるのも、いい加減《かげん》にしなさい！　たかが家政婦《かせいふ》に過《す》ぎないあなたに、お義父様《とうさま》のなにが判《わか》るというの！　お義父様《とうさま》は自殺《じさつ》なさったのよ。それもあなたのせいでね！」

春絵《はるえ》の芝居《しばい》がかった激烈《げきれつ》な言葉《ことば》。緊張《きんちょう》しながら見《み》つめる一同《いちどう》。推理劇《すいりげき》の一場面《いちばめん》だったはずの大広間《おおひろま》は、いまや長男《ちょうなん》の嫁《よめ》と家政婦《かせいふ》とが激《はげ》しく感情《かんじょう》をぶつけ合《あ》う、愛憎劇《あいぞうげき》の舞台《ぶたい》へと変貌《へんぼう》を遂《と》げつつあった。そんな中《なか》、藤代雅美《ふじしろまさみ》は一歩《いっぽ》も引《ひ》かずに、強《つよ》い意志《いし》を持《も》った眸《ひとみ》で春絵《はるえ》を見《み》据《す》えながら、

「いいえ、違《ちが》います。旦那様《だんなさま》は何者《なにもの》かに殺《ころ》されたのです！」と、さらなる爆弾発言《ばくだんはつげん》。

男性陣《だんせいじん》の中《なか》から思《おも》わず「おお！」というどよめきの声《こえ》があがる。

「お黙《だま》りなさい！　あなた自分《じぶん》がなにをいっているか判《わか》っているの！　ああ、判《わか》ったわ。あなた、財産目当《ざいさんめあ》ての結婚《けっこん》がフイになったんで、自棄《やけ》になっているのね。それで仕返《しかえ》しに、わたしたちに殺人《さつじん》の濡《ぬ》れ衣《ぎぬ》を着《き》せようっていう、そういう魂胆《こんたん》なんでしょう。とんでもない、性悪女《しょうわるおんな》だわ！　あなたは若林家《わかばやしけ》の財産《ざいさん》を掠《かす》め取《と》ろうとする泥棒猫《どろぼうねこ》よ！　どこの馬《うま》の骨《ほね》かも判《わか》らない野良犬《のらいぬ》のくせに、図々《ずうずう》しい！」

様々《さまざま》な動物《どうぶつ》に見立《みた》てて家政婦《かせいふ》を罵《ののし》る春絵《はるえ》。しかし、猫《ねこ》、馬《うま》、犬《いぬ》、とくれば最後《さいご》はやっぱりアレか――一同《いちどう》の期待《きたい》が高《たか》まる中《なか》、春絵《はるえ》はさらに目尻《めじり》を吊《つ》り上《あ》げながら、藤代雅美《ふじしろまさみ》に最大級《さいだいきゅう》

の罵声《ばせい》を浴《あ》びせかけた。

「いままで誰《だれ》のおかげで生《い》きてこられたと思《おも》ってんのよ、この恩知《おんし》らずの雌豚《めすぶた》めッ！」

春絵《はるえ》の『恩知《おんし》らずの雌豚《めすぶた》』発言《はつげん》には、男性陣《だんせいじん》の中《なか》から違《ちが》った意味《いみ》でのどよめきが漏《も》れた。

風祭警部《かざまつりけいぶ》は左腕《ひだりうで》に嵌《は》めたロレックスに目《め》をやると「おや、もうこんな時間《じかん》か」といって、文字盤《もじばん》を麗子《れいこ》に示《しめ》した。時計《とけい》の針《はり》は一時五十八分《いちじごじゅうはちふん》を示《しめ》している。昼《ひる》ドラの時間《じかん》はこれで終《お》わりといいたいのだろう。もう少《すこ》し見《み》ていたかったが、ちょっと残念《ざんねん》。

麗子《れいこ》は仕方《しかた》なく警部《けいぶ》の指図《さしず》に従《したが》い、「まあまあ、二人《ふたり》とも落《お》ち着《つ》いてください」といって、睨《にら》みあう二人《ふたり》を分《わ》けた。なんだかこれじゃあ自分《じぶん》は昼《ひる》ドラの中《なか》のつまらない脇役《わきやく》のようではないかと、麗子《れいこ》はそれが不満《ふまん》だった。

騒動《そうどう》が一段落《いちだんらく》した頃合《ころあい》を見《み》て、風祭警部《かざまつりけいぶ》があらためて家政婦《かせいふ》に問《と》いかけた。

「ところで藤代《ふじしろ》さん、あなたは辰夫《たつお》さんが殺《ころ》されたといっていましたけど、なぜそう思《おも》うのですか、なにか根拠《こんきょ》でも？」

「はい。これを見《み》てください」藤代雅美《ふじしろまさみ》は自分《じぶん》の携帯電話《けいたいでんわ》を取《と》り出《だ》して、画面《がめん》を開《ひら》いてみせた。「今日《きょう》は朝《あさ》からこんな騒《さわ》ぎになってメールをチェックする暇《ひま》もありませんでした。けれど先《さき》ほど見《み》てみたら、昨夜《さくや》のうちに旦那様《だんなさま》からわたしの携帯《けいたい》にこんなメールが」

麗子《れいこ》は警部《けいぶ》の肩越《かたご》しに携帯画面《けいたいがめん》を覗《のぞ》き込《こ》んだ。発信者《はっしんしゃ》は若林辰夫《わかばやしたつお》、受信《じゅしん》した時刻《じこく》は午前零《ごぜんれい》時五十分《じごじっぷん》となっている。死亡推定時刻《しぼうすいていじこく》は午前一時前後《ごぜんいちじぜんご》だから、これは若林辰夫《わかばやしたつお》がまさしく死《し》亡《ぼう》する寸前《すんぜん》に送信《そうしん》したメールということになる。文面《ぶんめん》はごく短《みじか》い。風祭警部《かざまつりけいぶ》が全文《ぜんぶん》を読《よ》み上《あ》げた。

「『差《さ》し入《い》れありがとう。喜《よろこ》んでいただきます。詳《くわ》しい話《はなし》はまた明日《あした》』――また明日《あした》⁉」

なるほど。確《たし》かにこれは、いまから自殺《じさつ》しようという人間《にんげん》の打《う》つメールとは思《おも》えない内容《ないよう》だ。麗子《れいこ》は興奮気味《こうふんぎみ》に警部《けいぶ》に語《かた》った。

「最後《さいご》の『詳《くわ》しい話《はなし》はまた明日《あした》』というのは、『家族会議《かぞくかいぎ》の詳《くわ》しい内容《ないよう》は明日話《あしたはな》すよ』というような意《い》味《み》でしょうね。つまり若林辰夫《わかばやしたつお》には、これから死《し》のうという考《かんが》えはなかった」

「確《たし》かにそう読《よ》める。するとこの『差《さ》し入《い》れ』というのは、なんのことかな？」風祭警部《かざまつりけいぶ》は携帯画面《けいたいがめん》から顔《かお》を上《あ》げて、藤代雅美《ふじしろまさみ》のほうを見《み》やった。「あなたは昨夜《さくや》、辰夫《たつお》さんになにか差《さ》し入《い》れをなさったのですか」

「いいえ、わたしはなにもしていません。おそらく、誰《だれ》かがわたしの名前《なまえ》を騙《かた》るなどして、旦那様《だんなさま》になにかを差《さ》し入《い》れたのだと思《おも》います。それで旦那様《だんなさま》はわたしにこんなお礼《れい》のメールをくださったのでしょう」

「なるほど。しかし、いったいなにを──」

考《かん》えに耽《ふけ》る風祭警部《かざまつりけいぶ》の横《よこ》で、麗子《れいこ》は「あ！」と叫《さけ》んで思《おも》わずパチンと指《ゆび》を鳴《な》らした。

「ワインですよ、警部《けいぶ》！　誰《だれ》かが辰夫《たつお》さんにワインを差《さ》し入《い》れた。辰夫《たつお》さんはそのワインを藤代《ふじしろ》さんからの差《さ》し入《い》れだと思《おも》い込《こ》み、喜《よろこ》んで飲《の》んだ。そして死《し》んだのです」

「そうか、毒入《どくい》りワインか！　つまり若林辰夫《わかばやしたつお》の死《し》は自殺《じさつ》ではなく殺人《さつじん》というわけだ」

麗子《れいこ》はダテ眼鏡《めがね》のブリッジを人差《ひとさ》し指《ゆび》で押《お》し上《あ》げながら、大広間《おおひろま》の人々《ひとびと》を見渡《みわた》した。被害者《ひがいしゃ》の弟《おとうと》、輝夫《てるお》。長男《ちょうなん》の圭一《けいいち》と、その妻《つま》である春絵《はるえ》。次男《じなん》の修二《しゅうじ》。この四人《よにん》の中《なか》の誰《だれ》かが、藤代雅美《ふじしろまさみ》のフリをして毒入《どくい》りワインを若林辰夫《わかばやしたつお》に届《とど》けたのだ。

3

「ちょっと待《ま》ってくれよ、刑事《けいじ》さん」疑《うたが》いの目《め》を逃《のが》れようとするように、修二《しゅうじ》が緊張《きんちょう》した声《こえ》を発《はっ》した。「家政婦《かせいふ》さんのフリをしてワインを差《さ》し入《い》れるって、いったいどうやってやるのさ。変装《へんそう》でもするのかい？」

この問《と》いに、風祭警部《かざまつりけいぶ》は彼《かれ》にしては珍《めずら》しく冷静《れいせい》かつ理論的《りろんてき》に答《こた》えた。

「いえ、ワインの差《さ》し入《い》れは手渡《てわた》しでおこなわれたのではありません。だからこそ、辰夫《たつお》さんは後《あと》からメールでお礼《れい》をいっているのです。おそらく、差《さ》し入《い》れは辰夫《たつお》さんが風呂《ふろ》に入《はい》るなどして、部屋《へや》を空《あ》けている間《あいだ》にこっそりおこなわれたはずです。トレーの上《うえ》にワインのボトルとワイングラス、それから藤代《ふじしろ》さんの筆跡《ひっせき》を真似《まね》たメモなどを用意《ようい》していれば、間違《まちが》いなく藤代《ふじしろ》さんからの差《さ》し入《い》れに見《み》えます。犯人《はんにん》はそれらのものを、こっそり辰夫《たつお》さんの部屋《へや》に運《はこ》び込《こ》み、テーブルの上《うえ》に置《お》いて立《た》ち去《さ》った。後《あと》は、部屋《へや》に戻《もど》った辰夫《たつお》さんがワインを飲《の》んでくれるのを待《ま》つだけです」

「だけどそれじゃあ、親父《おやじ》が死《し》んだ後《あと》も、トレーの上《うえ》に毒入《どくい》りワインが残《のこ》っちまうよ。それと、筆跡《ひっせき》を真似《まね》たメモも」

「おそらく犯人《はんにん》は辰夫《たつお》さんを殺害《さつがい》した後《あと》、夜《よる》のうちにもう一度《いちど》現場《げんば》を訪《おとず》れ、毒入《どくい》りのワインボトルとメモを回収《かいしゅう》したのでしょう。それからそう、サイドボードに飾《かざ》ってあった例《れい》のワイン、あれを開《あ》けたのです。そしてグラス一杯分《いっぱいぶん》ほど自分《じぶん》で飲《の》むなりして中身《なかみ》を減《へ》らして、トレーの上《うえ》に置《お》いた。これで問題《もんだい》はありませんね」

「いや、問題《もんだい》がありますな」そういって新《あたら》しい問題《もんだい》を提起《ていき》したのはパイプをくわえた輝夫《てるお》だった。「刑事《けいじ》さん、先《さき》ほどから毒入《どくい》りワイン毒入《どくい》りワインといっていますけどね、そんなものはどこにも売《う》っていないわけで、毒入《どくい》りのワインを差《さ》し入《い》れるためには、自分《じぶん》でワインボトルに毒《どく》を入《い》れなくてはいけないわけです。しかし毒《どく》を入《い》れるためには栓《せん》を抜《ぬ》かなくてはならない。栓《せん》を抜《ぬ》くには栓《せん》の周《まわ》りを覆《おお》っているキャップシールを剥《は》がさなくてはいけない。犯人《はん》はそんな状態《じょうたい》のワインボトルを何食《なにく》わぬ顔《かお》で差《さ》し入《い》れたというのですか。そして兄《あに》はなんの不思議《ふしぎ》も感《かん》じずに喜《よろこ》んでそれを飲《の》んだと？　いや、考《かんが》えられませんね。わたしならキャップシールが剥《は》がされている時点《じてん》で、このワインボトルにはなにか細工《さいく》がしてあるのではないかと疑《うたが》います。そうではありませんか、刑事《けいじ》さん」

「ああ、なるほど、確《たし》かにワインボトルに細工《さいく》するのは難《むずか》しいでしょうね。ならば、そうだ！　犯人《はんにん》はデカンタを使《つか》ったのでしょう。デカンタに毒入《どくい》りワインを入《い》れて差《さ》し入《い》れる。これなら簡単《かんたん》ですし不自然《ふしぜん》さもない」

しかし風祭警部《かざまつりけいぶ》の思《おも》いつきは春絵《はるえ》の証言《しょうげん》によってアッサリ打《う》ち砕《くだ》かれた。

「うちの台所《だいどころ》にデカンタなどありません。デカンタで差《さ》し入《い》れがおこなわれたなら、それこそお義父様《とうさま》は不自然《ふしぜん》に思《おも》われたはずです」

「では、デカンタが駄目《だめ》ならグラスでどうです！　毒《どく》はボトルではなくデカンタでもなく、実《じつ》はワイングラスの内側《うちがわ》に塗《ぬ》ってあったのです。これならいいですね！」

「いや、よくないですね」今度《こんど》は圭一《けいいち》が風祭警部《かざまつりけいぶ》の説《せつ》を打《う》ち破《やぶ》った。「父《ちち》は潔癖症《けっぺきしょう》みたいなところがあって、ワイングラスに限《かぎ》らず食器《しょっき》はピカピカに磨《みが》いていなければ気《き》がすまない人《ひと》でした。もしも、犯人《はんにん》がワイングラスに毒《どく》を塗《ぬ》ったなら、グラスは曇《くも》って汚《きたな》くなっていたでしょう。そして、潔癖症《けっぺきしょう》の父《ちち》ならば必《かなら》ずそれに気《き》がついたはずです」

「…………」繰《く》り出《だ》した推理《すいり》をことごとく跳《は》ね返《かえ》されて、風祭警部《かざまつりけいぶ》はとうとう不貞腐《ふてくさ》れたような顔《かお》で沈黙《ちんもく》した。どうやら『毒入《どくい》りワインで殺《ころ》す』というのは口《くち》でいうほど簡単《かんたん》なことではないらしい。

「やっぱり自殺《じさつ》なんじゃないかな」と、いまさらのように修二《しゅうじ》が自殺説《じさつせつ》を持《も》ち出《だ》した。「親《おや》父《じ》は自殺《じさつ》を決意《けつい》した。けど、ただ死《し》んだのではつまらないと思《おも》い、あたかも死《し》ぬ気《き》がないかのようなメールを家政婦《かせいふ》さんに残《のこ》した。そうすれば、自分《じぶん》の死《し》は殺人事件《さつじんじけん》として扱《あつか》われて、その容疑《ようぎ》は俺《おれ》たち家族《かぞく》に降《ふ》りかかる。それが親父《おやじ》の狙《ねら》いだった。つまりこれは自殺《じさつ》した親父《おやじ》の、俺《おれ》たちに向《む》けてのささやかな復讐《ふくしゅう》なんじゃないか」

修二《しゅうじ》の見解《けんかい》に、輝夫《てるお》、圭一《けいいち》、春絵《はるえ》の三人《さんにん》も大《おお》きく頷《うなず》いた。違《ちが》う、と首《くび》を振《ふ》っているのは藤《ふじ》代雅美《しろまさみ》ただひとりだった。

結局《けっきょく》、大広間《おおひろま》での事情聴取《じじょうちょうしゅ》はハッキリした結論《けつろん》の出《で》ないまま終了《しゅうりょう》した。若林辰夫《わかばやしたつお》は自殺《じさつ》か、他殺《たさつ》か。現場《げんば》の状況《じょうきょう》を見《み》れば自殺《じさつ》にも見《み》えるが、藤代雅美《ふじしろまさみ》に届《とど》いたメールの文面《ぶんめん》を読《よ》めば他《た》殺《さつ》に思《おも》える。ただし他殺《たさつ》だとしたら、毒《どく》の飲《の》ませ方《かた》は工夫《くふう》する必要《ひつよう》がありそうだ。

しかし、風祭警部《かざまつりけいぶ》は顔面《がんめん》を朱《しゅ》に染《そ》めながら、「犯人《はんにん》は、残《のこ》された家族《かぞく》の中《なか》にいる！」と、いまや完全《かんぜん》に他殺一本槍《たさついっぽんやり》。「あの連中《れんちゅう》め、よってたかって僕《ぼく》の推理《すいり》を否定《ひてい》しやがって。絶対《ぜったい》許《ゆる》さんぞ。最低《さいてい》でも誰《だれ》かひとりは必《かなら》ず逮捕《たいほ》してやる！」

「…………」誰《だれ》かこの警部《けいぶ》を逮捕《たいほ》してくれないかしら、と宝生麗子《ほうしょうれいこ》は密《ひそ》かに思《おも》う。冤罪《えんざい》が起《お》こってからでは遅《おそ》いのだ。「冷静《れいせい》になりましょう、警部《けいぶ》」

「僕《ぼく》は冷静《れいせい》だ。あの家族《かぞく》は全員怪《ぜんいんあや》しい。怪《あや》しすぎる。君《きみ》だって、そう思《おも》うだろう？」

「まあ、それはそうですね。辰夫《たつお》が死《し》ぬことで、若林動物病院《わかばやしどうぶつびょういん》は輝夫《てるお》が経営《けいえい》することになるでしょうし、遺産《いさん》は圭一《けいいち》と修二《しゅうじ》に多《おお》くいきわたる。圭一《けいいち》の妻《つま》、春絵《はるえ》も潤《うるお》う。そう考《かんが》えれば誰《だれ》にでも動機《どうき》はあります。他殺《たさつ》の線《せん》は濃《こ》いとわたしも思《おも》います」

「おお、宝生君《ほうしょうくん》！」風祭警部《かざまつりけいぶ》は感動《かんどう》と感謝《かんしゃ》の入《い》り混《ま》じった眸《ひとみ》で麗子《れいこ》を見《み》つめて、「やはり僕《ぼく》の味方《みかた》は君《きみ》だけだ！」と、独特《どくとく》の見解《けんかい》。

誰《だれ》があんたの味方《みかた》などするものか——と本音《ほんね》をいっては身《み》も蓋《ふた》もないので、麗子《れいこ》は曖昧《あいまい》に微笑《ほほえ》んで話《はなし》を軌道修正《きどうしゅうせい》。「問題《もんだい》は誰《だれ》がどうやって辰夫《たつお》に毒入《どくい》りワインを飲《の》ませたかです」

だが、それが判《わか》らない。麗子《れいこ》は間《ま》を取《と》るように眼鏡《めがね》を外《はず》し、黒《くろ》いフレームをハンカチで拭《ふ》きながら思考《しこう》を巡《めぐ》らした。べつに閃《ひらめ》くものはない。やはり眼鏡《めがね》をしたから急《きゅう》に推理力《すいりりょく》が増《ま》すというものではないらしい。それともまだなにか、手掛《てが》かりが足《た》りないのだろうか。

するとそのとき、

「風祭警部《かざまつりけいぶ》！」ひとりの制服警官《せいふくけいかん》が歩《あゆ》み寄《よ》ってきて警部《けいぶ》の前《まえ》で一礼《いちれい》した。「実《じつ》は、大事《だいじ》な証《しょう》言《げん》をしたいといっている人物《じんぶつ》がおりまして……といっても十歳《じっさい》の少年《しょうねん》なのですが」

数分後《すうふんご》、宝生麗子《ほうしょうれいこ》と風祭警部《かざまつりけいぶ》は十歳《じっさい》の少年《しょうねん》、若林雄太《わかばやしゆうた》の部屋《へや》を訪《たず》ねた。若林雄太《わかばやしゆうた》は圭一《けいいち》と春絵《はるえ》のひとり息子《むすこ》。辰夫《たつお》から見《み》て孫《まご》にあたる人物《じんぶつ》である。しかし、なにぶんまだ子供《こども》なので事件《じけん》の中心人物《ちゅうしんじんぶつ》とはいいがたい。この少年《しょうねん》が果《は》たしてどんな大事《だいじ》な証言《しょうげん》をするというのか。

風祭警部《かざまつりけいぶ》は姿勢《しせい》を低《ひく》くして、ぎこちない笑顔《えがお》で少年《しょうねん》に歩《あゆ》み寄《よ》った。

「君《きみ》が雄太君《ゆうたくん》だね。話《はなし》があるって聞《き》いたんだけど、どんな話《はなし》なのかなぁ？」

「あのね、あのね」少年《しょうねん》は熱《ねつ》に浮《う》かされたように話《はな》しはじめた。「見《み》たんだ、僕《ぼく》ね、ゆうべ、トイレでね、明《あ》かりがね、おじいちゃんの部屋《へや》に、見《み》えたの」

「そうかぁ、ゆうべトイレの明《あ》かりがおじいちゃんの部屋《へや》に見《み》えたのかぁ」そして風祭警部《かざまつりけいぶ》は困《こま》った熊《くま》のように頭《あたま》を抱《かか》えた。「なんてシュールな光景《こうけい》なんだ……想像《そうぞう》もつかない」

「警部《けいぶ》、少年《しょうねん》はそういうふうにはいってないと思《おも》います」麗子《れいこ》は警部《けいぶ》を横《よこ》に退《ど》かして、あらためて細切《こまぎ》れの言葉《ことば》の意味《いみ》を探《さぐ》った。「判《わか》った。雄太君《ゆうたくん》がゆうべトイレにいったとき、おじいさんの部屋《へや》に明《あ》かりが見《み》えたのね」

「うん、そう」少年《しょうねん》は嬉《うれ》しそうに頷《うなず》いた。

「それ、何時《なんじ》ごろの話《はなし》なのかしら」

「真夜中《まよなか》だよ。午前二時《ごぜんにじ》ごろ」少年《しょうねん》は指《ゆび》を二本立《にほんた》てて答《こた》えた。「ちょうどそのころ雷《かみなり》が落《お》ちて、このあたり停電《ていでん》したんだよ。お姉《ねえ》さん、知《し》ってた？」

「え！　ええ、もちろん知《し》ってたわよ」といっても麗子《れいこ》の場合《ばあい》、今朝起《けさお》きて初《はじ》めて知《し》ったのだが。「雄太君《ゆうたくん》はなぜ停電《ていでん》したって判《わか》ったの？　寝《ね》てたんじゃないの？」

「寝《ね》てたけど、雷《かみなり》のせいで目《め》が覚《さ》めたんだよ。そしたら急《きゅう》にトイレにいきたくなって、それで恐《こわ》かったけど部屋《へや》を出《で》てトイレに向《む》かったんだ。廊下《ろうか》も真《ま》っ暗《くら》だったから、そこにある懐《かい》中電灯《ちゅうでんとう》を持《も》ってね」

少年《しょうねん》は入口《いりぐち》の扉《とびら》のノブの真横《まよこ》を指差《ゆびさ》した。そこには懐中電灯《かいちゅうでんとう》がフックに掛《か》けてぶら下《さ》げてある。そういえば辰夫《たつお》の部屋《へや》でも、これと同《おな》じ懐中電灯《かいちゅうでんとう》が同《おな》じ位置《いち》に掛《か》けてあった。この家《いえ》では懐中電灯《かいちゅうでんとう》の置《お》き場所《ばしょ》は扉《とびら》のノブの横《よこ》と決《き》まっているらしい。

「それでね、この部屋《へや》からトイレにいく途中《とちゅう》、廊下《ろうか》の窓《まど》から外《そと》を覗《のぞ》いたんだ。そこからだと、おじいちゃんの部屋《へや》は中庭《なかにわ》の向《む》こう側《がわ》に見《み》えるんだけど、そこに明《あ》かりが見《み》えたの」

「えッ、おじいさんの部屋《へや》に電気《でんき》が点《つ》いていたの？」

「そんなわけないじゃん、停電《ていでん》してるのに。もっと小《ちい》さな明《あ》かりだよ」

「ああ、そっか」麗子《れいこ》は少年《しょうねん》の言葉《ことば》の中《なか》に、お姉《ねえ》さん馬鹿《ばか》じゃないの、というニュアンスを感《かん》じたが、怒《いか》りを顔《かお》に出《だ》さずに質問《しつもん》を続《つづ》ける。「じゃあ、おじいさんの部屋《へや》の中《なか》で誰《だれ》かが懐《かい》中電灯《ちゅうでんとう》を使《つか》っていたのかな？」

「ううん、懐中電灯《かいちゅうでんとう》の明《あ》かりじゃない。あれはたぶん火《ひ》だったと思《おも》う。小《ちい》さなオレンジ色《いろ》の炎《ほのお》がカーテンの隙間《すきま》からゆらゆら揺《ゆ》れるような感《かん》じに見《み》えた」

「火《ひ》だって!?」いままで黙《だま》って聞《き》いていた風祭警部《かざまつりけいぶ》が、辛抱《しんぼう》できないとばかりに話《はなし》に割《わ》って入《はい》った。「少年《しょうねん》よ、それは見間違《みまちが》いではないだろうね」

「絶対《ぜったい》、見間違《みまちが》いじゃないよ。だって僕《ぼく》、二回見《にかいみ》たんだもん。トイレにいくときに見《み》て、トイレから戻《もど》るときにもまた見《み》たんだから」

少年《しょうねん》の話《はなし》は具体的《ぐたいてき》で信憑性《しんぴょうせい》は高《たか》いと麗子《れいこ》は感《かん》じた。そして少年《しょうねん》の証言《しょうげん》が事実《じじつ》だとするならば、それは若林辰夫《わかばやしたつお》の死《し》が他殺《たさつ》であることを意味《いみ》する。なぜなら午前二時《ごぜんにじ》に何者《なにもの》かが辰夫《たつお》の部屋《へや》で火《ひ》を使《つか》っていたとすれば、それは辰夫本人《たつおほんにん》ではあり得《え》ない。辰夫《たつお》は午前一時前後《ごぜんいちじぜんご》にすでに死《し》んでいたはずだ。ならば、その時間《じかん》に辰夫《たつお》の部屋《へや》で火《ひ》を使《つか》っていた人物《じんぶつ》こそ彼《かれ》を殺害《さつがい》した犯人《はんにん》と見《み》るべきだろう。

「見《み》ろ、宝生君《ほうしょうくん》！　やはり僕《ぼく》の推理《すいり》は正《ただ》しかったのだよ」風祭警部《かざまつりけいぶ》は悦《えつ》にいった表情《ひょうじょう》を浮《う》かべて、麗子《れいこ》にアピールした。「やはり犯人《はんにん》は真夜中《まよなか》のうちに現場《げんば》へ戻《もど》っていたのだ。毒入《どくい》りのワインボトルやメモを回収《かいしゅう》するためにね。少年《しょうねん》が見《み》たのは、そのとき犯人《はんにん》が手《て》にしていた明《あ》かりに違《ちが》いない！」

風祭警部《かざまつりけいぶ》はそんなふうに決《き》め付《つ》けると、再《ふたた》び雄太少年《ゆうたしょうねん》に正面《しょうめん》から対峙《たいじ》した。

「少年《しょうねん》よ、最後《さいご》にひとつだけ教《おし》えてくれ。君《きみ》が見《み》た火《ひ》はライターの火《ひ》だったかな？　それともマッチ？　あるいは蠟燭《ろうそく》かな？」

「えー、遠《とお》くから見《み》ただけでそんなこと判《わか》るわけないじゃん。おじさん馬鹿《ばか》じゃないの」

少年《しょうねん》の正直《しょうじき》すぎるひと言《こと》に、風祭警部《かざまつりけいぶ》は大人気《おとなげ》なく眉《まゆ》を吊《つ》り上《あ》げて、「こら、君《きみ》！」と少《しょう》年《ねん》を一喝《いっかつ》した。「『おじさん』ではなく『お兄《にい》さん』と呼《よ》びなさい！」

怒《いか》りのポイントはそこですか、警部《けいぶ》!?　麗子《れいこ》は溜《た》め息《いき》をつき、心《こころ》の中《なか》で少年《しょうねん》に詫《わ》びた。

――御免《ごめん》なさい、雄太君《ゆうたくん》、あなたのいうとおり、このおじさんは馬鹿《ばか》なの。

4

「ボルドー産《さん》、シャトー・シュデュイロー、一九九五年《せんきゅうひゃくきゅうじゅうごねん》ものでございます」

ソファでくつろぐ麗子《れいこ》に執事《しつじ》が高級白《こうきゅうしろ》ワインのラベルを示《しめ》す。麗子《れいこ》が小《ちい》さく頷《うなず》くと、彼《かれ》はソムリエナイフを器用《きよう》に使《つか》い、キャップシールを剝《は》がし、コルク栓《せん》を開《あ》ける。綺麗《きれい》に磨《みが》かれたワイングラスに透明《とうめい》な液体《えきたい》が注《そそ》がれる。影山《かげやま》の一連《いちれん》の動作《どうさ》にはまったく無駄《むだ》がない。

夜景《やけい》を見渡《みわた》せる宝生家《ほうしょうけ》の広間《ひろま》。麗子《れいこ》は昼間《ひるま》のスーツとはうって変《か》わってニットのワンピースというフェミニンな装《よそお》い。束《たば》ねていた髪《かみ》は下《お》ろしてあるし、黒縁《くろぶち》のダテ眼鏡《めがね》はもちろん外《はず》している。いまの彼女《かのじょ》は女性刑事《じょせいけいじ》ではなく、宝生家《ほうしょうけ》のお嬢様《じょうさま》そのもの。リラックスした気分《きぶん》の麗子《れいこ》はグラスを持《も》ち上《あ》げ、唇《くちびる》の手前《てまえ》まで運《はこ》んだところで、ふと手《て》を止《と》めた。

「ひょっとして毒《どく》が盛《も》ってあったりして……」

「なにをおっしゃいます、お嬢様《じょうさま》」執事《しつじ》は感情《かんじょう》を押《お》し殺《ころ》すような低《ひく》い声《こえ》で、「お嬢様《じょうさま》がわたくしに毒《どく》を盛《も》ることはあっても、わたくしがお嬢様《じょうさま》に毒《どく》を盛《も》ることなど絶対《ぜったい》にあり得《え》ません。どうかご安心《あんしん》を」

「全然《ぜんぜん》、安心《あんしん》できないわね、その言《い》い方《かた》じゃ――」むしろ根底《こんてい》に悪意《あくい》すら感《かん》じる言《い》い回《まわ》しだ。この男《おとこ》はわたしのことが嫌《きら》いなのかもしれない。麗子《れいこ》はときどきそう思《おも》う。

「では、もう少《すこ》し理論的《りろんてき》に申《もう》し上《あ》げましょう。わたくしはお嬢様《じょうさま》の目《め》の前《まえ》に新品《しんぴん》のワインボトルを差《さ》し出《だ》し、お嬢様《じょうさま》の目《め》の前《まえ》でその栓《せん》を抜《ぬ》き、それをお嬢様《じょうさま》の目《め》の前《まえ》にあるグラス――一点《いってん》の曇《くも》りもなく磨《みが》き抜《ぬ》かれたグラス――に注《つ》ぎました。どこに毒《どく》の入《はい》り込《こ》む余地《よち》がございましょうか。魔術《まじゅつ》でも使《つか》わない限《かぎ》り、毒《どく》を盛《も》ることは不可能《ふかのう》でございます」

「そうね、確《たし》かにそうだわ」麗子《れいこ》の思《おも》いはいま現在《げんざい》の出来事《できごと》を離《はな》れ、昼間《ひるま》関《かか》わった事件《じけん》へと移行《いこう》する。「だけど、実際《じっさい》に犯人《はんにん》は若林辰夫《わかばやしたつお》に毒入《どくい》りワインを飲《の》ませることに成功《せいこう》した――それも魔術《まじゅつ》かしら」

麗子《れいこ》の呟《つぶや》きに、執事影山《しつじかげやま》が眼鏡《めがね》の奥《おく》の眸《ひとみ》を輝《かがや》かせた。本来《ほんらい》、無表情《むひょうじょう》な男《おとこ》が、このときばかりは微《かす》かな笑《え》みさえ浮《う》かべている。この影山《かげやま》という男《おとこ》、本当《ほんとう》は執事《しつじ》ではなくプロ野球選手《やきゅうせんしゅ》か私立探偵《しりつたんてい》になりたかった、と真顔《まがお》で答《こた》える変《か》わり者《もの》である。

「どうやらお嬢様《じょうさま》におかれましては、幸《さいわ》い――いえ、不幸《ふこう》にも難事件《なんじけん》にお悩《なや》みのご様子《ようす》。ならば、いかがでございましょう、この影山《かげやま》にお話《はな》ししてみては。ひょっとすると新《あたら》しい発見《はっけん》があるやもしれません」

「嫌《いや》よ」麗子《れいこ》はプイと横《よこ》を向《む》いた。「どうせまた、わたしをアホ呼《よ》ばわりして面白《おもしろ》がるんでしょ。結構《けっこう》よ。執事《しつじ》にアホ呼《よ》ばわりされるくらいなら、迷宮入《めいきゅうい》りのほうがマシだわ」

「まあまあ、そう極端《きょくたん》なことをおっしゃらずに。わたくしはお嬢様《じょうさま》のお役《やく》に立《た》ちたい一心《いっしん》なのでございます」

恭《うやうや》しく頭《こうべ》を垂《た》れる影山《かげやま》を見《み》やりながら、麗子《れいこ》は、やれやれというように首《くび》を振《ふ》り、グラスのワインを口《くち》に運《はこ》んだ。果物《くだもの》の蜜《みつ》のような芳醇《ほうじゅん》な甘《あま》みが口《くち》いっぱいに広《ひろ》がる。毒《どく》は入《はい》っていない。確《たし》かに上等《じょうとう》のワインだ。麗子《れいこ》はグラスをテーブルに置《お》くと、ようやく決心《けっしん》した。

「判《わか》ったわ。特別《とくべつ》に話《はな》してあげる」やはり刑事《けいじ》としての立場上《たちばじょう》、迷宮入《めいきゅうい》りはまずいし、影山《かげやま》の推理力《すいりりょく》は実際馬鹿《じっさいばか》にできない。せめて毒入《どくい》りワインの謎《なぞ》だけでも解《と》いてくれたら、というのが麗子《れいこ》の正直《しょうじき》な気持《きも》ちだった。「殺《ころ》されたのは若林動物病院《わかばやしどうぶつびょういん》の院長先生《いんちょうせんせい》、若林辰夫《わかばやしたつお》六十二《ろくじゅうに》歳《さい》。自室《じしつ》で毒《どく》を飲《の》んで死《し》んでいるのを家政婦《かせいふ》が発見《はっけん》したの……」

影山《かげやま》は麗子《れいこ》の傍《かたわ》らにかしこまった状態《じょうたい》のまま、静《しず》かに彼女《かのじょ》の話《はなし》に耳《みみ》を傾《かたむ》けていた。そして麗子《れいこ》の話《はなし》がひと通《とお》り済《す》むと、「よく判《わか》りました」といって、彼《かれ》なりに問題点《もんだいてん》を纏《まと》めた。

「要《よう》するにこういうことでございますね。若林辰夫《わかばやしたつお》は差《さ》し入《い》れされたワインを飲《の》んで死《し》んだ。毒《どく》はワインボトルの中《なか》に混入《こんにゅう》していたか、ワイングラスの内側《うちがわ》に塗《ぬ》られていたかの、どちらかだ。しかし、ボトルの中《なか》のワインに毒《どく》を混《ま》ぜるためには、キャップシールを剥《は》がして栓《せん》を抜《ぬ》かなくてはいけない。これではかえって細工《さいく》が怪《あや》しまれるから無理《むり》だろう。一方《いっぽう》、グラスに毒《どく》を塗《ぬ》るやり方《かた》は、辰夫《たつお》の潔癖症《けっぺきしょう》を考《かんが》えると難《むずか》しい」

「そう、そういうことなの。なにか他《ほか》にうまいやり方《かた》があるかしら」

「いえ、他《ほか》には思《おも》いつきません」影山《かげやま》は即答《そくとう》した。「やはり、若林辰夫《わかばやしたつお》はいま挙《あ》げた二種類《にしゅるい》のうちのどちらかによって毒《どく》を飲《の》まされたものと思《おも》われます。では、どちらのやり方《かた》か。わたくしはワイングラスの内側《うちがわ》に毒《どく》が塗《ぬ》られていた可能性《かのうせい》は極《きわ》めて低《ひく》いと考《かんが》えます」

「辰夫《たつお》が潔癖症《けっぺきしょう》だから？」

「それもございますが、もうひとつ重要《じゅうよう》な点《てん》がございます。それは犯人《はんにん》が差《さ》し入《い》れの品《しな》として、わざわざワインを選《えら》んでいるという点《てん》です。もしも犯人《はんにん》がグラスの内側《うちがわ》に毒《どく》を塗《ぬ》るような手段《しゅだん》を考《かんが》えていたのなら、ワインはけっして選《えら》ばなかったことでしょう。なぜなら、およそ数《かず》ある器《うつわ》の中《なか》で、ワイングラスほど透明感《とうめいかん》が重要視《じゅうようし》されるものはないからです。例《たと》えば、焼酎《しょうちゅう》のぐい飲《の》みの汚《よご》れやビールジョッキの曇《くも》りにはこだわらない人《ひと》でも、ワイングラスの曇《くも》りや汚《よご》れには気《き》がつきやすいものです。早《はや》い話《はなし》が、毒《どく》を塗《ぬ》ったときにワイングラスほどバレやすいものはない。それにもかかわらず、この犯人《はんにん》は差《さ》し入《い》れの品《しな》として、焼酎《しょうちゅう》でもなくビールでもなく、あえてワインを選《えら》んでいる。それはすなわち、犯人《はんにん》はグラスの内側《うちがわ》に毒《どく》を塗《ぬ》るような手段《しゅだん》を、最初《さいしょ》から考《かんが》えていなかったということに他《ほか》なりません」

なるほど、影山《かげやま》のいうことには筋《すじ》が通《とお》っている。

「それじゃあ、あなたは犯人《はんにん》がボトルのほうに細工《さいく》したと考《かんが》えるのね。だけど、グラスに細《さい》工《く》するよりもボトルに細工《さいく》するほうが難《むずか》しいんじゃないかしら」

「それこそが犯人《はんにん》の狙《ねら》いでしょう。よもや細工《さいく》された可能性《かのうせい》はあるまいと思《おも》えば思《おも》うほど、犯人《はんにん》の細工《さいく》は見破《みやぶ》られにくくなりますから」

「それはそうだけど。——でも、どう細工《さいく》するのよ。栓《せん》を一度《いちど》抜《ぬ》いて毒《どく》を入《い》れ、また栓《せん》を閉《し》めなおすなんていうやり方《かた》は駄目《だめ》よ。キャップシールを剝《は》がした時点《じてん》で、細工《さいく》の跡《あと》が残《のこ》ってしまうから」

「承知《しょうち》しております。栓《せん》は抜《ぬ》きませんし、キャップシールも剝《は》がしません」

「それじゃ、ボトルは密閉《みっぺい》されたままだわ」

「いいえ、お嬢様《じょうさま》。お言葉《ことば》を返《かえ》すようですが、ワインボトルはもともと密閉《みっぺい》されているともいえますし、密閉《みっぺい》されていないともいえる、その意味《いみ》では中途半端《ちゅうとはんぱ》な容器《ようき》でございます」

「密閉《みっぺい》されているけど、密閉《みっぺい》されていない――」麗子《れいこ》は首《くび》を捻《ひね》る。影山《かげやま》はときどきこのような訳《わけ》の判《わか》らない言《い》い回《まわ》しをすることがあるので困《こま》る。「どういうことか説明《せつめい》して」

「ワインボトルの場合《ばあい》、確《たし》かにボトル自体《じたい》はガラス製《せい》で密閉度《みっぺいど》の高《たか》いものです。しかし、これが栓《せん》の部分《ぶぶん》となるとただのコルクなのです。このコルク栓《せん》のおかげでワインは密閉《みっぺい》されながら、同時《どうじ》に外気《がいき》と触《ふ》れ合《あ》うことができ、それによって熟成《じゅくせい》が進《すす》むのでございます。この一九九五年《きゅうひゃくきゅうじゅうごねん》もののボルドー産《さん》ワインのように――。要《よう》するにコルクというものはT字形《ティーじけい》の栓抜《せんぬ》きが簡単《かんたん》に刺《さ》さるくらいですから、元来《がんらい》やわらかく伸縮性《しんしゅくせい》のある材質《ざいしつ》であり、けっして密閉度《みっぺいど》の高《たか》いものではありません。どうです、お嬢様《じょうさま》、ここに細工《さいく》の余地《よち》があるとは思《おも》われませんか」

「ちょ、ちょっと待《ま》ってよ」影山《かげやま》の言葉《ことば》に引《ひ》っかかるものを感《かん》じた麗子《れいこ》は、彼《かれ》に命《めい》じた。

「栓《せん》を抜《ぬ》いていない新《あたら》しいワインを一本《いっぽん》持《も》ってきてちょうだい」

「かしこまりました」影山《かげやま》は一礼《いちれい》して下《さ》がると、数分後《すうふんご》に見慣《みな》れないラベルのワインボトルを携《たずさ》えて舞《ま》い戻《もど》ってきた。「こちらでよろしゅうございますか、お嬢様《じょうさま》」

「ふーん、これもボルドー？」

「いえ、こちらはイトーヨーカドーの一九九五円《せんきゅうひゃくきゅうじゅうごえん》ものでございます」

「ホントだ、値札《ねふだ》が貼《は》ってある」まあ、この際《さい》だからボルドーでもヨーカドーでもなんでもよろしい。「ちょっと貸《か》して」

麗子《れいこ》はボトルを手《て》にして栓《せん》の部分《ぶぶん》を真上《まうえ》から覗《のぞ》き込《こ》んだ。やはり思《おも》ったとおりだ。ほんの一瞬視線《いっしゅんしせん》をやっただけで、麗子《れいこ》は観察《かんさつ》を終《お》えた。

「ご覧《らん》なさい、影山《かげやま》」麗子《れいこ》はボトルの先端《せんたん》を執事《しつじ》に向《む》けた。「ほらね、コルク栓《せん》の頭《あたま》の部分《ぶぶん》には、一円玉《いちえんだま》くらいの大《おお》きさの金属《きんぞく》のキャップが被《かぶ》せられて、その周《まわ》りをシールが覆《おお》っているでしょ。つまりコルク栓《せん》は剝《む》き出《だ》しになっているわけではない。この状態《じょうたい》ではコルク栓《せん》に触《ふ》れることすらできないはず。細工《さいく》の余地《よち》なんてないわ」

どうだとばかりに勝《か》ち誇《ほこ》る麗子《れいこ》は、悠然《ゆうぜん》とした仕草《しぐさ》でテーブルのワイングラスを持《も》ち上《あ》げ、静《しず》かに口《くち》に運《はこ》ぶ。しかし影山《かげやま》は少《すこ》しも動揺《どうよう》の色《いろ》を見《み》せず、眼鏡《めがね》の奥《おく》から哀《あわ》れむような視線《しせん》を麗子《れいこ》に投《な》げると、「失礼《しつれい》ながら、お嬢様《じょうさま》」と前置《まえお》きしてからこういった。

「ひょっとしてお嬢様《じょうさま》の目《め》は節穴《ふしあな》でございますか？」

思《おも》わず力《ちから》の入《はい》った麗子《れいこ》の手《て》の中《なか》でワイングラスが「パリン！」と乾《かわ》いた音《おと》を立《た》てて割《わ》れた。握《にぎ》り締《し》めた麗子《れいこ》の指《ゆび》の間《あいだ》から滴《したた》り落《お》ちる白《しろ》ワイン。麗子《れいこ》は影山《かげやま》が差《さ》し出《だ》すハンカチを黙《だま》ったまま受《う》け取《と》り、指《ゆび》の雫《しずく》を拭《ぬぐ》った。あまりにも長《なが》い沈黙《ちんもく》に耐《た》え切《き》れなくなったように影山《かげやま》が言《こと》葉《ば》を掛《か》ける。「あの——お気《き》を悪《わる》くされたのなら申《もう》し訳《わけ》ございい——」

「謝《あやま》って済《す》むなら警察《けいさつ》いらんっつーの！」麗子《れいこ》は濡《ぬ》れたハンカチを丸《まる》めて、執事《しつじ》に向《む》かって投《な》げつけた。「だいたい、あたしのどこが節穴《ふしあな》だっていうのよ！　いっちゃなんだけど、あたしは子供《こども》のころから目《め》だけはいいのよ！」

「そうでございました。節穴《ふしあな》は確《たし》かに言《い》い過《す》ぎでございました」執事《しつじ》は投《な》げつけられたハンカチを顔《かお》の前《まえ》で冷静《れいせい》にキャッチして、「しかしながら、お嬢様《じょうさま》の観察力不足《かんさつりょくぶそく》は否《いな》めません」

そして執事《しつじ》は一九九五円《せんきゅうひゃくきゅうじゅうごえん》のワインボトルを右手《みぎて》で摑《つか》むと、口《くち》の部分《ぶぶん》をあらためて麗子《れいこ》の顔《かお》の前《まえ》に差《さ》し出《だ》した。

「よーくご覧《らん》くださいませ、お嬢様《じょうさま》。確《たし》かにコルク栓《せん》は剝《む》き出《だ》しになってはおりません。コルク栓《せん》の頭《あたま》の部分《ぶぶん》は、お嬢様《じょうさま》がおっしゃったように、一円玉《いちえんだま》くらいの金属《きんぞく》キャップで覆《おお》われています。しかし、よくよく観察《かんさつ》すれば、そのキャップに針《はり》で突《つ》いたような穴《あな》が二《ふた》つほど開《あ》いているのがお判《わか》りになるでしょう」

「え!?」思《おも》いがけない指摘《してき》に、麗子《れいこ》はあらためてボトルを真上《まうえ》から覗《のぞ》き込《こ》む。そうやって見《み》てみると、確《たし》かに一円玉大《いちえんだまだい》の金属《きんぞく》キャップには小《ちい》さな穴《あな》が二《ふた》つ開《あ》いている。そして、その穴《あな》の向《む》こう側《がわ》には、コルク栓《せん》の地肌《じはだ》が見《み》えている。「あら、本当《ほんとう》だわ。——これって、もともとこうなっているの？」

「さようでございます。おそらくはワインの熟成《じゅくせい》を促《うなが》すための空気穴《くうきあな》なのでございましょう。市販《しはん》されている多《おお》くのワインでこのような穴《あな》がキャップの部分《ぶぶん》に見《み》られます。お気付《きづ》きになられませんでしたか」

「ええ、どうせわたしの目《め》は節穴《ふしあな》でございますから」麗子《れいこ》は精一杯《せいいっぱい》の皮肉《ひにく》を口《くち》にするしかない。「それで、この穴《あな》がどうだっていうの？　針《はり》ぐらいしか通《とお》らないような小《ちい》さな穴《あな》よ」

「ですから、まさしく犯人《はんにん》はその穴《あな》に針《はり》を通《とお》したものと考《かん》えられます。もちろん、ただの針《はり》ではありません。注射針《ちゅうしゃばり》でございます。動物病院《どうぶつびょういん》には相応《ふさわ》しいサイズのものがあったのでしょう。——もうお判《わか》りですね」

「あ、そっか！」麗子《れいこ》は指《ゆび》を鳴《な》らした。「犯人《はんにん》はワインボトルの中《なか》に毒《どく》を注射《ちゅうしゃ》したのね！」

金属《きんぞく》キャップには穴《あな》が開《あ》いているし、伸縮性《しんしゅくせい》のあるコルクなら注射針《ちゅうしゃばり》を通《とお》すことも可能《かのう》だ。犯人《はんにん》はそれらの特徴《とくちょう》を利用《りよう》し、水《みず》に溶《と》かした青酸《せいさん》カリを注射器《ちゅうしゃき》でボトルの中《なか》に注入《ちゅうにゅう》した。これならキャップシールを剝《は》がすこともなく、コルク栓《せん》を抜《ぬ》くこともなく、外見上《がいけんじょう》は新品《しんぴん》のワインと同《おな》じままに、中身《なかみ》だけを毒《どく》で汚染《おせん》することができる。そのようにして出来上《できあ》がった毒《どく》入《い》りワインを、犯人《はんにん》は藤代雅美《ふじしろまさみ》からの差《さ》し入《い》れと称《しょう》して、若林辰夫《わかばやしたつお》の部屋《へや》に届《とど》けた。辰夫《たつお》は一見《いっけん》したところ他《ほか》と変《か》わりないワインボトルを見《み》て、それが毒入《どくい》りだとは露《つゆ》ほども疑《うたが》わなかったに違《ちが》いない。だから辰夫《たつお》は藤代雅美《ふじしろまさみ》に感謝《かんしゃ》のメールを打《う》ち、そのまま自分《じぶん》で栓《せん》を抜《ぬ》いたのだ。コルク栓《せん》に残《のこ》った注射針《ちゅうしゃばり》の跡《あと》は小《ちい》さいので、辰夫《たつお》が気《き》づかなかったのも無理《むり》はない。

「恐《おそ》ろしいことを考《かんが》えたものね」トリックの正体《しょうたい》が明《あき》らかになって、麗子《れいこ》はあらためて身震《みぶる》いするような恐怖《きょうふ》を感《かん》じた。「それにしても、いったい誰《だれ》がこんなことを……」

麗子《れいこ》がそう呟《つぶや》くと、影山《かげやま》は驚《おどろ》いたような表情《ひょうじょう》で麗子《れいこ》を見《み》つめた。

「おや、お嬢様《じょうさま》は、犯人《はんにん》が誰《だれ》か、お気付《きづ》きになっていらっしゃらないのですか。もう、とっくにお判《わか》りになっているものと思《おも》っておりましたが」

「んなわけないでしょ」犯人《はんにん》が判《わか》らないから警察《けいさつ》は苦労《くろう》しているのだし、麗子《れいこ》も執事《しつじ》の暴言《ぼうげん》に耐《た》えているのだ。「それじゃなに⁉　影山《かげやま》には犯人《はんにん》が判《わか》るというの？」

「はい。けっして難《むずか》しい問題《もんだい》ではございません。理詰《りづ》めで解《と》ける問題《もんだい》でございます」

そういって影山《かげやま》の話《はなし》は犯人《はんにん》の追及《ついきゅう》へと移《うつ》っていった。

「注目《ちゅうもく》すべきは若林雄太《わかばやしゆうた》少年《しょうねん》の証言《しょうげん》でございます。少年《しょうねん》は午前《ごぜん》二時《にじ》ごろに、被害者《ひがいしゃ》の部屋《へや》でオレンジ色《いろ》の火《ひ》が揺《ゆ》れ動《うご》くのを見《み》たと証言《しょうげん》しています。つまり、その時間《じかん》に被害者《ひがいしゃ》の部屋《へや》に誰《だれ》かがいたということです。この人物《じんぶつ》こそ犯人《はんにん》に違《ちが》いありません。では、犯人《はんにん》は真夜中《まよなか》になんのために辰夫《たつお》の部屋《へや》を訪《おとず》れたのか。もちろん辰夫《たつお》の死《し》を確認《かくにん》し、犯行《はんこう》の要《かなめ》である毒入《どくい》りワインを回収《かいしゅう》するためです。ここまでは、よろしいですね」

「結構《けっこう》よ。風祭警部《かざまつりけいぶ》も同《おな》じ考《かんが》えだったわ」

「問題《もんだい》はこれらの事後処理《じごしょり》を犯人《はんにん》が火《ひ》を灯《とも》した状態《じょうたい》の中《なか》でおこなった、という事実《じじつ》でございます。なぜ犯人《はんにん》はそのようなことをしたのでしょう」

「そりゃあ、停電《ていでん》のせいよ。電気《でんき》が点《つ》かなかったから、犯人《はんにん》は代《か》わりに火《ひ》を灯《とも》した」

「ところが現場《げんば》には懐中電灯《かいちゅうでんとう》がございました。入口《いりぐち》の脇《わき》のフックに掛《か》かった状態《じょうたい》で。その場所《ばしょ》に懐中電灯《かいちゅうでんとう》があることは、若林家《わかばやしけ》の人間《にんげん》なら誰《だれ》でも知《し》っていたはずでございます。そして、にもかかわらず、この犯人《はんにん》は懐中電灯《かいちゅうでんとう》ではなく炎《ほのお》の明《あ》かりに頼《たよ》って、作業《さぎょう》をおこなった。つまり、犯人《はんにん》は懐中電灯《かいちゅうでんとう》を使《つか》おうと思《おも》えば使《つか》えたのに使《つか》わなかったのです。これは逆《ぎゃく》に考《かんが》えるならば、犯人《はんにん》は懐中電灯《かいちゅうでんとう》を使《つか》わなくてもべつに困《こま》らなかった、ということではありませんか」

「判《わか》った。すなわち、犯人《はんにん》の手元《てもと》にはもっと手軽《てがる》で使《つか》い慣《な》れた明《あ》かりがあって、犯人《はんにん》にしてみれば、それで充分《じゅうぶん》に事足《ことた》りた。要《よう》するに、犯人《はんにん》は喫煙者《きつえんしゃ》でライターやマッチを持《も》ち歩《ある》く人物《じんぶつ》である、といいたいわけね」

「さようでございます。ただし、作業《さぎょう》をする際《さい》、マッチの明《あ》かりで充分事足《じゅうぶんことた》りるとは思《おも》えません。作業《さぎょう》の間中《あいだじゅう》、何本《なんぼん》も何本《なんぼん》もマッチを擦《す》り続《つづ》けなくてはなりませんから」

「同感《どうかん》だわ。つまり普段《ふだん》からマッチを愛用《あいよう》している輝夫《てるお》は犯人《はんにん》ではないのね。彼《かれ》がもし犯人《はんにん》なら、迷《まよ》わず懐中電灯《かいちゅうでんとう》を使《つか》ったはずだから」

「はい。同《おな》じく圭一《けいいち》の妻《つま》、春絵《はるえ》も犯人《はんにん》ではありません。彼女《かのじょ》は喫煙者《きつえんしゃ》ではありませんので」

「春絵《はるえ》が喫煙者《きつえんしゃ》ではないと、どうしていえるの？　確《たし》かに春絵《はるえ》がわたしたちの前《まえ》で煙草《タバコ》を吸《す》うことはなかったけれど、だからといって喫煙者《きつえんしゃ》じゃないと断定《だんてい》はできないわよ」

「いえ、思《おも》い出《だ》してください、お嬢様《じょうさま》、圭一《けいいち》の百円《ひゃくえん》ライターのガスが切《き》れていたときのことを。そのとき圭一《けいいち》は春絵《はるえ》ではなくて、わざわざ弟《おとうと》の修二《しゅうじ》に火《ひ》を借《か》りています。春絵《はるえ》が喫煙者《きつえんしゃ》なら、圭一《けいいち》はまずは隣《となり》に座《すわ》る妻《つま》の春絵《はるえ》に火《ひ》を借《か》りようとするのではないでしょうか。そうしなかったところを見《み》ると、やはり春絵《はるえ》には喫煙《きつえん》の習慣《しゅうかん》がないものと思《おも》われます」

「なるほどね」よくまあ、他人《たにん》の話《はなし》を聞《き》いただけでここまで見抜《みぬ》けるものである。「じゃあ残《のこ》りは二人《ふたり》ね。圭一《けいいち》と修二《しゅうじ》の兄弟《きょうだい》」

遺産目当《いさんめあ》てという動機《どうき》は充分《じゅうぶん》だし、二人《ふたり》ともライターを持《も》っている。果《は》たして、兄弟《きょうだい》のうちのどちらが犯人《はんにん》なのか。

「犯人《はんにん》は修二《しゅうじ》のほうでございます」影山《かげやま》は意外《いがい》にアッサリと結論《けつろん》を口《くち》にした。

「ちょっと待《ま》ってよ。あなたまさか、『圭一《けいいち》のライターはガスが切《き》れていたから』なんていうんじゃないでしょうね。今日《きょう》の昼間《ひるま》にガスが切《き》れていたとしても、昨日《きのう》の夜《よる》はガスが残《のこ》っていたかもしれないわよ。むしろ犯人《はんにん》は圭一《けいいち》で、彼《かれ》のライターのガスが切《き》れていたのは、昨《さく》夜殺人現場《やさつじんげんば》でガスを無駄遣《むだづか》いした証拠《しょうこ》、と考《かん》えるべきなんじゃないの？」

「いいえ、圭一《けいいち》が百円《ひゃくえん》ライターを片手《かたて》にしながら、真夜中《まよなか》に事後処理《じごしょり》をおこなったとは考《かんが》えられません。よくお考《かんが》えくださいませ、お嬢様《じょうさま》。犯人《はんにん》は昨夜《さくや》の午前二時《ごぜんにじ》に現場《げんば》を訪《おとず》れて、毒入《い》りワインを回収《かいしゅう》しました。回収《かいしゅう》するだけならライター片手《かたて》におこなうことも充分《じゅうぶん》に可能《かのう》だったでしょう。難《むずか》しい作業《さぎょう》ではありませんから。しかしその後《ご》、犯人《はんにん》はサイドボードから新《あたら》しいワインを取《と》り出《だ》し、その栓《せん》を抜《ぬ》いて、テーブルに置《お》いているのです。ここが問題《もんだい》です。他《ほか》の作業《さぎょう》はいざ知《し》らず、ワインの栓《せん》を抜《ぬ》くという作業《さぎょう》は、どうしても片手《かたて》では無理《むり》があると思《おも》われます。このような作業《さぎょう》をライター片手《かたて》におこなおうとするものでしょうか。すぐ傍《そば》には懐中電灯《かいちゅうでんとう》という便利《べんり》な道具《どうぐ》があるというのに。わたくしには考《かんが》えられないことでございます」

「ああ――そういえばそうね」

確《たし》かに、暗闇《くらやみ》の中《なか》でワインの栓《せん》を抜《ぬ》こうとする場合《ばあい》、懐中電灯《かいちゅうでんとう》の明《あ》かりを点《つ》けっぱなしにして両手《りょうて》で作業《さぎょう》するほうが、ライター片手《かたて》に作業《さぎょう》するよりも、遥《はる》かにやりやすいだろう。実《じっ》際《さい》やってみるまでもなく、それは判《わか》る。

「だけどそれは同《おな》じことが修二《しゅうじ》にもいえるんじゃないかしら。修二《しゅうじ》だってライター片手《かたて》にしながらワインの栓《せん》を抜《ぬ》くのは無理《むり》でしょ」

「ところが修二《しゅうじ》の場合《ばあい》、それほど無理《むり》はありません。なぜなら彼《かれ》のライターはジッポーのオイルライターでございますから」

「ジッポーのオイルライターだってクラウンの百円《ひゃくえん》ライターだって、ライターはライターでしょう。同《おな》じじゃないの？」

影山《かげやま》は残念《ざんねん》そうに首《くび》を左右《さゆう》に振《ふ》った。

「喫煙習慣《きつえんしゅうかん》のないお嬢様《じょうさま》には同《おな》じに見《み》えるのも無理《むり》はありませんが、実際《じっさい》には百円《ひゃくえん》ライターとオイルライターには大《おお》きな違《ちが》いがございます。百円《ひゃくえん》ライターというものは火《ひ》を点《つ》ける際《さい》、ずっと着火《ちゃっか》ボタンを押《お》し続《つづ》けてガスを出《だ》した状態《じょうたい》にしておかなければいけません。ボタンから手《て》を離《はな》せばガスの供給《きょうきゅう》が途切《とぎ》れて、その瞬間《しゅんかん》、火《ひ》は消《き》えてしまいます。要《よう》するに百円《ひゃくえん》ライターというものは、一時《いっとき》も手《て》を離《はな》せない仕組《しく》みなのでございます。一方《いっぽう》、オイルライターのほうはといいますと――」

影山《かげやま》はそういいながらスーツのポケットから煙草《タバコ》のパッケージを取《と》り出《だ》し、麗子《れいこ》の目《め》の前《まえ》でこれ見《み》よがしに一本口《いっぽんくち》にくわえた。唖然《あぜん》とする麗子《れいこ》の前《まえ》で、さらに影山《かげやま》は自《みずか》らが愛用《あいよう》するジッポーのオイルライターを取《と》り出《だ》すと、まずは自分《じぶん》の煙草《タバコ》に火《ひ》を点《つ》け、それから火《ひ》が点《つ》いた状態《じょうたい》のライターを麗子《れいこ》の目《め》の前《まえ》に差《さ》し出《だ》した。

「このようにオイルライターの場合《ばあい》、オイルの沁《し》み込《こ》んだ芯《しん》の部分《ぶぶん》に火《ひ》が点《つ》くわけで、いったん火《ひ》が点《つ》いてしまえば後《あと》は蓋《ふた》をしない限《かぎ》り火《ひ》は燃《も》え続《つづ》けます。ですから――」影山《かげやま》はテーブルの上《うえ》にオイルライターを置《お》いた。ライターは背《せ》の低《ひく》い蠟燭《ろうそく》のように静《しず》かに燃《も》え続《つづ》けている。「このようにオイルライターは手《て》を離《はな》しても火《ひ》は消《き》えません。これなら両手《りょうて》でワインの栓《せん》を抜《ぬ》くことが可能《かのう》です。つまり懐中電灯《かいちゅうでんとう》を使《つか》わなくてもべつに困《こま》らなかった人物《じんぶつ》、それは百円《ひゃくえん》ライターを持《も》つ圭一《けいいち》ではなく、オイルライターを持《も》つ修二《しゅうじ》のほうである、という結論《けつろん》になるのでございます」

そして影山《かげやま》はひと仕事終《しごとお》えたとでもいうように、リラックスした表情《ひょうじょう》で煙草《タバコ》をくゆらせながら麗子《れいこ》に問《と》いかけた。「いかがでございますか、お嬢様《じょうさま》？」

影山《かげやま》の推理《すいり》に唸《うな》りながら、麗子《れいこ》はただ天井《てんじょう》に立《た》ち上《のぼ》る紫煙《しえん》を見《み》つめるしかなかった。

第《だい》三《さん》話《わ》　綺《き》麗《れい》な薔《ば》薇《ら》には殺《さつ》意《い》がございます

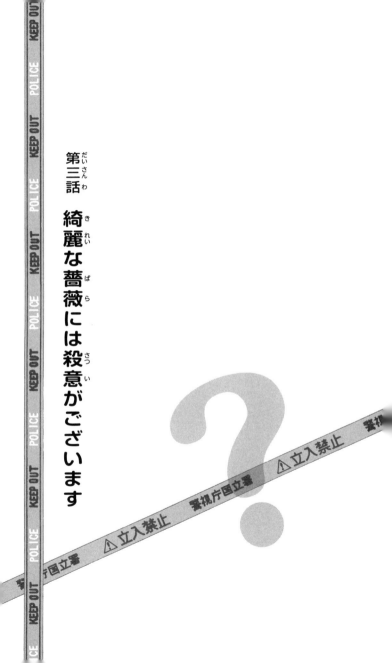

1

五月下旬《ごがつげじゅん》のある晴《は》れた日《ひ》の早朝《そうちょう》。国立市南部《くにたちしなんぶ》にある藤倉邸《ふじくらてい》の庭先《にわさき》。

藤倉文代《ふじくらふみよ》はいつものように夫《おっと》の幸三郎《こうざぶろう》に付《つ》き添《そ》われながら散歩中《さんぽちゅう》だった。もっとも今年七十歳《ことしななじっさい》になる文代《ふみよ》は足《あし》が不自由《ふじゆう》で歩《ある》くことができない。だから散歩《さんぽ》といっても正確《せいかく》には車椅子《くるまいす》での散策《さんさく》である。車椅子《くるまいす》を押《お》すのは幸三郎《こうざぶろう》の役割《やくわり》だった。夫《おっと》はいやな顔《かお》ひとつせずに彼女《かのじょ》の散歩《さんぽ》を手伝《てつだ》ってくれる。毎日繰《まいにちく》り返《かえ》されるこの朝《あさ》の散歩《さんぽ》は、文代《ふみよ》にとってもっとも幸《しあわ》せを感《かん》じる時間《じかん》だった。

ちなみに藤倉家《ふじくらけ》は多摩地区《たまちく》では名《な》の知《し》られた老舗《しにせ》『藤倉《ふじくら》ホテル』の創業家《そうぎょうけ》。夫《おっと》の幸三郎《こうざぶろう》はそこの元社長《もとしゃちょう》であり、現在《げんざい》は名誉会長《めいよかいちょう》という名《な》の隠居生活《いんきょせいかつ》を送《おく》っている。したがって藤倉邸《ふじくらてい》は豪邸《ごうてい》であり、その庭《にわ》は広大《こうだい》。車椅子《くるまいす》の文代《ふみよ》が散策《さんさく》するには広《ひろ》すぎるほどである。

そんな庭《にわ》の片隅《かたすみ》に一軒《いっけん》の離《はな》れがある。最近《さいきん》、その離《はな》れに新《あたら》しい住人《じゅうにん》が住《す》み着《つ》いたことで、藤倉家《ふじくらけ》にはぎくしゃくした雰囲気《ふんいき》が漂《ただよ》っており、文代《ふみよ》も頭《あたま》を悩《なや》ませていた。しかし離《はな》れの前《まえ》を通《とお》り過《す》ぎるころ、車椅子《くるまいす》を押《お》す幸三郎《こうざぶろう》がふいに文代《ふみよ》に向《む》かってこう話《はな》しかけた。

「高原恭子《たかはらきょうこ》さんのことなんだがね、俊夫《としお》との結婚《けっこん》を認《みと》めてやろうと思《おも》うんだが……」

「まあ、本当《ほんとう》ですか。それはよかった。俊夫《としお》も喜《よろこ》ぶでしょう」文代《ふみよ》は我《わ》がことのように歓声《かんせい》をあげた。「わたしと美奈子《みなこ》はもちろん賛成《さんせい》ですよ。——ただ雅彦《まさひこ》さんはどう思《おも》うかしら」

「大丈夫《だいじょうぶ》だ。わたしから話《はなし》をすれば、雅彦君《まさひこくん》も判《わか》ってくれるはずだ」

文代《ふみよ》と幸三郎《こうざぶろう》の間《あいだ》には立派《りっぱ》に成人《せいじん》した二人《ふたり》の子供《こども》がいる。娘《むすめ》の美奈子《みなこ》は三十五歳《さんじゅうごさい》。すでに結婚《けっこん》し、いまは幼稚園《ようちえん》に通《かよ》う里香《りか》という女《おんな》の子《こ》がひとりいる。美奈子《みなこ》の夫《おっと》、雅彦《まさひこ》は四十五歳《よんじゅうごさい》の若《わか》さながら、現在《げんざい》は『藤倉《ふじくら》ホテル』の社長《しゃちょう》の座《ざ》を任《まか》されている。幸三郎《こうざぶろう》が経営《けいえい》から退《しりぞ》き、事実上《じじつじょう》の隠居生活《いんきょせいかつ》を送《おく》れるのも、雅彦《まさひこ》という娘婿《むすめむこ》の存在《そんざい》があればこそである。いまや藤倉家《ふじくらけ》は美奈子《みなこ》と雅彦《まさひこ》の夫婦《ふうふ》が中心《ちゅうしん》になっているといってよかった。

一方《いっぽう》、息子《むすこ》の俊夫《としお》は三十四歳《さんじゅうよんさい》で、やはり『藤倉《ふじくら》ホテル』の社員《しゃいん》なのだが、現在《げんざい》のところは独身《どくしん》である。

そんな俊夫《としお》が黒《くろ》い猫《ねこ》を連《つ》れた若《わか》い女性《じょせい》を藤倉家《ふじくらけ》に招《まね》きいれ、離《はな》れに住《す》まわせたのは、つい半月《はんつき》ほど前《まえ》のことだった。俊夫《としお》がそうすることには、それ相応《そうおう》の事情《じじょう》があったのだが、幸三《こうざぶ》郎《ろう》はその女性《じょせい》、高原恭子《たかはらきょうこ》のことを頑《がん》として認《みと》めようとはしなかった。だが、そんな幸三郎《こうざぶろう》もようやく態度《たいど》を軟化《なんか》させたらしい。

「ゆうべなにかあったのですか。そういえば寺岡《てらおか》さんがいらっしゃっていたようですけど」

寺岡裕二《てらおかゆうじ》は俊夫《としお》の大学時代《だいがくじだい》の同期《どうき》であり、藤倉家《ふじくらけ》とは親戚筋《しんせきすじ》にあたる青年《せいねん》である。

「マージャンだよ。わたしと雅彦君《まさひこくん》と俊夫《としお》、それに寺岡君《てらおかくん》を交《まじ》えてね」幸三郎《こうざぶろう》は眠《ねむ》たげな声《こえ》でいった。「寺岡君《てらおかくん》は結局《けっきょく》、泊《と》まっていったようだから、まだそのへんにいるはずだよ」

すると、幸三郎《こうざぶろう》の声《こえ》がまるで呼《よ》び水《みず》になったかのように、庭《にわ》の一角《いっかく》から男性《だんせい》の悲鳴《ひめい》が響《ひび》いた。朝《あさ》っぱらから庭先《にわさき》で幽霊《ゆうれい》でも見《み》たかのような、そんな切羽詰《せっぱつま》った悲鳴《ひめい》である。

「あら、寺岡《てらおか》さんの声《こえ》じゃないかしら」文代《ふみよ》は自《みずか》らの手《て》で車椅子《くるまいす》を前《まえ》に進《すす》めながら叫《さけ》んだ。「薔薇園《ばらえん》のほうから聞《き》こえたみたいよ。いったいなにかしら」

藤倉邸《ふじくらてい》の一角《いっかく》には幸三郎《こうざぶろう》が丹精込《たんせいこ》めて造《つく》り上《あ》げた本格的《ほんかくてき》な薔薇園《ばらえん》がある。長年仕事一筋《ながねんしごとひとすじ》に打《う》ち込《こ》んできた幸三郎《こうざぶろう》にとって、薔薇《ばら》は唯一《ゆいいつ》の趣味《しゅみ》である。

「判《わか》らんな。とにかくいってみよう」

幸三郎《こうざぶろう》は文代《ふみよ》の車椅子《くるまいす》を勢《いきお》いよく押《お》しながら、薔薇園《ばらえん》へと向《む》かった。そこは周囲《しゅうい》を生垣《いけがき》で囲《かこ》ったスペースで、入口《いりぐち》には薔薇《ばら》を絡《から》ませたゲートがある。二人《ふたり》はゲートの手前《てまえ》で娘婿《むすめむこ》の雅《まさ》彦《ひこ》と出《で》くわした。雅彦《まさひこ》も同《おな》じ悲鳴《ひめい》を聞《き》いて駆《か》けつけてきたらしい。

「ああ、お義父《とう》さん、いまの悲鳴《ひめい》はいったい……」

「判《わか》らん。寺岡君《てらおかくん》の声《こえ》だったようだが……とにかくこの中《なか》だ」

幸三郎《こうざぶろう》と雅彦《まさひこ》はゲートをくぐって薔薇園《ばらえん》に飛《と》び込《こ》んでいく。文代《ふみよ》も自《みずか》ら車椅子《くるまいす》を操作《そうさ》して後《あと》に続《つづ》いた。

薔薇園《ばらえん》は藤倉邸《ふじくらてい》の中《なか》でも特異《とくい》な空間《くうかん》である。そこでは薔薇《ばら》以外《いがい》の植物《しょくぶつ》を探《さが》すのが困難《こんなん》なほど、いっさいが薔薇《ばら》で埋《う》め尽《つ》くされている。「カクテル」「パレード」「マリア・カラス」など品種《ひんしゅ》は様々《さまざま》。鉢植《はちう》えのものもあれば花壇《かだん》に茂《しげ》るもの、壁《かべ》や支柱《しちゅう》に絡《から》みながら伸《の》びるものなど、形《かたち》もいろいろだ。しかも五月下旬《ごがつげじゅん》のこの季節《きせつ》は薔薇《ばら》の開花《かいか》の時季《じき》。いままさに咲《さ》き誇《ほこ》らんとする色《いろ》とりどりの薔薇《ばら》がそこら中《じゅう》に溢《あふ》れて、あたりは濃厚《のうこう》な香《かお》りと色彩《しきさい》に満《み》たされている。それは息苦《いきぐる》しささえ感《かん》じるほどの光景《こうけい》である。

そんな華《はな》やかな空間《くうかん》の中《なか》で、寺岡裕二《てらおかゆうじ》は腰《こし》を抜《ぬ》かしたように地面《じめん》にしゃがみこんでいた。大《おお》きく見開《みひら》かれた眸《ひとみ》には、激《はげ》しい驚愕《きょうがく》の色《いろ》が映《うつ》っている。

「いったい、どうしたんだ、寺岡君《てらおかくん》。なにがあったのかね」雅彦《まさひこ》が尋《たず》ねると、

「あ、ああ……見《み》てください、あそこを！」

寺岡裕二《てらおかゆうじ》は薔薇園《ばらえん》の真《ま》ん中付近《なかふきん》を指《ゆび》で示《しめ》した。そこにあるのは薔薇《ばら》のベッド。といっても本物《ほんもの》のベッドではない。畳一枚《たたみいちまい》ほどの広《ひろ》さの台《だい》に薔薇《ばら》のツルを絡《から》ませてあるのだ。生《お》い茂《しげ》るツルは、いわば緑《みどり》の敷布団《しきぶとん》。真紅《しんく》の花《はな》たちがそこかしこに彩《いろど》りを添《そ》えている。

そんな薔薇《ばら》のベッドの上《うえ》に、ひとりの女性《じょせい》が静《しず》かに横《よこ》たわっていた。高原恭子《たかはらきょうこ》だった。その姿《すがた》はまるで薔薇《ばら》に囲《かこ》まれながらすやすやと寝息《ねいき》を立《た》てているかのよう。彼女《かのじょ》がパジャマ姿《すがた》だったので、余計《よけい》にそう見《み》える。だが、薔薇《ばら》のベッドで安《やす》らかに眠《ねむ》れる人間《にんげん》などいるものだろうか。もしいるとするなら、それは棘《とげ》の痛《いた》みを感《かん》じない死人《しにん》くらいのものだろう。まさか、と思《おも》い文代《ふみよ》は薔薇《ばら》のベッドに横《よこ》たわる美女《びじょ》を凝視《ぎょうし》した。間違《まちが》いなかった。高原恭子《たかはらきょうこ》は薔薇《ばら》のベッドで眠《ねむ》るように死《し》んでいるのだった。

2

国立《くにたち》の昔《むかし》をいまに伝《つた》える名所《めいしょ》といえば谷保天満宮《やぼてんまんぐう》。東日本《ひがしにほん》では最《もっと》も古《ふる》いといわれる天神様《てんじんさま》である。俗《ぞく》に野暮《やぼ》な人《ひと》のことを馬鹿《ばか》にして「野暮天《やぼてん》」などと呼《よ》んだりするが、その言葉《ことば》はまさしくこの谷保天満宮《やぼてんまんぐう》＝谷保天《やぼてん》に由来《ゆらい》するともいわれている。だが果《は》たしてこの俗説《ぞくせつ》は本当《ほんとう》だろうか。「YAHOO《ヤフー》！」で検索《けんさく》してみれば詳《くわ》しいことが判《わか》るかもしれないが、宝生麗子《ほうしょうれいこ》はいまそれどころではなかった。

谷保天満宮《やぼてんまんぐう》から程近《ほどちか》いところにあるお金持《かねも》ちの豪邸《ごうてい》で事件発生《じけんはっせい》。急報《きゅうほう》を受《う》けて現場《げんば》に駆《か》けつけた麗子《れいこ》は、薔薇《ばら》のベッドに眠《ねむ》る変死体《へんしたい》を目《ま》の当《あ》たりにして思《おも》わず息《いき》を呑《の》んだ。

透《す》き通《とお》るように白《しろ》い肌《はだ》。西洋人形《せいようにんぎょう》のように整《ととの》った顔立《かおだ》ち。流《なが》れるような黒髪《くろかみ》は緑色《みどりいろ》のツルと絡《から》み合《あ》い、咲《さ》き誇《ほこ》る真紅《しんく》の薔薇《ばら》が彩《いろど》りを添《そ》える……。

その死体《したい》を見《み》た瞬間《しゅんかん》、宝生麗子《ほうしょうれいこ》の脳裏《のうり》には「美《うつく》しい」「綺麗《きれい》」あるいは「華《はな》やか」といった単語《たんご》が瞬時《しゅんじ》に浮《う》かんだ。しかし、そういった言葉《ことば》を口《くち》にするのは刑事《けいじ》という立場上《たちばじょう》、やはり相応《ふさわ》しくないだろう。麗子《れいこ》はブラックフレームのダテ眼鏡《めがね》をそっと指先《ゆびさき》で押《お》し上《あ》げただけで、黙《だま》って死体《したい》の観察《かんさつ》を続《つづ》けた。薔薇《ばら》に包《つつ》まれながら横《よこ》たわる美女《びじょ》の死体《したい》。まるで絵画《かいが》のモチーフのようだ。いったい誰《だれ》がこのような真似《まね》を——そんなことを思《おも》う麗子《れいこ》の背後《はいご》から、聞《き》き覚《おぼ》えのある男性《だんせい》の声《こえ》が響《ひび》いた。

「被害者《ひがいしゃ》は高原恭子《たかはらきょうこ》、二十五歳《にじゅうごさい》。最近《さいきん》、藤倉家《ふじくらけ》に転《ころ》がり込《こ》んだ居候《いそうろう》だそうだ。——それにしても美《うつく》しいな。こんな綺麗《きれい》で華《はな》やかな殺人現場《さつじんげんば》は滅多《めった》にあるもんじゃない。まるで絵画《かいが》のモチーフのようじゃないか！」

麗子《れいこ》が心《こころ》の中《なか》で密《ひそ》かに思《おも》いながらも、けっして口《くち》にしなかった言葉《ことば》をやすやすと口《くち》にする男《おとこ》。とっさに麗子《れいこ》は、男《おとこ》の首《くび》を絞《し》めて、「この野暮天《やぼてん》があ！」と一喝《いっかつ》してやりたい衝動《しょうどう》に駆《か》られた。しかし、ここで残念《ざんねん》な事実《じじつ》。その男《おとこ》は麗子《れいこ》の上司《じょうし》であり警部《けいぶ》の肩書《かたがき》を持《も》っている。だから首《くび》を絞《し》めるわけにはいかない。仕方《しかた》がないので麗子《れいこ》は、眼鏡《めがね》の奥《おく》から冷《つめ》たい視線《しせん》を上《じょう》司《し》に浴《あ》びせながら、やんわりとその発言《はつげん》をたしなめた。

「風祭警部《かざまつりけいぶ》、不謹慎《ふきんしん》ですよ、美《うつく》しいだなんて。人《ひと》が殺《ころ》されたというのに」

「不謹慎《ふきんしん》？　この僕《ぼく》がかい？」

と、胸《むね》に手《て》を当《あ》てる風祭警部《かざまつりけいぶ》は三十二歳《さんじゅうにさい》独身《どくしん》。その実態《じったい》は有名自動車《ゆうめいじどうしゃ》メーカー『風祭《かざまつり》モータース』の御曹司《おんぞうし》である。愛車《あいしゃ》である銀《ぎん》のジャガーにパトライトを載《の》っけて街《まち》を走《はし》りたいという素朴《そぼく》な夢《ゆめ》を叶《かな》えるため、わざわざ警察官《けいさつかん》になった――という噂話《うわさばなし》が、まことしやかに語《かた》られる国立署《くにたちしょ》きっての変人警部《へんじんけいぶ》である。

「誤解《ごかい》だね、宝生君《ほうしょうくん》。僕《ぼく》はなにも『美《うつく》しい死体《したい》』といったわけじゃない。この場所《ばしょ》が美《うつく》しいといっただけだ。この見事《みごと》な薔薇園《ばらえん》を賞賛《しょうさん》したまでさ」そういって麗子《れいこ》の非難《ひなん》をうまくかわした風祭警部《かざまつりけいぶ》は、さらに続《つづ》けて、「もっとも僕《ぼく》の家《いえ》の薔薇園《ばらえん》は、ここの二倍《にばい》はあるけどね」と、いまここでする必要《ひつよう》のない堂々《どうどう》の自慢話《じまんばなし》。

それを黙《だま》って聞《き》いている麗子《れいこ》は、国立署《くにたちしょ》の若手刑事《わかてけいじ》。その実態《じったい》は『宝生《ほうしょう》グループ』の総帥《そうすい》、宝生清太郎《ほうしょうせいたろう》の娘《むすめ》である。ちなみに『宝生《ほうしょう》グループ』とは金融《きんゆう》、不動産《ふどうさん》、鉄道《てつどう》、電気《でんき》、流通《りゅうつう》、及《およ》びミステリ出版《しゅっぱん》などを脈絡《みゃくらく》なく手《て》がける複合企業《ふくごうきぎょう》。だが、お堅《かた》い職場《しょくば》においてその派手《はで》すぎる実家《じっか》の名前《なまえ》はむしろ邪魔《じゃま》、ということで彼女《かのじょ》はその事実《じじつ》を隠《かく》して勤務《きんむ》している。バーバリーの高級《こうきゅう》パンツスーツは、「丸井国分寺店《まるいこくぶんじてん》で買《か》った吊《つ》るしの安物《やすもの》です」。アルマーニの眼鏡《めがね》は、「メガネスーパーでサンキュッパでした」。無粋《ぶすい》で迂闊《うかつ》な男性刑事《だんせいけいじ》たちは、いまのところ彼女《かのじょ》の大胆《だいたん》すぎる嘘《うそ》に全然気付《ぜんぜんきづ》いていない。

そんな慎《つつし》み深《ぶか》い麗子《れいこ》だから、風祭警部《かざまつりけいぶ》がいくら自分《じぶん》の家《いえ》の薔薇園《ばらえん》を誇示《こじ》したところで、眉《まゆ》ひとつ動《うご》かすことはない。ただ、妄想《もうそう》の中《なか》で警部《けいぶ》の首《くび》をきゅっと絞《し》めながら、胸《むね》の奥《おく》でそっと呟《つぶや》くだけである。

——あたしの家《いえ》の薔薇園《ばらえん》はあんたの家《いえ》の三倍《さんばい》はあるっつーの！

「ところで宝生君《ほうしょうくん》」風祭警部《かざまつりけいぶ》は麗子《れいこ》の頭《あたま》の中《なか》で自分《じぶん》がどんな仕打《しう》ちを受《う》けているかも知《し》らずに問《と》いかけた。「この美《うつく》しい死体《したい》を見《み》て、なにか気《き》がつくことはないかな？」

「結局《けっきょく》『美《うつく》しい死体《したい》』っていっちゃってますよ、警部《けいぶ》」

だがまあ、それはそれとして——麗子《れいこ》は死体《したい》をひと目見《めみ》た瞬間《しゅんかん》から、いくつかの点《てん》が気《き》になっていた。まず被害者《ひがいしゃ》の服装《ふくそう》が薄手《うすで》のパジャマ姿《すがた》であること。それから被害者《ひがいしゃ》が裸足《はだし》で、なおかつ死体《したい》の周囲《しゅうい》に靴《くつ》やサンダルの類《たぐい》が見当《みあ》たらないこと。これらのことを総合《そうごう》して考《かんが》えるに、被害者《ひがいしゃ》が殺害《さつがい》されたのはこの薔薇園《ばらえん》ではなく、どこかべつの場所《ばしょ》、それも室内《しつない》であることが推定《すいてい》された。

すなわち犯人《はんにん》はこの屋敷《やしき》のどこかで被害者《ひがいしゃ》を殺害《さつがい》した後《あと》、わざわざ死体《したい》をこの薔薇園《ばらえん》まで運《はこ》び込《こ》み、薔薇《ばら》のベッドに横《よこ》たえたのだ。しかし、なぜ犯人《はんにん》はそのような面倒《めんどう》なことをおこなったのだろうか。その理由《りゆう》が判《わか》らない——と、麗子《れいこ》が様々《さまざま》に思考《しこう》を巡《めぐ》らしていると、

「おや、判《わか》らないのかい。では教《おし》えてあげよう。犯行現場《はんこうげんば》はこの薔薇園《ばらえん》ではなく、室内《しつない》なのだよ。見《み》たまえ、被害者《ひがいしゃ》の服装《ふくそう》を。それに被害者《ひがいしゃ》は裸足《はだし》だ——」

風祭警部《かざまつりけいぶ》は麗子《れいこ》が思《おも》ったとおりの推理《すいり》を繰《く》り返《かえ》してくれた。『なにか気《き》がつくことは？』と自分《じぶん》で質問《しつもん》して、『では教《おし》えてあげよう』と自分《じぶん》で答《こた》える。これは彼一流《かれいちりゅう》のやり方《かた》である。まあ、間違《まちが》った推理《すいり》を披露《ひろう》しているわけではないから、文句《もんく》をいうまでもない。部下《ぶか》としては彼《かれ》の判《わか》りきった話《はなし》が終《お》わるのを黙《だま》って待《ま》つだけだ。やれやれ。

「警部《けいぶ》、要《よう》するに、実際《じっさい》の犯行現場《はんこうげんば》の特定《とくてい》、それから死体《したい》を移動《いどう》させた目的《もくてき》を探《さぐ》ることが重《じゅう》要《よう》、ということですね」

「そういうことだよ、お嬢《じょう》さん。さすがに理解《りかい》が早《はや》いね」

ええ、たぶん警部《けいぶ》よりもかなり早《はや》いと思《おも》います。あと、前《まえ》から何度《なんど》もいってるけど、気色《きしょく》悪《わる》いから『お嬢《じょう》さん』はやめろよ！　あたしは『お嬢《じょう》さん』じゃなくて、『お嬢様《じょうさま》』だっての！

高原恭子《たかはらきょうこ》の死体《したい》は慎重《しんちょう》に薔薇《ばら》のベッドの上《うえ》から降《お》ろされて、検視《けんし》がおこなわれた。それによると死亡推定時刻《しぼうすいていじこく》は午前一時前後《ごぜんいちじぜんご》。首《くび》の周囲《しゅうい》になにかで絞《し》められた痕跡《こんせき》があることから、死因《しいん》は絞首《こうしゅ》による窒息死《ちっそくし》と断定《だんてい》された。凶器《きょうき》は紐《ひも》やロープのような細《ほそ》いものではなく、もっと太《ふと》さのあるもの――例《たと》えばタオルのようなものではないかと推測《すいそく》された。殺害後《さつがいご》に死体《したい》が移動《いどう》させられた点《てん》については、検視官《けんしかん》も麗子《れいこ》たちと同様《どうよう》の見解《けんかい》を示《しめ》した。

検視《けんし》が終《お》わると、麗子《れいこ》たちは薔薇園《ばらえん》を出《で》たところで、四人《よにん》の人物《じんぶつ》から死体発見時《したいはっけんじ》の状況《じょうきょう》を聴取《ちょうしゅ》した。

『藤倉《ふじくら》ホテル』名誉会長《めいよかいちょう》の藤倉幸三郎《ふじくらこうざぶろう》とその妻文代《つまふみよ》、娘婿《むすめむこ》で現社長《げんしゃちょう》の藤倉雅彦《ふじくらまさひこ》、それから昨夜《ゆうべ》この屋敷《やしき》に寝泊《ねと》まりした寺岡裕二《てらおかゆうじ》の四人《よにん》である。この中《なか》で、いちばん初《はじ》めに死体《したい》を発見《はっけん》したのは寺岡裕二《てらおかゆうじ》だった。彼《かれ》は藤倉家《ふじくらけ》の親戚筋《しんせきすじ》にあたるのだという。

「僕《ぼく》は藤倉家《ふじくらけ》の親戚《しんせき》といっても、この屋敷《やしき》にお邪魔《じゃま》したのは大学生《だいがくせい》のとき以来《いらい》だから、もう十二年《じゅうにねん》ぶりかな。そのころはこんな薔薇園《ばらえん》なんかなかったから、じっくり観賞《かんしょう》してみたいと思《おも》ったんです。それで今朝《けさ》、珍《めずら》しく早起《はやお》きしたので薔薇園《ばらえん》に足《あし》を運《はこ》んだら、薔薇《ばら》のベッドに人《ひと》が寝《ね》ていて、近寄《ちかよ》ってみたら高原《たかはら》さんでした。その顔《かお》が死人《しにん》みたいに真《ま》っ白《しろ》だったので、びっくりして思《おも》わず悲鳴《ひめい》を――。本当《ほんとう》ですってば。信《しん》じてくださいよ、刑事《けいじ》さん」

疑《うたが》いの視線《しせん》を敏感《びんかん》に感《かん》じ取《と》ったように、寺岡裕二《てらおかゆうじ》は手《て》を合《あ》わせて懇願《こんがん》した。その様子《ようす》を見《み》つめる風祭警部《かざまつりけいぶ》の眉《まゆ》がぴくりと動《うご》いたことに、麗子《れいこ》は気付《きづ》いた。

「まあ、いいでしょう」風祭警部《かざまつりけいぶ》は何事《なにごと》もないように頷《うなず》き、他《ほか》の三人《さんにん》のほうを向《む》いた。「それで、あなたたちは薔薇園《ばらえん》のほうから聞《き》こえてきた寺岡《てらおか》さんの悲鳴《ひめい》を聞《き》いて駆《か》けつけた。そこで地面《じめん》にしゃがみこんだ寺岡《てらおか》さんと、高原恭子《たかはらきょうこ》さんの死体《したい》を発見《はっけん》し、すぐさま一一〇番通報《ひゃくとおばんつうほう》した――そうですね」

「ええ、まあ、だいたいそういったところです。ねえ、お義父《とう》さん」

「ああ、そうだったな。そのとおりだったと思《おも》う」

互《たが》いに頷《うなず》きあう雅彦《まさひこ》と幸三郎《こうざぶろう》だが、その口調《くちょう》はどこか歯切《はぎ》れが悪《わる》い。

「なるほど、よく判《わか》りました」風祭警部《かざまつりけいぶ》はいちおう頷《うなず》いて、「ところで、この薔薇園《ばらえん》の手入《てい》れは普段《ふだん》どなたがなさっているのですか」

「主人《しゅじん》です」と文代《ふみよ》が答《こた》えた。「主人《しゅじん》は薔薇《ばら》が趣味《しゅみ》で、昼《ひる》となく夜《よる》となく、暇《ひま》さえあれば薔《ば》薇園《らえん》に入《い》り浸《びた》っているのです。おかげで主人《しゅじん》の手《て》はいつも傷《きず》だらけですのよ」

「なるほど。薔薇《ばら》には棘《とげ》がありますからね。それでは幸三郎《こうざぶろう》さんにお聞《き》きしましょう。今朝《けさ》、薔薇園《ばらえん》をご覧《らん》になったとき、普段《ふだん》と違《ちが》った点《てん》などありませんでしたか。もちろん被害者《ひがいしゃ》の死《し》体以外《たいいがい》に、という意味《いみ》ですが」

「いや、べつに変《か》わった点《てん》はなかったな。死体《したい》がある以外《いがい》は、いつもどおりだったと思《おも》う」

「雅彦《まさひこ》さんはどうお感《かん》じになりましたか？」

「わたしは普段《ふだん》、滅多《めった》に薔薇園《ばらえん》に足《あし》を踏《ふ》み入《い》れることはありませんから、よく判《わか》りません」

「そうですか。判《わか》りました。――ところで念《ねん》のために伺《うかが》いますが」風祭警部《かざまつりけいぶ》は男性陣三人《だんせいじんさんにん》に向《む》かってズバリと尋《たず》ねた。「ひょっとしてみなさん、あの死体《したい》を動《うご》かしませんでしたか？」

三人《さんにん》の男性《だんせい》たちの口《くち》から息《いき》を呑《の》むような声《こえ》が漏《も》れる。風祭警部《かざまつりけいぶ》の質問《しつもん》は彼《かれ》らの痛《いた》いところを確《たし》かに突《つ》いたらしい。まぐれ当《あ》たりってやつかしら、と麗子《れいこ》は密《ひそ》かにそう思《おも》う。

「フッ、なにも驚《おどろ》くようなことではありませんよ」謙遜《けんそん》した言葉《ことば》とは裏腹《うらはら》に警部《けいぶ》の顔《かお》は、どんなもんだい、といっている。「先《さき》ほど両手《りょうて》を合《あ》わせた寺岡《てらおか》さんの右手《みぎて》の甲《こう》に真新《まあたら》しい引《ひ》っかき傷《きず》があることに、わたしは気《き》がつきました。それから幸三郎《こうざぶろう》さんの手《て》の甲《こう》は両方《りょうほう》とも確《たし》かに傷《きず》だらけですが、よくよく観察《かんさつ》すると、その中《なか》にやけに新《あたら》しい傷《きず》が見《み》て取《と》れる。おや、と思《おも》って雅彦《まさひこ》さんの手《て》の甲《こう》を見《み》てみると、やはりそこにも似《に》たような傷《きず》がある。では、その傷《きず》はいったいなんの傷《きず》か？　もちろん薔薇《ばら》の棘《とげ》によってできた引《ひ》っかき傷《きず》と見《み》て間違《まちが》いないでしょう。しかし、普段《ふだん》から薔薇《ばら》の手入《てい》れをしている幸三郎《こうざぶろう》さんの手《て》に傷《きず》があるのはいいとして、なぜ雅彦《まさひこ》さんや寺岡《てらおか》さんの手《て》にも同《おな》じような傷《きず》があるのでしょう」

男性三人《だんせいさんにん》は警部《けいぶ》の話《はなし》を神妙《しんみょう》に聞《き》いている。警部《けいぶ》はさらに続《つづ》けた。

「あなたたち三人《さんにん》は死体《したい》を発見《はっけん》した後《あと》、すぐさま一一〇番《ひゃくとおばん》に通報《つうほう》したといっているが、それは嘘《うそ》ですね。あなたたちは死体《したい》に手《て》を触《ふ》れて、それを動《うご》かしたのです。そのとき手《て》の甲《こう》に薔薇《ばら》の棘《とげ》が引《ひ》っかかって傷《きず》がついた。違《ちが》いますか」

なるほど。風祭警部《かざまつりけいぶ》もたまには鋭《するど》いことをいうものだと、麗子《れいこ》は感心《かんしん》した。まあ、仮《かり》にも警部《けいぶ》なのだから、これぐらいは普通《ふつう》なのかもしれないが。

風祭警部《かざまつりけいぶ》の鋭《するど》い指摘《してき》を受《う》けて、三人《さんにん》の男《おとこ》たちはバツが悪《わる》そうに手《て》の甲《こう》の傷《きず》を隠《かく》した。どうやら図星《ずぼし》だったようだ。警部《けいぶ》は追及《ついきゅう》の手《て》を緩《ゆる》めずに続《つづ》けた。

「ところで、高原恭子《たかはらきょうこ》さんの死体《したい》は、殺害後《さつがいご》に薔薇園《ばらえん》に運《はこ》び込《こ》まれたことが判《わか》っています。まさか、あなたたち三人《さんにん》が死体《したい》をあの薔薇《ばら》のベッドに寝《ね》かせたなどということは……」

「ま、待《ま》ってくれ、刑事《けいじ》さん、それは誤解《ごかい》だ」慌《あわ》てて口《くち》を挟《はさ》んだのは幸三郎《こうざぶろう》だった。

「確《たし》かに、刑事《けいじ》さんが見抜《みぬ》いたとおり、わたしたち三人《さんにん》は死体《したい》に手《て》を触《ふ》れた。多少《たしょう》は動《うご》かしたことも事実《じじつ》だ。でも、死体《したい》を薔薇園《ばらえん》に運《はこ》び込《こ》んだのはわたしたちではない。わたしたちは薔薇園《ばらえん》の死体《したい》を発見《はっけん》しただけなのだよ」

「義父《ちち》のいうとおりです」雅彦《まさひこ》が幸三郎《こうざぶろう》に続《つづ》いて訴《うった》える。「わたしたちは最初《さいしょ》、彼女《かのじょ》が本当《ほんとう》に死《し》んでいるのだろうかと思《おも》って——なにしろあのようにまるで眠《ねむ》っているような様子《ようす》でしたから——それで彼女《かのじょ》の身体《からだ》を揺《ゆ》さぶったり脈《みゃく》を見《み》たりしました。誰《だれ》だってそうするでしょう。そして確《たし》かに死《し》んでいると判《わか》ると、今度《こんど》は、彼女《かのじょ》をあの台《だい》の上《うえ》から下《お》ろしてあげようということになったんです。ちょうど男手《おとこで》が揃《そろ》っていましたから」

「そうなんです」寺岡裕二《てらおかゆうじ》が申《もう》し訳《わけ》なさそうに頷《うなず》く。「あんなふうに薔薇《ばら》のツルが絡《から》まったままでは彼女《かのじょ》がかわいそうな気《き》がして、ついつい……」

「うむ、そうだった」幸三郎《こうざぶろう》がそのときの情景《じょうけい》を思《おも》い出《だ》すように呟《つぶや》く。「だが、実際《じっさい》にやってみると、死体《したい》には思《おも》った以上《いじょう》にツルが絡《から》まっていて、どうにもならん。それにこっちは素《す》手《で》だから棘《とげ》が手《て》に刺《さ》さって痛《いた》くて仕方《しかた》がない。そのうち横《よこ》で見《み》ていた家内《かない》が、こういいだした。『これは殺人事件《さつじんじけん》かもしれないから、あまり死体《したい》に触《さわ》らないほうがいい』と。それでわたしたちはようやく自分《じぶん》たちの軽率《けいそつ》な行動《こうどう》に気《き》がついた、というわけなのだよ」

そういって、幸三郎《こうざぶろう》は詫《わ》びを入《い》れるように頭《あたま》を下《さ》げた。

目《め》の前《まえ》の死体《したい》に動転《どうてん》した第一発見者《だいいちはっけんしゃ》が、ついつい死体《したい》に触《ふ》れたり、それを動《うご》かしたりするのは、ときどきあることだ。大半《たいはん》は善意《ぜんい》でおこなわれることだから文句《もんく》もいいづらい。現場《げんば》保存《ほぞん》という観点《かんてん》からすると、迷惑《めいわく》な話《はなし》なのだが。

風祭警部《かざまつりけいぶ》はひとつ咳払《せきばら》いをすると、車椅子《くるまいす》の文代《ふみよ》に向《む》かって尋《たず》ねた。

「彼《かれ》らのいっていることに間違《まちが》いはありませんか」

「ええ。わたしは主人《しゅじん》たちの行動《こうどう》をずっと見《み》ていました。間違《まちが》いはありません。主人《しゅじん》たちはみな恭子《きょうこ》さんの死体《したい》に触《さわ》りましたが、ごく僅《わず》かな時間《じかん》です。どうかお許《ゆる》しください」

「ま、そういうことなら仕方《しかた》がありませんね」

風祭警部《かざまつりけいぶ》はそういってこの話題《わだい》を終《お》わりにして、新《あら》たな問題点《もんだいてん》へと話《はなし》を転《てん》じた。

「ところで、高原恭子《たかはらきょうこ》さんという女性《じょせい》は、最近《さいきん》この家《いえ》に転《ころ》がり込《こ》んできた居候《いそうろう》だそうですね。

そのあたりの事情《じじょう》は後《あと》でゆっくり伺《うかが》うとして、とりあえず彼女《かのじょ》が寝泊《ねと》まりしていた場所《ばしょ》を教《おし》えていただけませんか」

被害者《ひがいしゃ》はパジャマ姿《すがた》で殺《ころ》されていた。したがって彼女《かのじょ》の寝室《しんしつ》が犯行現場《はんこうげんば》である確率《かくりつ》が高《たか》い、というわけだ。風祭警部《かざまつりけいぶ》の質問《しつもん》はいちおう筋《すじ》が通《とお》っている。

「恭子《きょうこ》さんは離《はな》れで暮《く》らしていました。ほら、あの建物《たてもの》です」

文代《ふみよ》はそういって薔薇園《ばらえん》から五十《ごじゅう》メートル以上離《いじょうはな》れた場所《ばしょ》に見《み》える平屋建《ひらやだ》てを指差《ゆびさ》した。

さっそく麗子《れいこ》と風祭警部《かざまつりけいぶ》は庭《にわ》を横切《よこぎ》り問題《もんだい》の離《はな》れへと向《む》かった。広《ひろ》い庭《にわ》には薔薇《ばら》の他《ほか》にも様々《さまざま》な植物《しょくぶつ》が見《み》られた。鉢植《はちう》えの蘭《らん》や、藤棚《ふじだな》。池《いけ》にはハスの葉《は》が浮《う》いている。花壇《かだん》に植《う》えられた三色菫《さんしきすみれ》やスイートピーなどはちょうど開花《かいか》の時季《じき》で、薔薇《ばら》に負《ま》けない見事《みごと》な色彩《しきさい》を誇《ほこ》っている。それらの脇《わき》を歩《ある》きながら、麗子《れいこ》がひとつ感心《かんしん》したことは、藤倉邸《ふじくらてい》の広大《こうだい》な庭《にわ》が完全《かんぜん》なバリアフリーになっていることだった。薔薇園《ばらえん》から離《はな》れに至《いた》る道《みち》のりは段差《だんさ》もなければ急《きゅう》な勾配《こうばい》もない。おそらく屋敷《やしき》の中《なか》も同様《どうよう》の配慮《はいりょ》がなされているのだろう。もちろん、車椅子《くるまいす》生活《せいかつ》を送《おく》る文代《ふみよ》のことを考《かん》えた上《うえ》での設計《せっけい》に違《ちが》いない。

二人《ふたり》の刑事《けいじ》は離《はな》れにたどり着《つ》いた。近《ちか》くで見《み》てみると、離《はな》れといっても結構立派《けっこうりっぱ》な建物《たてもの》だ。

玄関前《げんかんまえ》にはツツジの植《う》え込《こ》みがあり、赤紫色《あかむらさきいろ》の花《はな》がちょうど見《み》ごろだった。

文代《ふみよ》の話《はなし》によれば、この離《はな》れは美奈子《みなこ》と雅彦《まさひこ》の夫婦《ふうふ》が、新婚当時《しんこんとうじ》暮《く》らしていたものだという。しかし、子供《こども》が産《う》まれてからは手狭《てぜま》になったので、いま娘夫婦《むすめふうふ》は母屋《おもや》のほうで暮《く》らしている。空《あ》き家《や》になっていたところに、高原恭子《たかはらきょうこ》が転《ころ》がり込《こ》んだということらしい。

風祭警部《かざまつりけいぶ》が白《しろ》い手袋《てぶくろ》を嵌《は》めた手《て》で玄関扉《げんかんとびら》のノブを回《まわ》す。鍵《かぎ》は掛《か》かっていない。扉《とびら》は音《おと》もなく開《ひら》いた。二人《ふたり》の刑事《けいじ》は屋内《おくない》に足《あし》を踏《ふ》み入《い》れた。廊下《ろうか》を挟《はさ》んでいくつかある部屋《へや》の中《なか》、ひとつの部屋《へや》の様子《ようす》が刑事《けいじ》たちの関心《かんしん》を引《ひ》いた。そこは高原恭子《たかはらきょうこ》が寝室《しんしつ》として利用《りよう》していた部屋《へや》らしい。簡素《かんそ》な部屋《へや》ではあるが、そこに明《あき》らかな乱《みだ》れが見《み》て取《と》れた。

「おお、見《み》たまえ、宝生君《ほうしょうくん》」

「ええ、見《み》ています、警部《けいぶ》」

壁際《かべぎわ》に置《お》かれたベッドの上《うえ》からは、白《しろ》い布団《ふとん》が半分《はんぶん》ずり落《お》ちている。枕《まくら》は絨毯《じゅうたん》の床《ゆか》に転《ころ》がっている。テーブルの上《うえ》では、珈琲《コーヒー》カップが倒《たお》れている。二《ふた》つある椅子《いす》は、片方《かたほう》が横倒《よこだお》しになっている。サッシの窓《まど》は半分開《はんぶんあ》いていた。

「どうやら、ここでなんらかの争《あらそ》いがあったと見《み》ていいようだな」

風祭警部《かざまつりけいぶ》はそう決《き》め付《つ》けて、勝手《かって》に話《はなし》を進《すす》めていく。「昨夜一時《さくやいちじ》ごろ、この部屋《へや》に高原恭《たかはらきょう》子《こ》と何者《なにもの》かがいた。そいつは開《あ》いた窓《まど》から侵入《しんにゅう》したのかもしれないし、高原恭子《たかはらきょうこ》自身《じしん》が招《まね》きいれたのかもしれない。いずれにしても二人《ふたり》はこの部屋《へや》で小競《こぜ》り合《あ》いになり、そして、その何者《なにもの》かは高原恭子《たかはらきょうこ》の首《くび》を絞《し》めて殺害《さつがい》した。つまり、ここが犯行現場《はんこうげんば》だ」

警部《けいぶ》の見解《けんかい》はわりと単純《たんじゅん》。そこで麗子《れいこ》は上司《じょうし》の気分《きぶん》を損《そこ》ねない程度《ていど》に意見《いけん》を述《の》べた。

「なるほど、警部《けいぶ》のおっしゃるとおりかもしれません。しかし警部《けいぶ》、ひょっとすると、この部屋《へや》の乱《みだ》れが犯人《はんにん》のカムフラージュとは考《かんが》えられないでしょうか」

「カムフラージュ？」警部《けいぶ》は一瞬《いっしゅん》キョトンとした顔《かお》になり、「ああ、宝生君《ほうしょうくん》、もちろんだとも！　もちろんその可能性《かのうせい》は考慮《こうりょ》する必要《ひつよう》がある。もちろん僕《ぼく》は最初《さいしょ》からそのことに気《き》がついていたさ」

もちろん、がやたらと多《おお》いことに、風祭警部《かざまつりけいぶ》はもちろん気《き》がついていない。

「そう、あたかもこの離《はな》れが犯行現場《はんこうげんば》であるかのように、後《あと》から犯人《はんにん》が細工《さいく》をした可能性《かのうせい》はある。なにしろ、この場所《ばしょ》が犯行現場《はんこうげんば》だとすると、犯人《はんにん》は薔薇園《ばらえん》まで五十《ごじゅう》メートル以上《いじょう》も死《し》体《たい》を運《はこ》んだということになるのだからね。死体《したい》を担《かつ》いで五十《ごじゅう》メートル。まあ、被害者《ひがいしゃ》はスマートな女性《じょせい》だから、体力《たいりょく》のある男性《だんせい》ならばなんとか運《はこ》べるだろうが、それでも結構《けっこう》きつい。うむ、実際《じっさい》の犯行現場《はんこうげんば》はもっと薔薇園《ばらえん》に近《ちか》いのかもしれないな」

風祭警部《かざまつりけいぶ》はそういって額《ひたい》に浮《う》かんだ汗《あせ》を手《て》の甲《こう》で拭《ぬぐ》った。

3

藤倉邸《ふじくらてい》の広間《ひろま》に事件《じけん》の関係者《かんけいしゃ》たちが集《あつ》められた。すでに対面《たいめん》した四人《よにん》、幸三郎《こうざぶろう》と文代《ふみよ》の老《ろう》夫婦《ふうふ》、雅彦《まさひこ》、寺岡裕二《てらおかゆうじ》の他《ほか》に、老夫婦《ろうふうふ》の長女《ちょうじょ》であり雅彦《まさひこ》の妻《つま》である美奈子《みなこ》、それから美奈子《みなこ》の弟《おとうと》、俊夫《としお》が加《くわ》わった。俊夫《としお》は端正《たんせい》な顔立《かおだ》ちの二枚目《にまいめ》ながら、その目《め》は泣《な》き腫《は》らしたように赤《あか》くなっている。

「まずは、被害者高原恭子《ひがいしゃたかはらきょうこ》が藤倉家《ふじくらけ》の離《はな》れに住《す》むようになった理由《りゆう》を教《おし》えていただきましょう。そもそも彼女《かのじょ》と藤倉家《ふじくらけ》はどういう関係《かんけい》なのですか」

風祭警部《かざまつりけいぶ》が一同《いちどう》を見回《みまわ》すと、赤《あか》い目《め》をした俊夫《としお》がゆっくりと顔《かお》を上《あ》げた。

「恭子《きょうこ》は僕《ぼく》がこの家《いえ》に連《つ》れてきました。僕《ぼく》は彼女《かのじょ》と結婚《けっこん》するつもりでした」

俊夫《としお》はそういいながら、高原恭子《たかはらきょうこ》が藤倉家《ふじくらけ》にやってくるまでの経緯《けいい》をとつとつと語《かた》った。

そもそも俊夫《としお》が高原恭子《たかはらきょうこ》と出会《であ》ったのは、彼《かれ》が仕事《しごと》でよく利用《りよう》する高級《こうきゅう》クラブ。要《よう》するに彼女《かのじょ》は水商売《みずしょうばい》の女《おんな》だった。優《すぐ》れた容姿《ようし》に加《くわ》えて、聡明《そうめい》でよく気《き》のつく彼女《かのじょ》に、俊夫《としお》はたちまち惹《ひ》かれたという。俊夫《としお》は足《あし》しげく彼女《かのじょ》の店《みせ》に通《かよ》うことになるのだが、そんな折《おり》、彼女《かのじょ》の働《はたら》くクラブが急《きゅう》に店《みせ》を畳《たた》むこととなった。おかげで彼女《かのじょ》も店《みせ》が借《か》り上《あ》げていたアパートから出《で》て行《い》かざるを得《え》なくなった。そこで、窮地《きゅうち》に陥《おちい》った哀《あわ》れな女性《じょせい》に救《すく》いの手《て》を差《さ》し伸《の》べたのが俊夫《としお》だった。俊夫《としお》は高原恭子《たかはらきょうこ》に対《たい》して、自分《じぶん》の家《いえ》の離《はな》れに住《す》むように提案《ていあん》した。もちろん、将来的《しょうらいてき》に高原恭子《たかはらきょうこ》と一緒《いっしょ》になるのが俊夫《としお》の目的《もくてき》であることは本人《ほんにん》も否定《ひてい》しないところである。

こうして高原恭子《たかはらきょうこ》は少《すこ》しの荷物《にもつ》と黒《くろ》い猫《ねこ》を一匹《いっぴき》連《つ》れて、藤倉家《ふじくらけ》の離《はな》れに転《ころ》がり込《こ》んできた。それがいまから半月《はんつき》ほど前《まえ》のことだという。

「ふむ、黒《くろ》い猫《ねこ》ですか」風祭警部《かざまつりけいぶ》はわりとどうでもいいような点《てん》に興味《きょうみ》を示《しめ》した。「そういえば離《はな》れに猫《ねこ》はいなかった。みなさんご存《ぞん》じありませんか、被害者《ひがいしゃ》の飼《か》い猫《ねこ》を」

「そういえば今日《きょう》は朝《あさ》から一度《いちど》も見《み》ていないわね」と文代《ふみよ》が呟《つぶや》く。「どなたか、見《み》かけなかったかしら？」

藤倉家《ふじくらけ》の一同《いちどう》が揃《そろ》って首《くび》を振《ふ》った。猫《ねこ》が行方不明《ゆくえふめい》、と麗子《れいこ》は念《ねん》のため記憶《きおく》に留《とど》めた。

風祭警部《かざまつりけいぶ》は「まあ、いいでしょう」といって核心《かくしん》に触《ふ》れる話題《わだい》へと移行《いこう》した。

「ところで、こういってはなんですが、水商売《みずしょうばい》の女性《じょせい》をいきなり藤倉家《ふじくらけ》に連《つ》れてきたのでは、ご家族《かぞく》の反発《はんぱつ》も相当《そうとう》あったのではありませんか。どうです、俊夫《としお》さん？」

「ええ、それはまあ。最初《さいしょ》は彼女《かのじょ》が離《はな》れに暮《く》らすことに全員《ぜんいん》が反対《はんたい》でした。そこを僕《ぼく》がゴリ押《お》ししたのです。一緒《いっしょ》に住《す》めば、やがては彼女《かのじょ》の人柄《ひとがら》が判《わか》ると思《おも》って」

「なるほど。で、実際《じっさい》のところどうだったのですか。この半月《はんつき》ほど暮《く》らしてみて」

風祭警部《かざまつりけいぶ》が一同《いちどう》を見回《みまわ》すと、美奈子《みなこ》が手《て》を挙《あ》げた。

「わたしと母《はは》は、すぐに馴染《なじ》みましたよ。女同士《おんなどうし》という気安《きやす》さもあってか、ほんの数日一緒《すうじついっしょ》に過《す》ごしただけで、すっかり打《う》ち解《と》けました。彼女《かのじょ》、とっても話《はなし》が面白《おもしろ》くて、いい娘《こ》でしたよ。俊夫《としお》と結婚《けっこん》するなら、それもいいかなと思《おも》っていました。ただ、主人《しゅじん》は抵抗《ていこう》があったみたいですが」

「ほう、そうだったのですか、雅彦《まさひこ》さん」

「無理《むり》もないでしょう、刑事《けいじ》さん」雅彦《まさひこ》は苦虫《にがむし》を噛《か》み潰《つぶ》したような顔《かお》でいった。「どこの馬《うま》の骨《ほね》かも判《わか》らない女性《じょせい》がいきなり藤倉家《ふじくらけ》にやってきたのです。そうおいそれと結婚《けっこん》を認《みと》めるわけにはいきませんよ。義父《ちち》も同《おな》じ思《おも》いだったはずです」

「うむ」と幸三郎《こうざぶろう》は小《ち》さく頷《うなず》いて、「しかし刑事《けいじ》さん、わたしは確《たし》かに最初《さいしょ》、二人《ふたり》の結婚《けっこん》に断固反対《だんこはんたい》だった。だが、この半月《はんつき》ほど彼女《かのじょ》と接《せっ》して、多少《たしょう》は二人《ふたり》の結婚《けっこん》を許《ゆる》す気《き》になっていたのだ。いや、わたしは昨夜《さくや》、ハッキリと二人《ふたり》の結婚《けっこん》を認《みと》めようと決心《けっしん》したのだよ」

「おや、そうだったのですか、お義父《とう》さん。それは知《し》りませんでした」

「そうそう」なにかを思《おも》い出《だ》したように文代《ふみよ》が車椅子《くるまいす》の上《うえ》で背筋《せすじ》を伸《の》ばした。「昨夜《さくや》、男《おとこ》の方《かた》たちでマージャンをなさったそうね。そこでなにかあったのですか」

文代《ふみよ》の問《と》いに、俊夫《としお》が力《ちから》なく答《こた》えた。

「マージャンは僕《ぼく》がセッティングしたのです。寺岡《てらおか》に援護射撃《えんごしゃげき》をしてもらおうと思《おも》って」

「寺岡《てらおか》さんの援護射撃《えんごしゃげき》とは？」

風祭警部《かざまつりけいぶ》が寺岡裕二《てらおかゆうじ》に視線《しせん》をやる。寺岡《てらおか》は頭《あたま》を掻《か》きながら説明《せつめい》した。

「あの、実《じつ》は僕《ぼく》と高原恭子《たかはらきょうこ》とは学生時代《がくせいじだい》からの知《し》り合《あ》いなんです。彼女《かのじょ》の店《みせ》に俊夫《としお》を連《つ》れていってやったのも僕《ぼく》で、まあ二人《ふたり》を結《むす》びつけた張本人《ちょうほんにん》なんですね。それで、俊夫《としお》が彼女《かのじょ》との結婚《けっこん》を反対《はんたい》されているから援護《えんご》して欲《ほ》しいといってきたんです。昨夜《さくや》のマージャン大会《たいかい》が企《き》画《かく》されたのは、そういったわけなんです」

「つまり、マージャンをしながら、君《きみ》が高原恭子《たかはらきょうこ》のことを幸三郎《こうざぶろう》さんや雅彦《まさひこ》さんに宣伝《せんでん》したということ？」

「まあ、そういうことです。マージャンの合間合間《あいまあいま》に僕の口《くち》から彼女《かのじょ》の人柄《ひとがら》がどんなに優《すぐ》れているか、結婚相手《けっこんあいて》としてどれほど理想的《りそうてき》か、というようなことを訴《うった》えたというわけです。べつに誇大広告《こだいこうこく》をしたわけではありませんよ。実際《じっさい》、水商売《みずしょうばい》の女《おんな》という色眼鏡《いろめがね》で見《み》ることさえしなければ、彼女《かのじょ》はごく普通《ふつう》の陽気《ようき》な女性《じょせい》でしたからね」

では、寺岡裕二《てらおかゆうじ》の援護射撃《えんごしゃげき》は少《すく》なくとも幸三郎《こうざぶろう》には効果《こうか》があったということだ。高原恭子《たかはらきょうこ》と俊夫《としお》の結婚《けっこん》は現実《げんじつ》のものになりつつあった。そんな折《おり》に、高原恭子《たかはらきょうこ》は殺害《さつがい》されたのだ。ということは、これは彼女《かのじょ》と俊夫《としお》の結婚《けっこん》を認《みと》めたくない人物《じんぶつ》が犯《おか》した事件《じけん》なのだろうか。

そう考《かんが》えると怪《あや》しいのは、二人《ふたり》の結婚《けっこん》に最後《さいご》まで反対《はんたい》していた雅彦《まさひこ》ということになる。だが、もちろん決《き》め付《つ》けることはできない。表向《おもてむ》き賛成《さんせい》でも、内心《ないしん》では二人《ふたり》の結婚《けっこん》を快《こころよ》く思《おも》っていない人物《じんぶつ》がいたのかもしれないのだ。

「ちなみに、そのマージャンはどこで何時《なんじ》ごろまで？」

「二階《にかい》の娯楽室《ごらくしつ》で、午前零時《ごぜんれいじ》くらいまでだったな」と幸三郎《こうざぶろう》が答《こた》えた。「酒《さけ》を飲《の》みながらやってたんだ。零時《れいじ》ごろになると、俊夫《としお》が居眠《いねむ》りをはじめて、それで自然《しぜん》とお開《ひら》きになった。俊夫《としお》はそのまま部屋《へや》のソファに寝転《ねころ》がって寝《ね》てしまったようだ。わたしと雅彦君《まさひこくん》はそれぞれ自分《じぶん》の部屋《へや》に戻《もど》った。寺岡君《てらおかくん》にはお客《きゃく》さん用《よう》の部屋《へや》に寝《ね》てもらった」

「では、犯行《はんこう》のあったとされる午前一時《ごぜんいちじ》ごろは、みなさんおひとりだったわけですね」

「そうだな。わたしと文代《ふみよ》の寝室《しんしつ》はべつになっているし、雅彦君《まさひこくん》と美奈子《みなこ》の寝室《しんしつ》もべつだ。午前一時《ごぜんいちじ》なら、みんなひとりで寝《ね》ておったんじゃないかな」

幸三郎《こうざぶろう》の言葉《ことば》に、藤倉家《ふじくらけ》の関係者《かんけいしゃ》が全員頷《ぜんいんうなず》いた。

するとそのとき――

「あのう」恐《おそ》る恐《おそ》るといった感《かん》じで美奈子《みなこ》が口《くち》を開《ひら》いた。「お母《かあ》さんにちょっと聞《き》きたいことがあるんだけど」

文代《ふみよ》は怪訝《けげん》な顔《かお》つきで娘《むすめ》のほうを向《む》いた。

「あら、なんなの、美奈子《みなこ》。いまここで話《はな》さなくちゃいけないこと？」

「ええ、たぶん」美奈子《みなこ》はそういって、意外《いがい》な質問《しつもん》を母親《ははおや》に投《な》げた。「お母《かあ》さん、深夜《しんや》の一時《いちじ》ごろに庭《にわ》を散歩《さんぽ》していなかった？　お父《とう》さんと一緒《いっしょ》に」

文代《ふみよ》と幸三郎《こうざぶろう》の老夫婦《ろうふうふ》は訳《わけ》が判《わか》らないというように互《たが》いに顔《かお》を見合《みあ》わせた。

「いいえ、わたしはそんな真夜中《まよなか》に散歩《さんぽ》なんかしていないわよ。ねえ、あなた」

「そうだとも。わたしと母《かあ》さんが散歩《さんぽ》するのは朝《あさ》だ。夜中《よなか》に散歩《さんぽ》することなんかないぞ」

「ちょ、ちょっと待《ま》ってください、深夜《しんや》の一時《いちじ》ごろですって」

聞《き》き捨《ず》てならないとばかりに風祭警部《かざまつりけいぶ》が話《はなし》に割《わ》って入《はい》る。無理《むり》もない。深夜《しんや》の一時《いちじ》ごろといえば、高原恭子《たかはらきょうこ》の死亡推定時刻《しぼうすいていじこく》と一致《いっち》する時間帯《じかんたい》だ。「美奈子《みなこ》さん、あなたはその時間《じかん》になにかを見《み》たのですか」

「ええ。実《じつ》はわたし、昨夜《さくや》は目《め》が冴《さ》えてなかなか眠《ねむ》れませんでした。それで真夜中《まよなか》に二階《にかい》の寝室《しんしつ》の窓《まど》を開《あ》けて、庭《にわ》を眺《なが》めながら煙草《タバコ》を一服《いっぷく》したんです。あれは午前一時《ごぜんいちじ》を少《すこ》し過《す》ぎたころだったでしょうか。誰《だれ》かが車椅子《くるまいす》を押《お》しながら庭《にわ》を横切《よこぎ》って薔薇園《ばらえん》のほうへ向《む》かう姿《すがた》が見《み》えたんです。わたしはてっきりお母《かあ》さんがお父《とう》さんと一緒《いっしょ》に庭《にわ》を散歩《さんぽ》しているのかと思《おも》ったんですけど……」

美奈子《みなこ》の意外《いがい》な話《はなし》に雅彦《まさひこ》が顔色《かおいろ》を変《か》える。

「馬鹿《ばか》だな、おまえ。そんな時間《じかん》に義父《とう》さんたちが庭《にわ》を散歩《さんぽ》するわけがないだろ」

「だって、眠《ねむ》れない夜《よる》なんかは、そういうこともあるのかなと思《おも》ったから」

「じゃあ、ひょっとして」寺岡裕二《てらおかゆうじ》が一同《いちどう》の胸《むね》に去来《きょらい》する思《おも》いを代弁《だいべん》した。「美奈子《みなこ》さんが見《み》たのは、犯人《はんにん》!?　それって、犯人《はんにん》が薔薇園《ばらえん》に死体《したい》を運《はこ》ぶシーンなんじゃないの！」

関係者一同《かんけいしゃいちどう》はいっせいに風祭警部《かざまつりけいぶ》に視線《しせん》をやった。

「なるほど」警部《けいぶ》は重々《おもおも》しく頷《うなず》くと、車椅子《くるまいす》の老婦人《ろうふじん》に質問《しつもん》した。「文代《ふみよ》さんの寝室《しんしつ》は一階《いっかい》にあるのでしょうね」

「ええ、そうです。そのほうが移動《いどう》に手間《てま》が掛《か》かりませんから」

「では昨夜《さくや》、あなたが寝《ね》ている間《あいだ》、車椅子《くるまいす》はベッドの傍《そば》に置《お》いてあったのでしょうね」

「ええ、もちろんです。いつもそうですわ」

「では、もし仮《かり》に、あなたが眠《ねむ》っている間《あいだ》に何者《なにもの》かがあなたの寝室《しんしつ》に侵入《しんにゅう》して、その車椅子《くるまいす》を持《も》ち出《だ》そうとした場合《ばあい》、それは可能《かのう》だったでしょうか」

「嫌《いや》な想像《そうぞう》ですね」文代《ふみよ》はウンザリしたように顔《かお》を顰《しか》めた。「でも、それは可能《かのう》だったと思《おも》います。昨夜《さくや》のわたしはぐっすり眠《ねむ》っていて、朝日《あさひ》が昇《のぼ》るまで一度《いちど》も目《め》を覚《さ》ますことはありませんでしたから」

「そうですか。ちなみに、この屋敷《やしき》には他《ほか》に車椅子《くるまいす》はありませんか。予備《よび》とか、昔使用《むかししよう》していたものなど」

「いいえ、ありませんわ。車椅子《くるまいす》はこれ一台《いちだい》きりです」

「そうですか。では、どうやら間違《まちが》いなさそうです」風祭警部《かざまつりけいぶ》は早々《はやばや》と結論《けつろん》を口《くち》にした。「犯人《はんにん》は高原恭子《たかはらきょうこ》さんを殺害《さつがい》した後《あと》、文代《ふみよ》さんの車椅子《くるまいす》を一時拝借《いちじはいしゃく》した。そして、その車椅《くるまい》子《す》に死体《したい》を乗《の》せて薔薇園《ばらえん》まで運《はこ》んだのでしょう。車椅子《くるまいす》を使《つか》えば、死体《したい》の運搬《うんぱん》はうんと楽《らく》になりますからね」

風祭警部《かざまつりけいぶ》の言葉《ことば》を聞《き》くなり、文代《ふみよ》が気持《きも》ち悪《わる》そうに車椅子《くるまいす》の上《うえ》で腰《こし》を浮《う》かせた。

4

関係者《かんけいしゃ》の事情聴取《じじょうちょうしゅ》を終《お》えた刑事《けいじ》たちは、広間《ひろま》から裏口《うらぐち》へと向《む》かった。裏口《うらぐち》にも玄関《げんかん》などと同様《どうよう》にスロープが設置《せっち》されている。風祭警部《かざまつりけいぶ》はそのスロープを指差《ゆびさ》しながら、さも珍《めずら》しいものでも発見《はっけん》したかのように、麗子《れいこ》に訴《うった》えた。

「宝生君《ほうしょうくん》、君《きみ》は気《き》がついていたかい？　この藤倉邸《ふじくらてい》の屋敷《やしき》も離《はな》れも庭《にわ》も、そのすべてが完全《かんぜん》なバリアフリーになっているのだよ。僕《ぼく》はとっくに気《き》がついていたけどね」

「…………」麗子《れいこ》もとっくに気《き》がついていたので、返事《へんじ》のしようがない。

「まさにうってつけだよ。まさに車椅子《くるまいす》で死体《したい》を運《はこ》ぶために造《つく》られたような屋敷《やしき》だ！」

「それはいいすぎでは？」死体《したい》を運《はこ》ぶために造《つく》られたわけではあるまい。

「とにかく、これで死体移動《したいいどう》の手段《しゅだん》は判《わか》った。残《のこ》る問題《もんだい》はその目的《もくてき》だな。犯人《はんにん》はなぜ苦労《くろう》して死体《したい》を薔薇園《ばらえん》に運《はこ》んだのか。その謎《なぞ》が解《と》ければ、この事件《じけん》の真相《しんそう》が判《わか》るような気《き》がするのだけどね――おや、なんだい、この音《おと》は？」

風祭警部《かざまつりけいぶ》は裏口《うらぐち》を出《で》たところで話《はなし》を中断《ちゅうだん》し、周囲《しゅうい》を見回《みまわ》した。裏庭《うらにわ》の片隅《かたすみ》に小《ちい》さな木造《もくぞう》の小屋《こや》が見《み》える。引《ひ》き戸《ど》や窓《まど》の様子《ようす》から見《み》て、人《ひと》の住《す》む空間《くうかん》ではなさそうだ。

「あれは物置《ものおき》か？　中《なか》に誰《だれ》かいるみたいだが――」

警部《けいぶ》は興味《きょうみ》を引《ひ》かれた様子《ようす》で小屋《こや》へと歩《ほ》を進《すす》めていく。麗子《れいこ》も後《あと》に続《つづ》く。小屋《こや》の入口《いりぐち》の引《ひ》き戸《ど》がほんのわずか開《あ》いている。中《なか》を覗《のぞ》くと、そこはやはり物置《ものおき》だった。積《つ》み上《あ》げられた段《だん》ボール箱《ばこ》、スキー用具《ようぐ》やキャンプ用具《ようぐ》、いまはもう用済《ようず》みになったベビーベッドや木馬《もくば》、赤《あか》ん坊《ぼう》の玩具類《おもちゃるい》などが、乱雑《らんざつ》に仕舞《しま》いこまれている。

そんな中《なか》、頭《あたま》に赤《あか》いリボンを結《むす》んだ幼稚園児《ようちえんじ》ぐらいの女《おんな》の子《こ》の姿《すがた》があった。確《たし》か、雅彦《まさひこ》と美奈子《みなこ》の間《あいだ》には、幼稚園《ようちえん》に通《かよ》う娘《むすめ》がいると聞《き》いている。この娘《こ》がそうなのだろう。

女《おんな》の子《こ》は段《だん》ボール箱《ばこ》のひとつに腰《こし》を下《お》ろし、ベビーベッドの中《なか》を覗《のぞ》き込《こ》んでいる。ベッドの中《なか》ではなにか黒《くろ》いものが蠢《うごめ》いている。それは真《ま》っ黒《くろ》な猫《ねこ》だった。

「そういえば被害者《ひがいしゃ》の猫《ねこ》が行方不明《ゆくえふめい》だったな。こんなところにいたのか」風祭警部《かざまつりけいぶ》はそう呟《つぶや》きながら、引《ひ》き戸《ど》を大《おお》きく開《あ》け放《はな》った。精一杯《せいいっぱい》にこやかな笑顔《えがお》を保《たも》ちながら、「やあ、お嬢《じょう》ちゃん、お名前《なまえ》はなんというのかな？」と女《おん》の子《こ》に歩《あゆ》み寄《よ》る。

「……………」女《おんな》の子《こ》は一瞬怯《いっしゅんおび》えたような顔《かお》をしてから、「あのね、知《し》らないおじちゃんとお話《はな》ししちゃいけないってママにいわれてるの」と、この年頃《としごろ》の女《おんな》の子《こ》としては百点満点《ひゃくてんまんてん》の模《も》範解答《はんかいとう》。

「そっかあ。でも、それなら大丈夫《だいじょうぶ》だよ。僕《ぼく》は『おじちゃん』じゃなくて『お兄《にい》ちゃん』だからね。はい、お嬢《じょう》ちゃん、お名前《なまえ》は？　お歳《とし》はいくつ？」

「あのね、藤倉里香《ふじくらりか》、五《いっ》つ」

「あぁッ、警部《けいぶ》、なんてことを……」麗子《れいこ》は思《おも》わず頭《あたま》を抱《かか》えた。この娘《こ》が近《ちか》い将来《しょうらい》、知《し》らないお兄《にい》ちゃんに連《つ》れ去《さ》られたりしたら、あんたどう責任取《せきにんと》るんだ！　麗子《れいこ》は目《め》の前《まえ》の危《あぶ》ないお兄《にい》ちゃんを脇《わき》に押《お》しのけて、自《みずか》ら里香《りか》と向《む》かい合《あ》った。「里香《りか》ちゃんは、こんなところでなにをしているの？」

「あのね、物置《ものおき》の前《まえ》を歩《ある》いてたら中《なか》でタンゴの声《こえ》が聞《き》こえたの。それでね、里香《りか》が戸《と》を開《あ》けて中《なか》を覗《のぞ》いたらタンゴがいたの。それでチリョーしてあげてたの」

「タンゴ？」麗子《れいこ》は一瞬《いっしゅん》考《かんが》えて、タンゴが黒猫《くろねこ》の名前《なまえ》であることを理解《りかい》した。「でも、チリヨーって？」

「タンゴ、怪我《けが》してるの」

「へえ、どれどれ」麗子《れいこ》はベビーベッドの中《なか》の黒猫《くろねこ》に、あらためて目《め》をやった。黒猫《くろねこ》のタンゴは右前足《みぎまえあし》を軽《かる》く浮《う》かせるような恰好《かっこう》で、三本足《さんぼんあし》でヨタヨタと歩《ある》いている。「本当《ほんとう》だ。右《みぎ》の前足《まえあし》を痛《いた》そうにしてるね。かわいそうに」

「なにぃ！　猫《ねこ》が怪我《けが》してるだって！」風祭警部《かざまつりけいぶ》がひと際大《きわおお》きな声《こえ》を張《は》り上《あ》げて、ベビーベッドの中《なか》の黒猫《くろねこ》を覗《のぞ》き込《こ》む。「むむ……確《たし》かに……ということは、ひょっとして……」

するとら、警部《けいぶ》の大声《おおごえ》を聞《き》きつけたのか、物置《ものおき》の入口《いりぐち》から美奈子《みなこ》がひょいと顔《かお》を覗《のぞ》かせた。

「まあ、里香《りか》ったら、こんなところにいたの。それに刑事《けいじ》さんも一緒《いっしょ》に。どうかしましたか刑事《けいじ》さん？　ここは普段《ふだん》、滅多《めった》に使《つか》わないガラクタを仕舞《しま》う物置《ものおき》なんですけど」

「ああ、奥《おく》さん、ちょうどよかった。ちょっと質問《しつもん》させてください。この黒猫《くろねこ》が、高原恭子《たかはらきょうこ》さんの例《れい》の飼《か》い猫《ねこ》ですね」

「あら、こんなところにいたんですね。ええ、そうですよ。これが恭子《きょうこ》さんの猫《ねこ》です。恭子《きょうこ》さんはとっても猫《ねこ》が好《す》きで、いつも抱《だ》いて寝《ね》るほどだったんですよ」

「抱《だ》いて寝《ね》ていた⁉　それじゃ、昨夜《ゆうべ》もこの猫《ねこ》は彼女《かのじょ》の寝室《しんしつ》にいたのですね」

「さあ、べつに見《み》ていたわけじゃないからハッキリとはいえませんけれど、たぶんそうだったんじゃないでしょうか」

「よく見《み》てください、奥《おく》さん。この猫《ねこ》、右《みぎ》の前足《まえあし》を怪我《けが》してますよね。この猫《ねこ》は以前《いぜん》から、こんなふうに足《あし》が悪《わる》かったんですか」

「あら、そんなことありませんわ。昨日《きのう》の夕方《ゆうがた》わたしが見《み》たときは、ピンピンしていましたよ。恭子《きょうこ》さんもべつに猫《ねこ》が怪我《けが》したなんていっていなかったですし――」

「やはりそうですか。いや、ご協力《きょうりょく》ありがとうございました」風祭警部《かざまつりけいぶ》は満足《まんぞく》げな笑《え》みを浮《う》かべながら麗子《れいこ》のほうを向《む》き、勝《か》ち誇《ほこ》るようにベビーベッドの中《なか》の黒猫《くろねこ》を指差《ゆびさ》した。「見《み》たまえ、宝生君《ほうしょうくん》。今度《こんど》こそ動《うご》かぬ証拠《しょうこ》だ」

麗子《れいこ》はいわれるままに猫《ねこ》を見《み》た。黒猫《くろねこ》のタンゴは小《ち》いさな布団《ふとん》に寝《ね》そべって、右前足《みぎまえあし》を嘗《な》めている。これが動《うご》かぬ証拠《しょうこ》といわれても――「猫《ねこ》、動《うご》いてますけど？」

「『動《うご》かぬ証拠《しょうこ》』は単《たん》なる比喩《ひゆ》だ。そりゃ猫《ねこ》は動《うご》くさ。だが、この猫《ねこ》は足《あし》を怪我《けが》している」

「被害者《ひがいしゃ》の飼《か》い猫《ねこ》が怪我《けが》をしているから、どうだとおっしゃるのですか」

「高原恭子《たかはらきょうこ》が殺害《さつがい》されたのは、やはりあの離《はな》れの寝室《しんしつ》だ」警部《けいぶ》はいきなり断言《だんげん》した。

「小競《こぜ》り合《あ》いの痕跡《こんせき》があっただろ。あれは犯人《はんにん》のカムフラージュなんかじゃない。実際《じっさい》、あの寝室《しんしつ》で殺人《さつじん》がおこなわれたのだよ」

風祭警部《かざまつりけいぶ》は眉間《みけん》に皺《しわ》を寄《よ》せながら、さらなる熱弁《ねつべん》を振《ふ》るいはじめた。

「昨夜《さくや》、高原恭子《たかはらきょうこ》が何者《なにもの》かに殺害《さつがい》された。一方《いっぽう》、同《おな》じ夜《よる》に彼女《かのじょ》の飼《か》い猫《ねこ》が前足《まえあし》を負傷《ふしょう》した。これがまったく別個《べっこ》に起《お》こった出来事《できごと》だと、考《かんが》えられるだろうか。飼《か》い主《ぬし》が殺《ころ》された夜《よる》に、その飼《か》い猫《ねこ》が偶然《ぐうぜん》まったく違《ちが》う出来事《できごと》によって前足《まえあし》を負傷《ふしょう》したと。もちろん、その可能性《かのうせい》もゼロではない。しかし、確率《かくりつ》はごく低《ひく》いだろう。むしろこの黒猫《くろねこ》は、飼《か》い主《ぬし》と犯人《はんにん》との争《あらそ》いに巻《ま》き込《こ》まれて負傷《ふしょう》したと考《かんが》えるほうが、よっぽど納得《なっとく》がいく。人間《にんげん》たちに足《あし》を踏《ふ》まれたか、下敷《したじ》きになったか、蹴飛《けと》ばされたか、そんなところだろう。要《よう》するに、この猫《ねこ》は殺人《さつじん》の現場《げんば》に偶然居合《ぐうぜんいあ》わせて、とばっちりを受《う》けたというわけだ。では、犯行《はんこう》のあった午前一時《ごぜんいちじ》ごろ、この猫《ねこ》はどこにいたか。離《はな》れだ！　この猫《ねこ》は、被害者《ひがいしゃ》と一緒《いっしょ》に離《はな》れの寝室《しんしつ》で寝《ね》ていたはずなのだ！　もしも離《はな》れの寝室以外《しんしついがい》の場所《ばしょ》が犯行現場《はんこうげんば》ならば、この猫《ねこ》が負傷《ふしょう》することはなかったはず！　つまり、離《はな》れの寝室《しんしつ》が犯行現場《はんこうげんば》と考《かんが》えてよい、というわけだ！　どうだあッ、宝生《ほうしょう》君《くん》！　僕《ぼく》の推理《すいり》に間違《まちが》いはあるまいッ！」

「ママぁ！　お、お兄《にい》ちゃんが恐《こわ》いよう……」

風祭警部《かざまつりけいぶ》の異様《いよう》な迫力《はくりょく》に接《せっ》して、里香《りか》は泣《な》きながら美奈子《みなこ》にしがみついた。よかった。この娘《こ》はもう知《し》らないお兄《にい》ちゃんに話《はな》し掛《か》けられても返事《へんじ》をしないだろう。

5

その日《ひ》の夜《よる》、宝生邸《ほうしょうてい》に帰宅《きたく》した麗子《れいこ》は、束《たば》ねていた髪《かみ》を解《ほど》き、仕事用《しごとよう》の黒縁眼鏡《くろぶちめがね》を外《はず》すと、黒《くろ》いスーツを脱《ぬ》ぎ捨《す》て純白《じゅんぱく》のワンピースに着替《きが》えた。夜《よる》は麗子《れいこ》にとって重要《じゅうよう》だ。それは彼女《かのじょ》が刑事《けいじ》としての職務《しょくむ》をしばし忘《わす》れて、ごくごく普通《ふつう》の大富豪《だいふごう》の令嬢《れいじょう》として振《ふ》る舞《ま》える貴重《きちょう》な時間《じかん》である。

麗子《れいこ》は鴨肉《かもにく》のディナーを堪能《たんのう》した後《あと》、久《ひさ》しぶりに庭《にわ》の一角《いっかく》にある薔薇園《ばらえん》へと足《あし》を踏《ふ》み入《い》れた。宝生邸《ほうしょうてい》の庭《にわ》は庭師《にわし》さえも迷子《まいご》になるという広大《こうだい》さを誇《ほこ》るが、薔薇園《ばらえん》ひとつをとっても、その広《ひろ》さは尋常《じんじょう》ではない。しかも初夏《しょか》に差《さ》し掛《か》かるこの季節《きせつ》、薔薇《ばら》は開花《かいか》の時《とき》を迎《むか》え、薔薇《ばら》園《えん》は眩《まばゆ》いばかりの色彩《しきさい》と濃厚《のうこう》な香《かお》りに包《つつ》まれている。

「ああ、なんて美《うつく》しいのかしら。それにこの香《かお》り。まるで――」まるで今朝《けさ》の死体発見現場《したいはっけんげんば》のようだ。ふいに現実《げんじつ》に引《ひ》き戻《もど》された気《き》がして、麗子《れいこ》は思《おも》わず溜《た》め息《いき》をつく。やはりいまはまだ純粋《じゅんすい》に花《はな》を愛《め》でるような気分《きぶん》にはなれない。すると――

「確《たし》かに、美《うつく》しゅうございます」執事《しつじ》の影山《かげやま》が傍《かたわ》らでかしこまったまま、シルバーフレームの眼鏡《めがね》の奥《おく》から怜悧《れいり》な眸《ひとみ》を麗子《れいこ》に向《む》けた。「しかしながら、どれほど美《うつく》しい薔薇《ばら》とて、今宵《こよい》のお嬢様《じょうさま》の美《うつく》しさの前《まえ》では、色褪《いろあ》せて見《み》えることでございましょう」と最大級《さいだいきゅう》の賛辞《さんじ》。

「まあ、影山《かげやま》ったら、正直者《しょうじきもの》なんだから――」

「恐《おそ》れ入《い》ります」影山《かげやま》は涼《すず》しい顔《かお》で恭《うやうや》しく頭《あたま》を下《さ》げた。

この影山《かげやま》という男《おとこ》は、宝生家《ほうしょうけ》に仕《つか》える執事兼運転手《しつじけんうんてんしゅ》。麗子《れいこ》にとっては忠実《ちゅうじつ》なしもべである。執事《しつじ》といってもまだ若《わか》い。たぶん風祭警部《かざまつりけいぶ》とそう変《か》わらないだろう。ひょろりとした長身《ちょうしん》に銀縁眼鏡《ぎんぶちめがね》。見《み》た目《め》は充分信用《じゅうぶんしんよう》に足《た》る人物《じんぶつ》といった風情《ふぜい》だが、実際《じっさい》はそうでもない。使用人《しようにん》の分際《ぶんざい》でありながら、時《とき》としておそろしく不愉快《ふゆかい》な振《ふ》る舞《ま》いや暴言《ぼうげん》でもって麗子《れいこ》を悩《なや》ませるという、困《こま》った一面《いちめん》を併《あわ》せ持《も》つ。それでも麗子《れいこ》が彼《かれ》をクビにできないのは、彼《かれ》に備《そな》わっている特異《とくい》な能力《のうりょく》のせいなのだが――

「ねえ、影山《かげやま》、ちょっと聞《き》きたいんだけど」麗子《れいこ》は薔薇園《ばらえん》の遊歩道《ゆうほどう》を進《すす》みながら、さりげなくさりげな〜く本題《ほんだい》に入《はい》った。「もしもよ、もしも仮《かり》に殺人事件《さつじんじけん》があって、被害者《ひがいしゃ》の死体《したい》が殺人現場《さつじんげんば》から五十《ごじゅう》メートル以上《いじょう》も離《はな》れた薔薇園《ばらえん》の中《なか》で見《み》つかったとしたら、犯人《はんにん》の目的《もくてき》はいったいなにかしら？」

「お嬢様《じょうさま》」たちまち執事《しつじ》の眸《ひとみ》がレンズ越《ご》しに妖《あや》しく光《ひか》る。「それはいったい、いつどこで起《お》こった事件《じけん》でございますか？」

「だから仮定《かてい》の話《はなし》だっていってるでしょーが！」

「失礼《しつれい》ながら、そこまで話《はなし》が具体的《ぐたいてき》ですと、どこかで実際《じっさい》に起《お》こった事件《じけん》だとしか思《おも》われません。お嬢様《じょうさま》は嘘《うそ》がお上手《じょうず》ではございませんので」影山《かげやま》はそう断言《だんげん》すると、表情《ひょうじょう》を変《か》えずにズバリといった。「また、新《あたら》しい事件《じけん》でございますね」

「ま、まあね」やはり『さりげな〜く作戦《さくせん》』は最初《さいしょ》から無理《むり》があったか。「今朝《けさ》、死体《したい》が発《はっ》見《けん》されたばかりの事件《じけん》よ。実際《じっさい》の犯行《はんこう》があったのは真夜中《まよなか》だけど」

「やはりそうでございましたか」影山《かげやま》はやれやれというように溜《た》め息《いき》をついた。「お嬢様《じょうさま》が刑事《けいじ》になられてからというもの、このあたりもずいぶんと物騒《ぶっそう》になったものだ——そのように旦那様《だんなさま》がお嘆《なげ》きでございました」

「あ、そう」まったくなんてことをいう父親《ちちおや》だ。「街《まち》が物騒《ぶっそう》になったのはわたしのせいじゃないから心配《しんぱい》しないでって、お父様《とうさま》にそういっといて」

「承知《しょうち》いたしました」影山《かげやま》は深々《ふかぶか》と一礼《いちれい》して顔《かお》を上《あ》げた。「ところで先《さき》ほどの話《はなし》に戻《もど》りますが、なにやら不可解《ふかかい》な事件《じけん》にお悩《なや》みのご様子《ようす》。どうでしょう、ひとつこの影山《かげやま》に詳《くわ》しくお話《はな》しされてみ――」

「嫌《いや》！　絶対《ぜったい》、嫌《いや》！」麗子《れいこ》は顔《かお》を背《そむ》けて強《つよ》い拒絶《きょぜつ》を示《しめ》した。「どうせまた、『お嬢様《じょうさま》の目《め》は節穴《ふしあな》でございますか』とかなんとかいうんでしょ。そんなのもう御免《ごめん》だわ。だいたい、あんたの力《ちから》なんか借《か》りなくても、これぐらいの事件《じけん》、わたしたちで解決《かいけつ》するわよ。こっちはプロなんだから！」

「もちろんそうでございましょう。日本《にっぽん》の警察《けいさつ》は優秀《ゆうしゅう》でございます。関係者《かんけいしゃ》の事情聴取《じじょうちょうしゅ》と周辺《しゅうへん》の聞《き》き込《こ》みを五十回《ごじっかい》も百回《ひゃっかい》も繰《く》り返《かえ》し、市民《しみん》から善意《ぜんい》で寄《よ》せられる数百件《すうひゃっけん》にものぼる情報《じょうほう》を吟味《ぎんみ》し、現場《げんば》から採取《さいしゅ》した証拠《しょうこ》を何日《なんにち》も何十日《なんじゅうにち》もかけて科学的《かがくてき》に分析《ぶんせき》し、何人《なんにん》もの容疑者《ようぎしゃ》に出頭《しゅっとう》を求《もと》め、調《しら》べて調《しら》べて調《しら》べ抜《ぬ》いて、そしていつの日《ひ》にか、ただひとつの真実《しんじつ》に必《かなら》ずやたどり着《つ》くに違《ちが》いありません。確《たし》かに、わたくしのような素人《しろうと》の出《で》る幕《まく》では――」

「詳《くわ》しく話《はな》すから、よく聞《き》きなさい！」

「かしこまりました」

結局《けっきょく》、麗子《れいこ》は影山《かげやま》の知恵《ちえ》を借《か》りたくなってしまう。だからクビにはできないのである。

それから、しばらくの後《のち》——

麗子《れいこ》がひと通《とお》り事件《じけん》の詳細《しょうさい》を語《かた》りつくすと、影山《かげやま》はさっそく独自《どくじ》の見解《けんかい》を語《かた》りはじめた。

「風祭警部《かざまつりけいぶ》の推理《すいり》はおそらく正解《せいかい》でございましょう。確《たし》かに高原恭子《たかはらきょうこ》は離《はな》れで殺害《さつがい》され、黒猫《くろねこ》はそのとばっちりを受《う》けたのでございます。そしてその後《ご》、犯人《はんにん》はその死体《したい》を薔薇園《ばらえん》に運《はこ》んだ——。ここでわたくしが不思議《ふしぎ》に思《おも》いますことは、なぜ薔薇《ばら》でなければならなかったか、ということでございます」

「なぜ薔薇《ばら》でなければならなかったか——って、どういうこと？」

「はい。お話《はなし》を聞《き》く限《かぎ》りでは、藤倉家《ふじくらけ》の庭《にわ》には、薔薇《ばら》以外《いがい》にも様々《さまざま》な花《はな》が咲《さ》き誇《ほこ》っていた様子《ようす》。そんな中《なか》、なぜ犯人《はんにん》はツツジの植《う》え込《こ》みではなく、三色菫《さんしきすみれ》やスイートピーの花壇《かだん》ではなく、わざわざ薔薇園《ばらえん》を選《えら》んだのでしょう。離《はな》れから見《み》た場合《ばあい》、薔薇園《ばらえん》はずいぶん遠《とお》くにございます。なぜ離《はな》れの傍《そば》にある花壇《かだん》や植《う》え込《こ》みではいけなかったのでしょう。そこには、どうしても薔薇《ばら》でなければならない理由《りゆう》があったはずでございます。では、他《ほか》の花《はな》になくて、薔薇《ばら》だけにあるものとはいったいなんでございましょう？」

「他《ほか》の花《はな》になくて、薔薇《ばら》だけにあるもの——あ、それは！」

周囲《しゅうい》に咲《さ》き誇《ほこ》る真紅《しんく》の花々《はなばな》を眺《なが》めるうちに麗子《れいこ》の脳裏《のうり》に閃《ひらめ》くものがあった。薔薇《ばら》といえば、それはもちろん——「『情熱《じょうねつ》』よ！　熱《あつ》く燃《も》え上《あ》がる『情熱《じょうねつ》』の赤《あか》！　身《み》も心《こころ》も焼《や》き尽《つ》くす『愛《あい》』の炎《ほのお》だわ！　きっと犯人《はんにん》は高原恭子《たかはらきょうこ》を愛《あい》していたのね！　犯人《はんにん》は愛《あい》するがゆえに高原《たかはら》恭子《きょうこ》を殺《ころ》してしまい、そしてその死体《したい》を薔薇《ばら》のベッドに寝《ね》かせたのよ！　そう、咲《さ》き誇《ほこ》る薔《ば》薇《ら》はせめてもの『愛《あい》』の証《あかし》として……」

執事影山《しつじかげやま》は「ゴホン！」というわざとらしい咳払《せきばら》いで麗子《れいこ》の妄想《もうそう》を遮《さえぎ》った。

「残念《ざんねん》ながら、『情熱《じょうねつ》』ですとか『愛《あい》』ですとか、そのような観念的《かんねんてき》な話《はなし》をしているのではございません。もっと具体的《ぐたいてき》な話《はなし》をしているのでございます」

「なんだ、違《ちが》うの？　せっかくロマンチックな事件《じけん》になりかけてたのに。じゃあ、いったいどういうことなのよ」

「失礼《しつれい》ながら、お嬢様《じょうさま》」影山《かげやま》は麗子《れいこ》の傍《かたわ》らにかしこまり、どこまでも真面目《まじめ》な口調《くちょう》で、こう言《い》い放《はな》った。「こんな簡単《かんたん》なこともお判《わか》りにならないなんて、それでもお嬢様《じょうさま》はプロの刑事《けいじ》でございますか。正直《しょうじき》、ズブの素人《しろうと》よりレベルが低《ひく》くていらっしゃいます」

麗子《れいこ》は屈辱《くつじょく》と恥《は》ずかしさでいっぱいになった。またしても、この男《おとこ》にいわれてしまった。今回《こんかい》は『刑事失格《けいじしっかく》の素人以下《しろうといか》』発言《はつげん》。この手《て》の暴言《ぼうげん》を警戒《けいかい》していただけに、いっそう悔《くや》しさが募《つの》る。麗子《れいこ》は内心《ないしん》の動揺《どうよう》を見透《みす》かされまいとして、まるでなにも聞《き》かなかったかのように静《しず》かに薔薇《ばら》を観賞《かんしょう》するフリ。だが、その背中《せなか》はわなわなと怒《いか》りに震《ふる》えていた。

「あの……お怒《いか》りになられたのなら申《もう》し訳《わけ》ございません、お嬢様《じょうさま》」影山《かげやま》が恐《おそ》る恐《おそ》るといった感《かん》じで詫《わ》びを入《い》れた。「あの、わたくしなにしろ正直者《しょうじきもの》でして……」

「正直《しょうじき》にいっていいことと、悪《わる》いことがあるっつーの！」

麗子《れいこ》はこの執事《しつじ》を目《め》の前《まえ》にある薔薇《ばら》の植《う》え込《こ》みに頭《あたま》から放《ほう》り投《な》げてやりたい衝動《しょうどう》に駆《か》られた。きっと顔《かお》や衣服《いふく》に棘《とげ》が刺《さ》さりまくって悲惨《ひさん》なことになるだろう。ああ、そうだ。棘《とげ》だ。他《ほか》の花《はな》になくて薔薇《ばら》にあるものといえば、まず真《ま》っ先《さき》に挙《あ》げられるべきは棘《とげ》。『情熱《じょうねつ》』や『愛《あい》』は、その後《あと》だ。

「判《わか》ったわ。あなたがいいたいのは、棘《とげ》のことね」

「さようでございます」執事《しつじ》は恭《うやうや》しく頭《あたま》を下《さ》げて、「さすがにお嬢様《じょうさま》はプロの刑事《けいじ》だけあって、ご理解《りかい》が早《はや》く――」

「そんな手遅《ておく》れみたいなお世辞《せじ》はいいから、先《さき》を続《つづ》けてちょうだい。薔薇《ばら》の棘《とげ》がどうだというの？」

「はい。薔薇《ばら》の棘《とげ》がこの事件《じけん》の中《なか》でどんな役割《やくわり》を果《は》たしたか。それはお嬢様《じょうさま》のお話《はなし》を聞《き》く限《かぎ》りではひとつのことしかございません。つまり、薔薇《ばら》の棘《とげ》は死体《したい》を発見《はっけん》した男《おとこ》たちの手《て》の甲《こう》に引《ひ》っかき傷《きず》をつけた。これだけでございます。そして実際《じっさい》、それこそが犯人《はんにん》の目的《もくてき》だったものと思《おも》われます」

「どういうこと？」

「わたくしが思《おも》いますに、これは薔薇《ばら》の棘《とげ》を利用《りよう》した巧妙《こうみょう》なカムフラージュでございます」

「カムフラージュ？」

「さようでございます」影山《かげやま》は眼鏡《めがね》の縁《ふち》を軽《かる》く持《も》ち上《あ》げて続《つづ》けた。「すなわち、犯人《はんにん》の手《て》の甲《こう》には人《ひと》に知《し》られたくない傷《きず》があった。しかし手《て》の甲《こう》の傷《きず》は手袋《てぶくろ》でもしない限《かぎ》り、隠《かく》しおおせるものではありません。しかしいまは手袋《てぶくろ》をする季節《きせつ》でもない。そこで犯人《はんにん》は一計《いっけい》を案《あん》じ、死体《したい》を薔薇園《ばらえん》にある薔薇《ばら》のベッドへ運《はこ》んだのです。そして翌朝《よくあさ》、犯人《はんにん》は死体発見時《したいはっけんじ》の混乱《こんらん》の中《なか》、ごく自然《しぜん》な感《かん》じで死体《したい》に触《ふ》れるチャンスを得《え》ます。そのとき、犯人《はんにん》は死体《したい》に触《ふ》れるフリをしながら、その実《じつ》、自《みずか》ら積極的《せっきょくてき》に生《お》い茂《しげ》る薔薇《ばら》の中《なか》に自分《じぶん》の手《て》を突《つ》っ込《こ》んでいったのです。そうすれば薔薇《ばら》の棘《とげ》によって、手《て》の甲《こう》は当然《とうぜん》のように傷《きず》だらけになるでしょう。そして、もともと手《て》の甲《こう》にあった人《ひと》に知《し》られたくない傷《きず》は、後《あと》からできたたくさんの傷《きず》のせいで目立《めだ》たなくなってしまう。それこそが犯人《はんにん》の目的《もくてき》だったのではないかと、そう思《おも》うのでございます」

「へえ」あくまでも想像《そうぞう》の域《いき》を出《で》ない推論《すいろん》のような気《き》もするが、確《たし》かに影山《かげやま》の考《かんが》え方《かた》によれば、犯人《はんにん》が薔薇園《ばらえん》に死体《したい》を運《はこ》ぶ理由《りゆう》は説明《せつめい》がつく。麗子《れいこ》は興味《きょうみ》を持《も》って尋《たず》ねた。「で、いったいなんなのよ、犯人《はんにん》の手《て》の甲《こう》にもともとあった『人《ひと》に知《し》られたくない傷《きず》』って」

「当然《とうぜん》のことながら、それは薔薇《ばら》の棘《とげ》でできる傷《きず》とよく似《に》た傷《きず》でございます。そして犯人《はんにん》にとっては文字《もじ》どおり致命傷《ちめいしょう》になりかねない傷《きず》。その人物《じんぶつ》が殺人現場《さつじんげんば》にいたであろうことを証明《しょうめい》する傷《きず》でございます。お判《わか》りになりませんか？」

「殺人現場《さつじんげんば》にいたことを証明《しょうめい》する傷《きず》……」影山《かげやま》の言葉《ことば》を聞《き》くうちに、麗子《れいこ》の脳裏《のうり》にもおぼろげながら思《おも》い浮《う》かぶものがあった。犯行当時《はんこうとうじ》、現場《げんば》にいたのは被害者《ひがいしゃ》と犯人《はんにん》と、アレだけだ。

「ひょっとして、あの黒猫《くろねこ》？　黒猫《くろねこ》で、傷《きず》ってことは――そっか、『人《ひと》に知《し》られたくない傷《きず》』って、猫《ねこ》の引《ひ》っかき傷《きず》ね！」

薔薇《ばら》の棘《とげ》と黒猫《くろねこ》の爪《つめ》。見《み》た目《め》は全然違《ぜんぜんちが》うものだが、引《ひ》っかき傷《きず》だけを見《み》れば、見分《みわ》けはつかない。

「さようでございます。犯人《はんにん》の手《て》の甲《こう》には被害者《ひがいしゃ》の飼《か》っていた黒猫《くろねこ》による引《ひ》っかき傷《きず》がありました。そこで、この犯人《はんにん》は『木《こ》の葉《は》は森《もり》に隠《かく》せ』の言葉《ことば》どおり、猫《ねこ》の爪《つめ》による引《ひ》っかき傷《きず》を薔薇《ばら》の棘《とげ》による引《ひ》っかき傷《きず》の中《なか》に、隠《かく》そうとしたのでございます」

6

「要《よう》するに、黒猫《くろねこ》が殺人事件《さつじんじけん》のとばっちりを受《う》けて前足《まえあし》を怪我《けが》する一方《いっぽう》で、犯人《はんにん》もまた高原《たかはら》恭子《きょうこ》殺害《さつがい》の小競《こぜ》り合《あ》いの中《なか》で、黒猫《くろねこ》に手《て》の甲《こう》を引《ひ》っかかれてしまったのです。まずいことになった、そう犯人《はんにん》は思《おも》ったことでしょう。猫《ねこ》の爪痕《つめあと》というのは特徴的《とくちょうてき》なものです。しかも、困《こま》ったことに犯人《はんにん》は犯行《はんこう》の直前《ちょくぜん》までマージャンをやっておりました。一緒《いっしょ》に卓《たく》を囲《かこ》んでいたメンバーは、その男《おとこ》の手《て》の甲《こう》を見《み》ています。翌日《よくじつ》、高原恭子《たかはらきょうこ》の死体《したい》が発見《はっけん》され、その一方《いっぽう》で男《おとこ》の手《て》の甲《こう》に昨日《きのう》まではなかったはずの猫《ねこ》の爪痕《つめあと》のような傷《きず》が発見《はっけん》されたなら、どうなるでしょう？　高原恭子《たかはらきょうこ》が猫好《ねこず》きで、毎晩《まいばん》黒猫《くろねこ》を抱《だ》いて寝《ね》ていることは、藤倉家《ふじくらけ》の人間《にんげん》なら誰《だれ》でも知《し》っています。その男《おとこ》の手《て》の甲《こう》の傷《きず》と、高原恭子《たかはらきょうこ》の死《し》はすぐさま結《むす》び付《つ》けられるでしょう。その男《おとこ》が犯人《はんにん》であることは、たちまちばれてしまいます」

「それを避《さ》けるために、犯人《はんにん》は死体《したい》を薔薇園《ばらえん》に運《はこ》び、薔薇《ばら》のベッドに寝《ね》かせた。そうしておいて翌朝《よくあさ》、死体発見者《したいはっけんしゃ》のひとりとして死体《したい》と薔薇《ばら》に触《さわ》り、わざと手《て》の甲《こう》を傷《きず》だらけにしたというわけね。いい推理《すいり》だわ、影山《かげやま》！　執事《しつじ》にしておくのはもったいないくらいよ」

「恐《おそ》れ入《い》ります」執事《しつじ》は長身《ちょうしん》を折《お》り曲《ま》げるようにお辞儀《じぎ》した。

「じゃあ、容疑者《ようぎしゃ》は手《て》の甲《こう》に傷《きず》のある男三人《おとこさんにん》――藤倉幸三郎《ふじくらこうざぶろう》、藤倉雅彦《ふじくらまさひこ》、そして寺岡裕二《てらおかゆうじ》ね。で、真犯人《しんはんにん》は誰《だれ》なの？」

結論《けつろん》のみを急《いそ》ぐ麗子《れいこ》に対《たい》して、影山《かげやま》はあくまでも手順《てじゅん》を踏《ふ》みながら説明《せつめい》を続《つづ》けた。

「まず犯人《はんにん》は藤倉幸三郎《ふじくらこうざぶろう》ではございません。なぜなら、幸三郎《こうざぶろう》の場合《ばあい》は薔薇園《ばらえん》に死体《したい》を運《はこ》ぶ必要《ひつよう》がないからでございます」

「どういうこと？」

「幸三郎《こうざぶろう》はもともと薔薇《ばら》の栽培《さいばい》が趣味《しゅみ》で、普段《ふだん》からその両手《りょうて》には傷《きず》が絶《た》えなかったとのこと。だとすれば、仮《かり》に黒猫《くろねこ》に引《ひ》っかかれたところで、その傷《きず》はそれほど目立《めだ》つことはなかったでしょう。もし目立《めだ》つようでしたらそれこそ『薔薇《ばら》の花《はな》をいじっていてまた怪我《けが》してしまった』とでもいえば疑《うたが》う者《もの》はおりますまい。なにしろ幸三郎《こうざぶろう》は四六時中《しろくじちゅう》、暇《ひま》を見《み》つけては薔薇《ばら》園《えん》に入《い》り浸《びた》っていたそうですから、このぐらいの嘘《うそ》は簡単《かんたん》につける立場《たちば》にあります。彼《かれ》の場《ば》合《あい》は、わざわざ苦労《くろう》して死体《したい》を薔薇園《ばらえん》に運《はこ》ぶまでもありません」

「そうね。確《たし》かに幸三郎《こうざぶろう》は違《ちが》うみたい。それじゃ残《のこ》るは二人《ふたり》、藤倉雅彦《ふじくらまさひこ》と寺岡裕二《てらおかゆうじ》よ」

「はい。真実《しんじつ》は二《ふた》つにひとつでございます。まだお判《わか》りになりませんか、お嬢様《じょうさま》」

「判《わか》らないわ」麗子《れいこ》はお手上《てあ》げというように首《くび》を左右《さゆう》に振《ふ》った。「死体《したい》を運搬《うんぱん》する苦労《くろう》からすると、体力的《たいりょくてき》にいって若《わか》い寺岡裕二《てらおかゆうじ》のほうが有利《ゆうり》かもしれない。だけど、雅彦《まさひこ》だってまだ四十代《よんじゅうだい》だし——。それに、犯人《はんにん》は死体《したい》の運搬《うんぱん》に文代《ふみよ》の車椅子《くるまいす》を使《つか》ったみたいだから、体力差《たいりょくさ》は決定的《けっていてき》な意味《いみ》を持《も》たないわね」

「そう、まさしくその点《てん》でございます」執事《しつじ》は指《ゆび》を一本立《いっぽんた》てた。「犯人《はんにん》は本当《ほんとう》に文代《ふみよ》の車椅《くるまい》子《す》を死体《したい》の運搬《うんぱん》に利用《りよう》したのでしょうか」

「それは間違《まちが》いないわよ。美奈子《みなこ》の証言《しょうげん》があるから」

「しかし美奈子《みなこ》は真夜中《まよなか》に屋敷《やしき》の二階《にかい》の窓《まど》から、庭《にわ》を横切《よこぎ》る車椅子《くるまいす》を見《み》たといっているにすぎません。近《ちか》くでしげしげと見《み》たわけではありません。したがって、その証言《しょうげん》には曖昧《あいまい》さが残《のこ》ります。現《げん》に、美奈子《みなこ》は車椅子《くるまいす》に乗《の》っているのを文代《ふみよ》、それを押《お》しているのが幸三郎《こうざぶろう》であると誤解《ごかい》していたくらいですから」

「それはそうだけど。あなた、いったいなにがいいたいわけ？」

「わたくしは、文代《ふみよ》の車椅子《くるまいす》は死体《したい》の運搬《うんぱん》には使用《しよう》されていないと思《おも》うのでございます」

「え、だけどそんなことって……」

「よくお考《かんが》えください、お嬢様《じょうさま》。文代《ふみよ》の車椅子《くるまいす》を拝借《はいしゃく》するためには、犯人《はんにん》は文代《ふみよ》の寝室《しんしつ》に忍《しの》び込《こ》まなくてはなりません。そのとき、文代《ふみよ》がぐっすり眠《ねむ》っているか、眠《ねむ》れないままベッドの上《うえ》で目《め》を覚《さ》ましているか、それは犯人《はんにん》にも判《わか》りようのないことでございます。そのような不確《ふたし》かな状態《じょうたい》で、犯人《はんにん》がイチかバチかで文代《ふみよ》の寝室《しんしつ》に忍《しの》び込《こ》むはずがありません。なぜなら、この犯人《はんにん》にとって車椅子《くるまいす》という道具《どうぐ》は、あるならあるで便利《べんり》だけど、ないならないでべつに構《かま》わない、そんな意味合《いみあ》いのものにすぎないのですから」

「そっか、車椅子《くるまいす》がなければ、死体《したい》は担《かつ》いで運《はこ》んでもいいんだし、引《ひ》きずったっていいのよね。雅彦《まさひこ》にしろ寺岡《てらおか》にしろ、それぐらいの体力《たいりょく》はあるわけだし、わざわざ危険《きけん》を冒《おか》してまで、文代《ふみよ》の車椅子《くるまいす》にこだわる必要《ひつよう》はないか。——だけど、変《へん》ね。それじゃ美奈子《みなこ》が午前一時過《ごぜんいちじす》ぎに見《み》た車椅子《くるまいす》はいったいなんだったの？　美奈子《みなこ》が幻《まぼろし》でも見《み》たというの？」

「いいえ、幻《まぼろし》ではございません。美奈子《みなこ》が見《み》たのは、確《たし》かに犯人《はんにん》が死体《したい》を薔薇園《ばらえん》に運搬《うんぱん》する光景《こうけい》でございます。ただし、犯人《はんにん》が押《お》していたのは文代《ふみよ》の車椅子《くるまいす》ではありません」

「文代《ふみよ》のじゃなかったら誰《だれ》の車椅子《くるまいす》よ。藤倉邸《ふじくらてい》には車椅子《くるまいす》はひとつしかないのよ」

「その謎《なぞ》を解《と》く鍵《かぎ》もまた、例《れい》の黒猫《くろねこ》なのでございます」

「…………」あの黒猫《くろねこ》がそこまで重要《じゅうよう》な存在《そんざい》だとは知《し》らなかった。「どういうこと？」

「お話《はなし》によれば、事件《じけん》の翌朝《よくあさ》から黒猫《くろねこ》はずっと行方不明《ゆくえふめい》だったのだとか。そして、その猫《ねこ》は裏庭《うらにわ》の物置小屋《ものおきごや》の中《なか》で鳴《な》いているところを里香《りか》ちゃんに発見《はっけん》されました。ここで問題《もんだい》です。この黒猫《くろねこ》はどうやって物置小屋《ものおきごや》に入《はい》ったのでしょうか。まさか自分《じぶん》で物置《ものおき》の引《ひ》き戸《ど》を開《あ》け閉《し》めしたわけではありますまい」

「あら、判《わか》らないわよ。賢《かしこ》い猫《ねこ》は自分《じぶん》の力《ちから》で器用《きよう》に戸《と》を開《あ》けたりするって、よくテレビの動《どう》物番組《ぶつばんぐみ》で見《み》かけるじゃない。それに窓《まど》から入《はい》ったのかもしれないし」

「ああ、お嬢様《じょうさま》……」影山《かげやま》は眼鏡《めがね》の奥《おく》から哀《あわ》れむような視線《しせん》を麗子《れいこ》に投《な》げる。「黒猫《くろねこ》は右《みぎ》の前足《まえあし》を怪我《けが》していたのでございますよ。三本足《さんぼんあし》で歩《ある》くのがやっとの猫《ねこ》が、どうして器用《きよう》に戸《と》を開《あ》けたりできましょうか。どうして窓《まど》から入《はい》れましょうか。そんなことも見抜《みぬ》けないようだから、お嬢様《じょうさま》は『それでもプロの刑事《けいじ》か、このド素人《しろうと》』などと侮辱《ぶじょく》され、不愉快《ふゆかい》な思《おも》いをするのでございます」

「あたしを侮辱《ぶじょく》して、不愉快《ふゆかい》にさせてんのは、あんただっつーの！」

「それはともかく」影山《かげやま》は麗子《れいこ》の叫《さけ》びを完全無視《かんぜんむし》して淡々《たんたん》と続《つづ》けた。「足《あし》を怪我《けが》した猫《ねこ》は、自分《じぶん》ひとりでは物置《ものおき》に入《はい》れません。となると考《かんが》えられるケースは、誰《だれ》かが故意《こい》に猫《ねこ》を物置《ものおき》に閉《と》じ込《こ》めたか、あるいは誰《だれ》かが物置《ものおき》に出入《でい》りする隙《すき》に猫《ねこ》が勝手《かって》に侵入《しんにゅう》したか、そのどちらかだと思《おも》われます」

「……確《たし》かにそうね」渋々《しぶしぶ》と頷《うなず》く麗子《れいこ》。「だけど、猫《ねこ》をわざと物置《ものおき》に閉《と》じ込《こ》めて、なんの意味《いみ》があるの？　手《て》を引《ひ》っかかれた犯人《はんにん》が腹《はら》を立《た》てて、お仕置《しお》きのつもりで閉《と》じ込《こ》めたとか？　まさかね。無意味《むいみ》だわ」

「わたくしもそう思《おも》います。ということは、二《ふた》つ目《め》のケースが真実《しんじつ》なのでしょう。すなわち、誰《だれ》かが物置《ものおき》を訪《おとず》れて引《ひ》き戸《ど》を開閉《かいへい》した際《さい》に、黒猫《くろねこ》は勝手《かって》に物置《ものおき》に侵入《しんにゅう》したのでございます。その場合《ばあい》、黒猫《くろねこ》が足《あし》を怪我《けが》していることから考《かんが》えて、それは犯行《はんこう》のあった午前一時以降《ごぜんいちじいこう》のことでなければなりません。そして翌朝《よくあさ》ずっと黒猫《くろねこ》が行方不明《ゆくえふめい》だったことから察《さっ》するに、おそらくそれは夜中《よなか》の出来事《できごと》だろうと思《おも》われます」

「つまり、夜中《よなか》に物置《ものおき》を訪《おとず》れた誰《だれ》かがいた。それが真犯人《しんはんにん》ってことね」

「はい。飼《か》い主《ぬし》を殺《ころ》された黒猫《くろねこ》は密《ひそ》かに犯人《はんにん》につきまとい、物置《ものおき》に忍《しの》び込《こ》むことで身《み》をもって我々《われわれ》にそのことを伝《つた》えたのでございます。余談《よだん》ですが、黒猫《くろねこ》というのは恐《おそ》ろしいもので、E・A・ポー《エドガーアラン》が描《えが》き出《だ》しましたとおり、自分《じぶん》を傷《きず》つけた者《もの》に対《たい》して、意外《いがい》な形《かたち》で仕返《しかえ》しをするものであります。おそらく高原恭子《たかはらきょうこ》の黒猫《くろねこ》も、その子孫《しそん》ではないかと……」

「やめなさいよ、怪談《かいだん》は嫌《きら》いなんだから」麗子《れいこ》は両手《りょうて》で自分《じぶん》の肩《かた》を抱《だ》きしめ、影山《かげやま》の話《はなし》を遮《さえぎ》った。「ところで、いったい犯人《はんにん》はなんの目的《もくてき》で物置《ものおき》を訪《おとず》れたのかしら」

「あくまでも推測《すいそく》ですが、物置《ものおき》には死体運搬《したいうんぱん》に利用《りよう》できるある物《もの》が存在《そんざい》したものと思《おも》われます。犯人《はんにん》の狙《ねら》いはおそらくそれではないかと」

「死体運搬《したいうんぱん》に利用《りよう》できるある物《もの》!? そんなもの、物置《ものおき》にあったかしら」

「はい。お話《はなし》によれば、お嬢様《じょうさま》は藤倉家《ふじくらけ》の物置《ものおき》の中《なか》を覗《のぞ》いた際《さい》に、そこにベビーベッドや木馬《もくば》などをご覧《らん》になったのだとか」

「ええ、見《み》たわよ。それがどうかしたの？ ベビーベッドや木馬《もくば》じゃ死体《したい》は運《はこ》べないわよ」

麗子《れいこ》は訳《わけ》が判《わか》らず聞《き》き返《かえ》す。すると影山《かげやま》は心底残念《しんそこざんねん》そうにゆるゆると頭《あたま》を振《ふ》った。

「お嬢様《じょうさま》は、大変惜《たいへんお》しいことをなさいました。せっかくそこまでご覧《らん》になったのなら、物置《ものおき》のもう少《すこ》し奥《おく》のほうをお調《しら》べになればよかったのに。そうすれば、きっと見《み》つけることができたはずでございます、犯人《はんにん》が死体《したい》の運搬《うんぱん》に利用《りよう》したベビーカーを」

「ベビーカーですって！」

「さようでございます。ベビーカーは本来赤《ほんらいあか》ん坊《ぼう》を乗《の》せるものですが、ああいったものはイメージよりは頑丈《がんじょう》にできているもの。スリムな女性《じょせい》をひとり乗《の》せたくらいで、たちまち壊《こわ》れてしまうようなヤワな造《つく》りではございません」

「それはそうかもしれないけれど、物置《ものおき》にそんなものがあったかどうか……ああ、そうか……そうよね……たぶんあったはずよね」

麗子《れいこ》は納得《なっとく》せざるを得《え》なかった。藤倉里香《ふじくらりか》は五歳《ごさい》。ということは、あの娘《こ》はほんの数年前《すうねんまえ》までベビーカーの世話《せわ》になっていたわけだ。そして美奈子《みなこ》はまだ三十五歳《さんじゅうごさい》。これから二人目《ふたりめ》の子供《こども》を授《さず》かることは充分《じゅうぶん》に考《かんが》えられる。だからベビーベッドや玩具《おもちゃ》を処分《しょぶん》せずに、物置《ものおき》に保管《ほかん》しているのだろう。だとすれば、ベビーカーもまた同《おな》じようにあの物置《ものおき》のどこかにあるはずだ。そして犯人《はんにん》はそれを持《も》ち出《だ》して死体運搬《したいうんぱん》に使《つか》おうとした。

「確《たし》かに文代《ふみよ》の寝室《しんしつ》から車椅子《くるまいす》を持《も》ち出《だ》すよりも、物置《ものおき》のベビーカーを使《つか》うほうが、犯人《はんにん》にとって安全確実《あんぜんかくじつ》だわ。じゃあ、美奈子《みなこ》が目撃《もくげき》したのは、犯人《はんにん》が里香《りか》ちゃんのベビーカーに高《たか》原恭子《はらきょうこ》の死体《したい》を乗《の》せて薔薇園《ばらえん》に運《はこ》ぶ、その場面《ばめん》だったわけね」

「はい。遠《とお》くからシルエットだけを見《み》れば、犯人《はんにん》がベビーカーを押《お》しているのか、車椅子《くるまいす》を押《お》しているのか、見分《みわ》けることは困難《こんなん》です。文代《ふみよ》の車椅子姿《くるまいすすがた》を見慣《みな》れている美奈子《みなこ》にしてみれば、ベビーカーのシルエットが車椅子《くるまいす》のように見《み》えたのも、無理《むり》はありません」

「確《たし》かにあなたのいうとおりみたいね」麗子《れいこ》はすべて納得《なっとく》したように頷《うなず》き、それからまだなにも解決《かいけつ》していないという現実《げんじつ》に気《き》がついた。「で、結局《けっきょく》、犯人《はんにん》は誰《だれ》なのよ?」

容疑者《ようぎしゃ》は二人《ふたり》、藤倉雅彦《ふじくらまさひこ》と寺岡裕二《てらおかゆうじ》。その状況《じょうきょう》に変《か》わりはない。

「おや、まだお判《わか》りになりませんか、お嬢様《じょうさま》。もはや犯人《はんにん》が誰《だれ》なのか、歴然《れきぜん》としておりますのに」

影山《かげやま》は余裕《よゆう》のポーズを見《み》せながら、最後《さいご》の説明《せつめい》をおこなった。

「犯人《はんにん》は黒猫《くろねこ》の爪《つめ》によって手《て》の甲《こう》に傷《きず》を負《お》い、それをカムフラージュするために死体《したい》を薔薇《ばら》園《えん》に運《はこ》んだ。これは犯人《はんにん》にしてみれば計算外《けいさんがい》の出来事《できごと》に違《ちが》いありません。そんな中《なか》、とっさに機転《きてん》を利《き》かせて物置《ものおき》の中《なか》に眠《ねむ》っているベビーカーを持《も》ち出《だ》し、死体《したい》の運搬《うんぱん》に利用《りよう》する。このようなことが寺岡裕二《てらおかゆうじ》に可能《かのう》でしょうか。いいえ、無理《むり》でございます。寺岡裕二《てらおかゆうじ》は藤倉家《ふじくらけ》の親戚《しんせき》とはいえ、藤倉家《ふじくらけ》の屋敷《やしき》を訪《おとず》れるのは大学生《だいがくせい》のとき以来十二年《いらいじゅうにねん》ぶりだとか。そのような人物《じんぶつ》が、ベビーカーの保管場所《ほかんばしょ》を把握《はあく》していたとは到底思《とうていおも》えません。もし寺岡裕二《てらおかゆうじ》が犯人《はんにん》ならば、どこにあるか判《わか》らないベビーカーをアテにするより先《さき》に、自分《じぶん》で死体《したい》を担《かつ》いで運《はこ》んだことでしょう。寺岡裕二《てらおかゆうじ》は犯人《はんにん》ではありません」

「ということは、犯人《はんにん》は藤倉雅彦《ふじくらまさひこ》――彼《かれ》なら自分《じぶん》の娘《むすめ》の使《つか》っていたベビーカーをどこに仕舞《しま》ってあるか、よく知《し》っていたはずだから」

麗子《れいこ》が呟《つぶや》くようにいうと、その傍《かたわ》らで影山《かげやま》は静《しず》かに頭《あたま》を下《さ》げた。

「おっしゃるとおりでございます、お嬢様《じょうさま》」

そして影山《かげやま》は、あくまでも想像《そうぞう》に過《す》ぎませんが、と前置《まえお》きしてから動機《どうき》について語《かた》った。

「高原恭子《たかはらきょうこ》は水商売時代《みずしょうばいじだい》に雅彦《まさひこ》と不適切《ふてきせつ》な関係《かんけい》にあったのではないでしょうか。そんな彼女《かのじょ》が藤倉家《ふじくらけ》の一員《いちいん》に加《くわ》わることは、娘婿《むすめむこ》である雅彦《まさひこ》にとって脅威《きょうい》だった。それが昨夜《さくや》の離《はな》れでの小競《こぜ》り合《あ》いに繋《つな》がり、思《おも》いがけない殺人《さつじん》へと発展《はってん》した――。これは、そういった事件《じけん》だったものと思《おも》われます」

執事《しつじ》の言葉《ことば》を掻《か》き消《け》すように、五月《ごがつ》の風《かぜ》が薔薇園《ばらえん》を吹《ふ》き抜《ぬ》け、かぐわしい香《かお》りを運《はこ》んだ。

明日《あした》は風祭警部《かざまつりけいぶ》と一緒《いっしょ》に、物置《ものおき》の奥《おく》のベビーカーを探《さが》してみなくては。薔薇《ばら》の香《かお》りに包《つつ》まれながら、麗子《れいこ》はそんなことを考《かんが》えていた。

第《だい》四《よん》話《わ》

花《はな》嫁《よめ》は密《みっ》室《しつ》の中《なか》でございます

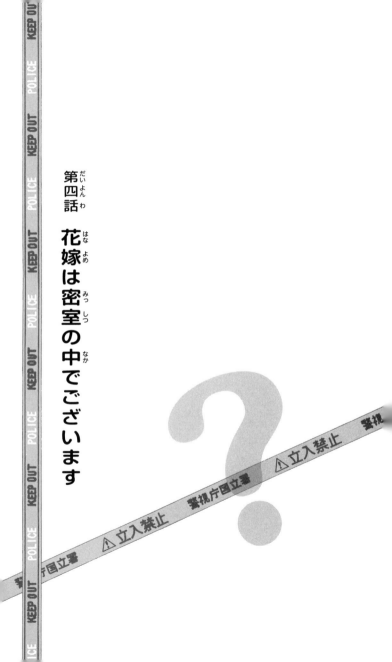

1

「ジューン・ブライド――六月《ろくがつ》の花嫁《はなよめ》が幸《しあわ》せになれるっていう言《い》い伝《つた》えは、イギリスのものだって聞《き》いたことがあるわ。気候《きこう》の不順《ふじゅん》なイギリスでは、六月《ろくがつ》は比較的晴天《ひかくてきせいてん》に恵《めぐ》まれる。だから六月《ろくがつ》に結婚式《けっこんしき》を挙《あ》げられるカップルは幸《しあわ》せってことね。でも、それは日本《にほん》には当《あ》てはまらないわ。六月《ろくがつ》の日本《にほん》といえば梅雨《つゆ》の季節《きせつ》よ。一年《いちねん》でいちばん気候《きこう》が不順《ふじゅん》な時季《じき》だわ。その六月《ろくがつ》をわざわざ選《えら》んで結婚式《けっこんしき》を挙《あ》げる人間《にんげん》が後《あと》を絶《た》たないのは、まったく理解《りかい》に苦《くる》しむわね。しかも、あの有里《ゆり》が結婚《けっこん》だなんて――」

「お気持《きも》ちはお察《さっ》しいたします、お嬢様《じょうさま》」運転席《うんてんせき》の影山《かげやま》は前《まえ》を向《む》いたまま、すべてを理解《りかい》したような口《くち》ぶりで答《こた》えた。「要《よう》するにお嬢様《じょうさま》はお友達《ともだち》がご自分《じぶん》よりも先《さき》に結婚《けっこん》なさるのが、どうしても納得《なっとく》がいかないと――」

「誰《だれ》もそんなふうにいってません！」

後部座席《こうぶざせき》に座《すわ》る宝生麗子《ほうしょうれいこ》はむっとした顔《かお》になり、バックミラー越《ご》しに影山《かげやま》の顔《かお》を睨《にら》みつける。銀縁眼鏡《ぎんぶちめがね》を掛《か》けた長身《ちょうしん》の三十代男性《さんじゅうだいだんせい》。ブラックタキシードに蝶《ちょう》ネクタイという古風《こふう》なスタイルは、いかにも結婚式《けっこんしき》の招待客《しょうたいきゃく》のようであるが、実際《じっさい》はそうではない。沢村有里《さわむらゆり》の結婚《けっこん》式《しき》に招待《しょうたい》されたのは麗子《れいこ》ひとり。影山《かげやま》は麗子《れいこ》を車《くるま》で送《おく》り迎《むか》えする執事兼運転手《しつじけんうんてんしゅ》にすぎない。彼《かれ》のタキシード姿《すがた》はセレモニーのための衣装《いしょう》ではなく、執事《しつじ》としての正装《せいそう》である。

「では、お嬢様《じょうさま》は、なにが御不満《ごふまん》なのでございますか。先《さき》ほどから、後部座席《こうぶざせき》で鬱々《うつうつ》とされている御様子《ごようす》ですが」

「誰《だれ》が鬱々《うつうつ》なのよ、誰《だれ》が」麗子《れいこ》はぷいっと窓《まど》のほうに顔《かお》を向《む》けて、六月《ろくがつ》の雨《あめ》に濡《ぬ》れた街《まち》の景《け》色《しき》を眺《なが》めた。「わたしはただ雨《あめ》の日《ひ》の結婚式《けっこんしき》はうんざりだといいたいだけ」

そういって誤魔化《ごまか》したものの、影山《かげやま》の指摘《してき》はまさに図星《ずぼし》だった。麗子《れいこ》は有里《ゆり》が自分《じぶん》より先《さき》に結婚《けっこん》するとは思《おも》っていなかったのだ。有里《ゆり》は麗子《れいこ》の三《みっ》つ年下《としした》で、同《おな》じ大学《だいがく》の後輩《こうはい》。ともに資産家《しさんか》の娘《むすめ》というよく似《に》た境遇《きょうぐう》にある二人《ふたり》だったが、公平《こうへい》に見《み》て麗子《れいこ》のほうが有里《ゆり》よりも多《た》少《しょう》は成績優秀《せいせきゆうしゅう》で、多少《たしょう》は見《み》た目《め》も華《はな》やかで、そして多少《たしょう》は——いや、かなり、遥《はる》かに、断然《だんぜん》、モテていたはず！　それなのに、なぜ？

やっぱり卒業後《そつぎょうご》の進路《しんろ》に問題《もんだい》があったのかしら、と麗子《れいこ》はふいにそう思《おも》う。なにせ向《む》こうは家事手伝《かじてつだ》い、こっちは国立署《くにたちしょ》の刑事《けいじ》だ。普段《ふだん》、麗子《れいこ》の周《まわ》りにいる男性《だんせい》といえば、無意識《むいしき》のままエリート意識《いしき》を振《ふ》りかざす風祭警部《かざまつりけいぶ》か、その他《ほか》のむくつけき同僚刑事《どうりょうけいじ》。もしくは凶悪《きょうあく》な犯罪者《はんざいしゃ》、それから口《くち》の減《へ》らない執事《しつじ》など——

「…………」

「どうかなさいましたか、お嬢様《じょうさま》？」

「いいえ、なんでもないわ」麗子《れいこ》は慌《あわ》てて首《くび》を振《ふ》り、お嬢様《じょうさま》としての威厳《いげん》を示《しめ》すように無茶《むちゃ》な命令《めいれい》。「さあ、影山《かげやま》、安全運転《あんぜんうんてん》でぶっ飛《と》ばして。もたもたしてたらセレモニーに遅《おく》れるわよ」

影山《かげやま》はいわれるままにアクセルを踏《ふ》み込《こ》む。二人《ふたり》を乗《の》せたリムジンは速度《そくど》を上《あ》げて、中央《ちゅうおう》高速《こうそく》を都心《としん》へと疾走《しっそう》した。

目的地《もくてきち》は港区白金台《みなとくしろかねだい》。だが結婚式場《けっこんしきじょう》へ向《む》かっているのではない。送《おく》られてきた招待状《しょうたいじょう》には、会場《かいじょう》として白金台《しろかねだい》にある彼女《かのじょ》の自宅《じたく》の住所《じゅうしょ》が記《しる》されてあった。お金《かね》と時間《じかん》に余裕《よゆう》のあるセレブたちが好《この》んでおこなう、いわゆる自宅婚《じたくこん》というやつである。お金《かね》はあるけど時間《じかん》に余裕《よゆう》のない若《わか》き女性刑事《じょせいけいじ》にとっては、うらやましくもあり腹立《はらだ》たしくもある趣向《しゅこう》である。

「沢村家《さわむらけ》の屋敷《やしき》というのは、結婚式《けっこんしき》が執《と》りおこなえるほど広《ひろ》いのでございますか」

「ううん、全然《ぜんぜん》狭《せま》いわよ。わたしの家《いえ》の半分程度《はんぶんていど》ね」

「宝生邸《ほうしょうてい》の半分《はんぶん》なら、充分《じゅうぶん》に広大《こうだい》なお屋敷《やしき》でございますよ、お嬢様《じょうさま》」

と、影山《かげやま》が麗子《れいこ》のズレた感覚《かんかく》を指摘《してき》する。なにしろ麗子《れいこ》の父親《ちちおや》、宝生清太郎《ほうしょうせいたろう》といえば現代《げんだい》の財閥《ざいばつ》『宝生《ほうしょう》グループ』の総帥《そうすい》。国立市《くにたちし》にあるその屋敷《やしき》は、笑《わら》えるぐらいに広《ひろ》いのだ。

「沢村家《さわむらけ》の屋敷《やしき》は、もとはといえば西園寺家《さいおんじけ》の屋敷《やしき》なの。西園寺家《さいおんじけ》、知《し》らない？　ほら、『西園寺製鉄《さいおんじせいてつ》』っていう鉄鋼会社《てっこうがいしゃ》が昔話《むかしばなし》によく出《で》てくるでしょ。会社《かいしゃ》はもう他《ほか》の会社《かいしゃ》と合併《がっぺい》してべつの名前《なまえ》になっているし、西園寺家《さいおんじけ》も経営《けいえい》からは離《はな》れているけど、お屋敷《やしき》は昔《むかし》のままだから、なかなか立派《りっぱ》なものよ」

「しかし、そのお屋敷《やしき》に沢村家《さわむらけ》の方《かた》たちが住《す》まわれているというのは？」

「沢村家《さわむらけ》は西園寺家《さいおんじけ》の親戚《しんせき》なのよ。あまり大《おお》きな声《こえ》じゃいえないけれど、西園寺家《さいおんじけ》はいわば没落《ぼつらく》した名家《めいか》ね。西園寺《さいおんじ》の名前《なまえ》を継《つ》ぐのはいまでは琴江《ことえ》さんという六十過《ろくじゅうす》ぎの女《おんな》の人《ひと》がひとりだけ。彼女《かのじょ》はいままで一度《いちど》も結婚《けっこん》することなく、子供《こども》も作《つく》らなかった。だから本当《ほんとう》に孤独《こどく》な人《ひと》なの。でも、それだと屋敷《やしき》の維持《いじ》が困難《こんなん》だから、親戚《しんせき》である沢村家《さわむらけ》の人《ひと》たちが一緒《いっしょ》に住《す》むようになったってわけ。いまでは西園寺家《さいおんじけ》の屋敷《やしき》と呼《よ》ぶより沢村家《さわむらけ》の屋敷《やしき》と呼《よ》んだほうが、通《とお》りがいいみたいよ」

「その沢村家《さわむらけ》というのは、なにをなさっている家《いえ》なのでございますか」

「レストラン経営《けいえい》よ。有里《ゆり》のお母《かあ》さん——孝子《たかこ》さんが高級《こうきゅう》レストランを何軒《なんけん》も持《も》っているの。わたしのお父様《とうさま》はそこの常連《じょうれん》でね。沢村家《さわむらけ》とは家族《かぞく》ぐるみの付《つ》き合《あ》いなの。孝子《たかこ》さんには子供《こども》が三人《さんにん》いて、有里《ゆり》は長女《ちょうじょ》。その下《した》に長男《ちょうなん》の佑介君《ゆうすけくん》っていう大学生《だいがくせい》がいて、いちばん下《した》が高校生《こうせい》の美幸《みゆき》ちゃん」

「お父様《とうさま》の名前《なまえ》が出《で》てきませんが」

「有里《ゆり》が子供《こども》のころに亡《な》くなったそうよ。だから屋敷《やしき》に住《す》むのは西園寺家《さいおんじけ》の琴江《ことえ》さんを含《ふく》めても五人《ごにん》だけってことね。あ、もっとも住《す》み込《こ》みの執事《しつじ》がいるって聞《き》いてるけど」

「執事《しつじ》でございますか。それは素晴《すば》らしい。ぜひお会《あ》いしたいものです！」

絶滅寸前《ぜつめつすんぜん》の珍獣《ちんじゅう》が偶然仲間《ぐうぜんなかま》を見《み》つけたら、きっとこんな喜《よろこ》び方《かた》をするんだろうなあ、と麗子《れいこ》はしみじみ思《おも》った。

「なんでも、その執事《しつじ》、西園寺家《さいおんじけ》一筋《ひとすじ》に五十年間勤《ごじゅうねんかんつと》めてきた大《だい》ベテランらしいわよ」

そんな話《はなし》をするうちに、麗子《れいこ》を乗《の》せたリムジンは高速《こうそく》から一般道《いっぱんどう》へ。ビルの谷間《たにま》を縫《ぬ》うように走《はし》るうちに、いつしかあたりの景色《けしき》は落《お》ち着《つ》いた雰囲気《ふんいき》を醸《かも》し出《だ》す高級住宅街《こうきゅうじゅうたくがい》へと変化《へんか》していた。なだらかな坂《さか》に沿《そ》って瀟洒《しょうしゃ》なお屋敷《やしき》が競《きそ》い合《あ》うように建《た》ち並《なら》ぶ。影山《かげやま》は地図《ちず》が頭《あたま》の中《なか》に入《はい》っているかのように、迷《まよ》いなくリムジンを走《はし》らせる。間《ま》もなく、坂《さか》を上《のぼ》りきったあたりにひと際大《きわおお》きな門構《もんがま》えの邸宅《ていたく》が、忽然《こつぜん》と姿《すがた》を現《あらわ》した。門柱《もんちゅう》には『沢村《さわむら》』と『西園寺《さいおんじ》』の二《ふた》つの表札《ひょうさつ》が掛《か》かっている。

「このお屋敷《やしき》でございますね」

影山《かげやま》は開《ひら》いた門扉《もんぴ》から敷地内《しきちない》へと車《くるま》を進《すす》めた。駐車場《ちゅうしゃじょう》にはすでに数台《すうだい》の車《くるま》が停《と》まっている。いずれ劣《おと》らぬ高級車《こうきゅうしゃ》だが、麗子《れいこ》のリムジンはキャデラックなので、その威圧感《いあつかん》において並《なら》ぶものはない。影山《かげやま》は車《くるま》を停《と》めるや否《いな》や、素早《すばや》い身《み》のこなしで運転席《うんてんせき》を降《お》り、優雅《ゆうが》な物腰《ものごし》で後《こう》部扉《ぶとびら》を開《あ》けた。

「どうぞ、お嬢様《じょうさま》」

「ありがとう」麗子《れいこ》は満面《まんめん》の笑《え》みを浮《う》かべながら車《くるま》を降《お》りる。「あら、雨《あめ》、あがったみたいね。よかった、ドレスが濡《ぬ》れなくて済《す》むわ」

光沢《こうたく》のあるワインレッドのミニドレスに、リボンを配《はい》したパンプスは、ともに新調《しんちょう》したものだ。花嫁《はなよめ》よりも魅力的《みりょくてき》にならないようにと、華《はな》やかさを抑《おさ》えるのに苦労《くろう》した。まあ、どんなに控《ひか》えめにしたところで、あの小娘《こむすめ》より目立《めだ》ってしまうことは避《さ》けられないのだが——と、麗子《れいこ》が不遜《ふそん》なことを思《おも》っていると、

「お待《ま》ちしておりました」

突然《とつぜん》、背後《はいご》から音《おと》もなく現《あらわ》れた黒《くろ》い影《かげ》。見《み》るとそこにはタキシード姿《すがた》の男性《だんせい》。美《うつく》しい白髪《しらが》を持《も》つ痩《や》せた老紳士《ろうしんし》である。

「西園寺家《さいおんじけ》の執事《しつじ》、吉田《よしだ》と申《もう》します」白髪《しらが》の執事《しつじ》は恭《うやうや》しく一礼《いちれい》。その物腰《ものごし》はあくまで柔《やわ》らかく、表情《ひょうじょう》は穏《おだ》やか。その声《こえ》は聞《き》くものに安心感《あんしんかん》を与《あた》える渋《しぶ》い低音《ていおん》だった。「宝生様《ほうしょうさま》でございますね。お噂《うわさ》はかねがね伺《うかが》っております。本日《ほんじつ》はようこそいらっしゃいました。会場《かいじょう》までご案内《あんない》させていただきます」

「これはどうもご丁寧《ていねい》に——あ、ちょっと待《ま》っていただけますか」麗子《れいこ》はそういって自分《じぶん》の執事《しつじ》に命令《めいれい》した。「影山《かげやま》は車《くるま》で待機《たいき》ね」

「かしこまりました」

言葉《ことば》とは裏腹《うらはら》に、彼《かれ》の表情《ひょうじょう》には「えー、留守番《るすばん》ですかぁ」とでもいいたげな不満《ふまん》の色《いろ》が覗《のぞ》く。このへんが彼《かれ》の執事《しつじ》らしくないところだ。すると吉田《よしだ》が慌《あわ》てて付《つ》け加《くわ》えた。

「いえいえ、どうぞ御一緒《ごいっしょ》にいらしてください。このような場所《ばしょ》でお待《ま》たせするわけにはまいりません」

「あら、構《かま》いませんよ。彼《かれ》なら五《ご》、六時間《ろくじかん》は待《ま》たせても平気《へいき》ですから」現《げん》に、麗子《れいこ》は買《か》い物《もの》の際《さい》に最高《さいこう》八時間《はちじかん》、彼《かれ》を車《くるま》で待機《たいき》させたこともある。「ねえ、平気《へいき》でしょ、影山《かげやま》？」

「はい、平気《へいき》でございます」だがその顔《かお》は、どうかご勘弁《かんべん》を、と訴《うった》えている。

そんな影山《かげやま》を見《み》て、同業者《どうぎょうしゃ》の悲哀《ひあい》を感《かん》じ取《と》ったのだろう、吉田《よしだ》が素早《すばや》く助《たす》け舟《ぶね》を出《だ》す。

「いえ、それではわたくしがお嬢様《じょうさま》に叱《しか》られます。それに結婚式《けっこんしき》とはいいましても、堅苦《かたくる》しい席《せき》ではございませんので、どうぞお二人《ふたり》でおいでください」

すると影山《かげやま》は恐縮《きょうしゅく》した様子《ようす》で、「せっかくのハレの宴《うたげ》にわたくしのような下衆《げす》な人間《にんげん》がお邪魔《じゃま》するわけには――」とかなんとかいって形《かたち》だけ遠慮《えんりょ》するフリ。それからおもむろに麗子《れいこ》に向《む》き直《なお》ると、「いかがいたしましょうか、お嬢様《じょうさま》」と、英断《えいだん》を期待《きたい》する表情《ひょうじょう》。

「車《くるま》で待機《たいき》ね」麗子《れいこ》は素《そ》っ気《け》なく言《い》い放《はな》ってから、「嘘《うそ》よ、ついていらっしゃい」

影山《かげやま》は救《すく》われたように小《ちい》さく息《いき》を吐《は》いた。

「それでは会場《かいじょう》へご案内《あんない》いたします。どうぞ、こちらへ。足元《あしもと》にお気《き》をつけください」

執事吉田《しつじよしだ》は背筋《せすじ》をピンと伸《の》ばして二人《ふたり》の前《まえ》を歩《ある》きはじめる。その様子《ようす》をうっとりと眺《なが》めながら、麗子《れいこ》は溜《た》め息混《いきま》じりに呟《つぶや》いた。

「さすが西園寺家《さいおんじけ》の執事《しつじ》ね。落《お》ち着《つ》きがあってスマートで礼儀正《れいぎただ》しくてとっても素敵《すてき》。やっぱり本物《ほんもの》は違《ちが》うわね」

「あの、お嬢様《じょうさま》」半歩後《はんぽうし》ろを歩《ある》く影山《かげやま》が麗子《れいこ》の言葉《ことば》に鋭《するど》く反応《はんのう》する。「ひょっとしてそれは、わたくしが贋物《にせもの》だという意味《いみ》でございますか。酷《ひど》い。それはあんまりでございます」

「べつにそんなふうにはいってないじゃない。言葉《ことば》のアヤよ」

間《ま》もなく、麗子《れいこ》と影山《かげやま》は吉田《よしだ》の背中《せなか》に導《みちび》かれながら、一軒《いっけん》の西洋館《せいようかん》へとたどり着《つ》いた。蔦《つた》の絡《から》まるレンガ造《づく》りの西洋建築《せいようけんちく》は、よくいえば文化財的《ぶんかざいてき》な価値《かち》を持《も》った豪邸《ごうてい》。悪《わる》くいえば朽《く》ち果《は》てつつある過去《かこ》の遺物《いぶつ》のようだ。

大《おお》きな玄関《げんかん》から中《なか》へ。まず目《め》に飛《と》び込《こ》んでくるのは、古《ふる》い映画《えいが》のセットかと見紛《みまが》うような、赤絨毯《あかじゅうたん》の敷《し》かれた大階段《だいかいだん》。それを上《のぼ》り詰《つ》めたところに久々《ひさびさ》に見《み》る顔《かお》があった。

いまだ少女《しょうじょ》の雰囲気《ふんいき》を漂《ただよ》わせる色白《いろじろ》の童顔《どうがん》。黒《くろ》く長《なが》い髪《かみ》を両側《りょうがわ》で束《たば》ねている。純白《じゅんぱく》のブラウスにくるぶしまであるロングスカートという露出《ろしゅつ》の少《すく》ない装《よそお》い。いかにもお嬢様然《じょうさまぜん》とした姿《すがた》の彼女《かのじょ》こそが本日《ほんじつ》の主役《しゅやく》、沢村有里《さわむらゆり》である。彼女《かのじょ》は階下《かいか》に麗子《れいこ》の姿《すがた》を認《みと》めると、瞬間《しゅんかん》その表情《ひょうじょう》を子供《こども》のように輝《かがや》かせた。

「わあッ、麗子《れいこ》さん！　きてくださったんですね」

そういって勢《いきお》いよく駆《か》け出《だ》した有里《ゆり》は、大階段《だいかいだん》を慌《あわ》ただしく駆《か》け下《お》り、その中《なか》ほどで自《みずか》らの長《なが》いスカートの裾《すそ》を踏《ふ》みつけ、前《まえ》のめりになって転倒《てんとう》。あッ、と思《おも》う間《ま》もなく沢村家《さわむらけ》の令《れい》嬢《じょう》はそのまま階段《かいだん》の最後《さいご》の五《ご》、六段《ろくだん》ほどを前転《ぜんてん》しながら一気《いっき》に転《ころ》がり落《お》ちた。

「きゃあぁぁぁぁぁ――」

いきなりの惨劇《さんげき》に、麗子《れいこ》は咄嗟《とっさ》に顔《かお》を背《そむ》ける。

「有里様《ゆりさま》ぁぁ！」冷静《れいせい》であるはずの吉田《よしだ》も、さすがに泡《あわ》を食《く》った様子《ようす》で彼女《かのじょ》のもとに駆《か》け寄《よ》った。「だ、大丈夫《だいじょうぶ》でございますか！」

「え、ええ、大丈夫《だいじょうぶ》ですわ、吉田《よしだ》さん」

「ほッ」老執事《ろうしつじ》は胸《むね》を撫《な》で下《お》ろして、「ご無事《ぶじ》でなにより！」

「ええ、全然平気《ぜんぜんへいき》ですわ。ちょっと足《あし》を打《う》って、頭《あたま》をくじいただけ――」

「びょ、病院《びょういん》へ参《まい》りましょう！　いますぐ病院《びょういん》で脳《のう》の検査《けんさ》を！」老執事《ろうしつじ》が顔色《かおいろ》を変《か》える。

「大丈夫《だいじょうぶ》ですってば。心配《しんぱい》なさらないで」有里《ゆり》は焦点《しょうてん》の定《さだ》まらない微笑《びしょう》を浮《う》かべながら立《た》ち上《あ》がり、あらためて麗子《れいこ》の前《まえ》へと歩《あゆ》み寄《よ》った。「ようこそいらっしゃいました、麗子《れいこ》さん」

有里《ゆり》の優雅《ゆうが》なお辞儀《じぎ》を眺《なが》めながら、麗子《れいこ》は引《ひ》きつった笑《え》みを返《かえ》すしかなかった。

「……有里《ゆり》、相変《あいか》わらずね」

べつに皮肉《ひにく》でもなんでもなく、沢村有里《さわむらゆり》は学生時代《がくせいじだい》からこんな調子《ちょうし》である。いままで死《し》ななかったことが不思議《ふしぎ》なほどだ。それだけに麗子《れいこ》は彼女《かのじょ》の結婚《けっこん》がどうもピンとこない。

「あなた本当《ほんとう》に結婚《けっこん》するの？　誰《だれ》と？　どうして？」麗子《れいこ》の関心《かんしん》はまずはそこに集中《しゅうちゅう》する。

「早《はや》く紹介《しょうかい》しなさいよ、ほらほらほら！」

しかし有里《ゆり》は有里《ゆり》で、傍《かたわ》らに立《た》つ影山《かげやま》をしげしげと眺《なが》めながら、「ねえ、麗子《れいこ》さん、この素敵《すてき》な方《かた》はどなたですの？」と他人《ひと》の話《はなし》は全然《ぜんぜん》聞《き》いていない。これも相変《あいか》わらずだ。仕方《しかた》がないので、「わたしんちの執事《しつじ》よ」と説明《せつめい》してやると、有里《ゆり》は納得《なっとく》の表情《ひょうじょう》。そして影山《かげやま》のほうを向《む》いて、「初《はじ》めまして」と腰《こし》を折《お》る。お辞儀《じぎ》の深《ふか》さは一級品《いっきゅうひん》だ。

「こちらこそ初《はじ》めまして、影山《かげやま》と申《もう》します。本日《ほんじつ》はおめでとうございます」

負《ま》けじとばかりに影山《かげやま》も深々《ふかぶか》と頭《あたま》を下《さ》げる。初対面《しょたいめん》の挨拶《あいさつ》を終《お》えた有里《ゆり》は、いかにも時間《じかん》に追《お》われているといった様子《ようす》で、

「お二人《ふたり》とも楽《たの》しんでいってくださいね。それじゃあ、わたしは花嫁衣装《はなよめいしょう》に着替《きが》えなくてはならないので、これで失礼《しつれい》を。また後《あと》でお話《はな》ししましょうね、麗子《れいこ》さん」

「じゃあ、後《あと》で――あ、有里《ゆり》」麗子《れいこ》は階段《かいだん》を駆《か》け上《あ》がろうとする後輩《こうはい》に声《こえ》をかけた。

「ウエディングドレスの裾《すそ》に気《き》をつけるのよ！」

「任《まか》せといてください、麗子《れいこ》さん！」

有里《ゆり》は麗子《れいこ》に向《む》けてピースサイン。そして慌《あわ》ただしく二階《にかい》へと消《き》えていった。あの様子《ようす》で

はせっかくの忠告《ちゅうこく》も活《い》かされるかどうか怪《あや》しいものだ。不安《ふあん》を感《かん》じる麗子《れいこ》の隣《となり》では影山《かげやま》が半《なか》ば感心《かんしん》したように唸《うな》り声《ごえ》をあげる。

「うーむ、あれが沢村家《さわむらけ》のお嬢様《じょうさま》でございますか。さすが本物《ほんもの》は違《ちが》うものでございます」

「…………」あれが本物《ほんもの》ならわたしは贋物《にせもの》で結構《けっこう》だ、と麗子《れいこ》は本気《ほんき》でそう思《おも》う。

2

結婚式《けっこんしき》は一階《いっかい》の広間《ひろま》で神父立会《しんぷたちあ》いのもと、家族《かぞく》や親《した》しい友人知人《ゆうじんちじん》のみが参加《さんか》するこぢんまりとしたものだった。新郎新婦入場《しんろうしんぷにゅうじょう》の際《さい》、ウエディングドレスの裾《すそ》を踏《ふ》んで前《まえ》のめりになった有里《ゆり》が、目《め》の前《まえ》にいた神父《しんぷ》に抱《だ》きつき、危《あや》うく神父《しんぷ》と新婦《しんぷ》の間《あいだ》で誓《ちか》いのキスが成立《せいりつ》しそうになるハプニングはあったものの、全体《ぜんたい》として儀式《ぎしき》は滞《とどこお》りなく執《と》りおこなわれた。新郎新婦《しんろうしんぷ》は婚姻《こんいん》の印《しるし》として指輪《ゆびわ》を交換《こうかん》し、結婚式《けっこんしき》は和《なご》やかな雰囲気《ふんいき》のままに無事終了《ぶじしゅうりょう》した。

結婚式《けっこんしき》に続《つづ》いておこなわれた披露宴《ひろうえん》は、立食形式《りっしょくけいしき》の気軽《きがる》なパーティーだった。このパーテイーにのみ呼《よ》ばれた者《もの》も多《おお》いようで、客《きゃく》の数《かず》は一気《いっき》に増《ふ》えた。会場《かいじょう》となった大広間《おおひろま》は、人《ひと》が溢《あふ》れんばかりである。

「麗子《れいこ》さん、彼《かれ》を紹介《しょうかい》しますね」ウエディングドレスから軽《かろ》やかなパーティードレスに着替《きが》えた有里《ゆり》が、白《しろ》いタキシード姿《すがた》の夫《おっと》を連《つ》れてやってきた。「細山照也《ほそやまてるや》さんです。彼《かれ》は弁護士《べんごし》で沢村家《さわむらけ》と西園寺家《さいおんじけ》の法律関係《ほうりつかんけい》をすべて引《ひ》き受《う》けてくれているの。照也《てるや》さん、こちらは宝生《ほうしょう》麗子《れいこ》さん。彼女《かのじょ》は刑事《けいじ》で国立付近《くにたちふきん》の犯罪者《はんざいしゃ》をすべて引《ひ》き受《う》けてくれているの」

そういう紹介《しょうかい》の仕方《しかた》はないんじゃないかしら⁉ 麗子《れいこ》は有里《ゆり》を軽《かる》く睨《にら》み付《つ》け、ぎこちない笑《え》みを浮《う》かべながら細山《ほそやま》に挨拶《あいさつ》。そして、じっくりと彼《かれ》の顔《かお》を観察《かんさつ》すると、「ちょっと失礼《しつれい》」細山《ほそやま》に断《ことわ》りをいれてから、有里《ゆり》を壁際《かべぎわ》まで引《ひ》っ張《ぱ》っていき、耳打《みみう》ちするように彼女《かのじょ》に尋《たず》ねた。「なんで、おじさんなの？」

実《じつ》は結婚式《けっこんしき》の最中《さいちゅう》から気《き》になっていた。新郎《しんろう》の細山照也《ほそやまてるや》はおそらく四十《よんじゅう》を超《こ》えている。渋《しぶ》い顔立《かおだ》ちはけっして悪《わる》くはない。昔《むかし》の二枚目俳優《にまいめはいゆう》のようだ。だが、童顔《どうがん》の有里《ゆり》と並《なら》ぶ姿《すがた》は、下手《へた》をすると新郎新婦《しんろうしんぷ》というよりも新婦《しんぷ》とその父親《ちちおや》のように見《み》える。

しかし有里《ゆり》は平然《へいぜん》とした顔《かお》で、「おじさんじゃありません」と真《ま》っ向《こう》から否定《ひてい》する。「彼《かれ》、わたしより十八歳《じゅうはっさい》ほど年上《としうえ》なだけです」

「だから、それはおじさんなのよ、一般的《いっぱんてき》にいって。有里《ゆり》って年上《としうえ》が好《この》みだったの？」

「はい、そうですよ」と有里《ゆり》はアッサリ認《みと》めた。「わたし、父親《ちちおや》を早《はや》く亡《な》くしたでしょ。たぶんその影響《えいきょう》だと思《おも》うんですけど、年上《としうえ》の人《ひと》が好《す》きなんです。十代《じゅうだい》や二十代《にじゅうだい》の男《おとこ》の子《こ》は眼中《がんちゅう》にありません。三十以上《さんじゅういじょう》の方《かた》でなければ嫌《いや》なんです」

「へえ、そうなんだ」知《し》らなかった。だから彼女《かのじょ》にとって影山《かげやま》は『素敵《すてき》な方《かた》』と映《うつ》るわけか。なるほどなるほど。「よく判《わか》ったわ。べつにあなたたちの結婚《けっこん》にケチをつけるつもりはないの。ただ、あんまり歳《とし》が離《はな》れているから驚《おどろ》いちゃって」

「あら、わたしなんてたいしたことありませんよ、ほら、お母《かあ》さんを見《み》て、麗子《れいこ》さん」

そういって有里《ゆり》はパーティー会場《かいじょう》の中央《ちゅうおう》に佇《たたず》む母親《ははおや》、孝子《たかこ》の姿《すがた》を指《ゆび》で示《しめ》した。孝子《たかこ》は五十代半《ごじゅうだいなか》ばという年齢《ねんれい》にしては、やや無謀《むぼう》とも思《おも》えるような真《ま》っ赤《か》なドレスに身《み》を包《つつ》み、独特《どくとく》の存在感《そんざいかん》を漂《ただよ》わせている。そして彼女《かのじょ》の後《あと》には、ぴったりと寄《よ》り添《そ》うように従《したが》う三十前後《さんじゅうぜんご》と思《おも》われる男性《だんせい》の姿《すがた》があった。

「あの男《おとこ》の人《ひと》、誰《だれ》だと思《おも》います？」

「――ひょっとして孝子《たかこ》さんの恋人《こいびと》とか？」

「はい」有里《ゆり》はこれまたアッサリ頷《うなず》いて、「浜崎《はまざき》さんっていう方《かた》で、うちが経営《けいえい》するレストランで働《はたら》く優秀《ゆうしゅう》なコックさんなんですよ。見《み》て判《わか》るでしょ、母《はは》は浜崎《はまざき》さんに夢中《むちゅう》なんです。そのうち本当《ほんとう》に結婚《けっこん》するかもしれません」

「へえ、そうなんだ」孝子《たかこ》は独身《どくしん》だからあり得《え》ない話《はなし》ではない。もし結婚《けっこん》が実現《じつげん》すれば歳《とし》の差《さ》は二十歳《にじっさい》以上《いじょう》だろう。確《たし》かにこの二人《ふたり》に比《くら》べれば、有里《ゆり》と細山照也《ほそやまてるや》の年齢差《ねんれいさ》などは驚《おどろ》くに値《あたい》しないのかも——って、そういう問題《もんだい》でもないような気《き》がするが、まあいいか。蓼食《たでく》う虫《むし》もナントカというし、彼女《かのじょ》が誰《だれ》を食《た》べようが知《し》ったことではない。

「とにかく、お幸《しあわ》せにね、有里《ゆり》」

麗子《れいこ》の祝福《しゅくふく》に、有里《ゆり》は「ありがとう」といって愛《あい》するダーリンのもとへと戻《もど》っていった。

その姿《すがた》を見送《みおく》る麗子《れいこ》に、背後《はいご》から唐突《とうとつ》に話《はな》しかける声《こえ》があった。

「ねえ、麗子《れいこ》さん、結婚式《けっこんしき》のとき、なぜいちばん幸《しあわ》せな人間《にんげん》に『お幸《しあわ》せに』というんでしょうね。不思議《ふしぎ》だと思《おも》いませんか」

びっくりして振《ふ》り返《かえ》ると、そこにいるのはワイングラスを手《て》にした青年《せいねん》の姿《すがた》。有里《ゆり》の弟《おとうと》、沢村佑介《さわむらゆうすけ》である。すでにだいぶアルコールが入《はい》っていると見《み》えて頬《ほお》のあたりがほんのり赤《あか》い。酔《よ》っ払《ぱら》いの苦手《にがて》な麗子《れいこ》が曖昧《あいまい》な笑《え》みを浮《う》かべていると、佑介《ゆうすけ》はどんどん話《はなし》を続《つづ》けた。

「もちろんすべての結婚《けっこん》が上手《うま》くいくとは限《かぎ》らない。不幸《ふこう》になる結婚《けっこん》もある。だからこそ

『お幸《しあわ》せに』なんでしょう。しかし、そうだとすると『お幸《しあわ》せに』という祝福《しゅくふく》の中《なか》にはすでに『不幸《ふこう》にして破綻《はたん》した結婚生活《けっこんせいかつ》』が想定《そうてい》されているってことじゃありませんか。そう考《かんが》えてみると『お幸《しあわ》せに』なんて、実《じつ》に不吉《ふきつ》な言葉《ことば》です——よし、そうだ、あいつに俺《おれ》の口《くち》からいってやろう、『お幸《しあわ》せに』って。嫌味《いやみ》たっぷりに」

そういって新郎細山照也《しんろうほそやまてるや》のほうへと襲《おそ》いかかろうとする佑介《ゆうすけ》を、横《よこ》から女《おんな》の子《こ》が押《お》し留《と》めた。華奢《きゃしゃ》な身体《からだ》を清楚《せいそ》な白《しろ》いワンピースに包《つつ》んだ彼女《かのじょ》は、佑介《ゆうすけ》の妹《いもうと》、沢村美幸《さわむらみゆき》である。

「駄目《だめ》だよ、お兄《にい》ちゃん、せっかくの披露宴《ひろうえん》なんだから素直《すなお》に祝《いわ》ってやんなよ」美幸《みゆき》は佑介《ゆうすけ》の首根《くびね》っこを摑《つか》んで麗子《れいこ》のところまで引《ひ》き戻《もど》した。「すみません、麗子《れいこ》さん、お兄《にい》ちゃん酔《よ》っ払《ぱら》っちゃって、普段《ふだん》より馬鹿《ばか》なんです」

麗子《れいこ》は普段《ふだん》の佑介《ゆうすけ》をあまり知《し》らないが、妹《いもうと》がいうのだから普段《ふだん》はもう少《すこ》し賢《かしこ》いのだろう。

「佑介君《ゆうすけくん》はこの結婚《けっこん》に賛成《さんせい》していないのね。あ、お姉《ねえ》ちゃんを取《と》られるのが寂《さび》しいとか」

「違《ちが》うんです。お兄《にい》ちゃんは財産《ざいさん》を取《と》られるのが悔《くや》しいんです。ね、お兄《にい》ちゃん」

「当然《とうぜん》だ」佑介《ゆうすけ》は妹《いもうと》の言葉《ことば》を否定《ひてい》しなかった。「麗子《れいこ》さん、あの細山《ほそやま》という男《おとこ》の目的《もくてき》は沢村《さわむら》家《け》の財産《ざいさん》なんです。もともとあいつは西園寺《さいおんじ》家《け》の琴江《ことえ》おばさんに取《と》り入《い》って顧問弁護士《こもんべんごし》になった男《おとこ》。ところが西園寺《さいおんじ》家《け》にめぼしい財産《ざいさん》がないと判《わか》ると、今度《こんど》は沢村《さわむら》家《け》の財産《ざいさん》に狙《ねら》いを替《か》えたんです。そこであいつは姉貴《あねき》をたぶらかし、とうとう結婚《けっこん》にまで漕《こ》ぎつけたのです。この結婚《けっこん》に愛《あい》はありません。ああ、それなのに姉貴《あねき》は自分《じぶん》があの男《おとこ》に利用《りよう》されているのが判《わか》らないんですよ、馬鹿《ばか》だから！」

「馬鹿《ばか》は、お兄《にい》ちゃんよ。ドラマの見《み》すぎ」

「ところがどっこい、ドラマみたいなことが実際《じっさい》に起《お》こるんだよ、うちぐらいの金持《かねも》ちになると――まあいい、それより美幸《みゆき》、おまえ明日試験《あしたしけん》だろ。二階《にかい》にいって勉強《べんきょう》でもしてろ。ほら、邪魔《じゃま》だ、あっちいけ、シッシッ」

犬《いぬ》を追《お》い払《はら》うような佑介《ゆうすけ》の振《ふ》る舞《ま》いに美幸《みゆき》は「はいはい」と不満《ふまん》げな返事《へんじ》をしながら、大広間《おおひろま》を出《で》ていった。妹《いもうと》の背中《せなか》を見送《みおく》った佑介《ゆうすけ》は、あらためてこちらに向《む》き直《なお》り、「麗子《れいこ》さん、邪魔者《じゃまもの》は消《き》えました」と図々《ずうずう》しいほどに麗子《れいこ》に顔《かお》を寄《よ》せてきた。「姉貴《あねき》の結婚《けっこん》には不満《ふまん》だけれど、おかげで麗子《れいこ》さんと久々《ひさびさ》に会《あ》えた。これからは二人《ふたり》だけの話《はなし》をしませんか」

「いいけど――お姉《ねえ》さんの話《はなし》はいいの？」

「姉貴《あねき》なんか、実《じつ》はどうなったっていいんです。それより、僕《ぼく》はあなたのことが――」

酷《ひど》い弟《おとうと》だ。麗子《れいこ》は目《め》の前《まえ》の彼《かれ》こそ邪魔《じゃま》だと思《おも》ったが、張《は》り手《て》を食《く》らわせるほどの段階《だんかい》ではない。無闇《むやみ》に触《さわ》ってくるようなら逮捕《たいほ》してやってもいいが――そんなことを思《おも》っていると、接近《せっきん》する二人《ふたり》の間《あいだ》に唐突《とうとつ》に割《わ》って入《はい》るタキシードの男《おとこ》。影山《かげやま》だった。彼《かれ》は偶然躓《ぐうぜんつまず》いたように佑介《ゆうすけ》の身体《からだ》を弾《はじ》き飛《と》ばすと、強引《ごういん》に麗子《れいこ》の腕《うで》を引《ひ》いて部屋《へや》の隅《すみ》へと連《つ》れていく。

「ちょっと、なにすんのよ、影山《かげやま》」

「旦那様《だんなさま》は心配《しんぱい》なさっておいでです」影山《かげやま》は諭《さと》すように話《はな》しはじめた。「宝生家《ほうしょうけ》の財産《ざいさん》を狙《ねら》う悪《わる》い男《おとこ》がお嬢様《じょうさま》をたぶらかし、結婚《けっこん》を迫《せま》るのではないかと。そしてお嬢様《じょうさま》はその男《おとこ》に利用《りよう》されていることに気《き》づかずに、愛《あい》のない結婚《けっこん》を約束《やくそく》してしまうのではないかと——」

「あら、お父様《とうさま》も意外《いがい》にドラマが好《す》きみたい。困《こま》ったお父様《とうさま》ね」麗子《れいこ》は小《ちい》さく溜《た》め息《いき》をつき、それから声《こえ》を大《おお》きくした。「だいたい、そんなこと心配《しんぱい》してどうするのよ。わたしに男《おとこ》の人《ひと》といっさい口《くち》を利《き》くなとでもいうの？　それでもし、わたしが婚期《こんき》を逃《のが》して四十《よんじゅう》になっても五十《ごじゅう》になっても独身《どくしん》だったら、いったいどうする——あッ！」

麗子《れいこ》はその瞬間《しゅんかん》、思《おも》わず口《くち》を押《お》さえ、くるりと踵《きびす》を返《かえ》すと壁《かべ》を向《む》いた。そんな麗子《れいこ》の様子《ようす》を影山《かげやま》が怪訝《けげん》そうに背後《はいご》から覗《のぞ》き込《こ》む。

「どうなさいました、お嬢様《じょうさま》？」

「影山《かげやま》、わたしの代《か》わりに見《み》てくれる？」麗子《れいこ》は自分《じぶん》の背後《はいご》を指《ゆび》で示《しめ》した。「壁際《かべぎわ》に和服姿《わふくすがた》の上品《じょうひん》なおばさまがいるでしょ。彼女《かのじょ》、こっちを睨《にら》んでない？　不愉快《ふゆかい》そうにしてない？」

「いいえ、おひとりで静《しず》かに飲《の》み物《もの》を飲《の》んでおられます。どなたでございますか？」

麗子《れいこ》はホッと胸《むね》を撫《な》で下《お》ろして、あらためて前《まえ》を向《む》いた。そして壁際《かべぎわ》に佇《たたず》む老婦人《ろうふじん》の姿《すがた》を横目《よこめ》で見《み》やりながら、「あの方《かた》が、西園寺家《さいおんじけ》の琴江《ことえ》さんよ。車《くるま》の中《なか》で話《はな》したでしょ」

「ああ、西園寺家《さいおんじけ》の最後《さいご》のおひとり。還暦《かんれき》を過《す》ぎてなお独身《どくしん》という──」

「ワッ、馬鹿《ばか》ッ！　声《こえ》が大《おお》きい！」

制止《せいし》も空《むな》しく、影山《かげやま》の声《こえ》は西園寺琴江《さいおんじことえ》の耳《みみ》に届《とど》いたらしい。西園寺琴江《さいおんじことえ》は射《い》るような冷《つめ》たい視線《しせん》をジッと二人《ふたり》に注《そそ》ぐ。

麗子《れいこ》と影山《かげやま》は揃《そろ》って壁《かべ》のほうを向《む》いた。


そんなこんなでパーティーがはじまって一時間《いちじかん》ほどが経過《けいか》したころ。麗子《れいこ》はふとおかしなことに気《き》がついた。本日《ほんじつ》の主役《しゅやく》、花嫁《はなよめ》である沢村有里《さわむらゆり》の姿《すがた》がいつの間《ま》にか会場《かいじょう》から消《き》えているのだ。不審《ふしん》に思《おも》った麗子《れいこ》が、執事《しつじ》の吉田《よしだ》をつかまえて問《と》いただしたところ、

「おや、先《さき》ほどまではいらっしゃったはずなのに」と吉田《よしだ》も訝《いぶか》しげな表情《ひょうじょう》。「細山様《ほそやまさま》にお尋《たず》ねしてみましょうか」

麗子《れいこ》は「そうね」と頷《うなず》き、吉田《よしだ》と一緒《いっしょ》に新郎《しんろう》の細山照也《ほそやまてるや》のもとへと歩《あゆ》み寄《よ》った。新郎《しんろう》はひ

とりで客人《きゃくじん》たちに取《と》り囲《かこ》まれ談笑《だんしょう》の最中《さなか》だった。大勢《おおぜい》から酒《さけ》を勧《すす》められたらしく、顔《かお》が柿《かき》のように赤《あか》みを帯《お》びている。麗子《れいこ》が有里《ゆり》の不在《ふざい》について質問《しつもん》すると、細山《ほそやま》から返《かえ》ってきたのは意外《いがい》な答《こた》えだった。

「彼女《かのじょ》、お酒《さけ》のせいで気分《きぶん》が悪《わる》くなったようで、いま自分《じぶん》の部屋《へや》で休《やす》んでいるんです。なに、大丈夫《だいじょうぶ》。ちょっと酔《よ》いを醒《さ》ましているだけです。またすぐに戻《もど》ってきますから」

細山照也《ほそやまてるや》はさほど深刻《しんこく》には考《かんが》えていない様子《ようす》で、また客人《きゃくじん》との話《はなし》の輪《わ》に戻《もど》っていった。

しかし麗子《れいこ》は心配《しんぱい》になった。本当《ほんとう》にお酒《さけ》のせいだろうか。なにせ有里《ゆり》は数時間前《すうじかんまえ》に玄関《げんかん》の大階段《だいかいだん》から派手《はで》に転《ころ》げ落《お》ちている。あのときは平気《へいき》そうな顔《かお》だったが、時間《じかん》が経《た》ってから具《ぐ》合《あい》が悪《わる》くなるケースもあり得《え》る。麗子《れいこ》は不安《ふあん》を感《かん》じながら傍《かたわ》らに佇《たたず》む老執事《ろうしつじ》に尋《たず》ねた。

「わたし、様子《ようす》を見《み》てくるわ。有里《ゆり》の部屋《へや》はどこ？」

「では、わたくしも御一緒《ごいっしょ》いたしましょう。こちらでございます」

麗子《れいこ》は吉田《よしだ》とともに大広間《おおひろま》を出《で》た。いったん玄関《げんかん》ホールへ出《で》て、大階段《だいかいだん》を二階《にかい》へ。

「これを上《のぼ》ってすぐ右《みぎ》が有里様《ゆりさま》のお部屋《へや》でして——む！」

吉田《よしだ》の言葉《ことば》を遮《さえぎ》るように、悲鳴《ひめい》に似《に》た女性《じょせい》の叫《さけ》び声《ごえ》。有里《ゆり》の声《こえ》だと、麗子《れいこ》は一瞬《いっしゅん》で判断《はんだん》した。麗子《れいこ》は吉田《よしだ》を押《お》しのけるように階段《かいだん》を駆《か》け上《あ》がり、すぐ右手《みぎて》の部屋《へや》の扉《とびら》を拳《こぶし》で叩《たた》いた。

「有里《ゆり》、どうしたの！　有里《ゆり》！」

　しかし頑丈《がんじょう》な木製《もくせい》の扉《とびら》は鈍《にぶ》い音《おと》を立《た》てるだけで、中《なか》からの返事《へんじ》はない。ノブを回《まわ》してみたが、中《なか》から鍵《かぎ》が掛《か》かっているらしく、扉《とびら》はびくともしない。麗子《れいこ》は吉田《よしだ》に、合鍵《あいかぎ》を持《も》っていないかどうかを尋《たず》ねた。

「合鍵《あいかぎ》はわたくしの部屋《へや》の金庫《きんこ》にございます。取《と》って参《まい》りますので、しばしお待《ま》ちを！」

　吉田《よしだ》は年齢《ねんれい》を感《かん》じさせない俊敏《しゅんびん》な動《うご》きで、階段《かいだん》を駆《か》け下《お》りていった。ひとり廊下《ろうか》に残《のこ》った麗子《れいこ》は、なおも扉《とびら》を叩《たた》き、その向《む》こう側《がわ》にいるはずの友人《ゆうじん》に呼《よ》びかける。だが、やはり応《こた》える声《こえ》はなかった。ジリジリするような時間《じかん》が過《す》ぎ、ようやく一本《いっぽん》の鍵《かぎ》を手《て》にした吉田《よしだ》が再《ふたた》び姿《すがた》を現《あらわ》した。麗子《れいこ》は彼《かれ》の手《て》から鍵《かぎ》をひったくるように受《う》け取《と》ると、すぐさま鍵穴《かぎあな》に差《さ》し込《こ》んだ。鍵《かぎ》はピタリと鍵穴《かぎあな》に嵌《はま》り、麗子《れいこ》はもどかしい思《おも》いで扉《とびら》を開《あ》け放《はな》つ。

　部屋《へや》全体《ぜんたい》にざっと視線《しせん》を走《はし》らせる。大《おお》きく開《ひら》かれた窓《まど》と風《かぜ》になびくカーテンが目《め》に入《はい》った。それから窓際《まどぎわ》に置《お》かれたベッド――そして、そこに横《よこ》たわる有里《ゆり》の姿《すがた》。

「ああッ！」思《おも》わず麗子《れいこ》は叫《さけ》んだ。

　有里《ゆり》の白《しろ》いパーティードレスの背中《せなか》に、真《ま》っ赤《か》な染《し》みが地図《ちず》を描《えが》くように広《ひろ》がっている。麗子《れいこ》は訳《わけ》が判《わか》らないまま有里《ゆり》のもとに一目散《いちもくさん》に駆《か》け寄《よ》った。間近《まぢか》で見《み》ると、彼女《かのじょ》の背中《せなか》に広《ひろ》がっているのは間違《まちが》いなく赤《あか》い血液《けつえき》。枕元《まくらもと》のあたりには、刃《は》の部分《ぶぶん》が赤《あか》く染《そ》まった一本《いっぽん》のナイフが転《ころ》がっていた。

「お嬢様《じょうさま》、どうなさいました！」麗子《れいこ》の背後《はいご》で吉田《よしだ》が心底驚《しんそこおどろ》いた声《こえ》を張《は》りあげる。冷静沈着《れいせいちんちゃく》な執事《しつじ》も動揺《どうよう》を隠《かく》せないらしい。

麗子《れいこ》は祈《いの》るような思《おも》いで有里《ゆり》の手首《てくび》を取《と》る。幸運《こううん》にも脈《みゃく》はしっかりしていた。

「よかった！　死《し》んではいない。助《たす》かるわ」麗子《れいこ》はぐったりとした有里《ゆり》の身体《からだ》に手《て》を掛《か》け、揺《ゆ》さぶった。「しっかりして、有里《ゆり》！　なにがあったの！　誰《だれ》にやられたの！」

「……あ、れ、麗子《れいこ》さん……わ、わたし……」

「喋《しゃべ》っちゃ駄目《だめ》！　あなた、大怪我《おおけが》してるのよ！」

「……だったら……質問《しつもん》とか……しないで……」

「…………」ごめん。確《たし》かにそうよね。ちょっと興奮《こうふん》しちゃって支離滅裂《しりめつれつ》に……

麗子《れいこ》はこのような場面《ばめん》こそ刑事《けいじ》である自分《じぶん》が冷静《れいせい》でなければと気《き》を引《ひ》き締《し》め、とりあえず止血《しけつ》のために毛布《もうふ》で有里《ゆり》の背中《せなか》の傷《きず》を押《お》さえつけた。背中《せなか》の傷《きず》は致命傷《ちめいしょう》には至《いた》らなかったにしても、重《おも》い傷《きず》には違《ちが》いない。さっそく携帯《けいたい》で一一九番《ひゃくじゅうきゅうばん》へ、と思《おも》ったものの、ドレスアップした麗子《れいこ》の手元《てもと》に携帯電話《けいたいでんわ》などという無粋《ぶすい》なものはなかった。

するとちょうどそのとき、彼女《かのじょ》の背後《はいご》から複数《ふくすう》の足音《あしおと》と声《こえ》が響《ひび》いてきた。

振《ふ》り返《かえ》った麗子《れいこ》が入口《いりぐち》のほうに視線《しせん》をやる。入口《いりぐち》を少《すこ》し入《はい》ったあたりに、二人《ふたり》の婦人《ふじん》とひとりの男《おとこ》の姿《すがた》があった。西園寺琴江《さいおんじことえ》と沢村孝子《さわむらたかこ》。そして孝子《たかこ》の息子《むすこ》、佑介《ゆうすけ》である。

「どうしたんです？」佑介《ゆうすけ》が荒《あら》い息《いき》を吐《は》きながら尋《たず》ねる。「なにか、ありましたか」

佑介《ゆうすけ》には有里《ゆり》の姿《すがた》は見《み》えていても、その傷口《きずぐち》は毛布《もうふ》に隠《かく》れて見《み》えていない。彼《かれ》にはまだ事《こと》の重大《じゅうだい》さが判《わか》っていないようだ。

そこに少《すこ》し遅《おく》れて影山《かげやま》の姿《すがた》が加《くわ》わった。「どうなさいました!?」

早《はや》くも騒《さわ》ぎを聞《き》きつけ、駆《か》けつけてきたらしい。部屋《へや》の中《なか》はたちまち大人数《おおにんずう》になった。

すると隣《となり》の部屋《へや》の扉《とびら》が開《あ》く音《おと》がして、さらにもうひとりの人物《じんぶつ》が部屋《へや》に入《はい》ってきた。

「ねえ、なんの騒《さわ》ぎ!? うるさくて勉強《べんきょう》できないよ。琴江《ことえ》おばさんになにかあったの？」

沢村美幸《さわむらみゆき》である。有里《ゆり》の部屋《へや》の隣《となり》では妹《いもうと》の美幸《みゆき》が試験勉強中《しけんべんきょうちゅう》だったようだ。

「馬鹿《ばか》、琴江《ことえ》おばさんじゃない。姉貴《あねき》のほうだ」妹《いもうと》の間違《まちが》いを正《ただ》した佑介《ゆうすけ》が、麗子《れいこ》のほうに近《ちか》づきながら、「どうしたんです、麗子《れいこ》さん？ 姉貴《あねき》、そんなに具合悪《ぐあいわる》いんですか」

状況《じょうきょう》をまるで把握《はあく》できていない佑介《ゆうすけ》は、軽率《けいそつ》にも部屋《へや》の中《なか》ほどまで足《あし》を踏《ふ》み入《い》れてくる。

麗子《れいこ》は犯行現場《はんこうげんば》を荒《あ》らされてはマズイと判断《はんだん》し、大《おお》きな声《こえ》に精一杯《せいいっぱい》の威厳《いげん》を込《こ》めて叫《さけ》んだ。

「それ以上《いじょう》、近寄《ちかよ》らないで、佑介君《ゆうすけくん》！　廊下《ろうか》に出《で》て！　他《ほか》のみなさんもです！　どうやら事件《じけん》が起《お》こったようです。詳《くわ》しいことは後《あと》で説明《せつめい》しますから、さあ早《はや》く！」

麗子《れいこ》の迫力《はくりょく》が功《こう》を奏《そう》したのか、佑介《ゆうすけ》は二《に》、三歩後退《さんぽこうたい》した。一同《いちどう》にいままでとは違《ちが》った緊張《きんちょう》が漲《みなぎ》る。その瞬間《しゅんかん》、吉田《よしだ》は大事《だいじ》な役割《やくわり》を思《おも》い出《だ》したようなハッとした顔《かお》つきになり、くるりと踵《きびす》を返《かえ》すと両手《りょうて》を大《おお》きく広《ひろ》げた。

「皆様《みなさま》、宝生様《ほうしょうさま》のいうとおりにいたしましょう。宝生様《ほうしょうさま》は警察《けいさつ》の方《かた》でございます。ここはお任《まか》せしたほうがよろしゅうございます」

一同《いちどう》は吉田《よしだ》に押《お》し出《だ》されるような恰好《かっこう》で部屋《へや》から廊下《ろうか》へと出《で》ていく。麗子《れいこ》は吉田《よしだ》の協力《きょうりょく》に感謝《かんしゃ》し、それから自分《じぶん》の忠実《ちゅうじつ》なしもべを部屋《へや》に呼《よ》びいれた。「影山《かげやま》、ちょっときて！」

無駄《むだ》のない動《うご》きでベッドサイドへと駆《か》け寄《よ》る影山《かげやま》。麗子《れいこ》は素早《すばや》く命《めい》じた。「彼女《かのじょ》の傷口《きずぐち》を押《お》さえていて。それから――」麗子《れいこ》は影山《かげやま》のタキシードの胸《むね》に片手《かたて》を滑《すべ》り込《こ》ませ、彼《かれ》の携帯《けいたい》電話《でんわ》を掠《かす》め取《と》った。「これ、借《か》りるわよ」

影山《かげやま》が承諾《しょうだく》の返事《へんじ》をする前《まえ》に、麗子《れいこ》はもう一一九《ひゃくじゅうきゅう》の番号《ばんごう》を押《お》していた。

3

麗子《れいこ》は救急車《きゅうきゅうしゃ》を呼《よ》ぶ一方《いっぽう》で、独断《どくだん》で警察《けいさつ》にも通報《つうほう》した。影山《かげやま》はずっと被害者《ひがいしゃ》の傍《かたわ》らにいて、その傷口《きずぐち》を押《お》さえていた。麗子《れいこ》は現場《げんば》の保存《ほぞん》に努《つと》めながら、その一方《いっぽう》で現場《げんば》の様子《ようす》を詳《くわ》しく観察《かんさつ》した。広々《ひろびろ》とした部屋《へや》に家具《かぐ》といえばベッドの他《ほか》にテーブルと本棚《ほんだな》、クローゼットにソファといったところ。女性《じょせい》の部屋《へや》らしく、きちんと整頓《せいとん》されており清潔感《せいけつかん》がある。開《あ》いた窓《まど》から外《そと》を覗《のぞ》くと、そこには庭《にわ》に突《つ》き出《だ》す恰好《かっこう》でバルコニーがある。雨《あめ》はもう一滴《いってき》も降《ふ》ってはいなかった。

やがて救急車《きゅうきゅうしゃ》とパトカーが相前後《あいぜんご》して到着《とうちゃく》。すると廊下《ろうか》にいた孝子《たかこ》が憤然《ふんぜん》と声《こえ》をあげた。

「まあ、誰《だれ》が警察《けいさつ》を呼《よ》んでいいといったの！　結婚披露宴《けっこんひろうえん》の真《ま》っ最中《さいちゅう》だというのに！」

「警察《けいさつ》はわたしが呼《よ》んだのです、奥様《おくさま》」麗子《れいこ》は廊下《ろうか》に顔《かお》を出《だ》し、沢村家《さわむらけ》の女主人《おんなしゅじん》にキッパリといった。「これは状況《じょうきょう》から見《み》て間違《まちが》いなく傷害事件《しょうがいじけん》、いや、ひょっとすると殺人未遂事件《さつじんみすいじけん》です。披露宴《ひろうえん》の最中《さいちゅう》だろうがなんだろうが、関係《かんけい》ありません。どうか捜査《そうさ》にご協力《きょうりょく》を」

「…………」孝子《たかこ》は悔《くや》しそうに背中《せなか》を向《む》けながら、「これじゃ沢村家《さわむらけ》の面目《めんもく》は丸《まる》つぶれね」

憤懣《ふんまん》やるかたない様子《ようす》の孝子《たかこ》を、廊下《ろうか》で佇《たたず》む佑介《ゆうすけ》や美幸《みゆき》が、「まあまあ、お母《かあ》さん」といった感《かん》じで宥《なだ》める。どうも沢村孝子《さわむらたかこ》は娘《むすめ》が受《う》けた傷《きず》よりも、沢村家《さわむらけ》の名前《なまえ》に傷《きず》がつくことのほうを問題視《もんだいし》しているようだ。身勝手《みがって》な親《おや》ね、と麗子《れいこ》は溜《た》め息《いき》を禁《きん》じ得《え》ない。

やがて救急隊員《きゅうきゅうたいいん》と警官《けいかん》の両方《りょうほう》が屋敷《やしき》になだれ込《こ》む。傷《きず》を負《お》った有里《ゆり》が担架《たんか》で運《はこ》び出《だ》される。現場《げんば》となった部屋《へや》が封鎖《ふうさ》され、パーティーに詰《つ》め掛《か》けた客《きゃく》は全員足止《ぜんいんあしど》めされた。

捜査《そうさ》の指揮《しき》を執《と》ったのは三浦《みうら》という真面目《まじめ》そうな中年警部《ちゅうねんけいぶ》。その姿《すがた》を見《み》るなり麗子《れいこ》は、ここが白金台《しろかねだい》で本当《ほんとう》によかった、と心《こころ》から思《おも》った。もし国立《くにたち》だったらいまごろは上司《じょうし》である風祭警部《かざまつりけいぶ》がシルバーメタリックのジャガーをぶっ飛《と》ばして、意気揚々《いきようよう》と乗《の》り込《こ》んできているところだ。だが、風祭警部《かざまつりけいぶ》といえども白金台《しろかねだい》の事件《じけん》に首《くび》を突《つ》っ込《こ》むことはできない。

しかしその一方《いっぽう》で国立署《くにたちしょ》の刑事《けいじ》である麗子《れいこ》にも、白金台《しろかねだい》で起《お》こった事件《じけん》を捜査《そうさ》する権限《けんげん》はない。したがって麗子《れいこ》はその他《ほか》の関係者《かんけいしゃ》と一緒《いっしょ》に、警察《けいさつ》から取調《とりしら》べを受《う》ける側《がわ》に回《まわ》った。今回《こんかい》の事件《じけん》において、麗子《れいこ》は捜査員《そうさいん》ではなく第一発見者《だいいちはっけんしゃ》のひとりなのだ。あるいは容疑者《ようぎしゃ》のひとりといってもいいかもしれない。

三浦警部《みうらけいぶ》は屋敷《やしき》の居間《いま》に関係者《かんけいしゃ》たちを集《あつ》めた。二人《ふたり》の婦人《ふじん》、西園寺琴江《さいおんじことえ》と沢村孝子《さわむらたかこ》。孝子《たかこ》の息子《むすこ》である佑介《ゆうすけ》、娘《むすめ》の美幸《みゆき》。被害者《ひがいしゃ》の夫《おっと》となったばかりの細山照也《ほそやまてるや》。西園寺家《さいおんじけ》の執事《しつじ》、吉田《よしだ》。それから宝生麗子《ほうしょうれいこ》と影山《かげやま》である。麗子《れいこ》と影山《かげやま》に関《かん》しては単《たん》なる客人《きゃくじん》にすぎないのだが、偶然事件発生《ぐうぜんじけんはっせい》の直前直後《ちょくぜんちょくご》に居合《いあ》わせたので、関係者《かんけいしゃ》の一員《いちいん》に加《くわ》えられたのだった。

「まずは事件発覚《じけんはっかく》に至《いた》る経緯《けいい》をご説明《せつめい》いただきたい。通報者《つうほうしゃ》は宝生麗子《ほうしょうれいこ》さんですね」

麗子《れいこ》はしっかりと頷《うなず》いた。それから麗子《れいこ》は、刺《さ》された花嫁《はなよめ》を発見《はっけん》し、警察《けいさつ》に通報《つうほう》するまでの一連《いちれん》の出来事《できごと》を簡潔《かんけつ》に語《かた》った。それを聞《き》いた三浦警部《みうらけいぶ》は即座《そくざ》に疑問《ぎもん》を口《くち》にした。

「宝生《ほうしょう》さんと吉田《よしだ》さんが現場《げんば》に飛《と》び込《こ》んだ、そのすぐ後《あと》に数名《すうめい》の人《ひと》たちが揃《そろ》って駆《か》けつけてきたというのは、どういうことなのですか。被害者《ひがいしゃ》の悲鳴《ひめい》がパーティー会場《かいじょう》にまで響《ひび》き渡《わた》ったわけでもありますまいに」

「それは単《たん》なる偶然《ぐうぜん》です」と、答《こた》えたのは佑介《ゆうすけ》だった。「俺《おれ》と母《かあ》さんは事件《じけん》のことなど知《し》らず、ただ姉貴《あねき》の具合《ぐあい》が悪《わる》くなったと聞《き》いたものだから、様子《ようす》を見《み》にいっただけなんです」

「息子《むすこ》のいうとおりですよ。あんな事件《じけん》が起《お》こっているなんて思《おも》いもしませんでした」

孝子《たかこ》はそういって小《ちい》さく身震《みぶる》いした。

「なるほど。では西園寺琴江《さいおんじことえ》さんは、いかがです？　やはり有里《ゆり》さんの様子《ようす》が心配《しんぱい》で？」

「いえ、わたくしの場合《ばあい》は、ただ二階《にかい》にある自分《じぶん》の部屋《へや》に戻《もど》ろうとしていただけでございます。パーティーはわたくしのような年寄《としよ》りには、居心地《いごこち》の悪《わる》いものでございますから。事件《じけん》に出《で》くわしましたのは偶然《ぐうぜん》でして……」

西園寺琴江《さいおんじことえ》は警部《けいぶ》の前《まえ》ということで緊張《きんちょう》しているのか、おどおどした様子《ようす》である。

「ああ、そうそう、確《たし》かにそうだった」と佑介《ゆうすけ》が琴江《ことえ》の話《はなし》を引《ひ》き取《と》るように、「琴江《ことえ》おばさんは俺《おれ》と母《かあ》さんの少《すこ》し前《まえ》を歩《ある》いていたな。すると琴江《ことえ》おばさんが階段《かいだん》を上《あ》がる途中《とちゅう》で、二階《にかい》から大《おお》きな声《こえ》が聞《き》こえたんだ。最初《さいしょ》は麗子《れいこ》さんの声《こえ》で、『ああッ』っていう感《かん》じの叫《さけ》び声《ごえ》だった。それから吉田《よしだ》さんが『お嬢様《じょうさま》、どうなさいました』っていうのが聞《き》こえたんだ。それで、これは姉貴《あねき》の具合《ぐあい》が相当悪《そうとうわる》いのかと思《おも》って、俺《おれ》と母《かあ》さんは一緒《いっしょ》に階段《かいだん》を駆《か》け上《あ》がったんだ。もちろん、琴江《ことえ》おばさんも似《に》たような行動《こうどう》を取《と》ったから、結局三人《けっきょくさんにん》いっぺんに現場《げんば》にたどり着《つ》いた――とまあ、そんな感《かん》じじゃなかったですか、琴江《ことえ》おばさん」

「ああ、そうだったわね。確《たし》かにわたくしもそんな叫《さけ》び声《ごえ》を耳《みみ》にしたわ」

「なるほど、よく判《わか》りました」三浦警部《みうらけいぶ》は納得《なっとく》した様子《ようす》で頷《うなず》くと、部屋《へや》の隅《すみ》に控《ひか》える男《おとこ》に向《む》き直《なお》った。「では、あなたの場合《ばあい》はどうなのですか、影山《かげやま》さん」

「はい、わたくしは、姿《すがた》の見《み》えなくなったお嬢様《じょうさま》をお捜《さが》ししていたのでございます。あ、お嬢様《じょうさま》と申《もう》しますのは沢村有里様《さわむらゆりさま》のことではなくて、そちらにいらっしゃる宝生麗子様《ほうしょうれいこさま》のことでございますが」

そういって影山《かげやま》は麗子《れいこ》のほうを手《て》で示《しめ》す。

「どうやら会場《かいじょう》にはいらっしゃらないと思《おも》い、わたくしは会場《かいじょう》を出《で》て一階《いっかい》の廊下《ろうか》を大階段《だいかいだん》のほうへ向《む》かう途中《とちゅう》でした。すると、先《さき》ほど佑介様《ゆうすけさま》がおっしゃいましたような男女《だんじょ》の叫《さけ》び声《ごえ》が、かすかにではありますがわたくしの耳《みみ》にも届《とど》きました。そこで、さっそく大階段《だいかいだん》を上《あ》がって二階《にかい》へ向《む》かったのでございます」

「では君《きみ》が現場《げんば》に到着《とうちゃく》したのは、佑介君《ゆうすけくん》たちの少《すこ》し後《あと》ということだね」

「さようでございます」影山《かげやま》は三浦警部《みうらけいぶ》に向《む》かって恭《うやうや》しく頭《あたま》を下《さ》げた。相手《あいて》が誰《だれ》であろうと恭《うやうや》しく頭《あたま》を下《さ》げてしまうのは執事《しつじ》としての悲《かな》しい習性《しゅうせい》らしい。

「なるほど。で、最後《さいご》に現場《げんば》に登場《とうじょう》したのが隣《となり》の部屋《へや》にいた沢村美幸《さわむらみゆき》さんというわけか」ここで三浦警部《みうらけいぶ》は不思議《ふしぎ》そうに首《くび》を捻《ひね》った。「有里《ゆり》さんの部屋《へや》からいちばん近《ちか》いところにいた美幸《みゆき》さんが、いちばん最後《さいご》に登場《とうじょう》したというのは腑《ふ》に落《お》ちませんね。むしろいちばん最初《さいしょ》に顔《かお》を出《だ》していいはずですが」

「まあ、刑事《けいじ》さん、あなたはわたしの娘《むすめ》を疑《うたが》うおつもりですか！　失礼《しつれい》な！」

気色《けしき》ばむ孝子《たかこ》を当《とう》の美幸《みゆき》が大人《おとな》びた調子《ちょうし》で宥《なだ》めた。

「まあまあ、お母《かあ》さん、ここはわたしに説明《せつめい》させてよ。――刑事《けいじ》さん、すぐ隣《となり》の部屋《へや》にいたわたしが、いちばん最後《さいご》に現場《げんば》に顔《かお》を出《だ》した理由《りゆう》を説明《せつめい》します。実《じつ》はわたし、試験勉強《しけんべんきょう》をしていたというのは真《ま》っ赤《か》な嘘《うそ》。本当《ほんとう》はヘッドフォンで音楽《おんがく》を聴《き》いていたんです。それもかなりうるさいやつを。だからわたし、麗子《れいこ》さんが姉《ねえ》さんの部屋《へや》の扉《とびら》をノックしていることにも気《き》がつかなかったんです。きっとドラムやなんかの音《おと》と混《ま》ざっちゃったんでしょうね。わたしが姉《ねえ》さんの部屋《へや》の異変《いへん》に気《き》がついたのは、スローなバラード調《ちょう》の曲《きょく》に変《か》わったときでした。吉田《よしだ》さんの声《こえ》とかが聞《き》こえて、なんだろうって思《おも》っていたら、どんどん騒《さわ》がしくなっていって――。それでヘッドフォンを外《はず》して廊下《ろうか》に出《で》ていったら、隣《となり》の部屋《へや》が大騒《おおさわ》ぎだったというわけなんです」

「なんだおまえ、じゃあ『うるさくて勉強《べんきょう》できないよ』っていったあれは、芝居《しばい》かよ」

啞然《あぜん》とする佑介《ゆうすけ》に、美幸《みゆき》は悪《わる》びれる様子《ようす》もなく「うん、そうだよ」と無邪気《むじゃき》に頷《うなず》いた。

「なるほど、事件当時《じけんとうじ》の状況《じょうきょう》はある程度判《ていどわか》りました」三浦警部《みうらけいぶ》はそういって一同《いちどう》を見渡《みわた》した。

「しかし捜査《そうさ》はまだはじまったばかり。これからもいろいろとお尋《たず》ねすることがあるかと思《おも》いますが、どうかご協力《きょうりょく》のほどを――」

「ちょっと待ってくださいな、刑事《けいじ》さん、ひとつだけ教《おし》えてもらえませんこと」沢村孝子《さわむらたかこ》が丁寧《ていねい》ながら有無《うむ》をいわさぬ口調《くちょう》で尋《たず》ねた。「有里《ゆり》は犯人《はんにん》の姿《すがた》を見《み》ていないのですか。あの子《こ》が犯人《はんにん》の姿《すがた》を見《み》ているのなら、それで事件《じけん》は解決《かいけつ》ですわよね？」

確《たし》かに孝子《たかこ》のいうとおりだ。だが一同《いちどう》が見守《みまも》る前《まえ》で、警部《けいぶ》は残念《ざんねん》そうに首《くび》を振《ふ》った。

「有里《ゆり》さんは犯人《はんにん》の姿《すがた》を見《み》ていないそうです。病院《びょういん》からそう報告《ほうこく》がありました。まあ、ベッドに横《よこ》になっているところを背中《せなか》から刺《さ》されたのですから、それも仕方《しかた》がないでしょう」

警部《けいぶ》の言葉《ことば》に、一同《いちどう》の間《あいだ》から溜《た》め息《いき》のようなものが漏《も》れた。すると、いままで沈黙《ちんもく》を保《たも》っていた細山照也《ほそやまてるや》が真剣《しんけん》な口調《くちょう》で訴《うった》える。

「いったい、誰《だれ》が有里《ゆり》をあんな酷《ひど》い目《め》に！　刑事《けいじ》さん、早《はや》く犯人《はんにん》を見《み》つけてください――そうだ！　犯人《はんにん》はパーティーの客《きゃく》に紛《まぎ》れ込《こ》んでいるんじゃないですか、刑事《けいじ》さん」

「もちろん、その可能性《かのうせい》は我々《われわれ》も考《かんが》えています。しかし足止《あしど》めできたパーティー客《きゃく》だけで五《ご》十人以上《じゅうにんいじょう》。途中《とちゅう》で帰《かえ》った人《ひと》もいるでしょうから実数《じっすう》はもっと多《おお》い。こう容疑者《ようぎしゃ》が多《おお》いとなるとなかなか――ん、どうかしたか？」

居間《いま》に駆《か》け込《こ》んできたひとりの私服刑事《しふくけいじ》に、警部《けいぶ》が呼《よ》びかけた。刑事《けいじ》は三浦警部《みうらけいぶ》の傍《かたわ》らに歩《あゆ》み寄《よ》り、何事《なにごと》かを耳打《みみう》ちした。瞬間《しゅんかん》、警部《けいぶ》の目《め》が大《おお》きく見開《みひら》かれて、

「なんだと！　本当《ほんとう》か、それは！」

激《はげ》しい動揺《どうよう》を示《しめ》す三浦警部《みうらけいぶ》の表情《ひょうじょう》がなにを意味《いみ》するのか、麗子《れいこ》には見当《けんとう》もつかなかった。

居間《いま》での取調《とりしら》べが終《お》わり、しばらく時間《じかん》が経過《けいか》したころ。麗子《れいこ》は三浦警部《みうらけいぶ》に呼《よ》ばれて、ひとり応接室《おうせつしつ》へと入《はい》っていった。応接室《おうせつしつ》のソファには警部《けいぶ》がただひとり座《すわ》っているだけだった。三浦警部《みうらけいぶ》は麗子《れいこ》に向《む》かいのソファを勧《すす》めると、厳《きび》しい表情《ひょうじょう》で話《はなし》を切《き》り出《だ》した。

「わざわざ呼《よ》び出《だ》してすまないね、宝生君《ほうしょうくん》。実《じつ》は君《きみ》の考《かんが》えを聞《き》かせてほしくて、きてもらったんだ。刑事《けいじ》としての君《きみ》の考《かんが》えをね」

先《さき》ほどまで自分《じぶん》のことを他《ほか》の関係者《かんけいしゃ》と同様《どうよう》に『宝生《ほうしょう》さん』と呼《よ》んでいた三浦警部《みうらけいぶ》が、いまは『宝生君《ほうしょうくん》』という呼《よ》び方《かた》に変《か》わっている。いまは同《おな》じ警察官《けいさつかん》として扱《あつか》われているのだ。麗《れい》子《こ》はいっそうの緊張《きんちょう》を覚《おぼ》えた。

「わたしでお役《やく》に立《た》てることでしたら、なんなりとお話《はな》しいたします」

「では、さっそく本題《ほんだい》に入《はい》ろう。君《きみ》は犯人《はんにん》の逃走経路《とうそうけいろ》について、どう考《かんが》えているのかね？」

「逃走経路《とうそうけいろ》、ですか？」

「そうだ。君《きみ》は被害者《ひがいしゃ》の悲鳴《ひめい》を耳《みみ》にした直後《ちょくご》に、被害者《ひがいしゃ》の部屋《へや》の扉《とびら》の前《まえ》に到着《とうちゃく》した。その時《じ》点《てん》では、犯人《はんにん》はまだ部屋《へや》の中《なか》にいた可能性《かのうせい》が高《たか》い。逃《に》げ出《だ》す時間的《じかんてき》な余裕《よゆう》がないからね。だが、君《きみ》が吉田《よしだ》さんの持《も》ってきた合鍵《あいかぎ》で扉《とびら》を開《あ》けた時点《じてん》では、もう室内《しつない》に犯人《はんにん》の姿《すがた》はなかった。犯人《はんにん》はどこへ消《き》えたのかな」

三浦警部《みうらけいぶ》はなぜこんな質問《しつもん》をするのかと、麗子《れいこ》は逆《ぎゃく》に不審《ふしん》に思《おも》った。警部《けいぶ》の質問《しつもん》があまりにも判《わか》りきったものだったからだ。

「被害者《ひがいしゃ》の部屋《へや》の窓《まど》は開《あ》いていました。犯人《はんにん》は窓《まど》からバルコニーへ出《で》て、それから庭《にわ》に飛《と》び降《お》りたのでしょう。それから犯人《はんにん》は屋敷《やしき》を出《で》ていったか、あるいは何食《なにく》わぬ顔《かお》でパーティーの人《ひと》ごみに紛《まぎ》れ込《こ》んだのではありませんか」

「ふむ、二階《にかい》のバルコニーから庭《にわ》へ、か」

「ええ。二階《にかい》から飛《と》び降《お》りるくらいは、切羽詰《せっぱつま》れば誰《だれ》でもやれると思《おも》いますが」

「うむ、それは確《たし》かにそうだ。しかし、そんなふうに庭《にわ》に飛《と》び降《お》りれば、地面《じめん》には犯人《はんにん》の足《あし》跡《あと》なり尻《しり》もちの跡《あと》なりが、くっきりと残《のこ》るはずではないかね。雨《あめ》のせいで地面《じめん》はやわらかくなっていたのだから」

「はあ、それはそうでしょうね――えッ」そのとき、ようやく麗子《れいこ》は三浦警部《みうらけいぶ》の判《わか》りきった質問《しつもん》の意図《いと》を悟《さと》った。「ひょっとして足跡《あしあと》はなかったのですか!」

「そうだ。捜査員《そうさいん》が目《め》を皿《さら》のようにして調《しら》べて回《まわ》ったが、バルコニーの下《した》の地面《じめん》には誰《だれ》の足《あし》跡《あと》も見《み》つからなかった。もちろん尻《しり》もちの跡《あと》もだ。これはどういうことだと思《おも》う？」

「雨《あめ》が犯人《はんにん》の足跡《あしあと》を流《なが》し去《さ》ったのでは？」

「雨《あめ》は結婚式《けっこんしき》の前《まえ》にすでに止《や》んでいた。それ以降《いこう》、一滴《いってき》も降《ふ》っていない」

確《たし》かに事件《じけん》の直後《ちょくご》、麗子《れいこ》が現場《げんば》の窓《まど》から外《そと》を覗《のぞ》いたとき、雨《あめ》は降《ふ》っていなかった。雨《あめ》が犯《はん》人《にん》の足跡《あしあと》を消《け》したのではない。

「すると、どういうことになるんでしょうか――」

麗子《れいこ》の頭《あたま》の中《なか》に『密室《みっしつ》』という言葉《ことば》が浮《う》かんだ。それは三浦警部《みうらけいぶ》も同様《どうよう》だったらしい。

「これがミステリ小説《しょうせつ》ならば、犯人《はんにん》は密室《みっしつ》から煙《けむり》のように消《き》え失《う》せた、といって探偵《たんてい》が大騒《おおさわ》ぎするところだろう。だが、我々《われわれ》は警察官《けいさつかん》だ。もう少《すこ》し現実的《げんじつてき》に頭《あたま》を働《はたら》かせる必要《ひつよう》がある。そうやって考《かんが》えてみたところ、ひとつの可能性《かのうせい》を見出《みいだ》すことができた。犯人《はんにん》の逃走経路《とうそうけいろ》はなにも開《あ》いた窓《まど》ばかりではない」

「窓《まど》以外《いがい》となると、いったい――」

「扉《とびら》だよ。入口《いりぐち》の扉《とびら》から、犯人《はんにん》は堂々《どうどう》と現場《げんば》を出《で》ていったのだ」

「おっしゃる意味《いみ》がよく判《わか》りません。扉《とびら》の前《まえ》には、事件《じけん》の直後《ちょくご》からずっとわたしが立《た》ち続《つづ》けていたのですから、その扉《とびら》から犯人《はんにん》が逃《に》げることは——」

麗子《れいこ》はここに至《いた》って、ようやく警部《けいぶ》の疑《うたが》いが自分自身《じぶんじしん》に向《む》けられていることに気《き》づいた。

「ひょっとして警部《けいぶ》は、このわたしが犯人《はんにん》をわざと逃《に》がしてやったと、そうお考《かんが》えになっているのですか！」

「残念《ざんねん》ながら、それしか考《かんが》えられんのだよ。事件直後《じけんちょくご》、部屋《へや》の扉《とびら》には中《なか》から鍵《かぎ》が掛《か》かっていた。そして扉《とびら》の前《まえ》には君《きみ》と執事《しつじ》の吉田《よしだ》さんがいた。だが吉田《よしだ》さんが合鍵《あいかぎ》を取《と》りにいっている間《あいだ》、君《きみ》は扉《とびら》の前《まえ》でひとりだった。そのとき、犯人《はんにん》は中《なか》から鍵《かぎ》を開《あ》けて廊下《ろうか》に出《で》てきたのではないかね。そして、どういう事情《じじょう》かは知《し》らないが、君《きみ》はその犯人《はんにん》を逃《に》がしてやった」

「わ、わたしが犯人《はんにん》の事後共犯者《じごきょうはんしゃ》だというのですか。わたしは有里《ゆり》の友人《ゆうじん》で、しかも現職《げんしょく》の刑事《けいじ》ですよ」

しかも、『宝生《ほうしょう》グループ』の総帥《そうすい》、宝生清太郎《ほうしょうせいたろう》の娘《むすめ》ですよ！　迂闊《うかつ》に犯人扱《はんにんあつか》いしたら、怪我《けが》するのはそっちですよ！　麗子《れいこ》はもう少《すこ》しでそういいそうになった。

「なーに、刑事《けいじ》だって犯罪《はんざい》に手《て》を染《そ》めることくらいはあるさ」三浦警部《みうらけいぶ》は事《こと》も無《な》げにそういって、麗子《れいこ》の姿《すがた》を鋭《するど》く睨《にら》みつけた。「それに聞《き》いた話《はなし》では、君《きみ》は沢村有里《さわむらゆり》の結婚《けっこん》を心《こころ》から祝福《しゅくふく》していたわけではない。むしろ彼女《かのじょ》の幸《しあわ》せを腹立《はらだ》たしいとさえ思《おも》っていた。そんな様子《ようす》がアリアリと見《み》て取《と》れた、そう証言《しょうげん》する者《もの》もいるのだよ。そんな君《きみ》が犯人側《はんにんがわ》に味方《みかた》することは、あり得《え》ない話《はなし》ではない」

「なんですって！　わたしが有里《ゆり》の結婚《けっこん》を祝福《しゅくふく》していなかった⁉　腹立《はらだ》たしく思《おも》っていた⁉」

麗子《れいこ》は冷静《れいせい》を保《たも》つべく、ひとつ大《おお》きく深呼吸《しんこきゅう》してから尋《たず》ねた。

「警部《けいぶ》、いったいどこのどいつがそんなふざけた証言《しょうげん》をしやがったのですか！」

4

目指《めざ》す男《おとこ》のタキシード姿《すがた》を廊下《ろうか》に発見《はっけん》。麗子《れいこ》は密《ひそ》かに拳《こぶし》を握《にぎ》り締《し》めて一直線《いっちょくせん》に彼《かれ》のもとへと突進《とっしん》した。この裏切《うらぎ》り執事《しつじ》め！　その忠義面《ちゅうぎづら》に恨《うら》みの鉄拳《てっけん》、叩《たた》き込《こ》んでやる！

しかし彼女《かのじょ》の殺気《さっき》を鋭《するど》く察《さっ》した彼《かれ》は、くるりと麗子《れいこ》のほうに向《む》き直《なお》って、「これはこれは、お嬢様《じょうさま》」と紳士的《しんしてき》に頭《あたま》を下《さ》げて、麗子《れいこ》の渾身《こんしん》の一撃《いちげき》を易々《やすやす》とかわす。麗子《れいこ》の拳《こぶし》は、空《むな》しく目《め》の前《まえ》の空気《くうき》を打《う》ち抜《ぬ》いた。

「なにが『これはこれは』だっつーの！」

奇襲《きしゅう》に失敗《しっぱい》した麗子《れいこ》は、拳《こぶし》の代《か》わりに言葉《ことば》で怒《いか》りを爆発《ばくはつ》させた。「影山《かげやま》！　あんた、よくもこのあたしを警察《けいさつ》に売《う》るような真似《まね》をしてくれたわね！　あたしが有里《ゆり》の結婚《けっこん》を妬《ねた》んでいたみたいなことをいって。おかげで、あたしはすっかり容疑者扱《ようぎしゃあつか》いされちゃったじゃないの。全部《ぜんぶ》、あんたが悪《わる》いのよ、この裏切《うらぎ》り者《もの》ぉ！」

泣《な》き出《だ》さんばかりの麗子《れいこ》の様子《ようす》を見《み》て、影山《かげやま》は一瞬《いっしゅん》、なんのことかというように首《くび》を傾《かし》げたが、やがて「ああ、あのことでございますか」と手《て》を打《う》った。心当《こころあ》たりがあるらしい。

「しかし判《わか》りません。わたくしの証言《しょうげん》によって、お嬢様《じょうさま》に疑《うたが》いの目《め》が向《む》けられるとは。お嬢《じょう》様《さま》が犯人《はんにん》でないことは状況《じょうきょう》から見《み》て明《あき》らかでございましょうに。吉田《よしだ》氏《し》という証人《しょうにん》もいることですし――」

「その状況《じょうきょう》が変《か》わったのよ。密室《みっしつ》よ、密室《みっしつ》！」

麗子《れいこ》は三浦警部《みうらけいぶ》から得《え》た情報《じょうほう》を影山《かげやま》に伝《つた》えた。バルコニーの下《した》の地面《じめん》に犯人《はんにん》の足跡《あしあと》がなかったこと。よって犯人《はんにん》は麗子《れいこ》の協力《きょうりょく》を得《え》て現場《げんば》から逃走《とうそう》したと考《かんが》えるしかないこと。

黙《だま》って聞《き》いていた影山《かげやま》は、麗子《れいこ》の話《はなし》が終《お》わると、ニヤリと満足《まんぞく》そうな笑《え》みを浮《う》かべた。

「そういう話《はなし》でございますか。なるほど、それはそれは――」

「え、なに？　なにか判《わか》りそう？」麗子《れいこ》は期待《きたい》を込《こ》めて影山《かげやま》を見《み》つめた。実《じつ》はこの影山《かげやま》という男《おとこ》、執事《しつじ》としてはかなりインチキくさい人物《じんぶつ》であるが、難《むずか》しい事件《じけん》をいとも簡単《かんたん》なものにしてしまう特殊《とくしゅ》な能力《のうりょく》を持《も》っているので、刑事《けいじ》としてはときどき重宝《ちょうほう》する人物《じんぶつ》なのだ。

「判《わか》ったことがあるなら、いってごらんなさいよ。聞《き》いてあげるから」

あなたの考《かんが》えを聞《き》かせて、と素直《すなお》にお願《ねが》いできないのは、お嬢様《じょうさま》であり現職刑事《げんしょくけいじ》でもある麗子《れいこ》のプライドが邪魔《じゃま》するからだ。そんな麗子《れいこ》を焦《じ》らすように、影山《かげやま》は眼鏡《めがね》のブリッジを指《ゆび》で押《お》し上《あ》げる。

「かなり判《わか》ってまいりました。しかし念《ねん》のため問題《もんだい》のバルコニーを見《み》たいのですが」

「現場《げんば》に入《はい》るのは無理《むり》だけど、庭《にわ》から見《み》るぐらいはできると思《おも》うわ。いきましょ！」

さっそく二人《ふたり》は屋敷《やしき》を出《で》て庭《にわ》に回《まわ》った。有里《ゆり》の部屋《へや》のバルコニーを遠巻《とおま》きに眺《なが》める位置《いち》から、麗子《れいこ》が指《ゆび》を指《さ》す。

「ほら、あれが有里《ゆり》の部屋《へや》のバルコニーよ」

「え、あれでございますか」影山《かげやま》は明《あき》らかにアテが外《はず》れたような表情《ひょうじょう》。「では、あのバルコニーの隣《となり》にある窓《まど》は？」

「あれは美幸《みゆき》ちゃんの部屋《へや》の窓《まど》ね」

「え、すると美幸《みゆき》さんのお部屋《へや》にはバルコニーはないのでございますか」

「そういえば、そうみたいね」確《たし》かに、バルコニーがあるのは有里《ゆり》の部屋《へや》だけで、その隣《となり》の部屋《へや》にバルコニーはない。窓《まど》があるだけだ。「それがどうかしたの？」

影山《かげやま》はわずかに落胆《らくたん》の色《いろ》を覗《のぞ》かせながら、あらためて問題《もんだい》のバルコニーを見《み》やった。

「どうやらわたくし見当違《けんとうちが》いをしていたようでございます。なるほど、あのバルコニーから犯人《はんにん》が飛《と》び降《お》りれば、地面《じめん》に跡《あと》が残《のこ》らないはずはございません。ということは、やはり犯人《はんにん》はあのバルコニーから飛《と》び降《お》りなかったのでございましょう。かといって屋根《やね》に上《あ》がるのはなおさら無理《むり》でしょうし、そうなると、残《のこ》る経路《けいろ》はやはり入口《いりぐち》の扉《とびら》のみ……」

そこまでいって影山《かげやま》は、急《きゅう》に麗子《れいこ》に向《む》き直《なお》り、声《こえ》を潜《ひそ》めて尋《たず》ねた。

「お嬢様《じょうさま》は、本当《ほんとう》に犯人《はんにん》を逃《に》がしたりなさらなかったのですか？　どうか、わたくしだけには本当《ほんとう》のことを……」

「だから、違《ちが》うっていってんでしょーが！　あんたいったい誰《だれ》の味方《みかた》なのよお！」

「……」影山《かげやま》は答《こた》えた。「もちろんわたくしはお嬢様《じょうさま》の味方《みかた》でございます」

「なによ、いまの一瞬《いっしゅん》の間《ま》は？」胸《むね》を打《う》つはずの台詞《せりふ》が台無《だいな》しだ。

「間《ま》などありましたでしょうか」影山《かげやま》はそう誤魔化《ごまか》して、話《はなし》を密室《みっしつ》の謎《なぞ》に戻《もど》した。「まあ、一見《いっけん》したところ密室《みっしつ》に見《み》えて、実《じつ》は抜《ぬ》け道《みち》があったというのも、よくある話《はなし》でございます。特《とく》にこの屋敷《やしき》のように古《ふる》い建物《たてもの》ですと、そういった仕掛《しか》けがあったとしても不思議《ふしぎ》ではございません」

「だけど、抜《ぬ》け道《みち》があるかどうかなんて、わたしたちには知《し》りようがないわ」

これが国立署《くにたちしょ》の管轄《かんかつ》で起《お》こった事件《じけん》だったら、いまごろ風祭警部《かざまつりけいぶ》が現場《げんば》の床板《ゆかいた》や天井《てんじょう》を叩《たた》き壊《こわ》す勢《いきお》いで調《しら》べていることだろう。だが、ここは白金台《しろかねだい》。風祭警部《かざまつりけいぶ》はいないし、麗子《れいこ》にも捜査《そうさ》の権限《けんげん》はない。麗子《れいこ》がもどかしい思《おも》いで腕組《うでぐ》みしていると、影山《かげやま》が声《こえ》をあげた。

「ご覧《らん》ください、お嬢様《じょうさま》。ちょうどいい具合《ぐあい》に西園寺琴江様《さいおんじことえさま》がこちらにいらっしゃいます」

影山《かげやま》の示《しめ》すほうに視線《しせん》をやると、そこには確《たし》かに和服《わふく》を着《き》た老婦人《ろうふじん》の姿《すがた》。どこか思《おも》い詰《つ》めたような深刻《しんこく》な表情《ひょうじょう》で、一歩一歩《いっぽいっぽ》こちらへと近《ちか》づいてくる。

「この屋敷《やしき》のことなら、あの方《かた》にお尋《たず》ねするのがいちばんでございましょう。なにしろ、琴《こと》江様《えさま》はこの屋敷《やしき》で生《う》まれ育《そだ》ってきた唯一《ゆいいつ》のお方《かた》。いわば、西園寺邸《さいおんじてい》の生《い》き証人《しょうにん》なのですから」

「そうね。だけど影山《かげやま》、お願《ねが》いだから彼女《かのじょ》の前《まえ》で『生《い》き証人《しょうにん》』なんていわないでね」

麗子《れいこ》は口《くち》の悪《わる》い執事《しつじ》に釘《くぎ》を刺《さ》して、自《みずか》ら西園寺琴江《さいおんじことえ》のもとに歩《あゆ》み寄《よ》る。そして、「すみません、奥様《おくさま》」といって半《なか》ば強引《ごういん》に質問《しつもん》を切《き》り出《だ》した。

「つかぬことを聞《き》きますが、このお屋敷《やしき》に抜《ぬ》け道《みち》や隠《かく》し扉《とびら》みたいなものはありませんか」

唐突《とうとつ》な質問《しつもん》に面食《めんく》らった様子《ようす》を見《み》せた西園寺琴江《さいおんじことえ》は、しかしキッパリと首《くび》を振《ふ》った。

「いいえ、わたくしはこの屋敷《やしき》に六十年以上《ろくじゅうねんいじょう》暮《く》らしていますが、そのような忍者屋敷《にんじゃやしき》じみた仕掛《しか》けを見《み》たことはありません。この屋敷《やしき》は普通《ふつう》の古《ふる》い洋館《ようかん》ですよ」

「では、有里《ゆり》さんの部屋《へや》だけ特別《とくべつ》に修理《しゅうり》したとか改修《かいしゅう》したとかいうことは？」

「いいえ、ありません。この屋敷《やしき》はずっと昔《むかし》のまんまですから」

「そうですか。奥様《おくさま》がそうおっしゃるのなら、きっとそうなのでしょうね。いえ、ちょっと気《き》になったものですから。どうもありがとうございました」

「お役《やく》に立《た》てなくて、すみませんね」西園寺琴江《さいおんじことえ》は静《しず》かに頭《あたま》を下《さ》げながら、「それでは、わたくしはこれで失礼《しつれい》を――」

ゆったりとした物腰《ものごし》で、優雅《ゆうが》に踵《きびす》を返《かえ》す琴江《ことえ》。すると突然《とつぜん》、その背中《せなか》に向《む》かって、影山《かげやま》が普段《ふだん》とは違《ちが》う渋《しぶ》い低音《ていおん》で呼《よ》びかけた。「お待《ま》ちくださいませ、お嬢様《じょうさま》」

瞬間《しゅんかん》、琴江《ことえ》の足《あし》がピタリと止《と》まった。

「あら、わたくしになにか、ご用《よう》ですか？」

振《ふ》り返《かえ》る琴江《ことえ》。それを見《み》るなり麗子《れいこ》は——ん!?　訳《わけ》が判《わか》らなくなって黙《だま》り込《こ》む。しかし影山《かげやま》は何事《なにごと》もないように滑《なめ》らかに言葉《ことば》を続《つづ》けた。

「失礼《しつれい》ながら、わたくしたちになにかお話《はなし》があって、ここまでいらっしゃったのではございませんか。お話《はな》ししたいことがあれば、なんなりとどうぞ、お嬢様《じょうさま》」

「ええ、まあ……べつに話《はなし》というほどのことはないのですよ。わたくしはただ、庭《にわ》にあなた方《がた》がいるのを見《み》て、なんとなく……」

そのとき、ようやく西園寺琴江《さいおんじことえ》はハッとしたように目《め》を見開《みひら》いた。自分《じぶん》の周囲《しゅうい》に漂《ただよ》うぎこちない雰囲気《ふんいき》。投《な》げかけられる疑惑《ぎわく》の視線《しせん》。それらをようやく察《さっ》したらしい琴江《ことえ》は、慌《あわ》てて自分《じぶん》の失策《しっさく》を取《と》り繕《つくろ》うように唇《くちびる》を震《ふる》わせた。

「な、なにをいうのです！　わ、わたくしは——そんな」

取《と》り乱《みだ》した様子《ようす》の琴江《ことえ》に対《たい》して、影山《かげやま》はすべてが手遅《ておく》れであることを冷静《れいせい》に告《つ》げた。

「いま琴江様《ことえさま》は、わたくしに『お嬢様《じょうさま》』と呼《よ》ばれて、普通《ふつう》に振《ふ》り向《む》かれました。なんの違和感《いわかん》も持《も》たれない様子《ようす》で、ごく当《あ》たり前《まえ》のようにお返事《へんじ》をなさいました。違《ちが》いますか」

「そ、それは！」琴江《ことえ》はなにかいおうと口《くち》を開《ひら》きかけたが、結局《けっきょく》は眸《ひとみ》を震《ふる》わせながら沈黙《ちんもく》した。「…………」

麗子《れいこ》もまた、驚《おどろ》きのあまり言葉《ことば》を失《うしな》っていた。確《たし》かに麗子《れいこ》も見《み》た。影山《かげやま》は西園寺琴江《さいおんじことえ》を二回《にかい》『お嬢様《じょうさま》』と呼《よ》び、琴江《ことえ》もまたなんの抵抗《ていこう》もなく二回《にかい》ともそれに応《おう》じた。まるで普段《ふだん》から『お嬢様《じょうさま》』と呼《よ》ばれることに慣《な》れきっているかのように。

「どういうことなの、影山《かげやま》⁉」

「要《よう》するに――」影山《かげやま》は西園寺琴江《さいおんじことえ》の震《ふる》える肩《かた》に手《て》を添《そ》えた。「西園寺琴江様《さいおんじことえさま》は刑事《けいじ》である宝生麗子様《ほうしょうれいこさま》に自首《じしゅ》して出《で》る決意《けつい》をされたのでございます。そうでございますね、お嬢様《じょうさま》?」

西園寺琴江《さいおんじことえ》は観念《かんねん》したように頷《うなず》くと、自《みずか》ら麗子《れいこ》の前《まえ》に進《すす》み出《で》て頭《こうべ》を垂《た》れた。

「有里《ゆり》さんを刺《さ》したのは、わたくしです。申《もう》し訳《わけ》ありませんでした」

麗子《れいこ》は西園寺琴江《さいおんじことえ》を三浦警部《みうらけいぶ》のもとに連《つ》れていき、事件《じけん》は急転直下《きゅうてんちょっか》の解決《かいけつ》を見《み》た。しかし実際《じっさい》のところ麗子《れいこ》にはこの事件《じけん》の真相《しんそう》がよく判《わか》らない。麗子《れいこ》はリムジンを停《と》めた駐車場《ちゅうしゃじょう》へと向《む》かう庭先《にわさき》で、影山《かげやま》に説明《せつめい》を求《もと》めた。すると影山《かげやま》は、「実《じつ》はわたくしが密《ひそ》かに疑《うたが》っていたのは、美幸《みゆき》さんでございました」と意外《いがい》なことをいい出《だ》した。

「どうして? なんで、そう疑《うたが》ったの?」

「それは美幸《みゆき》さんの発言《はつげん》に不自然《ふしぜん》な部分《ぶぶん》があったからでございます。お嬢様《じょうさま》も憶《おぼ》えていらっしゃるでしょう。事件発覚《じけんはっかく》の直後《ちょくご》、自分《じぶん》の部屋《へや》から出《で》てきた美幸《みゆき》さんの言葉《ことば》を。彼女《かのじょ》はこういったのでございます——『琴江《ことえ》おばさんになにかあったの？』と」

「そういえば、そうだったわね。それで佑介君《ゆうすけくん》が『馬鹿《ばか》、琴江《ことえ》おばさんじゃない。姉貴《あねき》のほうだ』っていったんだっけ。で、それがどうかしたの？」

「なぜ美幸《みゆき》さんは、琴江《ことえ》おばさんになにかあった、などと勘違《かんちが》いされたのでしょう。あの部屋《へや》は有里《ゆり》さんの部屋《へや》です。そこには確《たし》かに琴江様《ことえさま》もいましたが、その他《ほか》に孝子様《たかこさま》も佑介《ゆうすけ》さんもいらっしゃったし、わたくしもおりました。そんな中《なか》でなぜ美幸《みゆき》さんは、『琴江《ことえ》おばさんになにかあったの？』というようなピントはずれなことをおっしゃったのでしょう」

「そういえば、ちょっと変《へん》ね」

「そこでわたくしはこう考《かんが》えました。実《じつ》は美幸《みゆき》さんが有里《ゆり》さんを刺《さ》したのではないか、と。その上《うえ》であたかも自分《じぶん》がなにも知《し》らないことをアピールするために、わざとトンチンカンな発言《はつげん》をしているのではないか、と」

「なるほど。子供《こども》っぽい演技《えんぎ》と考《かんが》えたのね」

「はい。では、もし仮《かり》に美幸《みゆき》さんが犯人《はんにん》だった場合《ばあい》、彼女《かのじょ》の犯行後《はんこうご》の行動《こうどう》はどのようなものだったでしょうか。これはひとつしか考《かんが》えられません。すなわち有里《ゆり》さんの部屋《へや》で犯行《はんこう》に及《およ》んだ美幸《みゆき》さんは、現場《げんば》の窓《まど》からバルコニーへ出《で》て、そこからすぐ隣《となり》の自分《じぶん》の部屋《へや》のバルコニーへと飛《と》び移《うつ》り、しかる後《のち》に何食《なにく》わぬ顔《かお》で自分《じぶん》の部屋《へや》から姿《すがた》を現《あらわ》す——といった手順《てじゅん》です。可能性《かのうせい》は充分《じゅうぶん》にあります。しかも、これですと美幸《みゆき》さんがみんなよりも少《すこ》し遅《おく》れて現場《げんば》に登《とう》場《じょう》したこととも辻褄《つじつま》が合《あ》います。おまけに、バルコニーの下《した》から犯人《はんにん》の足跡《あしあと》が見《み》つからなかった、という現象《げんしょう》とも符合《ふごう》します。わたくしはもう、これこそ真相《しんそう》に違《ちが》いないと確信《かくしん》しておりました。ところが先《さき》ほど庭《にわ》に出《で》て現場《げんば》を眺《なが》めてみたときに、わたくしは自分《じぶん》の間違《まちが》いに気《き》がついたのでございます」

「ああ、なるほどね」麗子《れいこ》はようやく合点《がてん》がいった。「美幸《みゆき》ちゃんの部屋《へや》にはバルコニーはない。美幸《みゆき》ちゃんが犯人《はんにん》なら、有里《ゆり》の部屋《へや》のバルコニーから自分《じぶん》の部屋《へや》の窓《まど》に直接《ちょくせつ》飛《と》び込《こ》むしかない。そんな芸当《げいとう》は美幸《みゆき》ちゃんにはまず不可能《ふかのう》ね」

「おっしゃるとおりでございます。美幸《みゆき》さんは犯人《はんにん》ではありませんでした。となると、また最初《さいしょ》の疑問《ぎもん》に戻《もど》ります。なぜ美幸《みゆき》さんは、琴江《ことえ》おばさんになにかあった、と思《おも》ったのか。あの場面《ばめん》で、美幸《みゆき》さんにそのような勘違《かんちが》いをさせるものがあったでしょうか。そのとき、ようやくわたくしの頭《あたま》に閃《ひらめ》きがあったのでございます。その閃《ひらめ》きを与《あた》えてくださったのは、他《ほか》ならぬお嬢様《じょうさま》のお言葉《ことば》でございました」

「わたし⁉　なにか大事《だいじ》なことといったかしら」

「はい。お嬢様《じょうさま》は西園寺琴江様《さいおんじことえさま》に質問《しつもん》をなさる際《さい》に、彼女《かのじょ》のことを『奥様《おくさま》』とお呼《よ》びになったのでございます。わたくしはその言葉《ことば》に、密《ひそ》かに冷《ひ》や汗《あせ》を掻《か》いておりました。なぜなら琴《こと》江様《えさま》は還暦《かんれき》を過《す》ぎたいまに至《いた》るまで、一度《いちど》も結婚《けっこん》されておりません。誰《だれ》の『奥様《おくさま》』にもなられなかったお方《かた》です。『奥様《おくさま》』と呼《よ》ばれるのは、考《かんが》えようによっては大変失礼《たいへんしつれい》なことではないかと、そう思《おも》ったのでございます」

「ああ、そういえばそうかも。でも、それじゃ他《ほか》にどう呼《よ》べというの？」

「わたくしも同《おな》じ疑問《ぎもん》を感《かん》じました。そして現《げん》に執事《しつじ》として琴江様《ことえさま》に仕《つか》えている吉田氏《よしだし》は、普段彼女《ふだんかのじょ》のことをどのように呼《よ》んでいるのかと気《き》になったのでございます。そのとき、ふと思《おも》いました。ひょっとして吉田氏《よしだし》は西園寺琴江様《さいおんじことえさま》のことを『お嬢様《じょうさま》』と呼《よ》んでいるのではないか。ちょうどわたくしが宝生麗子様《ほうしょうれいこさま》を『お嬢様《じょうさま》』とお呼《よ》びするのと同《おな》じように」

「わたしと琴江《ことえ》さんとでは、ずいぶん状況《じょうきょう》が違《ちが》うと思《おも》うけど」

「確《たし》かに琴江様《ことえさま》は六十過《ろくじゅうす》ぎの女性《じょせい》。一般的《いっぱんてき》に『お嬢様《じょうさま》』と呼《よ》べる年齢《ねんれい》ではありません。しかし呼《よ》び方《かた》というのは、所詮《しょせん》は二人《ふたり》の間《あいだ》の約束事《やくそくごと》にすぎません。そして吉田氏《よしだし》が西園寺家《さいおんじけ》に仕《つか》えるようになった五十年前《ごじゅうねんまえ》、琴江様《ことえさま》は間違《まちが》いなく西園寺家《さいおんじけ》の『お嬢様《じょうさま》』であり、吉田氏《よしだし》は彼《かの》女《じょ》のことをそう呼《よ》んだに違《ちが》いないのでございます。そして琴江様《ことえさま》が誰《だれ》とも結婚《けっこん》なさらなかったために、二人《ふたり》の関係《かんけい》はそれ以来《いらい》まったく変《か》わることがなかった。ゆえに、吉田氏《よしだし》はずっと琴江様《ことえさま》のことを『お嬢様《じょうさま》』と呼《よ》び続《つづ》けていまに至《いた》っているのではないか。そう思《おも》ったわたくしは、試《ため》しに琴江様《ことえさま》のことを『お嬢様《じょうさま》』と呼《よ》んでみたのでございます。結果《けっか》はご覧《らん》のとおりでございました」

執事《しつじ》に『お嬢様《じょうさま》』と呼《よ》ばれた西園寺琴江《さいおんじことえ》は、ごく普通《ふつう》に返事《へんじ》をしてしまったのだ。

「ところで、お嬢様《じょうさま》もご記憶《きおく》でしょう、この屋敷《やしき》を訪《おとず》れた早々《そうそう》、有里《ゆり》さんが階段《かいだん》から転《ころ》がり落《お》ちた場面《ばめん》のことを。あのとき、吉田氏《よしだし》は有里《ゆり》さんのもとに駆《か》け寄《よ》りましたが、彼《かれ》は有里《ゆり》さんのことを『お嬢様《じょうさま》』と呼《よ》んだでしょうか」

「そういえば……呼《よ》んではいなかったような気《き》が……」

「はい。呼《よ》んでおりません。そもそも、吉田氏《よしだし》が有里《ゆり》さんのことを『お嬢様《じょうさま》』と呼《よ》ぶのは若《じゃっ》干《かん》の問題《もんだい》がございます。なぜなら沢村家《さわむらけ》には有里《ゆり》さんと美幸《みゆき》さんの二人《ふたり》のお嬢様《じょうさま》がいらっしゃいます。吉田氏《よしだし》が二人《ふたり》のことを『お嬢様《じょうさま》』という言葉《ことば》で呼《よ》ぼうと思《おも》うのなら、そのときは『有里《ゆり》お嬢様《じょうさま》』『美幸《みゆき》お嬢様《じょうさま》』と呼《よ》び分《わ》けるはずでございます。実際《じっさい》には吉田氏《よしだし》は、そのような呼《よ》び方《かた》もされていなかったようですが」

「そうよ、思《おも》い出《だ》したわ。吉田《よしだ》さんは有里《ゆり》が階段《かいだん》から落《お》ちるのを見《み》て『有里様《ゆりさま》ぁ！』って、そう叫《さけ》んでいたわ」

「わたくしも、そう記憶《きおく》しております。つまり、吉田氏《よしだし》は沢村家《さわむらけ》の二人《ふたり》のお嬢様《じょうさま》のことを『有里様《ゆりさま》』『美幸様《みゆきさま》』と呼《よ》び分《わ》け、その一方《いっぽう》で還暦《かんれき》を過《す》ぎた西園寺琴江様《さいおんじことえさま》のことをいまだに『お嬢様《じょうさま》』と呼《よ》び続《つづ》けていたのでございます」

「ということは、つまり――」

「はい。もうお気《き》づきでしょう。重要《じゅうよう》なのは、有里《ゆり》さんの部屋《へや》に飛《と》び込《こ》んだ直後《ちょくご》の吉田氏《よしだし》の言葉《ことば》です。彼《かれ》は部屋《へや》に踏《ふ》み込《こ》むなり、『お嬢様《じょうさま》、どうなさいました！』と叫《さけ》びました。お嬢《じょう》様《さま》はこの言葉《ことば》を当然《とうぜん》のように、刺《さ》された有里《ゆり》さんに向《む》けられた言葉《ことば》だと思《おも》い込《こ》まれました。しかし、実際《じっさい》にはそれは琴江様《ことえさま》に向《む》けられた言葉《ことば》だったのでございます。すなわち、あの密《みっ》室《しつ》の中《なか》には刺《さ》された有里《ゆり》さんの他《ほか》に、もうひとり西園寺琴江様《さいおんじことえさま》がすでにいらっしゃった。もちろん片方《かたほう》が被害者《ひがいしゃ》なら、片方《かたほう》が犯人《はんにん》に違《ちが》いありません」

「そうか……琴江《ことえ》さんが犯人《はんにん》で……密室《みっしつ》の中《なか》にいたのね……」

「お嬢様《じょうさま》が認《みと》めたくないお気持《きも》ちはよく判《わか》ります。しかし、お嬢様《じょうさま》とて、あの場面《ばめん》で部屋《へや》の隅々《すみずみ》まで隈《くま》なく観察《かんさつ》した上《うえ》で現場《げんば》に踏《ふ》み込《こ》んだわけではありますまい。本棚《ほんだな》やクローゼットの陰《かげ》、デスクの下《した》、部屋《へや》の隅《すみ》など、ほんの一瞬隠《いっしゅんかく》れるだけなら、場所《ばしょ》はいくらでもございます。お嬢様《じょうさま》は隠《かく》れている琴江様《ことえさま》に気《き》がつかないまま、まっすぐにベッドに駆《か》け寄《よ》った。一方《いっぽう》、吉田氏《よしだし》は隠《かく》れている琴江様《ことえさま》を発見《はっけん》して、びっくり仰天《ぎょうてん》し、それがあの『お嬢様《じょうさま》、どうなさいました』という心《こころ》からの叫《さけ》びに繋《つな》がったのです。しかし有里《ゆり》さんの容態《ようだい》に気《き》を取《と》られているお嬢様《じょうさま》は、自分《じぶん》のすぐ背後《はいご》に犯人《はんにん》がいることにお気《き》づきにならなかった。お嬢様《じょうさま》がようやく自分《じぶん》の背後《はいご》をご覧《らん》になったとき、そこにはすでに多《おお》くの関係者《かんけいしゃ》が駆《か》けつけていた。そのため、お嬢様《じょうさま》の目《め》には、琴江様《ことえさま》の姿《すがた》は騒《さわ》ぎを聞《き》いて駆《か》けつけたひとりにしか見《み》えなかったのでございます。そして、そこに美幸《みゆき》さんが現《あらわ》れて『琴江《ことえ》おばさんになにかあったの』という発言《はつげん》になるのです」

「そっか。美幸《みゆき》ちゃんは吉田《よしだ》さんのいう『お嬢様《じょうさま》』が琴江《ことえ》さんの意味《いみ》だと知《し》っている。だから琴江《ことえ》さんになにかあったと思《おも》ったのね」

そして麗子《れいこ》は、ようやくこの事件《じけん》の中《なか》で自分《じぶん》の果《は》たした重大《じゅうだい》な役割《やくわり》に思《おも》い至《いた》った。

「ということは、もともと密室《みっしつ》の中《なか》にいた真犯人《しんはんにん》を、このわたしが他《ほか》の人《ひと》たちと一緒《いっしょ》に部屋《へや》の外《そと》に追《お》い出《だ》したってこと!?　密室《みっしつ》からの犯人《はんにん》の逃走《とうそう》を助《たす》けたのは、このわたしなの!?」

「残念《ざんねん》ながら、そういうことでございます。お嬢様《じょうさま》がみんなに向《む》かって部屋《へや》の外《そと》に出《で》るよう命《めい》じられたとき、吉田氏《よしだし》はお嬢様《じょうさま》の勘違《かんちが》いに気《き》がついたのでしょう。そして、吉田氏《よしだし》はそこにわずかな可能性《かのうせい》を見出《みいだ》した。琴江様《ことえさま》を犯罪者《はんざいしゃ》の汚名《おめい》から救《すく》う可能性《かのうせい》です。吉田氏《よしだし》は『宝生様《ほうしょうさま》のいうとおりにいたしましょう』などといって、おとなしく従《したが》うフリをしながら、その実《じつ》、廊下《ろうか》に出《で》るなり沢村家《さわむらけ》の人々《ひとびと》と重大《じゅうだい》な打《う》ち合《あ》わせをおこなったのです」

「重大《じゅうだい》な打《う》ち合《あ》わせ？」

「今回《こんかい》の事件《じけん》は要《よう》するに、西園寺家《さいおんじけ》の老婦人《ろうふじん》が親戚関係《しんせきかんけい》にある沢村家《さわむらけ》の長女《ちょうじょ》を刺《さ》したという話《はなし》。いわば同《おな》じ屋根《やね》の下《した》に暮《く》らす者同士《ものどうし》で起《お》こったスキャンダル。沢村家《さわむらけ》の孝子様《たかこさま》とて、親戚《しんせき》である琴江様《ことえさま》が逮捕《たいほ》されることを望《のぞ》んではいなかったはずです。家名《かめい》に傷《きず》がつきますからね。そこで西園寺家《さいおんじけ》と沢村家《さわむらけ》の間《あいだ》で急遽《きゅうきょ》、口裏《くちうら》あわせがおこなわれた。そうしてでっち上《あ》げられたのが、琴江様《ことえさま》は孝子様《たかこさま》や佑介《ゆうすけ》さんとほぼ同時《どうじ》に現場《げんば》に駆《か》けつけた、というストーリーなのでございます」

「なるほど。それじゃあ三浦警部《みうらけいぶ》の取調《とりしら》べはまったく無意味《むいみ》だったわけね。真犯人《しんはんにん》をかばうための作文《さくぶん》を聞《き》かされたようなものだった」

「さようでございます」

影山《かげやま》は静《しず》かに頷《うなず》いた。密室《みっしつ》の謎《なぞ》、真犯人《しんはんにん》、すべては明《あき》らかになった。残《のこ》る謎《なぞ》はひとつ。

「琴江《ことえ》さんはなぜ有里《ゆり》を刺《さ》したのかしら」

「おそらくは今回《こんかい》の結婚式《けっこんしき》にまつわる因縁《いんねん》がお二人《ふたり》の間《あいだ》にあったものと推測《すいそく》されます。お嬢《じょう》様《さま》にはお心当《こころあ》たりはございませんか」

「ああ、そういえば……」

確《たし》か佑介《ゆうすけ》がいっていた。もともと新郎《しんろう》の細山照也《ほそやまてるや》は琴江《ことえ》に取《と》り入《い》って西園寺家《さいおんじけ》の顧問弁護《こもんべんご》士《し》になった男《おとこ》だと。その際《さい》に細山《ほそやま》は、琴江《ことえ》に対《たい》して甘《あま》い言葉《ことば》のひとつも囁《ささや》いたのかもしれない。仮《かり》にそのようなことがなかったとしても、渋《しぶ》い魅力《みりょく》を湛《たた》えた二枚目弁護士《にまいめべんごし》に琴江《ことえ》が好意《こうい》を寄《よ》せていた可能性《かのうせい》はある。だが、細山《ほそやま》は若《わか》い有里《ゆり》との結婚《けっこん》を選《えら》んだ。琴江《ことえ》が有里《ゆり》を逆恨《さかうら》みする動機《どうき》は、このあたりにあったのではないか。麗子《れいこ》はそう考《かんが》えたが、口《くち》には出《だ》さなかった。それは自首《じしゅ》して出《で》た琴江《ことえ》の口《くち》から語《かた》られればいい話《はなし》だ。

こうして密室《みっしつ》の謎《なぞ》はまたしても影山《かげやま》の頭脳《ずのう》によって解《と》かれた。麗子《れいこ》と影山《かげやま》はリムジンに乗《の》り込《こ》み、帰宅《きたく》の途《と》につく。すると、しばらく車《くるま》を走《はし》らせたところで運転席《うんてんせき》の影山《かげやま》が、世《よ》にも深刻《しんこく》な口調《くちょう》で話《はな》しかけてきた。

「ところでお嬢様《じょうさま》、ちょうどよい機会《きかい》ですので確認《かくにん》させていただきたいのですが——」

「な、なによ、いきなり。どうしたの？」

ただならぬ雰囲気《ふんいき》に、麗子《れいこ》も思《おも》わず背筋《せすじ》を伸《の》ばす。すると影山《かげやま》の口《くち》から飛《と》び出《だ》したのは、いたって真面目《まじめ》な問《と》いかけだった。

「わたくしはお嬢様《じょうさま》のことを、何歳《なんさい》くらいまで『お嬢様《じょうさま》』とお呼《よ》びすればよろしいのでございましょうか」

「あ……ああ、そうねえ……」なるほど、これは考《かんが》えておくべき問題《もんだい》かもしれない。

麗子《れいこ》は少《すこ》しの間《あいだ》、真剣《しんけん》に悩《なや》んだ。三十代《さんじゅうだい》、四十代《よんじゅうだい》、五十《ごじゅう》……そして麗子《れいこ》は悩《なや》む自分自身《じぶんじしん》を打《う》ち消《け》すように、ぶるぶると顔《かお》を振《ふ》った。

「なに心配《しんぱい》してるのよ、影山《かげやま》。わたしが六十《ろくじゅう》過《す》ぎの『お嬢様《じょうさま》』になるとでも思《おも》っているの？大丈夫《だいじょうぶ》よ。そのうち『奥様《おくさま》』と呼《よ》ばせてあげるから」

バックミラー越《ご》しに見《み》える影山《かげやま》の口許《くちもと》が、わずかに微笑《ほほえ》んだようだった。

「ぜひ、そう願《ねが》いたいものでございます、お嬢様《じょうさま》」

本当《ほんとう》にぜひそうありたいものだと、麗子《れいこ》は切実《せつじつ》にそう思《おも》った。

第《だい》五《ご》話《わ》

二《ふた》股《また》にはお気《き》をつけください

1

国分寺駅北口《こくぶんじえききたぐち》といえば、かねてより大規模《だいきぼ》な再開発《さいかいはつ》の計画《けいかく》がまことしやかに語《かた》られながら、結局《けっきょく》この十五年《じゅうごねん》ほどの間《あいだ》、ほとんど変《か》わることのなかった街《まち》である。狭《せま》い通《とお》りに小型《こがた》の商店《しょうてん》と学生《がくせい》と路線《ろせん》バスがひしめき合《あ》う街並《まちな》みは、ある意味《いみ》、変《か》わりようがないのかもしれない。変《か》わったことといえばドンキとスタバが出来《でき》たこと。あと早稲田実業《わせだじつぎょう》が甲子園《こうしえん》で優勝《ゆうしょう》したときに、少《すこ》しだけテレビに映《うつ》ったことぐらい。だが、そんな街《まち》にも悲劇《ひげき》は起《お》こる。

宮下弘明《みやしたひろあき》が悲劇《ひげき》に見舞《みま》われたのは、彼《かれ》が会社《かいしゃ》から帰宅《きたく》した直後《ちょくご》のことだった。

独身男性《どくしんだんせい》が多《おお》く住《す》むマンションの一室《いっしつ》。熱烈《ねつれつ》な阪神《はんしん》ファンである彼《かれ》は、冷蔵庫《れいぞうこ》から取《と》り出《だ》した缶《かん》ビールを片手《かたて》に、さっそくテレビの前《まえ》へ。CS《シーエス》放送《ほうそう》の野球中継《やきゅうちゅうけい》は、阪神《はんしん》の攻撃中《こうげきちゅう》。ツーアウトながら満塁《まんるい》で、絶不調《ぜっふちょう》の新井《あらい》に打順《だじゅん》が回《まわ》ってしまうという阪神《はんしん》の大《だい》ピンチ（？）。

宮下《みやした》がビールをひと口《くち》飲《の》んでソファにどっかと腰《こし》を下《お》ろしたのと、新井《あらい》の振《ふ》り回《まわ》したバットが白球《はっきゅう》を捉《とら》えるのが、ほぼ同時《どうじ》だった。「おッ」と思《おも》って腰《こし》を浮《う》かせた次《つぎ》の瞬間《しゅんかん》には、打《だ》球《きゅう》は甲子園《こうしえん》のレフトポール際《ぎわ》に一直線《いっちょくせん》。外野席《がいやせき》を埋《う》め尽《つ》くすタイガースファンの絶叫《ぜっきょう》を聞《き》きながら、宮下《みやした》はなぜかソファの下《した》でうずくまったまま動《うご》けない自分《じぶん》に気《き》がついた。

「…………」なにが起《お》こったのだ？　宮下《みやした》は床《ゆか》に這《は》ったまま、おそるおそる自分《じぶん》の腰《こし》に手《て》を当《あ》てた。「まさか、これが……これが噂《うわさ》の、ギックリ腰《ごし》というやつか……？」

どうやら、それに違《ちが》いない。想定外《そうていがい》の新井《あらい》の一撃《いちげき》に、腰《こし》が驚《おどろ》いたのだ。とにかく一刻《いっこく》も早《はや》く医者《いしゃ》へ。そう思《おも》った宮下《みやした》はテレビを消《け》して玄関《げんかん》まで匍匐前進《ほふくぜんしん》。傘立《かさた》てに挿《さ》してあった木刀《ぼくとう》を杖代《つえが》わりにして部屋《へや》を出《で》た。ちなみに木刀《ぼくとう》は彼《かれ》が高校《こうこう》の修学旅行《しゅうがくりょこう》の際《さい》に水前寺公園《すいぜんじこうえん》の土産《みやげ》物屋《ものや》で、うっかり購入《こうにゅう》したもの。無論《むろん》、実生活《じっせいかつ》で役《やく》に立《た》ったのは初《はつ》のことである。

宮下《みやした》は敗残兵《はいざんへい》のような足取《あしど》りでマンションの廊下《ろうか》を進《すす》み、エレベーターの扉《とびら》の前《まえ》で立《た》ち止《ど》まった。ちょうどのタイミングで「チン」とチャイムが鳴《な》り、目《め》の前《まえ》で鉄製《てっせい》の扉《とびら》が開《ひら》く。杖《つえ》を突《つ》く彼《かれ》は、若干前《じゃっかんまえ》かがみの体勢《たいせい》。そんな彼《かれ》の視界《しかい》に映《うつ》ったのは、男《おとこ》と女《おんな》の足元《あしもと》だった。

真新《まあたら》しい黒《くろ》い革靴《かわぐつ》と、踵《かかと》のぺったりとしたメッシュのサンダル。

前《まえ》かがみのまま無理《むり》して顔《かお》を上《あ》げると、そこに立《た》つのは茶色《ちゃいろ》いスーツを着《き》た知《し》り合《あ》いの男《おとこ》だった。「あ、野崎《のざき》さん……」

野崎伸一《のざきしんいち》は宮下《みやした》の隣《となり》の部屋《へや》の住人《じゅうにん》だ。小柄《こがら》な痩《や》せた男《おとこ》で、顔《かお》は童顔《どうがん》。そのせいで一見《いっけん》したところ学生《がくせい》にしか見《み》えないのだが、実際《じっさい》は宮下同様《みやしたどうよう》に勤《つと》め人《にん》だ。普段《ふだん》から親《した》しくしているというわけではないが、廊下《ろうか》ですれ違《ちが》えば挨拶《あいさつ》くらいはする関係《かんけい》である。

したがって、この場面《ばめん》でも宮下《みやした》は普段《ふだん》どおり、「こんばんは」と挨拶《あいさつ》したのだが、野崎《のざき》はびっくりしたようにエレベーターの箱《はこ》の中《なか》であとずさった。傍《かたわ》らの若《わか》い女性《じょせい》は、恐《こわ》がるように野崎《のざき》の背後《はいご》に身《み》を隠《かく》す。無理《むり》もない。マンションの廊下《ろうか》で木刀《ぼくとう》を持《も》ってエレベーターを待《ま》つ男《おとこ》。向《む》こうにしてみれば怪《あや》しいテロリストにでも遭遇《そうぐう》した気分《きぶん》だったろう。

「いやあ、実《じつ》は腰《こし》をやっちゃいましてね、ははは、これから病院《びょういん》へと……」

野崎伸一《のざきしんいち》はホッとしたように息《いき》を吐《は》き、「お大事《だいじ》に」といって箱《はこ》から降《お》りる。野崎《のざき》の背中《せなか》を盾《たて》にするようにしながら、彼《かれ》と一緒《いっしょ》にエレベーターを降《お》りた。顔《かお》はよく見《み》なかったが、細身《ほそみ》のデニムパンツに明《あか》るいピンク色《いろ》のシャツを合《あ》わせたスマートな女性《じょせい》だ。

さては野崎《のざき》の彼女《かのじょ》だな、と宮下《みやした》は察《さっ》した。ここで普段《ふだん》の彼《かれ》ならば、嘗《な》め回《まわ》すような好奇《こうき》の視線《しせん》で彼女《かのじょ》を観察《かんさつ》するところだが、残念《ざんねん》ながらいまはとにかく腰《こし》が痛《いた》い。男《おとこ》は腰《こし》が痛《いた》いと野《や》次馬根性《じうまこんじょう》もスケベ心《ごころ》も盛《も》り上《あ》がらない。結局《けっきょく》、宮下《みやした》は木刀《ぼくとう》の杖《つえ》を突《つ》きながら、おとなしく箱《はこ》の中《なか》へ乗《の》り込《こ》み、一階《いっかい》のボタンを押《お》した。

閉《し》まりかける扉《とびら》。その隙間《すきま》から、寄《よ》り添《そ》って歩《ある》く野崎《のざき》と彼女《かのじょ》の背中《せなか》が垣間見《かいまみ》えた。

2

国分寺市本町《こくぶんじしほんちょう》にあるマンション『ハイツ武蔵野《むさしの》』の五階《ごかい》の五〇四号室《ごまるよんごうしつ》。フローリングの部屋《へや》のほぼ中央《ちゅうおう》に、ひとりの青年《せいねん》が横《よこ》たわっている。その周囲《しゅうい》にはキビキビとした身《み》のこなしで動《うご》き回《まわ》る大勢《おおぜい》の男《おとこ》たちの姿《すがた》。ある者《もの》はカメラのファインダー越《ご》しに青年《せいねん》を覗《のぞ》き込《こ》み、またある者《もの》は不躾《ぶしつけ》なまでの強《つよ》い視線《しせん》で、その青年《せいねん》の身体《からだ》を見詰《みつ》めている。もし青年《せいねん》にまともな感覚《かんかく》が備《そな》わっていれば、耐《た》え難《がた》い羞恥《しゅうち》に顔《かお》を赤《あか》くしたか、あるいは怒《いか》りに震《ふる》えて青《あお》くなったかもしれない。

だが、青年《せいねん》の顔色《かおいろ》は赤《あか》くも青《あお》くもならない。彼《かれ》は深《ふか》い傷《きず》を額《ひたい》に刻《きざ》まれた状態《じょうたい》で、すでに死《し》んでいる。周囲《しゅうい》を取《と》り囲《かこ》む捜査員《そうさいん》たちは、現場検証《げんばけんしょう》という彼《かれ》ら本来《ほんらい》の職務《しょくむ》を遂行《すいこう》しているにすぎなかった。

そんな中《なか》、殺人現場《さつじんげんば》に咲《さ》く一輪《いちりん》の黒《くろ》い薔薇《ばら》、宝生麗子《ほうしょうれいこ》だけは正直《しょうじき》なところ目《め》のやり場《ば》に困《こま》っていた。もちろん麗子《れいこ》とて国立署《くにたちしょ》に勤務《きんむ》する現職刑事《げんしょくけいじ》。死体《したい》から胃袋《いぶくろ》が飛《と》び出《だ》していようが、小腸《しょうちょう》と大腸《だいちょう》が蝶々結《ちょうちょうむす》びにされていようが、目《め》をそむけてはいられない立場《たちば》なのだが、それにしても――

目《め》の前《まえ》の死体《したい》は全裸《ぜんら》だった。文字《もじ》どおり一糸纏《いっしまと》わぬ全裸死体《ぜんらしたい》。それも男性《だんせい》の。

もちろん意識過剰《いしきかじょう》は禁物《きんもつ》だ。男《おとこ》の全裸死体《ぜんらしたい》くらい、道端《みちばた》に咲《さ》くタンポポ同然《どうぜん》に心穏《こころおだ》やかに眺《なが》められなければ刑事失格《けいじしっかく》。そう思《おも》い直《なお》した麗子《れいこ》は、黒縁《くろぶち》のダテ眼鏡《めがね》を軽《かる》く指先《ゆびさき》で押《お》し上《あ》げると、毅然《きぜん》とした視線《しせん》で青年《せいねん》の死体《したい》を丹念《たんねん》に観察《かんさつ》した。

極《きわ》めて小柄《こがら》な男性《だんせい》だ。身長《しんちょう》は百六十《ひゃくろくじっ》センチ位《ぐらい》だろうか。顔《かお》も童顔《どうがん》だから、ヘタをすると中《ちゅう》学生《がくせい》に間違《まちが》われかねない感《かん》じだ。ある種《しゅ》の女性《じょせい》たちからは、かわいいと持《も》てはやされるタイプかもしれない。そんなことを見《み》て取《と》った麗子《れいこ》の隣《となり》では、遅《おく》れて現場《げんば》に現《あらわ》れた風祭警部《かざまつりけいぶ》が余《よ》計《けい》なひと言《こと》。

「おや、宝生君《ほうしょうくん》。ずいぶん食《く》い入《い》るように見《み》ているが、全裸死体《ぜんらしたい》に特別《とくべつ》な興味《きょうみ》でも？」

「食《く》い入《い》るようになんて、見《み》てません！　仕事《しごと》だから仕方《しかた》なく観察《かんさつ》しているだけです！」

男《おとこ》のヌードに特別《とくべつ》な興味《きょうみ》なんか持《も》つわけないだろ、このセクハラ上司《じょうし》！　と口《くち》の中《なか》で小《ちい》さく呟《つぶや》きながら麗子《れいこ》は、観察《かんさつ》によって得《え》た情報《じょうほう》をセクハラ上司《じょうし》に伝《つた》える。

「死体《したい》の額《ひたい》の部分《ぶぶん》に殴《なぐ》られたような傷跡《きずあと》が見《み》られます。それから死体《したい》の傍《かたわ》らには、血液《けつえき》の付《ふ》着《ちゃく》したガラス製《せい》の灰皿《はいざら》。これが凶器《きょうき》ではないでしょうか」

「つまり殺人《さつじん》というわけだ。まあ、裸《はだか》で自殺《じさつ》する人間《にんげん》は滅多《めった》にいないしね。ところで、宝生《ほうしょう》君《くん》」風祭警部《かざまつりけいぶ》は鋭《するど》い視線《しせん》を美《うつく》しい部下《ぶか》に向《む》けて、ひと言《こと》。「――誰《だれ》がセクハラだって？」

「な……なんの話《はなし》でしょう？　おっしゃってる意味《いみ》がよく判《わか》りませんが……」

麗子《れいこ》はとぼけるように手帳《てちょう》に視線《しせん》を落《お》とす。やれやれ、よくいるのだ、自分《じぶん》の悪口《わるくち》に関《かん》してのみ、やけに耳《みみ》のいい人間《にんげん》が。麗子《れいこ》は都合《つごう》の悪《わる》い話題《わだい》を避《さ》けて、話《はなし》を事件《じけん》に戻《もど》す。

「マンションの管理人《かんりにん》の情報《じょうほう》によると、被害者《ひがいしゃ》はこの部屋《へや》の住人《じゅうにん》で野崎伸一《のざきしんいち》。年齢《ねんれい》は二十五《にじゅうご》歳《さい》で独身《どくしん》。同居人《どうきょにん》はいないようです。会社員《かいしゃいん》だそうで、勤《つと》め先《さき》は――」

「誰《だれ》・が・セ・ク・ハ・ラ・野《や》・郎《ろう》・だ・っ・て・！」

「いや、あの……」正《ただ》しくはセクハラ野郎《やろう》じゃなくてセクハラ上司《じょうし》といったのだが、それをいっても意味《いみ》ないか。「ごめんなさい。謝《あやま》りますから、怒《おこ》んないでください」

「おいおい、宝生君《ほうしょうくん》、勘違《かんちが》いしないでほしいな。君《きみ》は僕《ぼく》がこれぐらいのことで腹《はら》を立《た》てるような小《ちい》さな男《おとこ》だと思《おも》うかい。はは、まさか！　もちろん、僕《ぼく》は喜《よろこ》んで君《きみ》の過《あやま》ちを許《ゆる》そうじゃないか。ところで、どうだい宝生君《ほうしょうくん》、今夜《こんや》あたり僕《ぼく》と一緒《いっしょ》に食事《しょくじ》でも。吉祥寺《きちじょうじ》に洒落《しゃれ》たベトナム料理《りょうり》の店《みせ》を見《み》つけたんだ——」

「仕事《しごと》はどーするんですか。目《め》の前《まえ》に死体《したい》がありますよ。あからさまな変死体《へんしたい》が」

どっちみち、絶対《ぜったい》いかないけどね。麗子《れいこ》は心《こころ》の中《なか》でベエと赤《あか》い舌《した》を出《だ》す。風祭警部《かざまつりけいぶ》は、

「やれやれ、仕方《しかた》がないな」と肩《かた》をすくめ、あらためて全裸死体《ぜんらしたい》を見下《みお》ろした。

「確《たし》かにこれは奇妙《きみょう》だ。男《おとこ》の全裸殺人事件《ぜんらさつじんじけん》。あまり美《うつく》しくはないが興味深《きょうみぶか》い事件《じけん》だ。そういえば、話《はなし》の途中《とちゅう》だったね。続《つづ》けてくれ。被害者《ひがいしゃ》の勤《つと》め先《さき》は、どこだって？」

「勤《つと》め先《さき》は保険会社《ほけんがいしゃ》『三友生命《みつともせいめい》』。新宿《しんじゅく》にある本社《ほんしゃ》の秘書課《ひしょか》に在籍中《ざいせきちゅう》とのことです」

麗子《れいこ》が顔《かお》を上《あ》げると、風祭警部《かざまつりけいぶ》は昔《むかし》の二枚目風《にまいめふう》の端正《たんせい》なマスクに勝《か》ち誇《ほこ》るような笑《え》みを浮《う》かべた。

「ほう、『三友生命《みつともせいめい》』といえば大企業《だいきぎょう》だ。『風祭《かざまつり》モータース』ほどじゃないけどな」

「ええ、確《たし》かに大企業《だいきぎょう》ですね」——『宝生《ほうしょう》グループ』ほどじゃないけどね。

『風祭《かざまつり》モータース』は、最高《さいこう》のデザインと最悪《さいあく》の燃費《ねんぴ》を武器《ぶき》にした時代遅《じだいおく》れのスポーツカーで国内外《こくないがい》にその名《な》を馳《は》せる自動車《じどうしゃ》メーカー。風祭警部《かざまつりけいぶ》はその創業家《そうぎょうけ》の御曹司《おんぞうし》である。実家《じっか》の

財力《ざいりょく》に物《もの》をいわせたかどうかは定《さだ》かではないが、三十二歳《さんじゅうにさい》の若《わか》さで警部《けいぶ》の肩書《かたがき》を持《も》つ国立署《くにたちしょ》きってのエリート刑事《けいじ》。残念《ざんねん》ながら宝生麗子《ほうしょうれいこ》にとっては直属《ちょくぞく》の上司《じょうし》である。

一方《いっぽう》ここだけの話《はなし》だが、麗子《れいこ》の父親《ちちおや》、宝生清太郎《ほうしょうせいたろう》は巨大複合企業《きょだいふくごうきぎょう》『宝生《ほうしょう》グループ』の総帥《そうすい》である。その気《き》になれば『風祭《かざまつり》モータース』程度《ていど》の会社《かいしゃ》は今日《きょう》のうちに買収《ばいしゅう》して、明日《あした》から『宝生《ほうしょう》モータース』にしてしまえるほどの財力《ざいりょく》を有《ゆう》する。要《よう》は格《かく》が違《ちが》うのだ。とはいえ、麗子《れい こ》は風祭警部《かざまつりけいぶ》よりも遥《はる》かに控《ひか》えめな振《ふ》る舞《ま》いを心得《こころえ》た人間《にんげん》であるから、殺人現場《さつじんげんば》で上流階級《じょうりゅうかいきゅう》の匂《にお》いを撒《ま》き散《ち》らすような真似《まね》はけっしてしない。バーバリーのブラックスーツを地味《じみ》に着《き》こなし、アルマーニのダテ眼鏡《めがね》で華《はな》やかな美貌《びぼう》を隠《かく》し、ブルーノ・フリゾーニのパンプスで殺人現場《さつじんげんば》を闊歩《かっぽ》する彼女《かのじょ》の姿《すがた》を見《み》て、よもや巨大財閥《きょだいざいばつ》のお嬢様《じょうさま》であるなどと見抜《みぬ》く者《もの》はいないはずである(多少《たしょう》の違和感《いわかん》を抱《いだ》く捜査員《そうさいん》は若干名《じゃっかんめい》いたとしてもだ)。

そんな麗子《れいこ》と風祭警部《かざまつりけいぶ》との間《あいだ》でまず検討《けんとう》されたことは、当然《とうぜん》のことながら「なぜ被害者《ひがいしゃ》は裸《はだか》なのか」という疑問《ぎもん》だった。

「被害者《ひがいしゃ》は自分《じぶん》で服《ふく》を脱《ぬ》いだのでしょうか。それとも、犯人《はんにん》が脱《ぬ》がせたんでしょうか」

「そりゃあ、もちろん犯人《はんにん》が殺《ころ》してから脱《ぬ》がせたものだろう。被害者《ひがいしゃ》が自分《じぶん》で服《ふく》を脱《ぬ》いで、その直後《ちょくご》に額《ひたい》を割《わ》られて絶命《ぜつめい》した、なんて場面《ばめん》はちょっと想像《そうぞう》できないな」

「犯人《はんにん》は脱《ぬ》がせた衣服《いふく》をどうしたんでしょう？　目《め》に付《つ》く場所《ばしょ》には見当《みあ》たりませんが」

「じゃあ、目《め》に付《つ》かない場所《ばしょ》に丸《まる》めてあるんじゃないかな」

風祭警部《かざまつりけいぶ》はそういいながら、手袋《てぶくろ》をはめた手《て》で部屋《へや》のクローゼットを開《あ》け放《はな》った。

ハンガーに吊《つ》るされたたくさんのスーツが目《め》に入《はい》る。いずれも紺《こん》やグレーの地味目《じみめ》のものだが、クリーニングに出《だ》したばかりのようにパリッとしている。他《ほか》はシャツ類《るい》、チノパンやジーンズなど、ごくありふれた若者《わかもの》の衣服《いふく》が雑然《ざつぜん》とした状態《じょうたい》で仕舞《しま》ってある。

「死《し》の直前《ちょくぜん》、被害者《ひがいしゃ》がどんな服《ふく》を着《き》ていたか、それが判《わか》らないと捜《さが》しようがないな」

それから二人《ふたり》は洗濯籠《せんたくかご》や洗濯機《せんたくき》の中《なか》も覗《のぞ》いてみたが、そこは空《から》っぽ。汚《よご》れた下着《したぎ》やワイシャツ、靴下《くつした》などはどこにもない。

「犯人《はんにん》は被害者《ひがいしゃ》の衣服《いふく》を脱《ぬ》がせて持《も》ち去《さ》った。その可能性《かのうせい》が高《たか》いな」

「しかし犯人《はんにん》はなぜそんな真似《まね》を？」

麗子《れいこ》の問《と》いに、警部《けいぶ》はただ「判《わか》らない」と答《こた》え、玄関《げんかん》へと向《む》かった。小《ちい》さな靴脱《くつぬ》ぎスペースには運動靴《うんどうぐつ》とサンダルが一足《いっそく》ずつ。そしてシューズラックには通勤用《つうきんよう》らしい革靴《かわぐつ》が並《なら》んでいる。小柄《こがら》な被害者《ひがいしゃ》らしく靴《くつ》のサイズは小《こ》ぶりだが、特《とく》に変《か》わった点《てん》はない。

ひと通《とお》り現場《げんば》を見《み》て回《まわ》った風祭警部《かざまつりけいぶ》だったが、結局全裸死体《けっきょくぜんらしたい》の謎《なぞ》に対《たい》する有力《ゆうりょく》な答《こた》えを示《しめ》すことはできなかった。警部《けいぶ》は全裸《ぜんら》死体《したい》の謎《なぞ》をいったん脇《わき》に置《お》いて、命令《めいれい》を下《くだ》した。

「第一発見者《だいいちはっけんしゃ》を呼《よ》んでくれ。死体発見時《したいはっけんじ》の状況《じょうきょう》を聞《き》こうじゃないか」

担架《たんか》に載《の》せられた全裸《ぜんら》死体《したい》が運《はこ》び出《だ》されるのと入《い》れ替《か》わるように、すらりとした女性《じょせい》が現《げん》場《ば》に姿《すがた》を現《あらわ》す。薄《うす》いピンクのブラウスにベージュのスカートというシンプルな装《よそお》い。くっきりとした目鼻立《めはなだ》ちと背中《せなか》にかかる長《なが》い黒髪《くろかみ》が印象的《いんしょうてき》だ。事件《じけん》の第一発見者《だいいちはっけんしゃ》、澤田絵里《さわだえり》。国分《こくぶん》寺《じ》市内《しない》の某有名大学《ぼうゆうめいだいがく》に通《かよ》う二十一歳《にじゅういっさい》の女子大生《じょしだいせい》である。

「澤田絵里《さわだえり》さんですね。ではまず、野崎伸一《のざきしんいち》さんとの御関係《ごかんけい》から伺《うかが》いましょうか」

「先日《せんじつ》、あたしのサークルの先輩《せんぱい》が結婚《けっこん》したんですが、野崎《のざき》さんとはその披露宴《ひろうえん》のパーティーで初《はじ》めて会《あ》ったんです。野崎《のざき》さんはその先輩《せんぱい》の遠縁《とおえん》だとかで。ですから、まだ知《し》り合《あ》って一《いっ》ヶ月程度《げっていど》でしょうか」

「なるほど。結婚披露《けっこんひろう》パーティーが出会《であ》いのきっかけですか。それ以来《いらい》、お付《つ》き合《あ》いを？」

澤田絵里《さわだえり》は警部《けいぶ》の言葉《ことば》に無言《むごん》で頷《うなず》き、それから死体発見時《したいはっけんじ》の状況《じょうきょう》について語《かた》った。

その話《はなし》によれば、彼女《かのじょ》が野崎《のざき》の部屋《へや》を訪《おとず》れたのは今朝《けさ》の十時《じゅうじ》ごろのこと。彼女《かのじょ》の買《か》い物《もの》に野崎《のざき》が付《つ》き合《あ》うという、そんな約束《やくそく》がしてあったそうだ。ところがチャイムを鳴《な》らしても返《へん》事《じ》がない。きっとコンビニにでも出《で》かけているのだろうと軽《かる》く考《かんが》えた澤田絵里《さわだえり》は、部屋《へや》に入《はい》って待《ま》つことにした。玄関《げんかん》の扉《とびら》に鍵《かぎ》は掛《か》かっていなかったという。

「……ところが、部屋《へや》に足《あし》を踏《ふ》み入《い》れた瞬間《しゅんかん》、床《ゆか》に転《ころ》がった野崎《のざき》さんの身体《からだ》が目《め》に飛《と》び込《こ》んできて……あたしびっくりして思《おも》わず悲鳴《ひめい》を……」

「無理《むり》もありませんね。ところで、びっくりしたのは野崎《のざき》さんが亡《な》くなっていたから？　それとも彼《かれ》が全裸《ぜんら》だったから？　どちらなんでしょうか」

風祭警部《かざまつりけいぶ》のわりとどうでもいいような質問《しつもん》に、澤田絵里《さわだえり》は真剣《しんけん》に答《こた》えた。

「最初《さいしょ》は裸《はだか》に驚《おどろ》いて悲鳴《ひめい》をあげたんだと思《おも》います。死《し》んでいると判《わか》ったのは、その後《あと》のことですから。――ええ、もちろんすぐに一一〇番通報《ひゃくとおばんつうほう》しました」

「ちなみにお聞《き》きしますが、野崎《のざき》さんの裸《はだか》を見《み》たのは、今回《こんかい》が初《はじ》めて？」

おいおい、と麗子《れいこ》は慌《あわ》てて警部《けいぶ》を睨《にら》む。妙齢《みょうれい》の女性《じょせい》に対《たい》してその質問《しつもん》は『あなたは被害者《ひがいしゃ》と肉体関係《にくたいかんけい》がありましたか』と尋《たず》ねているに等《ひと》しい。遠慮《えんりょ》のなさすぎる上司《じょうし》に麗子《れいこ》はハラハラしたが、澤田絵里《さわだえり》はアッサリ「ありますよ」と答《こた》えて、なぜかバッグの中《なか》から定期入《ていきい》れを取《と》り出《だ》した。そこにはバスの定期券《ていきけん》とともに一枚《いちまい》の写真《しゃしん》が収《おさ》められていた。

水着姿《みずぎすがた》で微笑《ほほえ》んでいる男女《だんじょ》のバストショット。澤田絵里《さわだえり》と野崎伸一《のざきしんいち》だ。一緒《いっしょ》に海《うみ》にいった際《さい》の海水浴場《かいすいよくじょう》でのひとコマらしい。

「なるほど。これも裸《はだか》には違《ちが》いないですね」警部《けいぶ》はガッカリしたように呟《つぶや》き、定期入《ていきい》れを彼女《かのじょ》に返《かえ》した。「あなたが死体《したい》を発見《はっけん》したとき、野崎《のざき》さんは裸《はだか》だった。それを見《み》て、あなたはどう思《おも》われました？」

「そうですね……野崎《のざき》さんはお風呂《ふろ》に入《はい》ろうと裸《はだか》になったところで、なにか事故《じこ》にでも遭《あ》ったんじゃないか。だから裸《はだか》なんじゃないか。そう思《おも》いました」

「なるほど。確《たし》かにそういうふうにも見《み》える状況《じょうきょう》ですね。――ところで、昨夜《さくや》の午後八時前《ごごはちじぜん》後《ご》、あなたはどこでなにを？」

昨夜《さくや》の午後八時前後《ごごはちじぜんご》というのは、検視《けんし》に立《た》ち会《あ》った医者《いしゃ》が導《みちび》き出《だ》した被害者《ひがいしゃ》の死亡推定時《しぼうすいていじ》刻《こく》である。要《よう》するに警部《けいぶ》は、澤田絵里《さわだえり》を疑《うたが》っているのだ。

「午後八時《ごごはちじ》なら、自分《じぶん》の部屋《へや》でテレビを見《み》ていました。ひとり暮《ぐ》らしだからアリバイなんてありません。だけど、誓《ちか》ってあたしは無実《むじつ》です。だいたい、なんであたしが野崎《のざき》さんを殺《ころ》さなくちゃいけないんですか」

「いえいえ、これはあくまでも形式的《けいしきてき》な質問《しつもん》ですので……ん、どうした？」

リビングにひとりの捜査員《そうさいん》が現《あらわ》れたのをきっかけに、警部《けいぶ》は話《はなし》を中断《ちゅうだん》する。捜査員《そうさいん》は警部《けいぶ》に耳打《みみう》ち。風祭警部《かざまつりけいぶ》は小《ちい》さく頷《うなず》くと、「すぐにその人物《じんぶつ》をこの場《ば》に連《つ》れてくるように」と命《めい》じた。どうやら新《あたら》しい証言者《しょうげんしゃ》が現《あらわ》れたらしい。

澤田絵里《さわだえり》と入《い》れ違《ちが》いにリビングに現《あらわ》れたのは、歳《とし》のころ三十代《さんじゅうだい》と思《おぼ》しき男性《だんせい》で、手《て》にはなぜか木刀《ぼくとう》を握《にぎ》り締《し》めていた。といっても殺人現場《さつじんげんば》で警官相手《けいかんあいて》に乱闘騒《らんとうさわ》ぎをやらかすつもりはないらしい。聞《き》けば、昨夜《さくや》ギックリ腰《ごし》を発症《はっしょう》したそうで、木刀《ぼくとう》は杖代《つえが》わりなのだとか。

「でも、まさにこのギックリ腰《ごし》のお陰《かげ》で、わたしは昨夜《さくや》、野崎《のざき》さんとすれ違《ちが》ったんです」

宮下弘明《みやしたひろあき》と名乗《なの》るこの男《おとこ》は、昨夜《さくや》エレベーターから降《お》りてくる野崎伸一《のざきしんいち》と偶然出《ぐうぜんで》くわしたのだという。彼《かれ》の話《はなし》によれば、野崎《のざき》は茶色《ちゃいろ》いスーツ姿《すがた》で、傍《かたわ》らには若《わか》い女性《じょせい》を連《つ》れていたらしい。有力《ゆうりょく》な情報《じょうほう》を得《え》た風祭警部《かざまつりけいぶ》は指《ゆび》を鳴《な》らし、麗子《れいこ》に耳打《みみう》ちした。

「被害者《ひがいしゃ》のクローゼットに茶色《ちゃいろ》のスーツはなかった。やはり犯人《はんにん》が持《も》ち去《さ》ったんだ」

「とすると、被害者《ひがいしゃ》が連《つ》れていた若《わか》い女性《じょせい》というのが真犯人《しんはんにん》でしょうか」

「いや、決《き》め付《つ》けるのはまだ早《はや》いよ」警部《けいぶ》は再《ふたた》び宮下《みやした》のほうを向《む》き確認《かくにん》した。「あなたが野《の》崎《ざき》さんとすれ違《ちが》ったのは、何時《なんじ》ごろでしたか」

「さあ、時計《とけい》を見《み》たわけじゃないから正確《せいかく》な時刻《じこく》までは……あ、だけどギックリ腰《ごし》をやったのは、午後八時《ごごはちじ》の数分前《すうふんまえ》です」

「八時《はちじ》の数分前《すうふんまえ》ですって！」それは死亡推定時刻《しぼうすいていじこく》とほぼ一致《いっち》する時刻《じこく》だ。

「ええ、間違《まちが》いないですよ。ちょうど阪神《はんしん》の新井《あらい》がレフトのポール際《ぎわ》に満塁《まんるい》ホームランを打《う》ち込《こ》んだ瞬間《しゅんかん》でしたから」

「ああ、あの場面《ばめん》ですか」と風祭警部《かざまつりけいぶ》は小《ちい》さく頷《うなず》くと、哀《あわ》れむような視線《しせん》を目《め》の前《まえ》の阪神《はんしん》ファンに向《む》けた。「申《もう》し上《あ》げにくいんですが、宮下《みやした》さん、あのポール際《ぎわ》の打球《だきゅう》はホームランじゃなくて大《だい》ファール。新井《あらい》は結局《けっきょく》ショートゴロで、試合《しあい》は阪神《はんしん》のボロ負《ま》けでした」

「な、なんですって！　ほ、本当《ほんとう》ですか、警部《けいぶ》さん！　嘘《うそ》でしょ！　嘘《うそ》ですよね！」

宮下《みやした》にとっては殺人事件《さつじんじけん》よりも遥《はる》かに大《おお》きな驚《おどろ》きだったらしい。彼《かれ》はギックリ腰《ごし》を発症《はっしょう》して以来《いらい》、テレビも新聞《しんぶん》も見《み》ておらず、阪神《はんしん》が勝《か》ったつもりでいたそうだ。

「誠《まこと》にお気《き》の毒《どく》ですが――ま、それはそれとして、被害者《ひがいしゃ》の死亡推定時刻《しぼうすいていじこく》は午後八時前後《ごごはちじぜんご》。とすると、あなたはどうやら殺害《さつがい》される直前《ちょくぜん》の野崎伸一《のざきしんいち》とすれ違《ちが》ったようです。ならば、そのとき彼《かれ》と一緒《いっしょ》にいた女性《じょせい》が犯人《はんにん》である確率《かくりつ》は、やはり相当高《そうとうたか》い」

そして警部《けいぶ》は麗子《れいこ》のほうを向《む》くと、再《ふたた》び耳打《みみう》ちした。

「澤田絵里《さわだえり》を、ここに連《つ》れてくるんだ」

どうやら警部《けいぶ》は、野崎《のざき》が連《つ》れていた若《わか》い女性《じょせい》＝澤田絵里《さわだえり》だと短絡《たんらく》しているらしい。麗子《れいこ》はむしろ澤田絵里《さわだえり》以外《いがい》の誰《だれ》かである可能性《かのうせい》が高《たか》いと感《かん》じたが、いちおう確認《かくにん》しておく必要《ひつよう》はある。さっそく麗子《れいこ》は澤田絵里《さわだえり》を再《ふたた》び部屋《へや》に招《まね》き入《い》れ、宮下弘明《みやしたひろあき》の前《まえ》に彼女《かのじょ》を立《た》たせた。訳《わけ》が判《わか》らない様子《ようす》で不安《ふあん》そうに視線《しせん》を泳《およ》がせる澤田絵里《さわだえり》。そんな彼女《かのじょ》をよそに、風祭警部《かざまつりけいぶ》は単刀直入《たんとうちょくにゅう》に尋《たず》ねる。

「宮下《みやした》さん、昨夜《さくや》あなたが見《み》た若《わか》い女性《じょせい》というのは、この人《ひと》ですか。この人《ひと》ですよね」

ほとんど誘導尋問《ゆうどうじんもん》だ。すると、宮下《みやした》は痛《いた》む腰《こし》をピンとまっすぐにして、彼女《かのじょ》の隣《となり》に立《た》った。そして、自分《じぶん》の身長《しんちょう》と彼女《かのじょ》の頭《あたま》のてっぺんを比較《ひかく》しながら、こういった。

「君《きみ》、百六十《ひゃくろくじっ》センチぐらいあるよね。たぶん、野崎《のざき》さんと同《おな》じくらいの背丈《せたけ》だ」

澤田絵里《さわだえり》は、「そうです」と頷《うなず》く。それを聞《き》くなり、宮下《みやした》は刑事《けいじ》たちの前《まえ》で断言《だんげん》した。

「だったら、この娘《こ》じゃありません。髪《かみ》の毛《け》の長《なが》さとかは、昨日《きのう》見《み》た女性《じょせい》によく似《に》てます。ええ、確《たし》かに長《なが》い黒髪《くろかみ》の女性《じょせい》でした。けど、この娘《こ》は身長《しんちょう》が高《たか》すぎます。わたしが見《み》たのはもっと背《せ》の低《ひく》い女性《じょせい》でしたよ。確《たし》か、その女性《じょせい》の頭《あたま》のてっぺんが小柄《こがら》な野崎《のざき》さんの耳《みみ》ぐらいの高《たか》さでした。ですから、身長《しんちょう》はせいぜい百五十《ひゃくごじっ》センチ程度《ていど》でしょうか――」

3

その日《ひ》の午後《ごご》、麗子《れいこ》は風祭警部《かざまつりけいぶ》とともに車《くるま》を走《はし》らせ、吉祥寺《きちじょうじ》を訪《おとず》れた。洒落《しゃれ》たベトナム料《りょう》理《り》の店《みせ》で食事《しょくじ》をするためではない。この街《まち》で暮《く》らす斉藤《さいとう》アヤという女性《じょせい》に会《あ》うためである。

宮下弘明《みやしたひろあき》の証言《しょうげん》によって、犯人《はんにん》は被害者《ひがいしゃ》と親《した》しい若《わか》い女性《じょせい》である確率《かくりつ》が高《たか》まった。そこで刑事《けいじ》たちはあーでもないこーでもないと悪戦苦闘《あくせんくとう》しながら野崎伸一《のざきしんいち》の携帯《けいたい》やパソコンを調《しら》べ回《まわ》したのだが、その結果《けっか》、被害者《ひがいしゃ》と頻繁《ひんぱん》に連絡《れんらく》を取《と》り合《あ》っている親密《しんみつ》な女性《じょせい》の存在《そんざい》が次々《つぎつぎ》と浮《う》かび上《あ》がった。その数《かず》、総勢四人《そうぜいよにん》。ひとりはすでに聞《き》き取《と》りを終《お》えた澤田絵里《さわだえり》だが、他《ほか》の三人《さんにん》は新《あたら》しく捜査線上《そうさせんじょう》に登場《とうじょう》した名前《なまえ》だった。斉藤《さいとう》アヤもそのひとりである。

そんな彼女《かのじょ》とは中道通《なかみちどお》り亀《かめ》の湯《ゆ》そばの老朽木造《ろうきゅうもくぞう》アパートで会《あ》うことができた。着古《きふる》したT《ティー》シャツにデニムの短《たん》パン姿《すがた》で玄関先《げんかんさき》に現《あらわ》れた彼女《かのじょ》は、寝不足《ねぶそく》なのか赤《あか》い目《め》をしていた。

「警察《けいさつ》が、このあたしになんの用《よう》だい。ここ最近《さいきん》は悪《わる》いことは、いっさいしてないよ」

少《すこ》し前《まえ》には悪《わる》いことをしていたかのような口《くち》ぶり。攻撃的《こうげきてき》な性格《せいかく》も殺人犯《さつじんはん》にはうってつけだ。さっそく麗子《れいこ》は彼女《かのじょ》に野崎伸一《のざきしんいち》の死《し》を伝《つた》え、その反応《はんのう》を見《み》る。彼女《かのじょ》は激《はげ》しいショックを受《う》けた様子《ようす》だった。その悲《かな》しげな表情《ひょうじょう》は演技《えんぎ》とは思《おも》えないものだったが、そんな彼女《かのじょ》に現在《げんざい》の職業《しょくぎょう》を聞《き》くと、「深夜《しんや》にコンビニでバイトしながら、役者目指《やくしゃめざ》して演技《えんぎ》の勉強中《べんきょうちゅう》」とのことなので、やっぱりこれは演技《えんぎ》なのかもしれない、と麗子《れいこ》は警戒《けいかい》を強《つよ》めた。

しかし一方《いっぽう》の風祭警部《かざまつりけいぶ》は斉藤《さいとう》アヤの容姿《ようし》を一瞥《いちべつ》した瞬間《しゅんかん》から、明《あき》らかに彼女《かのじょ》に対《たい》する関心《かんしん》を失《うしな》っていた。なぜなら、斉藤《さいとう》アヤは百七十《ひゃくななじっ》センチほどもあろうかという長身《ちょうしん》。おまけに髪《かみ》の毛《け》の長《なが》さは男《おとこ》の子《こ》かと見紛《みまが》うほどのベリーショートだ。宮下《みやした》の目撃《もくげき》した容疑者《ようぎしゃ》の特徴《とくちょう》には、まったく当《あ》てはまらない女性《じょせい》である。

そんなわけで早々《はやばや》とやる気《き》を失《うしな》った警部《けいぶ》に代《か》わって、麗子《れいこ》が質問《しつもん》する。

「野崎《のざき》さんとあなたとの御関係《ごかんけい》は？」

「シンちゃんとあたしとは幼馴染《おさななじみ》さ。同《おな》じ幼稚園《ようちえん》に通《かよ》ってたんだ。いまでも、ときどき会《あ》って一緒《いっしょ》に飯食《めしく》ったりする仲《なか》だ。つい先週《せんしゅう》も二人《ふたり》で飲《の》んだばかりなのによ……」

「昨夜《さくや》の午後八時前後《ごごはちじぜんご》、あなたはどこでなにをしていましたか」

「午後八時《ごごはちじ》ならバイトに出《で》る前《まえ》だな。この部屋《へや》にひとりでいた。なんだよ、あたしのこと疑《うたが》ってんのかい。見当違《けんとうちが》いだよ。あたしとシンちゃんは惚《ほ》れた腫《は》れたの仲《なか》じゃねえんだ」

「では、野崎《のざき》さんとお付《つ》き合《あ》いしていた女性《じょせい》に、心当《こころあ》たりはありませんか。例《たと》えば、身長百《しんちょうひゃく》五十《ごじっ》センチぐらいで、髪《かみ》の長《なが》い女性《じょせい》とか」

「な……シンちゃんと付《つ》き合《あ》ってた女《おんな》って……んなもん、いるわけねえだろ！　あんなちっこい奴《やつ》、相手《あいて》にする女《おんな》はあたしくらいのもんさ」斉藤《さいとう》アヤは親指《おやゆび》で誇《ほこ》らしげに自分《じぶん》の胸《むね》を示《しめ》し、それからやっぱり気《き》になるらしく聞《き》いてきた。「で、誰《だれ》なんだよ、その百五十《ひゃくごじっ》センチの女《おんな》って？」

「さあ。少《すく》なくともあなたでないことは確《たし》かみたいです」麗子《れいこ》は相手《あいて》の長身《ちょうしん》を見上《みあ》げながら、話題《わだい》を転《てん》じた。「実《じっ》は野崎《のざき》さんは全裸《ぜんら》で殺《ころ》されていたんです。犯人《はんにん》に服《ふく》を脱《ぬ》がされたんですね。なぜ犯人《はんにん》がそんな行動《こうどう》を取《と》るか、その理由《りゆう》に心当《こころあ》たりはありませんか」

事件《じけん》の本質《ほんしつ》に関《かか》わるこの真剣《しんけん》な質問《しつもん》に、斉藤《さいとう》アヤもまた彼女《かのじょ》なりの真剣《しんけん》な顔《かお》で答《こた》えた。

「判《わか》んねえけど、スカート捲《めく》りの腹《はら》いせじゃねえか」

聞《き》けば、幼稚園時代《ようちえんじだい》、斉藤《さいとう》アヤはスカートを捲《めく》られた腹《はら》いせに、野崎伸一《のざきしんいち》（当時四歳《とうじよんさい》）の服《ふく》を脱《ぬ》がせてスッポンポンにした前科《ぜんか》があるらしい。なるほど、全裸《ぜんら》から連想《れんそう》するイメージも各人各様《かくじんかくよう》というわけだ。結局《けっきょく》、これといった収穫《しゅうかく》のないまま、麗子《れいこ》たちは斉藤《さいとう》アヤのアパートを辞去《じきょ》した。

次《つぎ》に二人《ふたり》の刑事《けいじ》は、世田谷《せたがや》に住《す》む代議士《だいぎし》黛弘蔵《まゆずみこうぞう》の邸宅《ていたく》を訪《おとず》れた。といっても政治家《せいじか》に用《よう》はない。そのひとり娘《むすめ》、黛香苗《まゆずみかなえ》こそが、麗子《れいこ》たちのお目当《めあ》てだった。

玄関先《げんかんさき》に現《あらわ》れた黛香苗《まゆずみかなえ》は、清潔感《せいけつかん》のあるワンピース姿《すがた》。色白《いろじろ》な肌《はだ》と黒目《くろめ》がちの眸《ひとみ》が印象的《いんしょうてき》だ。華奢《きゃしゃ》な身体《からだ》つきがいかにも良家《りょうけ》のお嬢様《じょうさま》っぽく、深窓《しんそう》の令嬢《れいじょう》という言葉《ことば》がぴったりくる。そんな彼女《かのじょ》は、刑事《けいじ》たちの突然《とつぜん》の訪問《ほうもん》に戸惑《とまど》いの表情《ひょうじょう》。さらに野崎伸一《のざきしんいち》の死《し》の報《しら》せを受《う》けて、ほっそりとした手《て》を口《くち》に当《あ》てた。

「なんですって……野崎《のざき》さんが……」動揺《どうよう》の色《いろ》を露《あらわ》にしながらも、黛香苗《まゆずみかなえ》は礼儀《れいぎ》をわきまえた振《ふ》る舞《ま》いで二人《ふたり》の刑事《けいじ》を応接室《おうせつしつ》へと案内《あんない》した。「どうぞ、こちらへ……」

黛香苗《まゆずみかなえ》の後《あと》について廊下《ろうか》を進《すす》む麗子《れいこ》と風祭警部《かざまつりけいぶ》。二人《ふたり》の視線《しせん》は彼女《かのじょ》の背中《せなか》に流《なが》れる豊《ゆた》かな黒髪《くろかみ》に釘付《くぎづ》けになっていた。応接室《おうせつしつ》に招《まね》き入《い》れられ、黛香苗《まゆずみかなえ》がいったん部屋《へや》を出《で》ていくと、風祭警部《かざまつりけいぶ》はいままで我慢《がまん》していた思《おも》いを一気《いっき》に吐《は》き出《だ》した。

「見《み》たか、宝生君《ほうしょうくん》、彼女《かのじょ》の髪《かみ》！ 長《なが》い黒髪《くろかみ》だ！ 間違《まちが》いない！ 彼女《かのじょ》こそが真犯人《しんはんにん》――」

「焦《あせ》らないでください、警部《けいぶ》。宮下《みやした》の証言《しょうげん》によれば、被害者《ひがいしゃ》と一緒《いっしょ》だったのは背《せ》の低《ひく》い女性《じょせい》だったはずですよ」

「低《ひく》いじゃないか。君《きみ》も見《み》ただろ。彼女《かのじょ》は充分《じゅうぶん》、背《せ》が低《ひく》い。たぶん百五十《ひゃくごじっ》センチ前後《ぜんご》だ」

「そんなことありませんよ。いまどきの女性《じょせい》としたら標準的《ひょうじゅんてき》です。百六十《ひゃくろくじゅう》はありますね」

「いいや、低《ひく》い！」「いいえ、低《ひく》くありません！」「百五十《ひゃくごじゅう》だ！」「いや、百六十《ひゃくろくじゅう》です！」

水掛《みずか》け論《ろん》がピークに達《たっ》したころ、応接室《おうせつしつ》の扉《とびら》が開《あ》き、お盆《ぼん》に紅茶《こうちゃ》を載《の》せた黛香苗《まゆずみかなえ》が姿《すがた》を見《み》せる。二人《ふたり》の刑事《けいじ》はソファから立《た》ち上《あ》がり、彼女《かのじょ》の両側《りょうがわ》から顔《かお》を突《つ》き出《だ》すようにして、いっせいに同《おな》じ質問《しつもん》を投《な》げかけた。「君《きみ》の身長《しんちょう》は！」「あなたの身長《しんちょう》は！」

「え⁉」黛香苗《まゆずみかなえ》はとりあえず紅茶《こうちゃ》の載《の》ったお盆《ぼん》をテーブルに置《お》いて、不思議《ふしぎ》そうに刑事《けいじ》たちを見詰《みつ》めた。「最初《さいしょ》の質問《しつもん》がそれですか？」

うんうん、と揃《そろ》って頷《うなず》く刑事《けいじ》たち。黛香苗《まゆずみかなえ》は訳《わけ》が判《わか》らないといった顔《かお》つきながら、その質《しつ》問《もん》に答《こた》えた。「わたしの身長《しんちょう》は百六十《ひゃくろくじっ》センチちょうどですけど、それがなにか？」

その瞬間《しゅんかん》、麗子《れいこ》は「よしッ」と小《ちい》さく拳《こぶし》を握《にぎ》り、風祭警部《かざまつりけいぶ》は「ちッ」と指《ゆび》を鳴《な》らした。

そんな奇妙《きみょう》な質問《しつもん》からはじまった聞《き》き取《と》りだったが、黛香苗《まゆずみかなえ》は自分《じぶん》と野崎伸一《のざきしんいち》との関係《かんけい》を澱《よど》みなく語《かた》った。二人《ふたり》は確《たし》かに交際中《こうさいちゅう》だったらしい。

「……といっても、まだお付《つ》き合《あ》いをはじめて、ほんの一《いっ》ヶ月程度《げつていど》なんです。出会《であ》ったきっかけは、父《ちち》が支援者《しえんしゃ》たちを集《あつ》めて開《ひら》いたパーティーでした。野崎《のざき》さんの会社《かいしゃ》の社長《しゃちょう》さんが、父《ちち》の後援会《こうえんかい》の役員《やくいん》をなさっているのですが、その社長《しゃちょう》さんが急遽参加《きゅうきょさんか》できなくなったとかで、それで野崎《のざき》さんが代理《だいり》でいらっしゃったのです」

「なるほど。そのパーティーがきっかけとなって、二人《ふたり》は付《つ》き合《あ》うようになった」

「はい。その場《ば》でメールアドレスの交換《こうかん》をして、その数日後《すうじつご》に彼《かれ》のほうから食事《しょくじ》のお誘《さそ》いがありました」

その後《ご》は、週《しゅう》に一度《いちど》くらいの割合《わりあい》で、二人《ふたり》は会《あ》っていたらしい。彼《かれ》の車《くるま》でドライブしたり高級《こうきゅう》レストランで食事《しょくじ》をしたりといった、ありきたりなデートの内容《ないよう》が彼女《かのじょ》の口《くち》から語《かた》られた。二人《ふたり》がどの程度深《ていどふか》い関係《かんけい》だったのか、率直《そっちょく》に聞《き》いてみたい気《き》もしたが、彼女《かのじょ》の楚々《そそ》とした振《ふ》る舞《ま》いを見《み》るにつけ、そのような俗《ぞく》っぽい質問《しつもん》はためらわれた。代《か》わりに麗子《れいこ》は、べつの質問《しつもん》を投《な》げかけてみる。

「野崎《のざき》さんには、あなた以外《いがい》に付《つ》き合《あ》っていた女性《じょせい》など、いませんでしたか」

「そんな人《ひと》は……いなかったと思《おも》いますけど……よく判《わか》りません」

黛香苗《まゆずみかなえ》は不安《ふあん》そうな目《め》をしながら首《くび》を振《ふ》った。本当《ほんとう》になにも知《し》らないのか、それとも上手《じょうず》な芝居《しばい》なのか、麗子《れいこ》には判断《はんだん》できなかった。念《ねん》のため、と前置《まえお》きして彼女《かのじょ》のアリバイの有無《うむ》を尋《たず》ねる。黛香苗《まゆずみかなえ》は毅然《きぜん》とした口調《くちょう》で、こう答《こた》えた。

「昨夜《さくや》の午後八時前後《ごごはちじぜんご》なら、この家《いえ》にいました。父《ちち》に聞《き》いてください」

残念《ざんねん》ながら、父親《ちちおや》の証言《しょうげん》では娘《むすめ》のアリバイは立証《りっしょう》できない。父親《ちちおや》が選挙《せんきょ》を間近《まぢか》に控《ひか》えた代議士《だいぎし》ならば、なおさらだろう。すると、今度《こんど》は風祭警部《かざまつりけいぶ》がズバリと例《れい》の問題《もんだい》を口《くち》にした。

「なぜ、犯人《はんにん》は野崎《のざき》さんを裸《はだか》にしたのか。あなたには、なにか心当《こころあ》たりがありますか」

「裸《はだか》ですか……さあ」黛香苗《まゆずみかなえ》は小《ちい》さく首《くび》を振《ふ》り、すぐに顔《かお》を上《あ》げた。「ひょっとして野崎《のざき》さんに他《ほか》の女性《じょせい》がいたとしたなら、野崎《のざき》さんはその女性《じょせい》と二人《ふたり》でセッ……いえ……」

頬《ほお》を赤《あか》らめ俯《うつむ》く令嬢《れいじょう》に、風祭警部《かざまつりけいぶ》のサディスティックな視線《しせん》が投《な》げかけられる。

「なんですか？　はっきりおっしゃってください！」

全裸殺人《ぜんらさつじん》という事件《じけん》の性格上《せいかくじょう》だろうか。今回《こんかい》の風祭警部《かざまつりけいぶ》はいつになくセクハラ・モード全《ぜん》開《かい》になっているようだ。警部《けいぶ》の魂胆《こんたん》を見透《みすか》した麗子《れいこ》は、「ゴホン」とひとつ咳払《せきばら》い。それから、悪《わる》い狼《おおかみ》にいじめられて困《こま》っている、か弱《よわ》い子羊《こひつじ》に助《たす》け舟《ぶね》を出《だ》す。

「性行為《せいこうい》ですね。野崎《のざき》さんは女性《じょせい》との性的《せいてき》な行為《こうい》の最中《さいちゅう》に殺害《さつがい》された。だから裸《はだか》だった。そういうお考《かんが》えですね？」

「はいッ、それです！　わたしがいいたかったのは、そのことなんですッ」

よほど嬉《うれ》しかったのか、黛香苗《まゆずみかなえ》は拝《おが》むように両手《りょうて》を合《あ》わせて麗子《れいこ》の言葉《ことば》に頷《うなず》いた。麗子《れいこ》の隣《となり》で風祭警部《かざまつりけいぶ》は、つまらなそうに鼻《はな》から息《いき》を吐《は》いた。

黛香苗《まゆずみかなえ》の聞《き》き取《と》りを終《お》えて、刑事《けいじ》たちは黛邸《まゆずみてい》を辞去《じきょ》した。車《くるま》に乗《の》り込《こ》みながら、風祭警部《かざまつりけいぶ》はいまさらのように落胆《らくたん》の言葉《ことば》を口《くち》にした。

「惜《お》しいな。黛香苗《まゆずみかなえ》の身長《しんちょう》があと十《じっ》センチほど低《ひく》ければ、宮下《みやした》の証言《しょうげん》とピッタリ一致《いっち》するのに。なんらかの方法《ほうほう》で一時的《いちじてき》に背《せ》を低《ひく》くする方法《ほうほう》とか——宝生君《ほうしょうくん》、知《し》らないか」

「無茶《むちゃ》ですよ、警部《けいぶ》。ヒールの高《たか》い靴《くつ》を履《は》けば十《じっ》センチ近《ちか》く背《せ》を高《たか》くすることは可能《かのう》ですけどね。逆《ぎゃく》は不可能《ふかのう》です」

背《せ》を低《ひく》くする方法《ほうほう》は、いまのところまだ発見《はっけん》されていない。

「とにかく次《つぎ》、いってみましょう」麗子《れいこ》は助手席《じょしゅせき》で手帳《てちょう》を捲《めく》る。「被害者《ひがいしゃ》にとって、四人目《よにんめ》の女友達《おんなともだち》。名前《なまえ》は森野千鶴《もりのちづる》です。被害者《ひがいしゃ》の勤《つと》める『三友生命《みつともせいめい》』の秘書課《ひしょか》の同僚《どうりょう》だそうですよ」

「秘書《ひしょ》さんか。しかし、なんだなあ、野崎伸一《のざきしんいち》という男《おとこ》、ずいぶんモテモテみたいだな。なにか裏《うら》があるんじゃないか。僕《ぼく》と比《くら》べて家柄《いえがら》も財産《ざいさん》も顔《かお》も身長《しんちょう》も見劣《みおと》りのするあの男《おとこ》が、そんなにモテていいはずがない。そう思《おも》うだろ、宝生君《ほうしょうくん》？」

「…………」

どう答《こた》えろってゆーのよ！

結局《けっきょく》、上司《じょうし》の問《と》いに対《たい》するうまい答《こた》えを見出《みいだ》せないまま数十分《すうじっぷん》。麗子《れいこ》は警部《けいぶ》の運転《うんてん》する車《くるま》で『三友生命《みつともせいめい》』の本社《ほんしゃ》にたどり着《つ》いた。新宿《しんじゅく》のオフィス街《がい》に建《た》つ高層《こうそう》ビルだ。受付《うけつけ》で秘書課《ひしょか》の森野千鶴《もりのちづる》との面会《めんかい》を求《もと》める。すでに秘書課社員殺害《ひしょかしゃいんさつがい》のニュースは社内《しゃない》に知《し》れ渡《わた》っているらしい。二人《ふたり》はすぐさま七階《ななかい》の応接室《おうせつしつ》に通《とお》されて、容疑者《ようぎしゃ》の登場《とうじょう》を待《ま》った。

「お待《ま》たせいたしました」

入口《いりぐち》で几帳面《きちょうめん》にお辞儀《じぎ》した森野千鶴《もりのちづる》は、濃紺《のうこん》のスーツをきっちりと着《き》こなしたスマートな女性《じょせい》だった。目鼻立《めはなだ》ちは派手《はで》ではないが、充分《じゅうぶん》に美人《びじん》の部類《ぶるい》に入《はい》るだろう。髪《かみ》は黒《くろ》。一見《いっけん》したところ短《みじか》めに見《み》えるが、実際《じっさい》は長《なが》い髪《かみ》を丁寧《ていねい》に結《ゆ》い上《あ》げて頭《あたま》の後《うし》ろで留《と》めてある。身長《しんちょう》はごく普通《ふつう》か。いや、ヒールのある靴《くつ》を履《は》いていることを考慮《こうりょ》すれば、むしろ背《せ》は低《ひく》いほうだ。ちょうど百五十《ひゃくごじっ》センチぐらいか。まさしく、宮下《みやした》の証言《しょうげん》とピッタリ一致《いっち》する。

風祭警部《かざまつりけいぶ》は理想《りそう》の女性《じょせい》に出会《であ》えた喜《よろこ》びを露《あらわ》にしながら——つまり、ちょっと気持《きも》ち悪《わる》いぐらいにニヤけた顔《かお》つきになりながら彼女《かのじょ》に歩《あゆ》み寄《よ》った。

「なるほど、あなたが森野《もりの》さんですね。ふむふむ、ちょっとくるりと回《まわ》っていただいてよろしいですか。ふむ、なるほどなるほど。髪形《かみがた》は普段《ふだん》から、アップにされている？　ははあ、仕事用《しごとよう》ですか。秘書《ひしょ》さんですものね。では、仕事《しごと》が終《お》われば、その髪《かみ》は解《ほど》くわけだ。さぞかし長《なが》くて美《うつく》しい髪《かみ》なんでしょうね」

「はあ、どちらかといえば長《なが》いほうですが――あの、なにをなさってるんですか」

怪訝《けげん》な顔《かお》つきの森野千鶴《もりのちづる》をよそに、警部《けいぶ》は不躾《ぶしつけ》にも彼女《かのじょ》の頭《あたま》のてっぺんに手《て》を当《あ》てて、自分《じ》の身長《しんちょう》と比《くら》べている。やがて警部《けいぶ》は満足《まんぞく》したように頷《うなず》くと、「百五十《ひゃくごじゅう》！」と呟《つぶや》きながら自分《じ》の席《せき》に戻《もど》った。麗子《れいこ》は警部《けいぶ》を無視《むし》して、森野千鶴《もりのちづる》に野崎《のざき》との関係《かんけい》を問《と》いただす。

「単《たん》なる同僚《どうりょう》という以上《いじょう》の関係《かんけい》だったのではないか、と推察《すいさつ》しているのですが」

「おっしゃるとおりです。わたしは野崎《のざき》さんとお付《つ》き合《あ》いをしておりました。秘書課《ひしょか》に配属《はいぞく》されてすぐ付《つ》き合《あ》うようになりましたから、もう三年《さんねん》ほどになります。きっかけですか？特《とく》にこれといったものはありません。同《おな》じ職場《しょくば》で毎日顔《まいにちかお》を合《あ》わせているうちに、わたしのほうから好《す》きになったんです。彼《かれ》はわたしの一年先輩《いちねんせんぱい》で、仕事《しごと》ができる人《ひと》でしたし、わたしも彼《かれ》からはいろいろと教《おそ》わる点《てん》が多《おお》かったものですから」

教《おそ》わる点《てん》の多《おお》くない先輩《せんぱい》を持《も》つ麗子《れいこ》としては、彼女《かのじょ》の言葉《ことば》がうらやましい。

「野崎氏《のざきし》には、あなた以外《いがい》にもお付《つ》き合《あ》いしていた女性《じょせい》がいたようですが」

「そんな馬鹿《ばか》な！　刑事《けいじ》さんは、野崎《のざき》さんが二股《ふたまた》をかけていたというんですか」

「いえ……」二股《ふたまた》じゃなくて四股《よんまた》です——そんなふうにいったなら、森野千鶴《もりのちづる》は卒倒《そっとう》するかもしれないな、と麗子《れいこ》は思《おも》った。だが、付《つ》き合《あ》いの程度《ていど》に差《さ》はあるにしても、野崎伸一《のざきしんいち》が四《よ》人《にん》の女性《じょせい》と順繰《じゅんぐ》りに会《あ》っていたことは紛《まぎ》れもない事実《じじつ》だ。森野千鶴《もりのちづる》は三年間《さんねんかん》も彼《かれ》と付《つ》き合《あ》っていながら本当《ほんとう》になにも気《き》がつかなかったのだろうか。いや、むしろ彼《かれ》の不貞《ふてい》に気《き》がついた森野千鶴《もりのちづる》が、怒《いか》りのあまり彼《かれ》を灰皿《はいざら》で殴《なぐ》り殺《ころ》したのではないか。二股《ふたまた》の恨《うら》みは、殺人《さつじん》の充分《じゅうぶん》な動機《どうき》になり得《え》る。四股《よんまた》なら、さらに倍《ばい》だ。

「ちなみに」といって麗子《れいこ》はお馴染《なじ》みの質問《しつもん》。「昨夜《さくや》の八時前後《はちじぜんご》には、どちらに？」

森野千鶴《もりのちづる》は「自宅《じたく》にいました」と答《こた》えた。彼女《かのじょ》は都心《としん》のワンルームマンションでひとり暮《ぐ》らし。彼女《かのじょ》のアリバイを証明《しょうめい》する者《もの》は誰《だれ》もいない。

最後《さいご》に、風祭警部《かざまつりけいぶ》が例《れい》の問題《もんだい》——なぜ被害者《ひがいしゃ》は全裸《ぜんら》で殺《ころ》されていたのか——について意見《いけん》を求《もと》めると、森野千鶴《もりのちづる》はしばらく考《かんが》えてから、こんなことをいった。

「犯人《はんにん》は野崎《のざき》さんを裸《はだか》にしたかったわけではなくて、ただ彼《かれ》の着《き》ている服《ふく》、そのものに用《よう》があったんじゃないでしょうか。彼《かれ》の着《き》ている服《ふく》が犯人《はんにん》にとって特別《とくべつ》に値打《ねう》ちのあるものだった。だから服《ふく》を脱《ぬ》がせて奪《うば》った。そう考《かんが》えられませんか」

「なるほど、面白《おもしろ》い意見《いけん》です。では伺《うかが》いますが、野崎《のざき》さんが会社《かいしゃ》で着《き》ていた背広《せびろ》などは、なにか特別《とくべつ》な値打《ねう》ちのあるものでしたか。例《たと》えば海外《かいがい》の有名《ゆうめい》ブランド品《ひん》――クリスチャン・ディオールとかジバンシィとか。ちなみにわたしのスーツはアルマーニですが」

「いいえ、彼《かれ》の洋服《ようふく》は大抵《たいてい》、アオヤマとかコナカとかで買《か》ったものです」

その答《こた》えを聞《き》いて、風祭警部《かざまつりけいぶ》は大袈裟《おおげさ》に肩《かた》をすくめて見《み》せた。

「では、わざわざ脱《ぬ》がせて奪《うば》うほどのものではありませんね」

警部《けいぶ》は紳士服量販店《しんしふくりょうはんてん》を敵《てき》に回《まわ》すような発言《はつげん》をして、森野千鶴《もりのちづる》からの聞《き》き取《と》りを終《お》えた。

4

「これでハッキリした。身長百五十《しんちょうひゃくごじっ》センチ、長《なが》くて美《うつく》しい黒髪《くろかみ》の持《も》ち主《ぬし》――」風祭警部《かざまつりけいぶ》は軽《けい》快《かい》なハンドル捌《さば》きで車《くるま》を国分寺《こくぶんじ》方面《ほうめん》へと向《む》けながら断言《だんげん》した。「犯人《はんにん》は森野千鶴《もりのちづる》だ。間違《まちが》いない。そうだろ、宝生君《ほうしょうくん》！」

「……………」

残念《ざんねん》ながら風祭警部《かざまつりけいぶ》の『間違《まちが》いない』は、大抵《たいてい》の場合《ばあい》『間違《まちが》っている』。助手席《じょしゅせき》に座《すわ》る麗《れい》子《こ》は不安《ふあん》でいっぱいになった。本当《ほんとう》にあの秘書課《ひしょか》の彼女《かのじょ》が、野崎殺《のざきごろ》しの犯人《はんにん》なのか。

「仮《かり》に森野千鶴《もりのちづる》が犯人《はんにん》だとした場合《ばあい》、なぜ彼女《かのじょ》は野崎《のざき》の服《ふく》を脱《ぬ》がせて全裸《ぜんら》にしたのでしょうか。そんなことをする理由《りゆう》がないと思《おも》いますが」

「その点《てん》は、黛香苗《まゆずみかなえ》の見解《けんかい》が、意外《いがい》と正鵠《せいこく》を射《い》ているような気《き》がする。つまり、二人《ふたり》が男女《だんじょ》の行為《こうい》に及《およ》ぼうとする直前《ちょくぜん》、もしくはその最中《さいちゅう》に悲劇《ひげき》は起《お》こった。おおかた野崎《のざき》が行為《こうい》に夢《む》中《ちゅう》になるあまり森野千鶴《もりのちづる》の名前《なまえ》を呼《よ》び間違《まちが》えたんだろう。絵里《えり》とかアヤとか香苗《かなえ》とかいうふうにな。二股掛《ふたまたか》ける男《おとこ》は、大抵《たいてい》そこでしくじる。間違《まちが》いない」

「なるほど。さすが警部《けいぶ》、非常《ひじょう》に説得力《せっとくりょく》のある意見《いけん》ですが――ひょっとして実体験《じったいけん》？」

「そんなんじゃあない！」警部《けいぶ》はなにかを必死《ひっし》に誤魔化《ごまか》すように声《こえ》を荒《あら》らげた。「よし、こうなったら一刻《いっこく》も早《はや》く国分寺《こくぶんじ》に戻《もど》るぞ。犯行現場《はんこうげんば》に森野千鶴《もりのちづる》の痕跡《こんせき》を探《さが》すんだ」

風祭警部《かざまつりけいぶ》はアクセルをぐっと踏《ふ》みしめて車《くるま》の速度《そくど》を上《あ》げた。

やがて『ハイツ武蔵野《むさしの》』に舞《ま》い戻《もど》った刑事《けいじ》たちは、すぐさまエレベーターで五階《ごかい》へ。しかし現場《げんば》の一室《いっしつ》を目指《めざ》してカギ形《がた》の廊下《ろうか》を曲《ま》がった瞬間《しゅんかん》、意外《いがい》な障害《しょうがい》が二人《ふたり》の前《まえ》に立《た》ちはだかった——「ぶ！」

風祭警部《かざまつりけいぶ》は突然《とつぜん》目《め》の前《まえ》に現《あらわ》れた巨大《きょだい》な肉《にく》の壁《かべ》に弾《はじ》き返《かえ》されて、廊下《ろうか》に転《ころ》がった。危《あや》うく難《なん》を逃《のが》れた麗子《れいこ》は、警部《けいぶ》を撥《は》ね飛《と》ばした巨体《きょたい》を見上《みあ》げた。ずば抜《ぬ》けた体格《たいかく》の若《わか》い男《おとこ》だ。浴衣《ゆかた》を着《き》て両国界隈《りょうごくかいわい》を歩《ある》けば、かなり上位《じょうい》の関取《せきとり》に間違《まちが》われるはずだ。

「誰《だれ》です、あなた？　このフロアーの住人《じゅうにん》？　午前中《ごぜんちゅう》には見《み》かけなかったけれど」

「そうだけど。あんたたちこそ、いったい何者《なにもの》だ。あ、ひょっとして刑事《けいじ》さんか。聞《き》いたぜ、五〇四号室《ごまるよんごうしつ》で殺人事件《さつじんじけん》だってな。俺《おれ》もいま起《お》きたばっかりで、驚《おどろ》いてたところなんだ」

男《おとこ》はどんぐりのような丸《まる》い目《め》に好奇心《こうきしん》を漲《みなぎ》らせている。風祭警部《かざまつりけいぶ》は高級《こうきゅう》スーツの尻《しり》のあたりをパンパンと叩《たた》きながら起《お》き上《あ》がり、目《め》の前《まえ》の男《おとこ》に恨《うら》みがましい視線《しせん》を向《む》けると、

「こんな時間《じかん》に起《お》きだすなんて怪《あや》しい奴《やつ》だ。——名前《なまえ》と職業《しょくぎょう》は？」

と、ぶっ飛《と》ばされた腹《はら》いせのように職務質問《しょくむしつもん》をはじめた。職権乱用《しょっけんらんよう》も甚《はなは》だしい。

だが男《おとこ》は嫌《いや》がりもせず素直《すなお》に答《こた》えた。杉原聡《すぎはらさとし》。職業《しょくぎょう》はミステリ作家《さっか》だという。

へえ、ミステリ作家《さっか》かあ、いったいどんな作品《さくひん》を書《か》いている人《ひと》なんだろう。有名《ゆうめい》な人《ひと》なの

かしら、と麗子《れいこ》は興味《きょうみ》を感《かん》じたが、風祭警部《かざまつりけいぶ》はそもそも嫌《いや》がらせで質問《しつもん》しているだけだから、そんなことはなにも聞《き》かない。ただ、犯罪者《はんざいしゃ》に対《たい》するような威圧的《いあつてき》な態度《たいど》で、

「五〇四号室《ごまるよんごうしつ》の住人《じゅうにん》と面識《めんしき》はあるか？　最近会《さいきんあ》ったことは？」

と、一方的《いっぽうてき》な尋問口調《じんもんくちょう》。すると杉原聡《すぎはらさとし》の口《くち》から飛《と》び出《だ》したのは、意外《いがい》な答《こた》えだった。

「五〇四号室《ごまるよんごうしつ》の住人《じゅうにん》かどうかは知《し》らないけれど、奇妙《きみょう》な若《わか》い女《おんな》とすれ違《ちが》ったぜ」

警部《けいぶ》と麗子《れいこ》は思《おも》わず互《たが》いに顔《かお》を見合《みあ》わせた。「若《わか》い女《おんな》と？」「すれ違《ちが》った？」

「ああ、そうだ。昨夜《ゆうべ》の午後八時半《ごごはちじはん》ごろだったかな。俺《おれ》がコンビニから戻《もど》って廊下《ろうか》を歩《ある》いていると、五〇四号室《ごまるよんごうしつ》の扉《とびら》が開《あ》いて、中《なか》から若《わか》い女《おんな》が出《で》てきたんだ。太目《ふとめ》のジーパン穿《は》いて、上《うえ》はだぶだぶの長袖《ながそで》シャツっていう、だらしない恰好《かっこう》の女《おんな》だった。大《おお》きな紙袋《かみぶくろ》を手《て》にしてい たっけ。なんだか凄《すご》く慌《あわ》てているみたいだった。それにこう、ツバの大《おお》きな帽子《ぼうし》を目深《まぶか》に被《かぶ》って俯《うつむ》いて歩《ある》いていたから、前《まえ》がよく見《み》えてなかったらしい。もうちょっとで俺《おれ》とぶつかりそうになったんだ」

「おい君《きみ》、それは五〇四号室《ごまるよんごうしつ》の住人《じゅうにん》じゃない！　それこそが殺人犯《さつじんはん》だ！」

時間的《じかんてき》に見《み》て、杉原聡《すぎはらさとし》がすれ違《ちが》った謎《なぞ》の女《おんな》は、いままさに現場《げんば》から立《た》ち去《さ》ろうとする犯人《はんにん》である確率《かくりつ》が高《たか》い。人目《ひとめ》を憚《はばか》るような女《おんな》の仕草《しぐさ》も、そのことを裏付《うらづ》けている。手《て》にした紙袋《かみぶくろ》

の中身《なかみ》は、おそらく被害者《ひがいしゃ》から脱《ぬ》がせた衣服《いふく》だ。

「顔《かお》は見《み》たか？　髪《かみ》の毛《け》の長《なが》さは？」警部《けいぶ》は興奮《こうふん》を隠《かく》しきれない。

「いや、よく見《み》なかった。帽子《ぼうし》が邪魔《じゃま》だったんだ。それにあんまりジロジロ見《み》たら変質者《へんしつしゃ》と間違《まちが》われるだろ」

「いいんだよ、ジロジロ見《み》て！　変質者《へんしつしゃ》に間違《まちが》われるぐらい、気《き》にするな！」興奮《こうふん》のせいなのか警部《けいぶ》の発言《はつげん》は支離滅裂《しりめつれつ》だ。「じゃあ、身長《しんちょう》はどうだ。ぶつかるぐらいの距離《きょり》ですれ違《ちが》ったんだろ。女《おんな》の身長《しんちょう》はどれぐらいだった？　これぐらいか？」

そういって、警部《けいぶ》は水平《すいへい》に差《さ》し出《だ》した掌《てのひら》を目《め》の前《まえ》の大男《おおおとこ》の首《くび》の下《した》に当《あ》てた。だいたい百五《ひゃくご》十《じっ》センチ程度《ていど》の高《たか》さだ。これで事件《じけん》はすべて解決《かいけつ》――というように意気《いき》込《ご》んで尋《たず》ねる風祭警《かざまつりけい》部《ぶ》。だがその目《め》の前《まえ》で、杉原聡《すぎはらさとし》は巨体《きょたい》を揺《ゆ》らすように首《くび》を振《ふ》った。

「いいや、そんな背《せ》の低《ひく》い女《おんな》じゃなかったな。あの女《おんな》、俺《おれ》のこのへんまであったはずだ」

そういって、男《おとこ》は水平《すいへい》にした掌《てのひら》を自分《じぶん》の顔《かお》の真《ま》ん中《なか》あたりに当《あ》てた。一瞬《いっしゅん》、唖然《あぜん》としたように警部《けいぶ》の表情《ひょうじょう》が凍《こお》りつく。杉原聡《すぎはらさとし》の示《しめ》した高《たか》さは、警部《けいぶ》の示《しめ》した水準《すいじゅん》より二十《にじっ》センチほども上《うえ》。すなわち百七十《ひゃくななじっ》センチのレベルだった。女性《じょせい》としてはかなりの長身《ちょうしん》だ。

この事件《じけん》の容疑者《ようぎしゃ》たちの中《なか》で、それほどの長身《ちょうしん》を誇《ほこ》る女性《じょせい》はひとりしかいない。被害者《ひがいしゃ》の幼馴染《おさななじみ》にして、役者志望《やくしゃしぼう》のフリーター。風祭警部《かざまつりけいぶ》は、臆面《おくめん》もなく彼女《かのじょ》の名前《なまえ》を叫《さけ》んだ。

「斉藤《さいとう》アヤ――やっぱりあいつだったんだな！　思《おも》ったとおりだ！」

思《おも》ってなかったくせに……

5

「……というわけで、風祭警部《かざまつりけいぶ》は斉藤《さいとう》アヤが犯人《はんにん》だというんだけれど、どうなのかしら。確《たし》かに、杉原聡《すぎはらさとし》が見《み》た背《せ》の高《たか》い女《おんな》は斉藤《さいとう》アヤかもしれない。だからといって、必《かなら》ずしも彼女《かのじょ》が野崎伸一殺害犯《のざきしんいちさつがいはん》ということにはならないわ。事件《じけん》の直後《ちょくご》に、偶然斉藤《ぐうぜんさいとう》アヤが被害者《ひがいしゃ》の部屋《へや》を訪《おとず》れ、死体《したい》を発見《はっけん》して恐《こわ》くなって逃《に》げただけなのかもしれない。手《て》にしていた紙袋《かみぶくろ》の中身《なかみ》は彼女自身《かのじょじしん》の荷物《にもつ》――そういう可能性《かのうせい》だってあるでしょ？」

麗子《れいこ》が同意《どうい》を求《もと》めると、彼女《かのじょ》の傍《かたわ》らに影《かげ》のように佇《たたず》む長身《ちょうしん》の男《おとこ》が、わずかに腰《こし》を折《お》る。そして男《おとこ》は、それが彼《かれ》にとって唯一与《ゆいいつあた》えられた台詞《せりふ》であるかのように、澱《よど》みなく答《こた》えた。

「はい。お嬢様《じょうさま》のおっしゃるとおりでございます」

広大《こうだい》すぎて正確《せいかく》な部屋数《へやかず》は誰《だれ》にも判《わか》らないと噂《うわさ》される宝生邸《ほうしょうてい》。その数《かず》ある大広間《おおひろま》の中《なか》のひとつ。北欧《ほくおう》から取《と》り寄《よ》せた高級《こうきゅう》ソファに身《み》を沈《しず》めながら、麗子《れいこ》は今日《きょう》の事件《じけん》について影山《かげやま》に語《かた》っていた。

ちなみに影山《かげやま》はこの屋敷《やしき》の執事《しつじ》。麗子《れいこ》にとっては単《たん》なる使用人《しようにん》に過《す》ぎないのだが、彼女《かのじょ》よりよっぽど犯罪捜査《はんざいそうさ》向《む》きの頭脳《ずのう》を持《も》っている。警察《けいさつ》が持《も》て余《あま》す難事件《なんじけん》について、話《はなし》を聞《き》いただけでアッサリ解決《かいけつ》してしまうこと度々《たびたび》。麗子《れいこ》にとって実《じつ》に役立《やくだ》つ、と同時《どうじ》に実《じつ》に不愉快極《ふゆかいきわ》まりない男《おとこ》でもある。

「それに宮下弘明《みやしたひろあき》の証言《しょうげん》があるわ。被害者《ひがいしゃ》と一緒《いっしょ》にエレベーターから降《お》りてきた背《せ》の低《ひく》い若《わか》い女《おんな》。こっちの女《おんな》は身長《しんちょう》や髪《かみ》の長《なが》さから考《かんが》えて、森野千鶴《もりのちづる》かもしれない。でも、彼女《かのじょ》が犯人《はんにん》だと決《き》め付《つ》ける根拠《こんきょ》も、やっぱりないのよねえ」

要《よう》するに、斉藤《さいとう》アヤと森野千鶴《もりのちづる》、二人《ふたり》とも同《おな》じ程度《ていど》に疑《うたが》わしい状況《じょうきょう》なのだ。決《き》め手《て》になるものがない。溜《た》め息《いき》とともに話《はなし》を終《お》えた麗子《れいこ》の傍《かたわ》らで、影山《かげやま》は恭《うやうや》しく頭《あたま》を下《さ》げた。

「なるほど。事件《じけん》のあらましはよく判《わか》りました。お嬢様《じょうさま》におかれましては、さぞかしお悩《なや》みのことでございましょう。ご心労《しんろう》のほど、お察《さっ》しいたします」そして執事《しつじ》は銀縁眼鏡《ぎんぶちめがね》の奥《おく》から、問《と》いかけるような視線《しせん》を麗子《れいこ》に向《む》けて、ひと言《こと》。「――んで？」

「んで⁉」意外《いがい》な反応《はんのう》に、麗子《れいこ》はソファで背筋《せすじ》を伸《の》ばす。「いや、『んで』って……」

「んで――わたくしに謎《なぞ》を解《と》けと？　お嬢様《じょうさま》が――プロの刑事《けいじ》であらせられるお嬢様《じょうさま》が、この一介《いっかい》の執事《しつじ》にすぎないわたくしに殺人事件《さつじんじけん》の謎《なぞ》を解《と》けと？　本気《ほんき》でございますか？」

「はッ」麗子《れいこ》は催眠《さいみん》から覚《さ》めたような気分《きぶん》で、ソファから立《た》ち上《あ》がった。

なんということだ、宝生麗子《ほうしょうれいこ》！　難事件《なんじけん》に頭《あたま》を悩《なや》ませるあまり、刑事《けいじ》としての面子《メンツ》もお嬢《じょう》様《さま》としてのプライドも忘《わす》れ去《さ》ったか！　よりにもよって自《みずか》らこの男《おとこ》の知恵《ちえ》を頼《たよ》ろうとするとは！

麗子《れいこ》はなんとか威厳《いげん》のある表情《ひょうじょう》を取《と》り繕《つくろ》い、半回転《はんかいてん》して影山《かげやま》に向《む》き直《なお》ると、「冗談《じょうだん》じゃないわよ！」精一杯《せいいっぱい》強《つよ》がるポーズで言《い》い放《はな》った。「なんであたしがズブの素人《しろうと》の力《ちから》を借《か》りるわけ？　あたしはただ、あなたが聞《き》きたがるだろうと思《おも》って話《はなし》をしてあげただけよ。当《あ》たり前《まえ》じゃないの。こんぐらいの謎《なぞ》、自分《じぶん》で解《と》けるわよ！」

「それを聞《き》いて安心《あんしん》いたしました。実《じつ》は、わたくし密《ひそ》かに心配《しんぱい》しておりました。わたくしがお嬢様《じょうさま》の事件《じけん》に首《くび》を突《つ》っ込《こ》むようになって以降《いこう》、せっかくの難事件《なんじけん》をわたくしひとりの力《ちから》で解決《かいけつ》に導《みちび》くこと度々《たびたび》。結果《けっか》、お嬢様《じょうさま》はいらない存在《そんざい》になりつつありました――」

おいこら、そこまでいうか、この暴言執事《ぼうげんしつじ》！　麗子《れいこ》は怒《いか》りのあまり、こめかみをピクピク震《ふる》わせながら、影山《かげやま》の顔《かお》を真正面《ましょうめん》から指差《ゆびさ》した。

「判《わか》ったわよ。あたしが解決《かいけつ》すればいいんでしょ。なーに、簡単《かんたん》よ、こんな事件《じけん》。現場付近《げんばふきん》で怪《あや》しい女性《じょせい》が二人《ふたり》も目撃《もくげき》されているんだもの。二人《ふたり》のうちのどちらかが犯人《はんにん》であることは間違《まちが》いない。事件解決《じけんかいけつ》は、もう目《め》の前《まえ》だわ」

なにせ、答《こた》えは二《ふた》つにひとつ。目《め》を瞑《つむ》って答《こた》えたって、二回《にかい》に一回《いっかい》は当《あ》たる計算《けいさん》だ。

「ふん、影山《かげやま》のほうこそ、今回《こんかい》はいらない存在《そんざい》みたいね」

麗子《れいこ》は目《め》を瞑《つむ》って斉藤《さいとう》アヤと森野千鶴《もりのちづる》の二人《ふたり》の顔《かお》を思《おも》い浮《う》かべながら、ど・ち・ら・に・し・よ・う・か・な……と、ヤマカン頼《だの》みの思索《しさく》にふける。

だが、一瞬《いっしゅん》の静寂《せいじゃく》の後《あと》、執事影山《しつじかげやま》の容赦《ようしゃ》ない暴言《ぼうげん》が再《ふたた》び麗子《れいこ》を襲《おそ》った。

「失礼《しつれい》ながらお嬢様《じょうさま》、やはりしばらくの間《あいだ》、引《ひ》っ込《こ》んでいてくださいますか」

麗子《れいこ》は咄嗟《とっさ》に投《な》げるものを探《さが》した。マイセンのティーカップ、古伊万里《こいまり》の花瓶《かびん》、スイス製《せい》の置時計《おきどけい》――無礼者《ぶれいもの》の執事《しつじ》にお見舞《みま》いしてやるには、いずれも少《すこ》し高級《こうきゅう》すぎる。仕方《しかた》がないので麗子《れいこ》は高級《こうきゅう》じゃない言葉《ことば》を選《えら》んで、影山《かげやま》の顔目《かおめ》掛《が》けて投《な》げつけてやった。

「引《ひ》っ込《こ》んでろ、とはなによ！　そういうあんたのほうこそ引《ひ》っ込《こ》んでろっつーの！」

影山《かげやま》は飛《と》んでくる言葉《ことば》の礫《つぶて》を避《よ》けるように顔《かお》を揺《ゆ》らしながら、「無礼《ぶれい》な物言《ものい》いについてはお詫《わ》びいたします」と丁寧《ていねい》な謝罪《しゃざい》の言葉《ことば》。「しかしながら、わたくしといたしましては、お嬢様《じょうさま》のせいで新《あら》たな冤罪事件《えんざいじけん》が増《ふ》えますのを、黙《だま》って見過《みす》ごすわけにはまいりません」

「冤罪《えんざい》とはなによ！　あたしのヤマカン――いや、あたしの推理《すいり》が当《あ》たらないっていうの？　そうとは限《かぎ》らないでしょ。なにしろ確率《かくりつ》は二分《にぶん》の一《いち》なんだし――」

「さあ、そこが問題《もんだい》でございます。どうやらお嬢様《じょうさま》は、現場付近《げんばふきん》で目撃《もくげき》された二人《ふたり》の女性《じょせい》のうち、どちらか片方《かたほう》が真犯人《しんはんにん》とお考《かんが》えの御様子《ごようす》。ですが、わたくしはそうは思《おも》いません」

「なんですって。じゃあ影山《かげやま》は、二人《ふたり》の女《おんな》がどちらも犯人《はんにん》じゃないっていいたいわけ？」

「いいえ、その逆《ぎゃく》でございます。二人《ふたり》の女性《じょせい》は両方《りょうほう》とも犯人《はんにん》だと思《おも》われます」

「両方《りょうほう》とも犯人《はんにん》……あ、そうか！」麗子《れいこ》の脳裏《のうり》に閃《ひらめ》くものがあった。「判《わか》ったわ。二人《ふたり》は共《きょう》犯《はん》ってことね！」

謎《なぞ》の女性二人《じょせいふたり》が共犯関係《きょうはんかんけい》にある。確《たし》かにそれは一考《いっこう》に値《あたい》する意見《いけん》だ。

「そうよね。例《たと》えば、宮下弘明《みやしたひろあき》が目撃《もくげき》した小柄《こがら》な女性《じょせい》が殺人《さつじん》の実行犯《じっこうはん》で、杉原聡《すぎはらさとし》が目撃《もくげき》した背《せ》の高《たか》い女性《じょせい》が被害者《ひがいしゃ》の衣服《いふく》を持《も》ち去《さ》った。そんな連係《れんけい》プレーは充分考《じゅうぶんかんが》えられるわね」

新《あら》たな可能性《かのうせい》に、麗子《れいこ》は目《め》を見開《みひら》かれる思《おも》い。だが、影山《かげやま》は静《しず》かに首《くび》を振《ふ》った。

「いいえ、お嬢様《じょうさま》。わたくしがいっているのは、共犯《きょうはん》のことではございません」

「え、違《ちが》うの⁉　じゃあ、いったいなんなのよ」

いよいよ訳《わけ》が判《わか》らなくなった麗子《れいこ》に、影山《かげやま》は彼独自《かれどくじ》の意外《いがい》な見解《けんかい》を示《しめ》した。

「わたくしが思《おも》いますに、目撃《もくげき》された二人《ふたり》の女性《じょせい》は同一人物《どういつじんぶつ》でございます」

麗子《れいこ》は黙《だま》ったまま彼《かれ》の目《め》を覗《のぞ》き込《こ》む。べつに冗談《じょうだん》をいってるわけではなさそうだ。そのことを確認《かくにん》した麗子《れいこ》は、噛《か》んで含《ふく》めるような口調《くちょう》で、影山《かげやま》の矛盾点《むじゅんてん》を指摘《してき》した。

「昨夜《さくや》、午後八時《ごごはちじ》に宮下弘明《みやしたひろあき》が目撃《もくげき》した謎《なぞ》の女《おんな》は身長百五十《しんちょうひゃくごじっ》センチ程度《ていど》と思《おも》われる小柄《こがら》な女性《じょせい》。一方《いっぽう》、その三十分後《さんじっぷんご》に杉原聡《すぎはらさとし》が目撃《もくげき》した女《おんな》は身長百七十《しんちょうひゃくななじっ》センチはあろうかという長身《ちょうしん》だった。この二人《ふたり》が同一人物《どういつじんぶつ》だっていうの？」

「さようでございます」影山《かげやま》は当然《とうぜん》とばかりに頭《あたま》を下《さ》げる。

麗子《れいこ》はなんだか、からかわれているような気分《きぶん》になって、「んなわけあるか！」と思《おも》わず叫《さけ》ぶ。「だって、あり得《え》ないわ。たった三十分《さんじっぷん》の間《あいだ》に、百五十《ひゃくごじっ》センチの女《おんな》が急《きゅう》に二十《にじっ》センチも背《せ》が伸《の》びて百七十《ひゃくななじっ》センチに成長《せいちょう》したとでもいうの？」

しかし影山《かげやま》は麗子《れいこ》の問《と》いには答《こた》えずに、淡々《たんたん》と自分《じぶん》のペースで話《はな》を進《すす》めた。

「そもそも疑問《ぎもん》に思《おも》うべきは、宮下弘明《みやしたひろあき》の証言《しょうげん》でございます。ギックリ腰《ごし》を発症《はっしょう》し、杖《つえ》を突《つ》いて前《まえ》かがみで歩《ある》かざるを得《え》ない、そんな不自然《ふしぜん》な体勢《たいせい》をとっている宮下《みやした》に、なぜ見知《みし》らぬ女性《じょせい》の身長《しんちょう》が正確《せいかく》に百五十《ひゃくごじっ》センチと断定《だんてい》できたのでございましょう」

「あら、それは不思議《ふしぎ》でもなんでもないわ。宮下《みやした》は野崎《のざき》との比較《ひかく》で女《おんな》の身長《しんちょう》を測《はか》ったのよ。野崎《のざき》の隣《となり》に住《す》む宮下《みやした》は、野崎《のざき》の身長《しんちょう》が百六十《ひゃくろくじっ》センチ程度《ていど》だということを知《し》っている。そして謎《なぞ》の女《おんな》の身長《しんちょう》は、その野崎《のざき》の耳《みみ》ぐらいの高《たか》さだった。だから百五十《ひゃくごじっ》センチ程度《ていど》と判断《はんだん》した。宮下本人《みやしたほんにん》がそういっていたわ。べつにおかしくないでしょ」

「確《たし》かに、おかしくはございません。しかしながら――」影山《かげやま》はレンズの奥《おく》から鋭《するど》い視線《しせん》を麗子《れいこ》に投《な》げかけた。「そのときの野崎《のざき》の身長《しんちょう》は、本当《ほんとう》に百六十《ひゃくろくじっ》センチだったのでございましょうか？　もし、そのときの野崎《のざき》の身長《しんちょう》が百七十《ひゃくななじっ》センチほどあったとしたら、いかがでしょうか？」

「い、いかがもなにも、そんなわけないじゃない！　野崎《のざき》の身長《しんちょう》が急《きゅう》に十《じっ》センチも伸《の》びるわけが……」

「おや、お嬢様《じょうさま》」影山《かげやま》は眼鏡《めがね》の縁《ふち》を軽《かる》く持《も》ち上《あ》げながら、皮肉《ひにく》な笑《え》みを浮《う》かべた。「確《たし》か、お嬢様《じょうさま》はおっしゃったはずでは？　十《じっ》センチ近《ちか》く背《せ》を高《たか》くすることは可能《かのう》であると」

「ひょっとして、ヒールの高《たか》い靴《くつ》を履《は》けば――って話《はなし》？」確《たし》かに、麗子《れいこ》は風祭警部《かざまつりけいぶ》の前《まえ》でそういう発言《はつげん》をした。「馬鹿《ばか》ね。それは女性《じょせい》の場合《ばあい》でしょ。野崎《のざき》は男《おとこ》なのよ」

「しかし、男性用《だんせいよう》もございます。お嬢様《じょうさま》もご存《ぞん》じでしょう。通販《つうはん》などでお馴染《なじ》みのアレを」

通販《つうはん》と聞《き》いた瞬間《しゅんかん》、麗子《れいこ》にもピンとくるものがあった。

「ア、アレってまさか『履《は》くだけであなたの身長《しんちょう》が八《はっ》センチアップ！』っていうアレ？」

「はい。さすがは、お嬢様《じょうさま》」影山《かげやま》は感服《かんぷく》したように頭《こうべ》をたれて、その重要《じゅうよう》アイテムの名前《なまえ》を口《くち》にした。「ご存《ぞん》じ、シークレットシューズでございます」

シークレットシューズ。通常《つうじょう》の靴《くつ》よりも踵《かかと》の部分《ぶぶん》が分厚《ぶあつ》くなった、悩《なや》める男性《だんせい》のためのハイヒール。名前《なまえ》はシークレットだが、その存在《そんざい》は誰《だれ》もが知《し》っている、まさに公然《こうぜん》の秘密《ひみつ》ともいうべき魔法《まほう》の靴《くつ》だ。

「そういえば、そういう便利《べんり》グッズがあったわね……」犯罪《はんざい》とは無縁《むえん》と思《おも》われる意外《いがい》なアイテムの登場《とうじょう》に、麗子《れいこ》は当惑《とうわく》を隠《かく》せない。「でも、待《ま》って。確《たし》かアレは二十世紀《にじっせいき》の終焉《しゅうえん》とともに、この世《よ》から絶滅《ぜつめつ》したはずじゃ……」

「いいえ、お嬢様《じょうさま》。二十一世紀《にじゅういっせいき》になろうとも、この世《よ》の中《なか》に背《せ》の低《ひく》いことで悩《なや》む男性《だんせい》がいる限《かぎ》り、そして背《せ》の高《たか》い男性《だんせい》に無闇《むやみ》な憧《あこが》れを抱《いだ》く女性《じょせい》がいる限《かぎ》り、シークレットシューズが消《き》えてなくなることはありません。シークレットシューズは永久《えいきゅう》に不滅《ふめつ》でございます」

「そ、そうね。そうかもしれないわね。実際《じっさい》、野崎《のざき》は背《せ》の低《ひく》い男性《だんせい》だったし。だけど証拠《しょうこ》はあるの？　野崎《のざき》がシークレットシューズの愛用者《あいようしゃ》だったという証拠《しょうこ》が」

「いえ、証拠《しょうこ》はございません。しかし、昨夜《さくや》の彼《かれ》がシークレットシューズを使用《しよう》していたと考《かんが》えるならば、そしてその効果《こうか》で十《じっ》センチ近《ちか》く身長《しんちょう》を高《たか》く見《み》せていたと考《かんが》えるならば、今回《こんかい》の全裸殺人事件《ぜんらさつじんじけん》は非常《ひじょう》によく辻褄《つじつま》が合《あ》うのでございます」

「そうかしら。どうもよく話《はなし》が見《み》えないんだけれど」

お願《ねが》いだから、わたしにも判《わか》るように説明《せつめい》して――という屈辱的《くつじょくてき》な台詞《せりふ》はお嬢様《じょうさま》のプライドが許《ゆる》さない。そこで麗子《れいこ》はべつの言《い》い方《かた》を考《かんが》えた。「お願《ねが》い！　風祭警部《かざまつりけいぶ》にも判《わか》るように説明《せつめい》してちょうだい！」

「かしこまりました」

影山《かげやま》は一礼《いちれい》してから、順《じゅん》を追《お》って説明《せつめい》をはじめた。

「まず昨夜《さくや》の野崎《のざき》はシークレットシューズのお陰《かげ》で十《じっ》センチほど嵩上《かさあ》げして、その身長《しんちょう》は百《ひゃく》七十《ななじっ》センチ近《ちか》かった。これを前提《ぜんてい》に考《かんが》えてまいります。野崎《のざき》はこの状態《じょうたい》で、なにをしていたか。もちろん、好《す》きな女性《じょせい》と会《あ》っていたのでございましょう。そんなさなか、おそらく女性《じょせい》のほうが、このようなことを言《い》い出《だ》したのではないでしょうか。『今夜《こんや》、あなたのお部屋《へや》に連《つ》れてって』と」

なるほど。ありそうな要求《ようきゅう》だと麗子《れいこ》は思《おも》った。

「野崎《のざき》は一瞬喜《いっしゅんよろこ》び、そして深《ふか》く悩《なや》んだことでしょう。彼女《かのじょ》をモノにする絶好《ぜっこう》のチャンスではあります。しかしながら、彼女《かのじょ》を部屋《へや》に上《あ》げるということは、すなわち自分《じぶん》も靴《くつ》を脱《ぬ》ぐ、ということを意味《いみ》します。どうするべきか。まあ、野崎《のざき》の心《こころ》の中《なか》の葛藤《かっとう》については、ここで触《ふ》れることはいたしません。要《よう》するに野崎《のざき》は悩《なや》んだ挙句《あげく》、彼女《かのじょ》を部屋《へや》に連《つ》れていくことを選択《せんたく》したのでございます。危険《きけん》な決断《けつだん》ではあります。しかし彼《かれ》にしてみれば、好意《こうい》を持《も》った女性《じょせい》を前《まえ》にして、千載一遇《せんざいいちぐう》のチャンスをみすみす逃《のが》すことなど、到底《とうてい》できなかったのでございましょう」

判《わか》る判《わか》る、というふうに影山《かげやま》は頷《うなず》いた。彼《かれ》には判《わか》るのだろう、と麗子《れいこ》は思《おも》った。

「こうして、昨夜《さくや》の午後八時《ごごはちじ》ごろ、野崎《のざき》は若《わか》い女性《じょせい》とともに、『ハイツ武蔵野《むさしの》』の五階《ごかい》エレベーターホールに現《あらわ》れます。そんな二人《ふたり》にギックリ腰《ごし》の宮下《みやした》が遭遇《そうぐう》します。このとき、宮下《みやした》の腰《こし》がピンと伸《の》びていれば、野崎《のざき》の身長《しんちょう》が普段《ふだん》より若干高《じゃっかんたか》いことに気《き》がついたかもしれません。しかし前《まえ》かがみになって杖《つえ》を突《つ》いた状態《じょうたい》の宮下《みやした》は、なんら気《き》がつくことはなく、野崎《のざき》のことを普段《ふだん》どおりの小柄《こがら》な男《おとこ》と信《しん》じて疑《うたが》いません。そして、その野崎《のざき》よりさらに小《ちい》さく映《うつ》る女性《じょせい》を、身長百五十《しんちょうひゃくごじっ》センチと早合点《はやがてん》してしまったのでございます」

「でも、実際《じっさい》には、そのときの野崎《のざき》は百七十《ひゃくななじっ》センチ近《ちか》くあった。ということは、一緒《いっしょ》にいた女性《じょせい》も百六十《ひゃくろくじっ》センチぐらいはあったってこと？」

「そういうことでございます」

影山《かげやま》の言葉《ことば》とともに、麗子《れいこ》の脳裏《のうり》からは斉藤《さいとう》アヤと森野千鶴《もりのちづる》の姿《すがた》が消《き》え去《さ》った。代《か》わって第一発見者《だいいちはっけんしゃ》の澤田絵里《さわだえり》と代議士《だいぎし》の娘《むすめ》、黛香苗《まゆずみかなえ》の姿《すがた》が浮上《ふじょう》する。二人《ふたり》はともに百六十《ひゃくろくじっ》センチ程《てい》度《ど》の背丈《せたけ》だ。

「ここからが今回《こんかい》の悲喜劇《ひきげき》の本当《ほんとう》のはじまりでございます。野崎《のざき》はその女性《じょせい》を自分《じぶん》の部屋《へや》に招《まね》きいれ、そして彼自身《かれじしん》もシークレットシューズを脱《ぬ》いで部屋《へや》に上《あ》がります。たちまち、二人《ふたり》の背丈《せたけ》はほぼ同《おな》じになります。その瞬間《しゅんかん》、彼女《かのじょ》の頭上《ずじょう》には『？・？・？』。たくさんのハテナマークが点灯《てんとう》したことでしょう。しかし、こういう場合《ばあい》、男《おとこ》のほうはどうするかといえば、『まあ、いいじゃないの』――なし崩《くず》し的《てき》に事《こと》を進《すす》めようとしたはずでございます」

「そういうものなの、男《おとこ》の人《ひと》って？」

「そういうものでございますよ、お嬢様《じょうさま》」

「…………」

そうハッキリ断言《だんげん》されては、麗子《れいこ》も納得《なっとく》するしかない。「判《わか》ったわ。続《つづ》けて」

「はい。この場面《ばめん》、女性《じょせい》のほうにしてみれば、なし崩《くず》し的《てき》に『まあ、いいか』とはいかない状況《じょうきょう》でございます。なにしろ身長百七十《しんちょうひゃくななじっ》センチの恰好《かっこう》いいはずの彼《かれ》が、一瞬《いっしゅん》で百六十《ひゃくろくじっ》センチの小男《こおとこ》に変貌《へんぼう》したのです。『騙《だま》したのね！』と憤《いきどお》るのが普通《ふつう》の反応《はんのう》でございましょう。一方《いっぽう》、男《おとこ》のほうは男《おとこ》のほうで、『背《せ》が低《ひく》くてなにが悪《わる》い！』と開《ひら》き直《なお》るしかありません。こうして、二人《ふたり》が睦《むつ》まじく愛《あい》を語《かた》り合《あ》うはずだった五〇四号室《ごまるよんごうしつ》は、いまや裏切《うらぎ》りと憎《にく》しみ、落胆《らくたん》とコンプレックスが入《い》り混《ま》じった修羅場《しゅらば》と化《か》してしまったのでございます。そして、ついに悲劇《ひげき》は起《お》こりました」

「女《おんな》が灰皿《はいざら》で男《おとこ》の頭《あたま》を殴《なぐ》った。当《あ》たり所《どころ》が悪《わる》くて、男《おとこ》は死《し》んでしまった」

「さようでございます。まあ、事件《じけん》そのものは痴話喧嘩《ちわげんか》の中《なか》で偶然起《ぐうぜんお》こった事故《じこ》みたいなものに過《す》ぎません。しかし殺人《さつじん》は殺人《さつじん》です。犯人《はんにん》の女性《じょせい》はすぐさま現場《げんば》から立《た》ち去《さ》ろうと考《かんが》えます。するとそのとき、犯人《はんにん》の視界《しかい》に気《き》になるものが映《うつ》ります。非常《ひじょう》に細《こま》かいことですが、しかし見過《みす》ごせない点《てん》でもあります。お判《わか》りになりますか」

「全然《ぜんぜん》ピンとこないけど……なんのこと？」

「被害者《ひがいしゃ》、野崎伸一《のざきしんいち》の穿《は》いているズボン、その裾《すそ》の部分《ぶぶん》でございます」

「裾《すそ》⁉　ズボンの裾《すそ》が、どう見過《みす》ごせないっていうの？」

「はい。そのズボンはシークレットシューズの効果《こうか》を最大限活《さいだいげんい》かすために、通常《つうじょう》のものよりも股下《またした》が長《なが》くなっていたと思《おも》われます。つまり裾《すそ》の部分《ぶぶん》にだぶつきがある。シークレットシューズを履《は》いた状態《じょうたい》ならば、その長《なが》い裾《すそ》は厚底《あつぞこ》のシューズを隠《かく》す役目《やくめ》を果《は》たします。逆《ぎゃく》にシューズを脱《ぬ》いだ状態《じょうたい》ですと、余《あま》った裾《すそ》は非常《ひじょう》にみっともない感《かん》じになります。この不自然《ふしぜん》に長《なが》い裾《すそ》をプロの捜査員《そうさいん》が見《み》た場合《ばあい》、彼《かれ》らはどう思《おも》うでしょうか。『被害者《ひがいしゃ》はシークレットシューズを履《は》いていたのではないか』そう推理《すいり》する切《き》れ者《もの》の捜査員《そうさいん》がいないとも限《かぎ》りません。犯人《はんにん》はそのことを恐《おそ》れたのでございます」

そこまでの切《き》れ者《もの》が国立署《くにたちしょ》にいるだろうか。麗子《れいこ》はその点《てん》に疑問《ぎもん》を感《かん》じたが、ま、それはともかくとして——「べつにいいんじゃないの？　野崎《のざき》のシークレットシューズが捜査員《そうさいん》にバレたとしても。そんなにマズイことかしら」

「少《すく》なくとも、いいことはございません。シークレットシューズというアイテムは、主《おも》に背《せ》の低《ひく》い男性《だんせい》が女性《じょせい》にモテたいがために用《もち》いるもの。その存在《そんざい》は、被害者《ひがいしゃ》が死《し》の直前《ちょくぜん》に女《おんな》と会《あ》っていたということを連想《れんそう》させます」

「そうかしら。会社《かいしゃ》に履《は》いていく人《ひと》も、いるんじゃないの？」

「確《たし》かにそういう人《ひと》もいるでしょうが、少《すく》なくとも野崎《のざき》はそうではありません。そのことは彼《かれ》の部屋《へや》の玄関《げんかん》に並《なら》んだ他《ほか》の靴《くつ》を見《み》れば判《わか》ります。シューズラックに並《なら》んだ革靴《かわぐつ》はごく普通《ふつう》のものでした。つまり彼《かれ》のシークレットシューズは通勤用《つうきんよう》ではない。彼《かれ》は会社《かいしゃ》では、普通《ふつう》に百六十《ひゃくろくじっ》センチの小柄《こがら》な男性社員《だんせいしゃいん》として働《はたら》いていたのです。だとすれば、彼《かれ》がそれを履《は》いて会《あ》う特別《とくべつ》な相手《あいて》というのは、会社《かいしゃ》の女性《じょせい》ではありません。会社以外《かいしゃいがい》の交友関係《こうゆうかんけい》の中《なか》の女性《じょせい》ということになるのでございます」

「なるほどね。野崎《のざき》がシークレットシューズを履《は》いていた、というただひとつの事実《じじつ》によって、容疑者《ようぎしゃ》の範囲《はんい》は一気《いっき》に狭《せば》まってしまう。それは犯人《はんにん》にとって都合《つごう》が悪《わる》いわね」

「はい。だからこそ、犯人《はんにん》はシークレットシューズの存在《そんざい》を隠《かく》したい。その存在《そんざい》が捜査員《そうさいん》の頭《あたま》の中《なか》にチラリとでも浮《う》かぶような、そんな危険《きけん》もできれば避《さ》けたい。犯人《はんにん》はそう考《かんが》えたのでしょう。そこで犯人《はんにん》はどのような行動《こうどう》に出《で》たか——もう、お判《わか》りですね、お嬢様《じょうさま》」

「判《わか》ったわ。犯人《はんにん》は被害者《ひがいしゃ》のズボンを脱《ぬ》がせたのね。長《なが》すぎる裾《すそ》を隠《かく》すために」

「さすが、お嬢様《じょうさま》、慧眼《けいがん》でいらっしゃいます」と影山《かげやま》は見《み》え透《す》いたお世辞《せじ》。「しかしながら、ズボンを脱《ぬ》がせただけですと、かえって捜査員《そうさいん》の注目《ちゅうもく》は脱《ぬ》がされたズボンに集中《しゅうちゅう》してしまいます。捜査員《そうさいん》はクローゼットの中《なか》のズボンを調《しら》べることでしょう。そうなれば、そこには同《おな》じように裾《すそ》の長《なが》いズボンが何本《なんぼん》か見《み》つかるかもしれません。これでは犯人《はんにん》にとって、ヤブヘビになってしまいます」

「ズボンだけを脱《ぬ》がせるやり方《かた》では、不充分《ふじゅうぶん》ってわけね」

「はい。そこで犯人《はんにん》は、死体《したい》の上半身《じょうはんしん》も脱《ぬ》がせることにします。茶色《ちゃいろ》いスーツの上着《うわぎ》を脱《ぬ》がせて、ワイシャツも脱《ぬ》がせる。すると死体《したい》は下着姿《したぎすがた》になってしまいます。ここまできたら、もうほとんど裸《はだか》のようなもの。いっそのこと下着《したぎ》も靴下《くつした》も全部脱《ぜんぶぬ》がせて全裸死体《ぜんらしたい》にしてしまえ――犯人《はんにん》がそのように考《かんが》えたとしても不思議《ふしぎ》ではございません」

「確《たし》かに、それぐらい徹底《てってい》したほうが、犯人《はんにん》の意図《いと》は読《よ》まれにくくなるわね」

そして実際《じっさい》、犯人《はんにん》はそのようなやり方《かた》を選《えら》んだのだろう。かくして小柄《こがら》な独身男《どくしんおとこ》の部屋《へや》に謎《なぞ》の全裸死体《ぜんらしたい》が出現《しゅつげん》したというわけだ。次々《つぎつぎ》に明《あき》らかにされていく事件《じけん》の全貌《ぜんぼう》。その意外《いがい》さに、麗子《れいこ》は興奮《こうふん》を隠《かく》しきれなかった。

「被害者《ひがいしゃ》を全裸《ぜんら》にした犯人《はんにん》は、それからどうしたのかしら」

「犯人《はんにん》は被害者《ひがいしゃ》から脱《ぬ》がせた衣服《いふく》を紙袋《かみぶくろ》に入《い》れて、いよいよ現場《げんば》から逃走《とうそう》しようとします。

もちろん、玄関《げんかん》のシークレットシューズを持《も》ち去《さ》ることを忘《わす》れてはいけません。――と、おそらくそのとき、犯人《はんにん》の頭《あたま》にひとつのアイデアが浮《う》かんだのでございます」

「アイデア？」

「はい。現場《げんば》からの逃走《とうそう》をより安全《あんぜん》なものにするアイデア。すなわち変装《へんそう》でございます。といっても、ただの変装《へんそう》ではございません。自分《じぶん》の身長《しんちょう》を一瞬《いっしゅん》で十《じっ》センチ近《ちか》くもアップさせる、実《じっ》に効果的《こうかてき》な変装《へんそう》でございます。そのための恰好《かっこう》のアイテムが犯人《はんにん》の目《め》の前《まえ》にあるのですから、これを使《つか》わない手《て》はございません」

「そっか！　被害者《ひがいしゃ》の利用《りよう》したシークレットシューズを、今度《こんど》は犯人《はんにん》が利用《りよう》したのね」

「はい。男女《だんじょ》の違《ちが》いはあれど、被害者《ひがいしゃ》も犯人《はんにん》もほぼ同《おな》じ身長《しんちょう》。足《あし》のサイズもそう大《おお》きく違《ちが》わなかったものと思《おも》われます。つま先《さき》に詰《つ》め物《もの》でもしておけば、女性《じょせい》の犯人《はんにん》にも充分《じゅうぶん》に履《は》くことができたでしょう。もちろん、男性用《だんせいよう》の靴《くつ》を女性《じょせい》が履《は》くのですから、見《み》た目《め》は不恰好《ぶかっこう》になります。しかし裾《すそ》の長《なが》いズボンを履《は》けば、靴《くつ》を目立《めだ》たなくすることは可能《かのう》です。そのような裾《すそ》の長《なが》いズボンは、被害者《ひがいしゃ》のクローゼットの中《なか》にございます」

「犯人《はんにん》はクローゼットの中《なか》から裾《すそ》の長《なが》い太目《ふとめ》のジーンズを見《み》つけて、それを穿《は》いた」

「さらに男物《おとこもの》の長袖《ながそで》シャツとツバのある帽子《ぼうし》。いずれもクローゼットから拝借《はいしゃく》したものでしよう。長《なが》い髪《かみ》の毛《け》は帽子《ぼうし》の中《なか》に隠《かく》したものと思《おも》われます。こうして変装《へんそう》を終《お》えた犯人《はんにん》は、紙《かみ》袋《ぶくろ》を持《も》って五〇四号室《ごまるよんごうしつ》を出《で》ます。これが昨夜《さくや》の午後八時半《ごごはちじはん》のことでございます」

「その直後《ちょくご》、犯人《はんにん》は廊下《ろうか》の途中《とちゅう》で杉原聡《すぎはらさとし》とぶつかりそうになった。なにも知《し》らない杉原《すぎはら》は相《あい》手《て》を百七十《ひゃくななじっ》センチ程度《ていど》の長身《ちょうしん》の女性《じょせい》と勘違《かんちが》いした。シークレットシューズによる変装《へんそう》が、まさしく功《こう》を奏《そう》したってわけね」

「はい。これで、納得《なっとく》していただけたことでしょう。二人《ふたり》の目撃者《もくげきしゃ》、宮下《みやした》と杉原《すぎはら》は二人《ふたり》別々《べつべつ》の女性《じょせい》を目撃《もくげき》したわけではございません。ただ一足《いっそく》のシークレットシューズが被害者《ひがいしゃ》と犯人《はんにん》の間《あいだ》でリレーされた結果《けっか》、宮下《みやした》はその女性《じょせい》を百五十《ひゃくごじっ》センチと判断《はんだん》し、杉原《すぎはら》は同《おな》じ女性《じょせい》を百七《ひゃくなな》十《じっ》センチと判断《はんだん》したのでございます。犯人《はんにん》の身長《しんちょう》が急《きゅう》に伸《の》びたわけではございません」

「なるほど。影山《かげやま》のいったとおり、二人《ふたり》は同一人物《どういつじんぶつ》だったのね」

麗子《れいこ》は感嘆《かんたん》するように呻《うめ》いた。もちろん、影山《かげやま》の推理《すいり》はあくまでも『野崎伸一《のざきしんいち》がシークレットシューズを履《は》いていたなら』という仮定《かてい》の下《もと》に推《お》し進《すす》めてきたものにすぎない。だが、それがこうして全裸死体《ぜんらしたい》や二人《ふたり》の目撃証言《もくげきしょうげん》と綺麗《きれい》に結《むす》びついたところをみると、やはり彼《かれ》の推理《すいり》は、事件《じけん》の核心《かくしん》を突《つ》いているのだろう。影山《かげやま》は今回《こんかい》もまたその特異《とくい》な能力《のうりょく》で、見事《みごと》に全《ぜん》裸殺人《らさつじん》の謎《なぞ》を解《と》き明《あ》かしたわけだ。彼《かれ》こそは並外《なみはず》れた慧眼《けいがん》の持《も》ち主《ぬし》と、麗子《れいこ》は舌《した》を巻《ま》かざるを得《え》ない。「――んで？」

「んで⁉」意外《いがい》な言葉《ことば》を聞《き》いたように、影山《かげやま》が目《め》を瞬《しばた》かせる。『んで？』とは、なんでございましょうか、お嬢様《じょうさま》」

「んで――要《よう》するに野崎伸一《のざきしんいち》を殺害《さつがい》した犯人《はんにん》は誰《だれ》なの？　ここまで推理《すいり》できてるんなら、どうせ判《わか》ってるんでしょ。ほらほら、もったいぶらずに教《おし》えなさいよ」

「ああ、お嬢様《じょうさま》……」影山《かげやま》は深《ふか》い落胆《らくたん》を示《しめ》すようにゆるゆると首《くび》を振《ふ》り、哀《あわ》れむような視線《しせん》で麗子《れいこ》を見据《みす》えた。「お嬢様《じょうさま》は国立署捜査一課《くにたちしょそうさいっか》の現職刑事《げんしょくけいじ》のはず。少《すこ》しは御自分《ごじぶん》でお考《かんが》えください。そんなことだから『いらない存在《そんざい》』などと、馬鹿《ばか》にされるのでございますよ」

「あんたが、自分《じぶん》でそういったんでしょーが！」

麗子《れいこ》は大《おお》いに不満《ふまん》だったが、執事《しつじ》ごときにこれ以上馬鹿《いじょうばか》にされてはたまらない。

「判《わか》ったわよ。いわれなくたって、自分《じぶん》で考《かんが》えるわよ。ふん、簡単《かんたん》じゃない。要《よう》するに犯人《はんにん》は身長百六十《しんちょうひゃくろくじっ》センチ程度《ていど》の若《わか》い女《おんな》。つまり澤田絵里《さわだえり》か黛香苗《まゆずみかなえ》のどちらかに違《ちが》いないわ。答《こた》えは二《ふた》つにひとつじゃないの――」

そして麗子《れいこ》はさっそく目《め》を瞑《つむ》って、ど・ち・ら・に・し・よ・う・か・な……

「ヤマカン頼《だの》みはおやめください、お嬢様《じょうさま》」と影山《かげやま》はすべてお見通《みとお》しである。「澤田絵里《さわだえり》と黛《まゆずみ》香苗《かなえ》、どちらが犯人《はんにん》かは、理《り》詰《づ》めで考《かんが》えればすぐ判《わか》ることでございます」

その理《り》詰《づ》めというのが苦手《にがて》なのだが、こうまでいわれては麗子《れいこ》も頭《あたま》を働《はたら》かせるしかない。ソファに腰《こし》を下《お》ろして腕《うで》を組《く》み、眉間《みけん》に皺《しわ》を刻《きざ》みながら、必死《ひっし》で考《かんが》えるフリをする。そうこうするうちに、やがて麗子《れいこ》の頭上《ずじょう》にも知恵《ちえ》の神様《かみさま》が舞《ま》い降《お》りた。そうそう、やはりポイントはシークレットシューズなのだ。

「要《よう》するにこれは、野崎伸一《のざきしんいち》がシークレットシューズを履《は》きながら付《つ》き合《あ》っていた女性《じょせい》はどちらか、という問題《もんだい》よね。二人《ふたり》とも出会《であ》いのきっかけはパーティー。付《つ》き合《あ》っていた期間《きかん》は、ここ一《いっ》ヶ月程度《げつていど》。その点《てん》では両者《りょうしゃ》に差《さ》はないわ」

影山《かげやま》は表情《ひょうじょう》を変《か》えないまま、目《め》だけで頷《うなず》く。麗子《れいこ》は自信《じしん》を持《も》って続《つづ》けた。

「けれど、澤田絵里《さわだえり》は野崎《のざき》と二人《ふたり》で海水浴《かいすいよく》にいっている。海水浴場《かいすいよくじょう》で撮《と》った写真《しゃしん》を見《み》せられたから、間違《まちが》いないわ。その写真《しゃしん》に足元《あしもと》は写《うつ》っていなかったけれど、まさか野崎《のざき》が砂浜《すなはま》でシークレットシューズを履《は》いていたとは思《おも》えない。野崎《のざき》は澤田絵里《さわだえり》の前《まえ》では、本来《ほんらい》の自分《じぶん》をさらけ出《だ》していたということね。だとすれば、いまさら野崎《のざき》が澤田絵里《さわだえり》とのデートでシークレットシューズを履《は》く意味《いみ》はない。よって澤田絵里《さわだえり》は犯人《はんにん》ではない」

そして麗子《れいこ》は、今回《こんかい》の事件《じけん》を締《し》めくくるように、真犯人《しんはんにん》の名《な》を告《つ》げた。

「犯人《はんにん》は黛香苗《まゆずみかなえ》よ。野崎《のざき》は文字《もじ》どおり背伸《せの》びをして、代議士《だいぎし》の娘《むすめ》と付《つ》き合《あ》っていたのね」

いかがかしら、わたしの推理《すいり》は——麗子《れいこ》はおそるおそる影山《かげやま》の様子《ようす》を窺《うかが》う。

執事《しつじ》はいままで口《くち》にしてきた数々《かずかず》の暴言《ぼうげん》など、すっかり忘《わす》れ去《さ》ったかのように微笑《ほほえ》みを浮《う》かべ、深々《ふかぶか》と頭《あたま》を下《さ》げながら渋《しぶ》い低音《ていおん》を発《はっ》した。

「お見事《みごと》でございます。さすがは、お嬢様《じょうさま》——」

第《だい》六《ろく》話《わ》

死《し》者《しゃ》からの伝《でん》言《ごん》をどうぞ

1

「……おそらく、児玉絹江《こだまきぬえ》を殺《ころ》したのは長男《ちょうなん》の和夫《かずお》だな。和夫《かずお》と絹江《きぬえ》とは、会社《かいしゃ》の方針《ほうしん》を巡《めぐ》って意見《いけん》の相違《そうい》があり、それが事件《じけん》を引《ひ》き起《お》こした。そうだろ、宝生君《ほうしょうくん》」

「しかし証拠《しょうこ》はありません。それに和夫《かずお》には、いちおうのアリバイがあります」

蒸《む》し暑《あつ》い夏《なつ》の夜《よる》。闇《やみ》をバックにしながら巨大《きょだい》な門《もん》から現《あらわ》れたのは風祭警部《かざまつりけいぶ》と宝生麗子《ほうしょうれいこ》である。風祭警部《かざまつりけいぶ》は彼特有《かれとくゆう》のセンスを存分《ぞんぶん》に発揮《はっき》した白《しろ》いスーツ姿《すがた》。警察官《けいさつかん》だからいいようなものの、もしもヤクザ社会《しゃかい》なら、これは若頭《わかがしら》のファッションだ。一方《いっぽう》、麗子《れいこ》は上品《じょうひん》な光沢《こうたく》を放《はな》つグレーのパンツスーツ。社会人《しゃかいじん》としての常識《じょうしき》をわきまえたファッションである。

金融業《きんゆうぎょう》を営《いとな》む児玉絹江《こだまきぬえ》の豪華《ごうか》な屋敷《やしき》の前《まえ》。塀《へい》に沿《そ》って数台《すうだい》のパトカーが鼻面《はなづら》を並《なら》べる中《なか》、一台《いちだい》の英国車《えいこくしゃ》が月光《げっこう》を反射《はんしゃ》して銀色《ぎんいろ》の輝《かがや》きを放《はな》っている。風祭警部《かざまつりけいぶ》は傍《かたわ》らに控《ひか》える凜々《りり》しくも美《うつく》しい部下《ぶか》に微妙《びみょう》な視線《しせん》を送《おく》った。

「しかしまあ、捜査《そうさ》はまだこれからだ。先《さき》は長《なが》い。昨夜《さくや》は事件《じけん》のお陰《かげ》で徹夜《てつや》だったし、今日《きょう》も一日中《いちにちじゅう》動き回《まわ》って疲《つか》れた。今夜《こんや》はぐっすり休《やす》んで英気《えいき》を養《やしな》うとしよう。ああ、そうだ、ちょうどいい！」そういって風祭警部《かざまつりけいぶ》は愛車《あいしゃ》の助手席《じょしゅせき》の扉《とびら》に手《て》を掛《か》けた。「宝生君《ほうしょうくん》、僕《ぼく》のジャガーに乗《の》りたまえ。家《いえ》まで送《おく》っていってあげ――」

「結構《けっこう》です！」麗子《れいこ》は開《ひら》かれた扉《とびら》を押《お》し戻《もど》すようにバンッと閉《し》め、黒縁《くろぶち》のダテ眼鏡《めがね》の奥《おく》から怜悧《れいり》な視線《しせん》を上司《じょうし》へと向《む》けた。「必要《ひつよう》ありません。タクシーで帰《かえ》れますから」

風祭警部《かざまつりけいぶ》は彼女《かのじょ》の気迫《きはく》に押《お》されるように、愛車《あいしゃ》の側面《そくめん》に背中《せなか》を押《お》し付《つ》けながら、

「君《きみ》は僕《ぼく》のジャガーにけっして乗《の》りたがらないようだけど――そんなに嫌《きら》いか!?　君《きみ》は、そんなにジャガーが嫌《きら》いなのか!?」

「いえ、べつにジャガーが嫌《きら》いなわけでは――」

これ以上《いじょう》、いわせないでくださいね、警部《けいぶ》。麗子《れいこ》が軽《かる》く睨《にら》むと、警部《けいぶ》もなにかを敏感《びんかん》に察《さっ》したらしく、端正《たんせい》な顔《かお》に引《ひ》き攣《つ》ったような笑《え》みを浮《う》かべた。

「判《わか》った。君《きみ》がそういうなら、僕《ぼく》も無理《むり》にとはいわない」素早《すばや》くジャガーに乗《の》り込《こ》んだ警部《けいぶ》は運転席《うんてんせき》の窓《まど》から顔《かお》を覗《のぞ》かせ、「では明日《あした》も、現場《げんば》で会《あ》おう」と部下《ぶか》との再会《さいかい》を約束《やくそく》し、愛《あい》車《しゃ》を急発進《きゅうはっしん》。速度違反《そくどいはん》のジャガーはコーナーをギュンと曲《ま》がって、視界《しかい》から消《き》えた。

「あんなに飛《と》ばして、ネズミ捕《と》りに引《ひ》っ掛《か》からなきゃいいけど……」

部下《ぶか》としては心配《しんぱい》なところだが、まあ、そこは警部《けいぶ》のことだ。肩書《かたがき》でも権力《けんりょく》でも財産《ざいさん》でも、なんでも利用《りよう》して事《こと》なきを得《え》るだろう。なにしろ風祭警部《かざまつりけいぶ》は国立署《くにたちしょ》きっての若《わか》きエリート警《けい》部《ぶ》であると同時《どうじ》に、『風祭《かざまつり》モータース』創業家《そうぎょうけ》の御曹司《おんぞうし》なのだから。

「そんなことより」麗子《れいこ》は歩道《ほどう》を歩《ある》きながら携帯《けいたい》を取《と》り出《だ》し、いつもの番号《ばんごう》を呼《よ》び出《だ》す。応《おう》答《とう》する声《こえ》に向《む》かってひと言《こと》、「終《お》わったわ」と告《つ》げると、それから一分三十秒後《いっぷんさんじゅうびょうご》には一台《いちだい》のリムジンが麗子《れいこ》の傍《かたわ》らに音《おと》もなく停車《ていしゃ》した。なにしろ宝生麗子《ほうしょうれいこ》は、国立署《くにたちしょ》きっての若《わか》き美人《びじん》刑事《けいじ》であると同時《どうじ》に、大財閥《だいざいばつ》として名《な》を馳《は》せる『宝生《ほうしょう》グループ』総帥《そうすい》のひとり娘《むすめ》なのだ。

「お待《ま》たせいたしました、お嬢様《じょうさま》」

運転席《うんてんせき》から飛《と》び出《だ》してきたのは、夏《なつ》だというのにダブルのブラックスーツを暑苦《あつくる》しく着《き》こなした銀縁眼鏡《ぎんぶちめがね》の男《おとこ》。長身《ちょうしん》を折《お》り曲《ま》げるようにしながら、後部座席《こうぶざせき》の扉《とびら》を開《あ》けて麗子《れいこ》の乗車《じょうしゃ》をエスコートする。影山《かげやま》というこの男《おとこ》は、宝生家《ほうしょうけ》に仕《つか》える執事兼運転手《しつじけんうんてんしゅ》である。

「ありがとう」麗子《れいこ》は優雅《ゆうが》に会釈《えしゃく》して扉《とびら》をくぐり車内《しゃない》へ。豪華《ごうか》なソファを思《おも》わせる座席《ざせき》に身《み》を投《な》げ出《だ》すと、「あーもう、くたくた！」と叫《さけ》びながら、仕事用《しごとよう》のダテ眼鏡《めがね》を外《はず》し、後《うし》ろで結《ゆ》わえていた髪《かみ》を解《ほど》く。公僕《こうぼく》たる刑事《けいじ》という仮面《かめん》を脱《ぬ》ぎ捨《す》て、一介《いっかい》のお嬢様《じょうさま》へと戻《もど》るこの瞬《しゅん》間《かん》が、麗子《れいこ》にとってはなによりの至福《しふく》のときだ。とはいえ、事件《じけん》のことを忘《わす》れたわけではない。麗子《れいこ》は運転席《うんてんせき》の執事《しつじ》に命令《めいれい》した。

「しばらく適当《てきとう》に走《はし》らせて。ちょっと考《かんが》えたいことがあるの」

「風祭警部《かざまつりけいぶ》のことでございますか」

どてッ——麗子《れいこ》は座席《ざせき》から音《おと》を立《た》てて転《ころ》がり落《お》ちた。「違《ちが》うわよ！　事件《じけん》のことよ！」

「ああ、昨夜《さくや》の事件《じけん》でございますね」影山《かげやま》は慣《な》れた操作《そうさ》で車《くるま》を発進《はっしん》させながら、「金融業《きんゆうぎょう》を営《いとな》む女性《じょせい》が、自宅《じたく》の書斎《しょさい》で頭《あたま》を殴《なぐ》られて殺害《さつがい》された事件《じけん》。債務者《さいむしゃ》の逆恨《さかうら》み的《てき》な犯行《はんこう》の可能性《かのうせい》もある——と、ワイドショーのコメンテーターがいっておりました」

「へえ、そう……」こいつ！　あたしの仕事中《しごとちゅう》に！　ワイドショー見《み》てやがる！

麗子《れいこ》はなんだか急《きゅう》に馬鹿馬鹿《ばかばか》しい気分《きぶん》に陥《おち》り、自分《じぶん》で考《かんが》える意欲《いよく》を失《うしな》った。やっぱり影山《かげやま》に考《かんが》えさせよう。大《おお》きな声《こえ》ではいえないが、ここ最近《さいきん》、麗子《れいこ》が解決《かいけつ》したとされる数々《かずかず》の事件《じけん》、そのほとんどが——いや全部《ぜんぶ》が——実《じつ》は影山《かげやま》の特異《とくい》な能力《のうりょく》によるものである。正確《せいかく》な情報《じょうほう》さえ与《あた》えてやれば、彼《かれ》の推理力《すいりりょく》と分析力《ぶんせきりょく》はそこらのコメンテーターの比《ひ》ではない。

「いいこと、影山《かげやま》、よく聞《き》きなさい。テレビがどう伝《つた》えているかは知《し》らないけれど、この事《じ》件《けん》は債務者《さいむしゃ》の逆恨《さかうら》み的《てき》な犯行《はんこう》なんかじゃない。おそらくは家庭内《かていない》の事情《じじょう》が絡《から》んだ事件《じけん》よ。真《しん》犯人《はんにん》はきっと児玉家《こだまけ》の内部《ないぶ》にいるわ。被害者《ひがいしゃ》はその名前《なまえ》を血文字《ちもじ》で床《ゆか》に書《か》き残《のこ》したの――」

「ダイング・メッセージでございますね。で、そこにはなんと？」

興味《きょうみ》を示《しめ》す影山《かげやま》に、麗子《れいこ》は溜《た》め息混《いきま》じりに答《こた》えた。

「それが読《よ》めれば、苦労《くろう》はしないわよ……」

2

児玉絹江《こだまきぬえ》は、親切丁寧《しんせつていねい》な接客《せっきゃく》と安心安全《あんしんあんぜん》な金利《きんり》、そして冷酷非情《れいこくひじょう》な取立《とりた》てを武器《ぶき》に業績拡《ぎょうせきかく》大中《だいちゅう》の消費者金融《しょうひしゃきんゆう》『コダマ・ファイナンス』のワンマン社長《しゃちょう》である。その児玉絹江《こだまきぬえ》が自宅《じたく》の書斎《しょさい》で死体《したい》となって発見《はっけん》された。

そんな第一報《だいいっぽう》が麗子《れいこ》のもとに届《とど》けられたのは、昨夜《さくや》の午後九時《ごごくじ》を少《すこ》し過《す》ぎたころ。ちょうど麗子《れいこ》がフォアグラのソテー（確《たし》か、プロヴァンス風《ふう》）のこんがり焼《や》き目《め》の入《はい》ったあたりにフォークを突《つ》き刺《さ》し、ナイフを入《い》れようとしたときだった。おかげで麗子《れいこ》は優雅《ゆうが》なディナーを台無《だいな》しにされた挙句《あげく》、急遽現場《きゅうきょげんば》に駆《か》り出《だ》されることとなった。

「あぁ、フォアグラ、食《た》べたかった……フォアグラだって、わたしに食《た》べられたかったはず……」

影山《かげやま》の運転《うんてん》するリムジンで現場《げんば》に急行《きゅうこう》する間《あいだ》、麗子《れいこ》は無念《むねん》の思《おも》いを吐露《とろ》しながらコンビニのお握《にぎ》りで腹《はら》ごしらえ。目的地《もくてきち》の少《すこ》し手前《てまえ》でリムジンを降《お》り、ひとり現場《げんば》へと駆《か》けつけた。麗子《れいこ》が宝生家《ほうしょうけ》のお嬢様《じょうさま》であることは、署内《しょない》でも一部《いちぶ》の者《もの》しか知《し》らない極秘事項《ごくひじこう》。堂々《どうどう》と銀《ぎん》のジャガーで現場《げんば》に乗《の》りつける風祭警部《かざまつりけいぶ》のような真似《まね》はできない。

児玉絹江《こだまきぬえ》の屋敷《やしき》は国立市《くにたちし》は多摩川《たまがわ》にほど近《ちか》い閑静《かんせい》な住宅街《じゅうたくがい》の一角《いっかく》。広々《ひろびろ》とした敷地《しきち》に建《た》つ、レンガ造《づく》りを模《も》した三階建《さんがいだ》てである。洒落《しゃれ》た玄関《げんかん》を入《はい》ると、目《め》に入《はい》ったのは傘立《かさた》てだ。傘《かさ》と一緒《いっしょ》になぜかバットが二本挿《にほんさ》してある。金属《きんぞく》バットと木製《もくせい》バットだ。泥棒撃退《どろぼうげきたい》のための武器《ぶき》だろうか。

そんなことを思《おも》いながら屋敷《やしき》の中《なか》へ足《あし》を踏《ふ》み入《い》れる。すでに捜査員《そうさいん》は廊下《ろうか》にまであふれていた。麗子《れいこ》はさっそく一階《いっかい》の端《はし》にある書斎《しょさい》に赴《おもむ》く。書斎《しょさい》の入口《いりぐち》では、ひと足早《あしはや》く現場《げんば》に駆《か》けつけた風祭警部《かざまつりけいぶ》が白《しろ》いスーツで偉《えら》そうに――いや、颯爽《さっそう》と現場《げんば》の指揮《しき》をとっていた。

「やあ、宝生君《ほうしょうくん》、早《はや》かったね」僕《ぼく》はもっと早《はや》かったよ、といいたげな顔《かお》で風祭警部《かざまつりけいぶ》は片手《かたて》を上《あ》げた。「さっそくだが、死体《したい》を見《み》てもらおう。こっちだ」

警部《けいぶ》が書斎《しょさい》の中《なか》に麗子《れいこ》を招《まね》き入《い》れる。ベージュのカーペットが敷《し》かれた六畳《ろくじょう》ほどの書斎《しょさい》。そのほぼ中央《ちゅうおう》に、ひとりの女性《じょせい》がバンザイをしたような恰好《かっこう》でうつ伏《ぶ》せに倒《たお》れていた。五十《ごじゅう》二歳《にさい》という年齢《ねんれい》にしては派手《はで》すぎる花柄《はながら》のワンピース姿《すがた》。体形《たいけい》はドラム缶《かん》に似《に》ている。胴体《どうたい》に巻《ま》かれた白《しろ》いベルトがなければ、どこがウエストなのか判別《はんべつ》できなかったろう。パーマを当《あ》てた髪《かみ》の毛《け》が血糊《ちのり》で濡《ぬ》れているのは、頭部《とうぶ》に傷《きず》を負《お》ったせいらしい。

「見《み》てのとおり、被害者《ひがいしゃ》は後頭部《こうとうぶ》を殴《なぐ》られて死《し》んでいる。間違《まちが》いなく殺人事件《さつじんじけん》だ。ちなみに凶器《きょうき》はブロンズ製《せい》のトロフィーらしい」

「トロフィー、ですか⁉」見《み》たところ、死体《したい》の傍《そば》にそれらしきものは見当《みあ》たらない。

「血《ち》の付《つ》いたトロフィーが二階《にかい》の部屋《へや》ですでに発見《はっけん》されているんだ。それが凶器《きょうき》と見《み》てまず間違《まちが》いない。しかしまあ、そちらは後《あと》で調《しら》べることとして――宝生君《ほうしょうくん》、この死体《したい》を見《み》て、なにか気《き》がつくことはないかい？」

「はあ」麗子《れいこ》はダテ眼鏡《めがね》のフレームに指《ゆび》を掛《か》けながら、「被害者《ひがいしゃ》の右手《みぎて》……」

「被害者《ひがいしゃ》の右手《みぎて》を見《み》るんだ、宝生君《ほうしょうくん》。右手《みぎて》の人差《ひとさ》し指《ゆび》だけが血《ち》で汚《よご》れているだろ。そして、指《ゆび》の近《ちか》くのカーペットの上《うえ》は、どうだ。そこだけ不自然《ふしぜん》に血糊《ちのり》で汚《よご》れているじゃないか。これが、なにを意味《いみ》するか判《わか》るかい？」

「…………」どうせ、ダイイング・メッセージですよね、警部《けいぶ》？

「判《わか》らないなら、教《おし》えてあげよう。これはダイイング・メッセージだよ、宝生君《ほうしょうくん》！」

「…………」そういうと思《おも》いました。「しかし警部《けいぶ》、正確《せいかく》にいうなら、これは……」

「正確《せいかく》にいうなら、これはダイイング・メッセージの痕跡《こんせき》、残骸《ざんがい》、いわば成《な》れの果《は》てだ」

「…………」ですよね——麗子《れいこ》はもうなにもいう気《き》がしない。

「見《み》たまえ、宝生君《ほうしょうくん》。死体《したい》の傍《そば》に血《ち》で汚《よご》れたタオルが落《お》ちているだろ。想像《そうぞう》するに、被害者《ひがいしゃ》は息《いき》も絶《た》え絶《だ》えのところを最期《さいご》の力《ちから》を振《ふ》り絞《しぼ》ってダイイング・メッセージを残《のこ》そうとしたのだろう。だが、生憎《あいにく》と犯人《はんにん》はそれに気《き》がついた。そこで犯人《はんにん》はこの部屋《へや》にあったタオルを手《て》に取《と》ると、カーペットの血文字《ちもじ》をゴシゴシと擦《こす》り、判読不能《はんどくふのう》にしたんだ」

「なるほど。だとすると残念《ざんねん》ですね、警部《けいぶ》。児玉絹江《こだまきぬえ》はいったい誰《だれ》の名前《なまえ》を残《のこ》そうとしていたんでしょうか」

「それが判《わか》れば、苦労《くろう》はしないな。だが、いまとなってはどうしようもないことだ」

風祭警部《かざまつりけいぶ》の溜《た》め息《いき》を聞《き》きながら、麗子《れいこ》はカーペットの上《うえ》に視線《しせん》を落《お》とす。かつて何者《なにもの》かの名前《なまえ》が書《か》かれたであろうその場所《ばしょ》には、いまはただ無意味《むいみ》な赤《あか》いシミが残《のこ》るばかりだった。

それから麗子《れいこ》は風祭警部《かざまつりけいぶ》とともに屋敷《やしき》の二階《にかい》へと足《あし》を運《はこ》んだ。向《む》かったのは絹江《きぬえ》の夫《おっと》、児《こ》玉宗助《だまそうすけ》の寝室《しんしつ》である。例《れい》の凶器《きょうき》と思《おも》われるトロフィーが発見《はっけん》された部屋《へや》だという。その部屋《へや》に一歩足《いっぽあし》を踏《ふ》み入《い》れると、たちまち明《あき》らかな異状《いじょう》が見《み》て取《と》れた。庭《にわ》に面《めん》した窓《まど》ガラスが派手《はで》に割《わ》れている。砕《くだ》けた破片《はへん》は室内側《しつないがわ》の窓辺《まどべ》に散乱《さんらん》している。警部《けいぶ》は呆《あき》れたような声《こえ》とともに、窓《まど》の外《そと》を見《み》やった。

「ふん、まるで腕《うで》の悪《わる》い泥棒《どろぼう》が無理矢理《むりやり》押《お》し入《い》ったみたいな有様《ありさま》だ」

一方《いっぽう》、ガラスの破片《はへん》が散乱《さんらん》する床《ゆか》の上《うえ》には、トロフィーが横倒《よこだお》しの状態《じょうたい》で転《ころ》がっている。高《たか》さは三十《さんじっ》センチ程度《ていど》だが、重量感《じゅうりょうかん》のあるフォルムだ。先端《せんたん》にはバットを構《かま》えた打者《だしゃ》のオブジェが飾《かざ》られている。

「野球大会《やきゅうたいかい》の優勝《ゆうしょう》トロフィーみたいですね。台座《だいざ》の部分《ぶぶん》に血《ち》が付《つ》いています。確《たし》かにこれが凶器《きょうき》のようですが――。でもなぜ、凶器《きょうき》がここに？」

疑問《ぎもん》な点《てん》は関係者《かんけいしゃ》に直接聞《ちょくせつき》くのが早《はや》い。さっそくこの寝室《しんしつ》の主《あるじ》が呼《よ》び出《だ》された。児玉宗助《こだまそうすけ》は五十歳《ごじっさい》。絹江《きぬえ》にとっての二人目《ふたりめ》の夫《おっと》である。紺色《こんいろ》のポロシャツに茶色《ちゃいろ》のズボンという服装《ふくそう》は普通《ふつう》といえば普通《ふつう》だが、死《し》んだ絹江《きぬえ》の派手《はで》さに比《くら》べれば、遥《はる》かに地味《じみ》で冴《さ》えない。年齢《ねんれい》も絹江《きぬえ》のほうが上《うえ》だし、会社内《かいしゃない》でも絹江《きぬえ》が社長《しゃちょう》で宗助《そうすけ》は取締役《とりしまりやく》だという。まず間違《まちが》いなく尻《しり》に敷《し》かれてきた口《くち》だろう。

順《じゅん》を追《お》って説明願《せつめいねが》えますか、という警部《けいぶ》の言葉《ことば》に促《うなが》されて、宗助《そうすけ》は口《くち》を開《ひら》いた。

「あれは午後九時《ごごくじ》ごろのことです。居間《いま》で八時台《はちじだい》のテレビを見終《みお》えたわたしは、パソコンでメールのチェックでもと思《おも》い、階段《かいだん》を上《あ》がって自分《じぶん》の寝室《しんしつ》へと向《む》かいました——」

すると二階《にかい》の廊下《ろうか》を歩《ある》く宗助《そうすけ》の耳《みみ》にガチャーンという大《おお》きな音《おと》が飛《と》び込《こ》んできた。続《つづ》いてなにやら重《おも》たいものが床《ゆか》を叩《たた》くようなゴトンという音《おと》も聞《き》こえたらしい。二《ふた》つの音《おと》は宗助自《そうすけじ》身《しん》の部屋《へや》から聞《き》こえてきたようだった。宗助《そうすけ》は慌《あわ》てて自分《じぶん》の部屋《へや》に駆《か》け寄《よ》り、恐《おそ》る恐《おそ》るその扉《とびら》を開《あ》けた。すると、部屋《へや》の窓《まど》ガラスが割《わ》られて酷《ひど》い状態《じょうたい》になっている。誰《だれ》かが悪戯《いたずら》で石《いし》でも投《な》げたのか、宗助《そうすけ》は最初《さいしょ》そう思《おも》った。が、よくよく見《み》てみると床《ゆか》の上《うえ》にはガラスの破片《はへん》と一緒《いっしょ》にブロンズ製《せい》のトロフィーが転《ころ》がっている。どうやら、誰《だれ》かがトロフィーを宗助《そうすけ》の部屋《へや》の窓《まど》に投《な》げつけたらしい。宗助《そうすけ》はすぐに窓《まど》から顔《かお》を出《だ》して庭《にわ》の様子《ようす》を窺《うかが》った。だが、暗《くら》い庭《にわ》にはすでに誰《だれ》の姿《すがた》も見当《みあ》たらない。誰《だれ》がなぜ、こんなことをしたのか。不思議《ふしぎ》に思《おも》いつつトロフィーに顔《かお》を近《ちか》づけた宗助《そうすけ》は、そこに意外《いがい》な事実《じじつ》を発見《はっけん》した。

「——トロフィーにはべっとりと血《ち》のようなものが付《つ》いているじゃありませんか！　わたし

は驚《おどろ》きのあまり声《こえ》も出《で》ませんでした。そうこうするうちに、大《おお》きな音《おと》を聞《き》きつけて、この寝《しん》室《しつ》に屋敷中《やしきじゅう》の人《ひと》たちが全員集《ぜんいんあつ》まってきました。――いや、全員じゃない。ひとりだけ姿《すがた》を見《み》せませんでした。絹江《きぬえ》です。妻《つま》だけが姿《すがた》を見《み》せません。ガラスが割《わ》れる音《おと》は、屋敷中《やしきじゅう》に響《ひび》き渡《わた》ったはずだというのに！」

「ふむ。割《わ》られたガラス窓《まど》、血《ち》の付《つ》いたトロフィー、姿《すがた》を見《み》せない絹江夫人《きぬえふじん》。――で、みなさんはどうしました？」

「もちろん、すぐに彼女《かのじょ》の姿《すがた》を捜《さが》しました。バラバラにではありません。みんなひと塊《かたまり》になって行動《こうどう》しました。すでに不吉《ふきつ》な予感《よかん》がありましたし、そのほうが安全《あんぜん》だと考《かんが》えたからです。わたしたちはまず絹江《きぬえ》の書斎《しょさい》に向《む》かいました。彼女《かのじょ》は夕食後《ゆうしょくご》の時間《じかん》を書斎《しょさい》で過《す》ごすことが多《おお》かったからです。そして実際《じっさい》、彼女《かのじょ》はそこにいました――」

「後頭部《こうとうぶ》を殴打《おうだ》されて、すでに冷《つめ》たくなっていたわけですね」

「はい。確《たし》かに息《いき》はありませんでした。でも正確《せいかく》にいうと、まだ冷《つめ》たくはありませんでした。死体《したい》には多少《たしょう》の温《ぬく》もりが残《のこ》っていましたから」

「まだ絶命《ぜつめい》して間《ま》がなかったということですね。ふむ、ということは……」風祭警部《かざまつりけいぶ》はくるりと踵《きびす》を返《かえ》して宗助《そうすけ》に背《せ》を向《む》けると、麗子《れいこ》に対《たい》して小声《こごえ》で語《かた》った。「要《よう》するにこの犯人《はんにん》は午《ご》後九時《ごくじ》の少《すこ》し前《まえ》にトロフィーで絹江夫人《きぬえふじん》を殴《なぐ》り殺《ころ》し、その直後《ちょくご》に庭《にわ》からこの部屋《へや》に向《む》かって凶器《きょうき》を放《ほう》り投《な》げた——というわけだ」

「そのようですね」しかしなぜ、そんなふうに凶器《きょうき》を放《ほう》り投《な》げる必要《ひつよう》があるのか。麗子《れいこ》は素朴《そぼく》な疑問《ぎもん》を感《かん》じたが、かといって警部《けいぶ》の考《かんが》えを積極的《せっきょくてき》に否定《ひてい》する根拠《こんきょ》もない。「ともかく、これで犯行時刻《はんこうじこく》が絞《しぼ》れましたね、警部《けいぶ》」

「そうだな」警部《けいぶ》はにやりと意味深《いみしん》な笑《え》みを浮《う》かべ、再《ふたた》び宗助《そうすけ》に向《む》き直《なお》った。「ちなみに聞《き》きますが、このお屋敷《やしき》は非常《ひじょう》に立派《りっぱ》ですね。さぞやセキュリティーにも気《き》を配《くば》られているのではありませんか」

「まあ、人《ひと》の恨《うら》みを買《か》うことの多《おお》い商売《しょうばい》ですからね。いちおう外部《がいぶ》の人間《にんげん》が塀《へい》や門扉《もんぴ》を乗《の》り越《こ》えようとした場合《ばあい》は、警報《けいほう》が鳴《な》る仕組《しく》みになっています。絹江《きぬえ》がそういうふうに造《つく》らせたのです。ええ、今夜警報《こんやけいほう》が鳴《な》るようなことはありませんでした」

「ならば、絹江夫人殺害《きぬえふじんさつがい》は屋敷《やしき》の内部《ないぶ》の者《もの》の仕業《しわざ》ということになりますね」

やはりそうなりますか、と不安《ふあん》げに呟《つぶや》く宗助《そうすけ》。風祭警部《かざまつりけいぶ》は満足《まんぞく》そうに頷《うなず》く。そして警部《けいぶ》はおもむろに部屋《へや》を出《で》ると、廊下《ろうか》に待機《たいき》する制服巡査《せいふくじゅんさ》をつかまえて偉《えら》そうに——いや、迅速《じんそく》かつ的確《てきかく》に命令《めいれい》を下《くだ》した。

「屋敷《やしき》の人間《にんげん》を全員《ぜんいん》一階《いっかい》の広間《ひろま》に集《あつ》めるんだ。この僕《ぼく》が直接《ちょくせつ》話《はなし》を聞《き》くとしよう」

3

児玉邸《こだまてい》の広間《ひろま》は、西洋式《せいようしき》の甲冑《かっちゅう》やら象牙《ぞうげ》やら鹿《しか》の剝製《はくせい》やらが飾《かざ》られ、住人《じゅうにん》の趣味《しゅみ》の悪《わる》さをこれでもかと誇示《こじ》している。そして、そこに集《あつ》められた屋敷《やしき》の人間《にんげん》たち。その数《かず》七名《ななめい》。

まず絹江《きぬえ》の夫《おっと》である宗助《そうすけ》。そして三人《さんにん》の子供《こども》たち——といっても、すでに成人《せいじん》した大《おお》きな子供《こども》たち——である。長男《ちょうなん》の和夫《かずお》を筆頭《ひっとう》に、明子《あきこ》、吾郎《ごろう》という三人兄弟《さんにんきょうだい》は、いずれも絹江《きぬえ》と前夫《ぜんぷ》との間《あいだ》にできた子供《こども》であり、宗助《そうすけ》との血《ち》の繫《つな》がりはない。絹江《きぬえ》は宗助《そうすけ》との間《あいだ》には、子供《こども》は授《さず》からなかったらしい。

その他《ほか》、ちょうど夏休《なつやす》み中《ちゅう》ということもあり、絹江《きぬえ》の従兄弟《いとこ》である児玉謙二郎《こだまけんじろう》という男《おとこ》が娘《むすめ》を連《つ》れて泊《と》まりがけで遊《あそ》びにきていた。謙二郎《けんじろう》は『コダマ・ファイナンス』の関西支店長《かんさいしてんちょう》。娘《むすめ》の里美《さとみ》は中学一年生《ちゅうがくいちねんせい》の小柄《こがら》で華奢《きゃしゃ》な女《おんな》の子《こ》である。そして最後《さいご》のひとりは屋敷《やしき》の離《はな》れに暮《く》らす前田俊之《まえだとしゆき》という若《わか》い男《おとこ》。これは絹江《きぬえ》が信頼《しんらい》を置《お》く秘書兼運転手《ひしょけんうんてんしゅ》だという。

風祭警部《かざまつりけいぶ》は、入口《いりぐち》の扉《とびら》の陰《かげ》に身《み》を隠《かく》しながら広間《ひろま》の様子《ようす》を窺《うかが》った。

「いいかい、宝生君《ほうしょうくん》。大事《だいじ》なのは午後九時前後《ごごくじぜんご》のアリバイだ。その時間帯《じかんたい》にアリバイを持《も》たない人物《じんぶつ》こそが最重要容疑者《さいじゅうようようぎしゃ》である——と見《み》せかけて、実《じつ》はそうではない」

「そうではない、というと⁉」

「事実《じじつ》は、その逆《ぎゃく》だ。午後九時前後《ごごくじぜんご》にもっともらしいアリバイを主張《しゅちょう》する奴《やつ》こそが怪《あや》しい」

「……はあ」風祭警部《かざまつりけいぶ》、意外《いがい》と深読《ふかよ》みだ。「つまり、警部《けいぶ》は凶器《きょうき》のトロフィーが宗助《そうすけ》の部屋《へや》に放《ほう》り込《こ》まれたのは、犯人側《はんにんがわ》のアリバイ工作《こうさく》だとお考《かんが》えなのですね」

「もちろんだ。そう考《かんが》えなければ、犯人《はんにん》の行動《こうどう》は説明《せつめい》がつかないだろ」警部《けいぶ》はそう決《き》め付《つ》けると、「さてと、それでは犯人《はんにん》に贋《にせ》アリバイを主張《しゅちょう》してもらうとするか」とうそぶきながら、悠然《ゆうぜん》と広間《ひろま》の中央《ちゅうおう》に進《すす》み出《で》た。たちまち一同《いちどう》の視線《しせん》が警部《けいぶ》に集中《しゅうちゅう》する。

「あー、みなさん、午後九時前後《ごごくじぜんご》はどこでなにを……」

と警部《けいぶ》は満面《まんめん》の笑《え》みで尋問《じんもん》を開始《かいし》した。多《おお》くの警部《けいぶ》がそうであるように、風祭警部《かざまつりけいぶ》にとってもアリバイ収集《しゅうしゅう》は趣味《しゅみ》みたいなものである。

最初《さいしょ》に口《くち》を開《ひら》いたのは児玉宗助《こだまそうすけ》だった。「わたしのその時間《じかん》の行動《こうどう》は、すでに刑事《けいじ》さんにお話《はな》ししたとおりです。ひとりだったからアリバイとはいえませんね。和夫君《かずおくん》はどうだ？」

義理《ぎり》の父親《ちちおや》から遠慮《えんりょ》がちに君《くん》づけで呼《よ》ばれた長男《ちょうなん》、児玉和夫《こだまかずお》はピンストライプのシャツを着《き》た長身《ちょうしん》の男《おとこ》。綺麗《きれい》に撫《な》で付《つ》けた髪《かみ》の毛《け》は、まるで理髪店《りはってん》のサンプル写真《しゃしん》のようだ。会社《かいしゃ》では若《わか》くして重役《じゅうやく》の座《ざ》を与《あた》えられているというのだから、絹江夫人《きぬえふじん》の家族愛《かぞくあい》は麗《うるわ》しいばかりである。そんな和夫《かずお》は緊張《きんちょう》した面持《おもも》ちで、こう答《こた》えた。

「僕《ぼく》もその時間《じかん》なら、自分《じぶん》の部屋《へや》にいましたよ。本《ほん》を読《よ》んでいたら、いきなりガラスが割《わ》れる音《おと》が聞《き》こえたんです。ひとりだったからアリバイはないですね。明子《あきこ》はどうだ？」

「あたしもないわ」と長《なが》い髪《かみ》の毛《け》を螺旋階段《らせんかいだん》のようにクルクルにカールさせた派手《はで》めのギャルが答《こた》える。長女《ちょうじょ》の明子《あきこ》だ。家事手伝《かじてつだ》いということになっているが、ネイルアートの施《ほどこ》された長《なが》い爪《つめ》ではコップも洗《あら》えないだろう。「ガラスが割《わ》れたときには、部屋《へや》にいて携帯《けいたい》でゲームしてた。吾郎《ごろう》はなにしてたの？　どうせアリバイなんか、ないんでしょ」

姉《あね》から揶揄《やゆ》するような言葉《ことば》を向《む》けられた吾郎《ごろう》は、やめろよ、というように軽《かる》く明子《あきこ》を睨《にら》み付《つ》けた。吾郎《ごろう》は都内《とない》の大学《だいがく》に通《かよ》う三年生《さんねんせい》。長《なが》すぎる髪《かみ》を茶色《ちゃいろ》く染《そ》めて、耳《みみ》にはピアス。一見《いっけん》するとチャラチャラした感《かん》じだが、身体《からだ》は大柄《おおがら》でＴ《ティー》シャツから覗《のぞ》く腕《うで》は逞《たくま》しい。

「俺《おれ》も自分《じぶん》の部屋《へや》でひとりだった。居眠《いねむ》りしてたんで、アリバイなんてねえよ」

要《よう》するに、三人《さんにん》の兄弟《きょうだい》はそれぞれ自室《じしつ》にいた。そして午後九時《ごごくじ》にガラスの割《わ》れる音《おと》を聞《き》きつけ、宗助《そうすけ》の部屋《へや》にバラバラに駆《か》けつけたというわけだ。べつにおかしな話《はなし》ではない。

続《つづ》いて、児玉謙二郎《こだまけんじろう》と里美《さとみ》の親子《おやこ》に話《はなし》を聞《き》く。絹江《きぬえ》の従兄弟《いとこ》、謙二郎《けんじろう》は絹江《きぬえ》によく似《に》たドラム缶体形《かんたいけい》の中年男性《ちゅうねんだんせい》。身《み》につけたワイシャツのボタンがいまにも弾《はじ》けそうだ。汗《あせ》かきらしい謙二郎《けんじろう》は額《ひたい》の汗《あせ》をハンカチで拭《ぬぐ》いながら、こう答《こた》えた。

「わたしはその時間《じかん》、風呂《ふろ》に入《はい》っていました。ちょうど上《あ》がって、服《ふく》を着《き》たころにガラスの割《わ》れる音《おと》を聞《き》いて、慌《あわ》てて二階《にかい》へ駆《か》けつけたのです。風呂《ふろ》の中《なか》ではひとりですからアリバイと呼《よ》べるものはありませんね。——里美《さとみ》はその時間《じかん》、どこにいたんだ?」

「わたし、ひとりでお部屋《へや》にいました。だからアリバイはありません」

警部《けいぶ》に向《む》かって、里美《さとみ》は臆《おく》することなくキッパリ答《こた》える。口調《くちょう》は大人《おとな》びているが、黒猫《くろねこ》のプリントされたT《ティー》シャツにチェックのスカートという装《よそお》いは少女《しょうじょ》そのものだ。可愛《かわい》らしい顔《かお》立《だ》ちだが、風祭警部《かざまつりけいぶ》に向《む》けられた表情《ひょうじょう》には警戒《けいかい》の色《いろ》が垣間見《かいまみ》える。無理《むり》もない。少女《しょうじょ》は特有《とくゆう》の勘《かん》で、恐《こわ》い大人《おとな》を見分《みわ》けるものだ。

最後《さいご》に残《のこ》ったのは異色《いしょく》の存在《そんざい》、前田俊之《まえだとしゆき》だ。秘書兼運転手《ひしょけんうんてんしゅ》とされている彼《かれ》だが、ダークスーツに身《み》を固《かた》め直立不動《ちょくりつふどう》の体勢《たいせい》をとるその姿《すがた》は、優秀《ゆうしゅう》なボディガード、もしくは忠実《ちゅうじつ》な番犬《ばんけん》を思《おも》わせた。ちょっと影山《かげやま》に似《に》ている、と麗子《れいこ》は密《ひそ》かにそう思《おも》う。そんな前田俊之《まえだとしゆき》は寡黙《かもく》な男《おとこ》らしく、「アリバイはございません。ひとりガレージにて車《くるま》の整備《せいび》をおこなっていました」と短《みじか》く答《こた》えた。律儀《りちぎ》な口調《くちょう》も影山《かげやま》そっくりだ。

こうして容疑者《ようぎしゃ》たちの答《こた》えがひと通《とお》り出揃《でそろ》った。果《は》たして彼《かれ》らの答《こた》えは、風祭警部《かざまつりけいぶ》を満足《まんぞく》させたのだろうか。麗子《れいこ》は興味《きょうみ》を持《も》って警部《けいぶ》の様子《ようす》を窺《うかが》う。警部《けいぶ》はひとりで壁《かべ》に向《む》かって、人目《ひとめ》もはばからず壁紙《かべがみ》にガリガリと爪《つめ》を立《た》てながら身悶《みもだ》えていた。

「……なぜだ、なぜ誰《だれ》もアリバイを主張《しゅちょう》しない……おまえら馬鹿《ばか》か、空気読《くうきよ》め、アリバイ主《しゅ》張《ちょう》しろ……」

「なにやってんですか、警部《けいぶ》！　他人《ひと》の家《いえ》ですよ！　容疑者《ようぎしゃ》たちの前《まえ》ですよ！」

麗子《れいこ》は慌《あわ》てて警部《けいぶ》の暴挙《ぼうきょ》をいさめる。「落胆《らくたん》するにはまだ早《はや》すぎます。全員《ぜんいん》にアリバイがないということは、全員《ぜんいん》が怪《あや》しいということですし――ね」

「それはそうだが、全員怪《ぜんいんあや》しい、では捜査《そうさ》の進《すす》めようがないだろ」

珍《めずら》しく弱音《よわね》を吐《は》く風祭警部《かざまつりけいぶ》に対《たい》して、抗議《こうぎ》の声《こえ》を上《あ》げたのは明子《あきこ》だった。

「ちょっと待《ま》ってよ、刑事《けいじ》さん。全員怪《ぜんいんあや》しいなんて、簡単《かんたん》にいわないでよね。ひとり決定的《けっていてき》に怪《あや》しいのがいるんだから。ね、吾郎《ごろう》」

「ああ、そういや確《たし》か、お袋《ふくろ》をぶっ殺《ころ》すって宣言《せんげん》した奴《やつ》が、ひとりいたっけ」

どういうことだ、と顔《かお》を見合《みあ》わせる麗子《れいこ》と警部《けいぶ》。そんな二人《ふたり》に明子《あきこ》が語《かた》ったのは、この日《ひ》の夕食《ゆうしょく》の席《せき》で勃発《ぼっぱつ》したちょっとした騒動《そうどう》についてだった。

きっかけは絹江《きぬえ》が和夫《かずお》に対《たい》して、会社《かいしゃ》の業績《ぎょうせき》不振《ふしん》を嘆《なげ》いたことだった。絹江《きぬえ》は肉汁《にくじゅう》したたるトンカツをフォークで貫《つらぬ》きながら、こういった。『最近《さいきん》の取立《とりた》ては手《て》ぬるいんじゃないのかい』。この家《いえ》で絶大《ぜつだい》な権力《けんりょく》を振《ふ》るう絹江《きぬえ》の言葉《ことば》は絶対《ぜったい》だ。しかし和夫《かずお》は玉子《たまご》スープのお椀《わん》を手《て》にしながら反発《はんぱつ》する。『いまだって法律違反《ほうりついはん》スレスレですよ』。たちまち不機嫌《ふきげん》になった絹江《きぬえ》は鰯《いわし》のカルパッチョを頬張《ほおば》りながら、『なにが気《き》に入《い》らないんだい』と問《と》い質《ただ》す。すると和夫《かずお》はエビフライをかじりながら禁断《きんだん》のひと言《こと》、『これ以上《いじょう》、阿漕《あこぎ》な真似《まね》はできません』。当然《とうぜん》ながら怒《いか》り心頭《しんとう》の絹江《きぬえ》は、なんと和夫《かずお》のくわえたエビフライに自分《じぶん》のフォークを突《つ》き刺《さ》して、『誰《だれ》のお陰《かげ》で飯《めし》が食《く》えると思《おも》ってんだい』。後《あと》はもう、絹江《きぬえ》と和夫《かずお》との間《あいだ》で手《て》の付《つ》けられない罵《のの》りあいとなり、皿《さら》とフォークが飛《と》び交《か》い、トンカツとエビフライが宙《ちゅう》を舞《ま》うという、シュールな食卓風景《しょくたくふうけい》が繰《く》り広《ひろ》げられたのだという。

「……で、最後《さいご》にママがいったの。『阿漕《あこぎ》な真似《まね》なんて、今度《こんど》いったらぶっ殺《ころ》すよ』って」

「ああ、そしたら兄貴《あにき》も『そっちこそ、ぶっ殺《ころ》す』って、凄《すご》い剣幕《けんまく》だった」

結局《けっきょく》、争《あらそ》った両者《りょうしゃ》はお互《たが》いに物騒《ぶっそう》な言葉《ことば》を口《くち》にしながら食卓《しょくたく》を後《あと》にしたのだという。ちなみに、食卓周辺《しょくたくしゅうへん》に散乱《さんらん》したトンカツ、エビフライ、鰯《いわし》のカルパッチョなどは残《のこ》りのメンバーが後《あと》でおいしくいただいたのだそうだ（本当《ほんとう》か嘘《うそ》かは知《し》らないが）。

「なるほど、そんなことが……」風祭警部《かざまつりけいぶ》は唸《うな》り声《ごえ》をあげ、さっそく和夫《かずお》に対《たい》して事《こと》の真偽《しんぎ》を質《ただ》した。「あなたは、本当《ほんとう》にそんなことをいったのですか。『ぶっ殺《ころ》す』などと」

「ええ、いいましたよ、確《たし》かに。でも本気《ほんき》じゃありません。売《う》り言葉《ことば》に買《か》い言葉《ことば》。向《む》こうが先《さき》に物騒《ぶっそう》なことをいうから、こっちもつい激昂《げっこう》して過激《かげき》な言葉《ことば》を口《くち》にしただけです。本当《ほんとう》に殺《ころ》すわけないじゃありませんか」

「それは判《わか》りませんね。言葉《ことば》どおりのことを実行《じっこう》したのかもしれない。母親《ははおや》が死《し》ねば、莫大《ばくだい》な遺産《いさん》の一部《いちぶ》はあなたの懐《ふところ》にも入《はい》る」

「遺産目当《いさんめあ》ての犯行《はんこう》なら、妹《いもうと》や弟《おとうと》だって条件《じょうけん》は同《おな》じじゃないですか。それに刑事《けいじ》さん、凶器《きょうき》のトロフィーを見《み》ましたよね。あれは吾郎《ごろう》が昔《むかし》リトルリーグで優勝《ゆうしょう》したときのものです」

「うるせえ、兄貴《あにき》！　あれはもともと書斎《しょさい》に飾《かざ》ってあったもので、たまたま犯人《はんにん》がそれを利用《りよう》しただけだ。俺《おれ》が犯人《はんにん》なら、自分《じぶん》の思《おも》い出《で》の品《しな》をわざわざ凶器《きょうき》に使《つか》ったりしねえ！」

「あら、そう思《おも》わせるためにわざと――ってこともあるんじゃないの」

と明子《あきこ》が意地悪《いじわる》くいうと、吾郎《ごろう》の怒《いか》りの矛先《ほこさき》はそのまま姉《あね》へと向《む》けられた。

「ふざけんな！　姉貴《あねき》こそ俺《おれ》を陥《おとし》れるために俺《おれ》のトロフィーを使《つか》ったんじゃねえのか」

「冗談《じょうだん》でしょ。なんであたしがそんな面倒《めんどう》くさいことするのよ」

明子《あきこ》の問《と》いに、兄《あに》の和夫《かずお》が理路《りろ》整然《せいぜん》と答《こた》える。

「お袋《ふくろ》を殺《ころ》して、その罪《つみ》を吾郎《ごろう》になすり付《つ》ければ、その分《ぶん》明子《あきこ》の分《わ》け前《まえ》が増《ふ》えるだろ」

「あ、そっか！」よほど頭《あたま》が悪《わる》いのか、明子《あきこ》はいま初《はじ》めて気《き》がついた様子《ようす》。「でも、あたしじゃないわ。判《わか》った、宗助《そうすけ》さんよ。遺産《いさん》の取《と》り分《ぶん》がいちばん多《おお》いのは宗助《そうすけ》さんだもの」

「おいおい、明子《あきこ》ちゃん」と、慌《あわ》てた様子《ようす》で宗助《そうすけ》が両手《りょうて》を振《ふ》る。「おかしなことをいわないでくれよ。僕《ぼく》が妻《つま》である絹江《きぬえ》を殺《ころ》すわけがないじゃないか。僕《ぼく》は彼女《かのじょ》と愛《あい》し合《あ》って一緒《いっしょ》になったんだ。僕《ぼく》は彼女《かのじょ》の財産《ざいさん》に対《たい》する興味《きょうみ》など、これっぽっちも――」

「嘘吐《うそつ》け！」「愛《あい》なんてないわ！」「財産《ざいさん》にしか興味《きょうみ》ねえじゃねえか！」

仲《なか》の悪《わる》い三兄弟《さんきょうだい》も、このときだけは息《いき》ピッタリ。哀《あわ》れ義理《ぎり》の父親児玉宗助《ちちおやこだまそうすけ》は壁際《かべぎわ》まで吹《ふ》っ飛《と》ばされた。この父親《ちちおや》の存在感《そんざいかん》は、児玉家《こだまけ》では捨《す》てられた新聞紙《しんぶんし》並《な》みに軽《かる》いようだ。

「なるほど。状況《じょうきょう》はよく判《わか》りました」なにが判《わか》ったというのかよく判《わか》らないが、ともかく風祭警部《かざまつりけいぶ》は頷《うなず》いた。「誰《だれ》が疑《うたが》わしいかを争《あらそ》っても埒《らち》が明《あ》かないようです。ならば逆《ぎゃく》を考《かんが》えてみましょう。わたしだけは犯人《はんにん》じゃない。そう断言《だんげん》できる人《ひと》はいませんか」

互《たが》いに顔《かお》を見合《みあ》わせる一同《いちどう》。そんな中《なか》、果敢《かかん》に手《て》を挙《あ》げる男《おとこ》がひとり。前田俊之《まえだとしゆき》だった。

「社長《しゃちょう》を殺《ころ》したところで、わたくしには一円《いちえん》の得《とく》にもなりません。むしろ住《す》む家《いえ》と職《しょく》を失《うしな》うだけです。わたくしが社長《しゃちょう》を殺《ころ》すはずがありません。その点《てん》は認《みと》めていただけませんか」

一同《いちどう》の中《なか》に微妙《びみょう》なざわめきが起《お》こった。前田《まえだ》の言葉《ことば》に必《かなら》ずしも納得《なっとく》していない、そんな雰囲気《ふんいき》だ。なにせ前田《まえだ》は児玉絹江《こだまきぬえ》という暴君《ぼうくん》に仕《つか》えてきた男《おとこ》。腹心《ふくしん》の部下《ぶか》を装《よそお》っていても、心《しん》中《ちゅう》にどのような恨《うら》みを抱《かか》えていたか、判《わか》ったものではない。

一同《いちどう》が不安《ふあん》げに見守《みまも》る中《なか》、風祭警部《かざまつりけいぶ》は熟慮《じゅくりょ》の末《すえ》に決断《けつだん》した。「却下《きゃっか》します——他《ほか》に誰《だれ》か？」

わずかに肩《かた》を落《お》とす前田《まえだ》。代《か》わって、いままで静《しず》かだった児玉謙二郎《こだまけんじろう》が巨体《きょたい》を揺《ゆ》らす。

「わたしは絹江《きぬえ》の従兄弟《いとこ》だし関西支店長《かんさいしてんちょう》だから、絹江《きぬえ》の生死《せいし》によって多少《たしょう》の影響《えいきょう》を受《う》ける立《たち》場《ば》。その意味《いみ》では容疑者《ようぎしゃ》と見《み》られても仕方《しかた》がない。しかし里美《さとみ》は？　刑事《けいじ》さんも、まさかうちの娘《むすめ》が絹江《きぬえ》を殺《ころ》したなどとは、おっしゃらないでしょうね。里美《さとみ》はまだ中学生《ちゅうがくせい》だ。夏休《なつやす》みと正月《しょうがつ》くらいしか絹江《きぬえ》と顔《かお》を合《あ》わせる機会《きかい》はないから、殺意《さつい》を抱《いだ》くはずもない。この娘《むすめ》は事《じ》件《けん》とは無関係《むかんけい》だ。そうですよね」

今回《こんかい》は前田《まえだ》の場合《ばあい》とは違《ちが》い、一同《いちどう》の間《あいだ》に賛同《さんどう》の空気《くうき》が流《なが》れた。なるほど、絹江夫人殺《きぬえふじんごろ》しは女子中学生《じょしちゅうがくせい》の所業《しょぎょう》とは思《おも》えない。そんな雰囲気《ふんいき》を後押《あとお》しするように吾郎《ごろう》が口《くち》を開《ひら》く。

「確《たし》かにこの事件《じけん》、里美《さとみ》ちゃんにだけは不可能《ふかのう》なんじゃねえの？　なあ、刑事《けいじ》さん」

「なぜそう思《おも》うのですか。女子中学生《じょしちゅうがくせい》でもトロフィーを振《ふ》り下《お》ろせば絹江夫人《きぬえふじん》を殺害《さつがい》することは可能《かのう》ですよ。凶器《きょうき》はブロンズ製《せい》で、かなりの重量《じゅうりょう》がありますからね」

「知《し》ってるよ、俺《おれ》のトロフィーなんだから。けど、その重量《じゅうりょう》が問題《もんだい》なのさ。要《よう》するに、里美《さとみ》ちゃんの細腕《ほそうで》じゃブロンズ製《せい》のトロフィーを二階《にかい》の窓《まど》に放《ほう》り投《な》げるってのが、全然無理《ぜんぜんむり》なんじゃねえかってこと」

「ふむ、なるほど」警部《けいぶ》も少《すこ》しは心《こころ》を動《うご》かされた様子《ようす》で頷《うなず》いた。「そういえば俗《ぞく》に『女投《おんなな》げ』といって、女性《じょせい》の中《なか》には物《もの》を放《ほう》るという行為《こうい》がまるで苦手《にがて》な人《ひと》がいますね。このお嬢《じょう》ちゃんも、そういったタイプですか、謙二郎《けんじろう》さん？」

「そうです、そうです。おっしゃるとおりです。里美《さとみ》はまだ十三歳《じゅうさんさい》で、しかも同年代《どうねんだい》の女子《じょし》に比《くら》べても身体《からだ》が小《ちい》さい。スポーツはまったくといっていいほど経験《けいけん》がないし、普段《ふだん》は本《ほん》ばっかり読《よ》んでいる。そんな娘《むすめ》なんですよ、刑事《けいじ》さん」

「あ、それだったらさあ、同《おな》じ理由《りゆう》であたしも無理《むり》ってことだよね。あたしも女《おんな》の子《こ》だし、重《おも》いもの投《な》げらんなーい」

「明子《あきこ》は昔《むかし》、砲丸投《ほうがんな》げの選手《せんしゅ》だっただろ。いまでも余裕《よゆう》で投《な》げられるはずだ」

和夫《かずお》の余計《よけい》な発言《はつげん》に、明子《あきこ》は「チッ」と舌打《したう》ちで応《こた》えた。児玉明子《こだまあきこ》は見《み》た目《め》の割《わ》りに力持《ちからも》ち。麗子《れいこ》は頭《あたま》の中《なか》にインプットする。議論《ぎろん》が一段落《いちだんらく》したところで、風祭警部《かざまつりけいぶ》は威厳《いげん》を示《しめ》すように一同《いちどう》のほうを向《む》き、総括《そうかつ》するようにこういった。

「どうやら里美《さとみ》ちゃんを除《のぞ》いた他《ほか》の六名《ろくめい》には、それぞれ動機《どうき》も機会《きかい》も能力《のうりょく》もあったといわざるを得《え》ないようですね。いや、もちろん捜査《そうさ》はまだはじまったばかり。外部犯《がいぶはん》の可能性《かのうせい》も完全《かんぜん》に否定《ひてい》されるものではないですし——おや、どうしたのかな、お嬢《じょう》ちゃん⁉」

風祭警部《かざまつりけいぶ》の話《はなし》を遮《さえぎ》るように、唐突《とうとつ》に里美《さとみ》がおぼつかない足取《あしど》りで二《に》、三歩前《さんぽまえ》に進《すす》み出《で》た。警部《けいぶ》も他《ほか》の関係者《かんけいしゃ》もキョトンとしたまま、少女《しょうじょ》の行動《こうどう》を見守《みまも》る。強張《こわば》った表情《ひょうじょう》を浮《う》かべた少女《しょうじょ》は、かすかに唇《くちびる》を震《ふる》わせたようだったが、それが言葉《ことば》となることはなかった。

麗子《れいこ》は里美《さとみ》の表情《ひょうじょう》が紙《かみ》のように真《ま》っ白《しろ》であることに気付《きづ》いた。——危《あぶ》ない！

だが、そう思《おも》ったときには、もう遅《おそ》かった。

児玉里美《こだまさとみ》はその場《ば》でへなへなと床《ゆか》の上《うえ》にくずおれ、そのまま気《き》を失《うしな》ってしまった。

4

結局《けっきょく》、事件《じけん》初日《しょにち》の捜査《そうさ》は未明《みめい》にまで及《およ》び、麗子《れいこ》はほぼ徹夜《てつや》。パトカーの車中《しゃちゅう》で仮眠《かみん》を取《と》っただけで、翌朝《よくあさ》はそのまま現場《げんば》に復帰《ふっき》した。

事件《じけん》二日目《ふつかめ》からは捜査員《そうさいん》も増員《ぞういん》され、児玉邸《こだまてい》の内外《ないがい》には私服刑事《しふくけいじ》と制服巡査《せいふくじゅんさ》が溢《あふ》れた。彼《かれ》らは被害者《ひがいしゃ》の遺品《いひん》や、携帯《けいたい》やパソコンなどを調《しら》べて情報収集《じょうほうしゅうしゅう》。そして屋根裏《やねうら》から庭《にわ》の隅々《すみずみ》に至《いた》るまで犯人《はんにん》の痕跡《こんせき》を探《さが》し求《もと》め、さらには現場周辺《げんばしゅうへん》の聞《き》き込《こ》みなどなど、地道《じみち》な捜査《そうさ》に多《おお》くの時間《じかん》を費《つい》やした。

そんな中《なか》、風祭警部《かざまつりけいぶ》は庭《にわ》の中《なか》ほどに立《た》ち、昨夜《さくや》割《わ》られた二階《にかい》のガラス窓《まど》を見詰《みつ》めていた。

「警部《けいぶ》、いくら地道《じみち》な捜査《そうさ》が性《しょう》に合《あ》わないからといって、こんなところでボンヤリしていていいのですか。事件《じけん》は昨夜《さくや》の段階《だんかい》から、まだ一歩《いっぽ》も進《すす》んでいないのですよ」

「言葉《ことば》に気《き》をつけたまえ、宝生君《ほうしょうくん》。『地道《じみち》な捜査《そうさ》が性《しょう》に合《あ》わない』は確《たし》かに事実《じじつ》だが、僕《ぼく》はけっして『ボンヤリ』しているのではないよ」

「し、失礼《しつれい》しました！」

「僕《ぼく》は考《かんが》えているんだよ。犯人《はんにん》がわざわざ凶器《きょうき》を二階《にかい》に放《ほう》り投《な》げて窓《まど》ガラスを割《わ》った、その理由《りゆう》を。だって、おかしいだろ。普通《ふつう》、犯人《はんにん》というものは事件《じけん》の発覚《はっかく》を遅《おく》らせたがるし、凶《きょう》器《き》を隠《かく》したがるものだ。しかし、この事件《じけん》の犯人《はんにん》はその逆《ぎゃく》の行動《こうどう》を取《と》っている。そこにはなにか特別《とくべつ》な意味《いみ》が隠《かく》されているはずだ」

その意味《いみ》について、昨夜《さくや》の警部《けいぶ》はアリバイ工作《こうさく》の可能性《かのうせい》を示唆《しさ》した。だが容疑者《ようぎしゃ》の中《なか》にアリバイを主張《しゅちょう》する者《もの》がゼロだったために、警部《けいぶ》の推理《すいり》は宙《ちゅう》に浮《う》いてしまったのだ。しきりに首《くび》を捻《ひね》る警部《けいぶ》。するとその視線《しせん》は問題《もんだい》の二階《にかい》の窓《まど》のひとつ上《うえ》の窓《まど》に留《と》まった。レースのカーテン越《ご》しに、ピンクの服《ふく》を着《き》た少女《しょうじょ》の姿《すがた》が垣間見《かいまみ》える。

「そういえば、宝生君《ほうしょうくん》、今朝《けさ》の児玉里美《こだまさとみ》の様子《ようす》はどうだった？　なにか聞《き》き出《だ》せたかい？」

「いえ、それが、なかなか……」

麗子《れいこ》は午前中《ごぜんちゅう》に里美《さとみ》の容態《ようだい》を窺《うかが》うという名目《めいもく》で、彼女《かのじょ》と面会《めんかい》した。だが、ほとんど収穫《しゅうかく》らしい収穫《しゅうかく》はなかった。「なぜ、突然気絶《とつぜんきぜつ》したの？」と尋《たず》ねても、「判《わか》らない、憶《おぼ》えていない」と首《くび》を振《ふ》る。「気絶《きぜつ》する前《まえ》になにかいおうとしてなかった？」と尋《たず》ねると、「べつに……」と誤魔化《ごまか》す。「ひょっとして、なにか隠《かく》してない？」と脅《おど》かしてみれば、「…………」と黙《だま》り込《こ》む。まことに十三歳《じゅうさんさい》の少女《しょうじょ》とは、扱《あつか》いづらい代物《しろもの》である。

「でもとりあえず、体調《たいちょう》そのものは問題《もんだい》ないようです。昨夜《さくや》の一件《いっけん》はどうやら軽《かる》い貧血《ひんけつ》ですね。事件《じけん》の緊張感《きんちょうかん》と警部《けいぶ》の醸《かも》し出《だ》す独特《どくとく》の威圧感《いあつかん》が、十三歳《じゅうさんさい》の少女《しょうじょ》には耐《た》え難《がた》かったのかもしれません。警部《けいぶ》は子供《こども》にも好《す》かれないタイプですから」

「なるほど、的確《てきかく》な分析《ぶんせき》だ。確《たし》かに僕《ぼく》は子供《こども》にだけは好《す》かれないらしい」警部《けいぶ》は意図的《いとてき》に麗《れい》子《こ》の言葉《ことば》を曲解《きょっかい》すると、「だが、それだけだろうか」と顎《あご》に手《て》を当《あ》て、再《ふた》び建物《たてもの》に目《め》をやった。「待《ま》てよ……あの娘《むすめ》の部屋《へや》は宗助《そうすけ》の部屋《へや》の真上《まうえ》なんだな……」

「そうですけど。どうかされましたか、警部《けいぶ》？」

「ふと思《おも》ったんだけどね。宝生君《ほうしょうくん》、君《きみ》はブロンズ製《せい》のトロフィーを放《ほう》り投《な》げたことがあるかい？ いや、判《わか》っている。もちろん、ないだろう。この僕《ぼく》だってトロフィーを授与《じゅよ》されたことは何十回《なんじっかい》もあるけれど、それを放《ほう》り投《な》げたことはいっぺんもない」

「…………」警部《けいぶ》、このタイミングで自慢話《じまんばなし》ですか。油断《ゆだん》も隙《すき》もありませんね。「なにがおっしゃりたいんでしょう？」

「つまりだ。この事件《じけん》の犯人《はんにん》だってトロフィーを放《ほう》り投《な》げた経験《けいけん》なんか、きっとなかっただろう、ということだ。ならば犯人《はんにん》が目標地点《もくひょうちてん》めがけて、狙《ねら》いどおりにトロフィーを投《な》げることができたとは限《かぎ》らない。思《おも》いがけず、間違《まちが》った場所《ばしょ》にトロフィーを放《ほう》り込《こ》んでしまうことだって、充分《じゅうぶん》あり得《え》るじゃないか」

「あ、なるほど。つまり犯人《はんにん》の狙《ねら》いは宗助《そうすけ》の部屋《へや》の窓《まど》ではなくて、その真上《まうえ》にある里美《さとみ》ちゃんの部屋《へや》の窓《まど》だった。しかし犯人《はんにん》のコントロールミスによって、トロフィーは二階《にかい》の窓《まど》に飛《と》び込《こ》んでしまった。そういうことですね」

「うむ。トロフィーが予想外《よそうがい》に重《おも》くて投《な》げ切《き》れなかった。そう考《かんが》えれば筋《すじ》は通《とお》る」

「しかし警部《けいぶ》、犯人《はんにん》が里美《さとみ》ちゃんの部屋《へや》めがけて凶器《きょうき》を投《な》げる、その理由《りゆう》はなんですか」

「まあ、そう慌《あわ》てるな、宝生君《ほうしょうくん》。僕《ぼく》はただ、ひとつの可能性《かのうせい》を述《の》べたにすぎない。だが昨夜《さくや》のあの娘《むすめ》の強張《こわば》った表情《ひょうじょう》、不可解《ふかかい》な失神《しっしん》……やはり、彼女《かのじょ》はなにか重大《じゅうだい》なことを知《し》っているんじゃないだろうか……」

まさか、彼女《かのじょ》が犯人《はんにん》？　それとも犯人《はんにん》を知《し》っているとか？　そんな問《と》いを発《はっ》しようと思《おも》った瞬間《しゅんかん》、風祭警部《かざまつりけいぶ》が「シッ！」と息《いき》を吐《は》き、人差《ひとさ》し指《ゆび》を立《た》てた。そして警部《けいぶ》は慎重《しんちょう》にあたりを窺《うかが》うと、近《ちか》くに生《お》い茂《しげ》る灌木《かんぼく》に向《む》かって威厳《いげん》に満《み》ちた声《こえ》を発《はっ》した。

「誰《だれ》です、そこにいるのは。コソコソしていないで姿《すがた》を見《み》せたらどうです」

一瞬《いっしゅん》の静寂《せいじゃく》。やがて茂《しげ》みを揺《ゆ》らしながら姿《すがた》を現《あらわ》したのは、絹江《きぬえ》の秘書《ひしょ》前田《まえだ》俊之《としゆき》だった。

「……けっして盗《ぬす》み聞《ぎ》きをしていたわけでは。ただ通《とお》りかかっただけですので、御勘弁《ごかんべん》を」

平身低頭《へいしんていとう》する前田《まえだ》に対《たい》して、警部《けいぶ》は疑《うたぐ》り深《ぶか》げな視線《しせん》を向《む》けながら「まあ、いいでしょう」と許《ゆる》しを与《あた》えた。「それはそうと、前田《まえだ》さん、あなたに聞《き》きたいことがあったんです」

「わたくしに答《こた》えられることでしたら、なんなりとどうぞ」

「あなたは社長秘書《しゃちょうひしょ》になって、何年目《なんねんめ》ですか。――ほう、まだ一年《いちねん》。短《みじか》いのですね。しかしまあ、それでも我々《われわれ》よりは会社《かいしゃ》の内部事情《ないぶじじょう》に詳《くわ》しいはず。そこでお聞《き》きしたいのですが、ワンマン社長《しゃちょう》である絹江夫人《きぬえふじん》亡《な》き後《あと》、『コダマ・ファイナンス』の社長《しゃちょう》の椅子《いす》は、誰《だれ》のものになるのでしょう。やはり夫《おっと》である宗助《そうすけ》氏《し》ですか」

「いいえ、あのお方《かた》は社長《しゃちょう》の器《うつわ》ではございません。一時的《いちじてき》に社長代行《しゃちょうだいこう》の座《ざ》に就《つ》くことはあるとしても、ゆくゆくはべつの方《かた》が就任《しゅうにん》されるでしょう」

「では例《れい》の三兄弟《さんきょうだい》――例《たと》えば、長男《ちょうなん》の和夫《かずお》が社長《しゃちょう》の座《ざ》に就《つ》くなんてことは？」

「わたくしの見《み》る限《かぎ》り、その可能性《かのうせい》は充分《じゅうぶん》ございます。和夫様《かずおさま》は真面目《まじめ》な方《かた》ですし頭《あたま》も切《き》れる。人望《じんぼう》もおありです。問題《もんだい》は和夫様《かずおさま》がまだ年齢的《ねんれいてき》に若《わか》すぎるということ。それと生来《せいらい》の生《き》真面目《まじめ》さが災《わざわ》いして、会社《かいしゃ》の業務《ぎょうむ》に対《たい》する理解《りかい》が足《た》りないことでしょうか。どうも和夫様《かずおさま》の目《め》には仕事熱心《しごとねっしん》な社長《しゃちょう》の姿《すがた》が、単《たん》なる悪徳商人《あくとくしょうにん》か金《かね》の亡者《もうじゃ》として映《うつ》っていたようです」

「それが昨夜《さくや》の夕食《ゆうしょく》の席《せき》での大騒動《おおそうどう》に繋《つな》がったわけですね。ところで和夫《かずお》は本当《ほんとう》に絹江夫人《きぬえふじん》に向《む》かって、『ぶっ殺《ころ》す』なんていったのですか。そういうキャラではないようですが」

「さあ、わたくしは御家族《ごかぞく》の食事《しょくじ》の席《せき》に同席《どうせき》することはございませんので――」

秘書兼運転手《ひしょけんうんてんしゅ》である前田《まえだ》は、離《はな》れにてひとりで夕食《ゆうしょく》をとるのだという。そういえば影山《かげやま》はいつどこで食事《しょくじ》をとっているのかしら、と麗子《れいこ》はどうでもいいことを考《かんが》えた。

「では、将来的《しょうらいてき》に次男《じなん》の吾郎《ごろう》という線《せん》はありませんか」と警部《けいぶ》がさらに聞《き》く。

「その可能性《かのうせい》は低《ひく》いでしょう。確《たし》かに、以前《いぜん》は社長《しゃちょう》も吾郎様《ごろうさま》に多《おお》くの期待《きたい》をかけてらっしゃったそうです。が、いまの吾郎様《ごろうさま》は刑事《けいじ》さんもご覧《らん》になったような感《かん》じですので」

「昔《むかし》は、いまみたいじゃなかったわけですか」

「そう聞《き》いております。なんでも高校時代《こうこうじだい》の吾郎様《ごろうさま》は成績優秀《せいせきゆうしゅう》の模範生《もはんせい》。野球部《やきゅうぶ》ではエースとして活躍《かつやく》し、その力量《りきりょう》はプロのスカウトの目《め》に留《と》まるほどだったとか。ところが、大学《だいがく》に入《はい》ってからがいけません。高校時代《こうこうじだい》の疲労《ひろう》がたたったのか、吾郎様《ごろうさま》は肩《かた》を壊《こわ》して投《な》げられなくなってしまったのです。投手《とうしゅ》としては致命的《ちめいてき》な故障《こしょう》です。結局《けっきょく》、吾郎様《ごろうさま》は野球部《やきゅうぶ》を退部《たいぶ》。

それをきっかけに勉学《べんがく》もおろそかになり、生活《せいかつ》も次第《しだい》に荒《あ》れていき——」

「なるほど。ドラフト候補《こうほ》がいまや立派《りっぱ》なドラ息子《むすこ》、というわけですか」

風祭警部《かざまつりけいぶ》の狙《ねら》い澄《す》ましたジョークに、前田《まえだ》は当惑《とうわく》の表情《ひょうじょう》を浮《う》かべながら、「さようでございます」と頭《あたま》を下《さ》げた。「最近《さいきん》の吾郎様《ごろうさま》は野球《やきゅう》を離《はな》れ、もっぱら女子大生《じょしだいせい》とともにテニスやゴルフやサーフィンなどに興《きょう》じる毎日《まいにち》。そんな吾郎様《ごろうさま》の様子《ようす》を、社長《しゃちょう》はよくお嘆《なげ》きでした」

「なるほど、身《み》につまされる話《はなし》です。実《じつ》は、この僕《ぼく》も昔《むかし》は全国区《ぜんこくく》で名《な》を知《し》られた高校球児《こうこうきゅうじ》でしてね。そうあれは確《たし》か、夏《なつ》の甲子園《こうしえん》を懸《か》けた西東京大会《にしとうきょうたいかい》の三回戦《さんかいせん》。僕《ぼく》はエースとして府中《ふちゅう》市民球場《しみんきゅうじょう》のマウンドに立《た》ち、名門日大三高《めいもんにちだいさんこう》と対戦《たいせん》したのですが……」

この後《あと》たっぷり七分間《ななふんかん》、風祭青年《かざまつりせいねん》と日大三高打線《にちだいさんこうだせん》の白熱《はくねつ》の攻防《こうぼう》が語《かた》られたのだが、麗子《れいこ》はこの話《はなし》を警部《けいぶ》の口《くち》から過去《かこ》に五回以上《ごかいいじょう》聞《き》かされているので、立《た》ったまま眠《ねむ》くなった。ふと気《き》がつくと、警部《けいぶ》の自慢話《じまんばなし》は終《お》わっていて、話題《わだい》は次《つぎ》に移《うつ》っていた。

「ちなみに、三兄弟《さんきょうだい》の最後《さいご》のひとりはどうでしょう?」

「明子様《あきこさま》ですか。正直申《しょうじきもう》し上《あ》げて、社長就任《しゃちょうしゅうにん》の可能性《かのうせい》はゼロでございます。あの方《かた》が興味《きょうみ》を持《も》たれるのは最新《さいしん》のファッションと芸能《げいのう》ニュース、あとは合《ごう》コンの誘《さそ》いだけでしょう」

社長令嬢《しゃちょうれいじょう》に対《たい》して辛辣《しんらつ》なことをいう点《てん》も、影山《かげやま》に酷似《こくじ》している。だが、待《ま》てよ——麗子《れいこ》はふとある可能性《かのうせい》に思《おも》い至《いた》り、ダテ眼鏡《めがね》を指先《ゆびさき》でグッと押《お》し上《あ》げた。

「前田《まえだ》さん、あなたに社長《しゃちょう》の椅子《いす》が回《まわ》ってくる、そんな可能性《かのうせい》はありませんか」

「わたくしに、ですか!? まさか。わたくしは一介《いっかい》の社長秘書《しゃちょうひしょ》に過《す》ぎません」

「だけど、明子《あきこ》が誰《だれ》か優秀《ゆうしゅう》な男性《だんせい》と結婚《けっこん》した場合《ばあい》、その男性《だんせい》が社長《しゃちょう》の娘婿《むすめむこ》として新《あたら》しい社長《しゃちょう》の座《ざ》に就《つ》く、そういうケースは考《かんが》えられるでしょう。優秀《ゆうしゅう》な男性《だんせい》、というのが前田《まえだ》さんだとしたら、どうです？」

「わたくしと明子様《あきこさま》が!?」まさかというように前田《まえだ》は首《くび》をすくめた。そして彼《かれ》はあたりに人《ひと》の気配《けはい》がないのを確認《かくにん》すると、二人《ふたり》の前《まえ》で声《こえ》を潜《ひそ》めてこういった。「刑事《けいじ》さんたちにだけ、お話《はな》ししますがね、正直《しょうじき》なところ金持《かねも》ちの御曹司《おんぞうし》や社長令嬢《しゃちょうれいじょう》なんて大半《たいはん》はロクでもない人間《にんげん》ですよ。到底《とうてい》まともに付《つ》き合《あ》える相手《あいて》じゃありませ——」

「そんなことないだろ！ 偏見《へんけん》だあ！」と『風祭《かざまつり》モータース』の御曹司《おんぞうし》が叫《さけ》ぶ。

「そんなことないわよ！ 偏見《へんけん》よお！」と『宝生《ほうしょう》グループ』の社長令嬢《しゃちょうれいじょう》も叫《さけ》ぶ。

「な、なんで!? なんで刑事《けいじ》さんたちが腹《はら》を立《た》てるんです!?」前田《まえだ》は目《め》を白黒《しろくろ》させる。

「いや……なんとなくだ」「そう……なんとなくよ」

刑事《けいじ》たちは歯切《はぎ》れの悪《わる》い弁明《べんめい》とともに、前田俊之《まえだとしゆき》への質問《しつもん》を終《お》えた。

5

「――どこが『偏見《へんけん》』なのでございますか、お嬢様《じょうさま》？」心底意味《しんそこいみ》が判《わか》らないというように、運転席《うんてんせき》の影山《かげやま》が首《くび》を傾《かし》げる。「前田氏《まえだし》の発言《はつげん》は至極《しごく》まともな意見《いけん》かと――」

「それ以上《いじょう》いったら、多摩川《たまがわ》の土手《どて》で降《お》りてもらうわよ。歩《ある》いて帰《かえ》ってね」

「失礼《しつれい》いたしました。前田氏《まえだし》の発言《はつげん》は偏見《へんけん》そのものでございます。差別《さべつ》でございます」

影山《かげやま》は慌《あわ》てて態度《たいど》を翻《ひるがえ》す。彼《かれ》の運転《うんてん》するリムジンは、多摩川沿《たまがわぞ》いの道《みち》を川崎方面《かわさきほうめん》に向《む》かって走行中《そうこうちゅう》。麗子《れいこ》の話《はなし》はまだ途中《とちゅう》である。「では、お嬢様《じょうさま》、続《つづ》きをどうぞ」

まったく、この執事《しつじ》は普段《ふだん》は従順《じゅうじゅん》ぶってるくせに、ちょいちょい反抗的《はんこうてき》な態度《たいど》を取《と》るんだから――麗子《れいこ》は小《ちい》さく溜《た》め息《いき》を漏《も》らして、「ええと、どこまで喋《しゃべ》ったかしら？」

「社長令嬢《しゃちょうれいじょう》なんてロクでもない駄目人間《だめにんげん》で、到底付《とうていつ》き合《あ》いきれない――」

「そこ、繰《く》り返《かえ》さなくていい！　あと、前田《まえだ》だって『駄目人間《だめにんげん》』とまではいってないから！」

後部座席《こうぶざせき》から一喝《いっかつ》すると、影山《かげやま》の口《くち》からシマッタという本音《ほんね》の呟《つぶや》きが漏《も》れた。聞《き》こえなかったことにして、麗子《れいこ》は話《はなし》を続《つづ》ける。事件《じけん》は今日《きょう》の午後《ごご》に興味深《きょうみぶか》い展開《てんかい》を見《み》せたのだ。

「長男《ちょうなん》の和夫《かずお》が風祭警部《かざまつりけいぶ》のもとにやってきて、こういったの。『昨夜《さくや》は隠《かく》していたけれど、実《じつ》は午後九時《ごごくじ》のアリバイがあります』って。そのときの警部《けいぶ》の喜《よろこ》んだ顔《かお》といったら……」

三十連敗《さんじゅうれんぱい》のあと万馬券《まんばけん》を的中《てきちゅう》させた競馬《けいば》ファンのようだった。警部《けいぶ》は今回《こんかい》の事件《じけん》に関《かん》しては、アリバイのある人物《じんぶつ》こそが怪《あや》しい、というスタンスを崩《くず》していないのだ。

ところで、和夫《かずお》の主張《しゅちょう》するアリバイとはこうだ。昨夜《さくや》の午後九時《ごごくじ》、宗助《そうすけ》の部屋《へや》の窓《まど》ガラスが割《わ》られたとき、和夫《かずお》は女性《じょせい》と電話中《でんわちゅう》だった。和夫《かずお》は母親《ははおや》との大喧嘩《おおげんか》について、その女性《じょせい》に三十分《さんじっぷん》以上《いじょう》も愚痴《ぐち》を聞《き》いてもらっていたのだ。そこにガラスが割《わ》れる音《おと》が響《ひび》き渡《わた》る。和夫《かずお》は女性《じょせい》との通話《つうわ》をやめて、二階《にかい》に駆《か》けつけた。つまり、その女性《じょせい》がアリバイの証人《しょうにん》だというのだ。その女性《じょせい》というのは、和夫《かずお》が極秘《ごくひ》に付《つ》き合《あ》っている恋人《こいびと》で、しかも既婚者《きこんしゃ》だった。だから和夫《かずお》にしてみれば、表沙汰《おもてざた》にしたくなかったということらしい。

「もちろん、わたしと警部《けいぶ》はさっそくその電話《でんわ》の相手《あいて》と会《あ》って裏《うら》を取《と》った。その女性《じょせい》は和夫《かずお》の証言《しょうげん》を認《みと》めたわ。わたしの目《め》には、彼女《かのじょ》が嘘《うそ》をついているふうには見《み》えなかった。だけど、風祭警部《かざまつりけいぶ》は不倫《ふりん》のカップルが口裏《くちうら》を合《あ》わせただけの贋《にせ》アリバイだと疑《うたが》っているみたい。——

影山《かげやま》はどう思《おも》う、この話《はなし》？」

「お嬢様《じょうさま》がその女性《じょせい》の証言《しょうげん》に信憑性《しんぴょうせい》があると判断《はんだん》なさったのならば、わたくしはお嬢様《じょうさま》の判《はん》断《だん》を尊重《そんちょう》するだけでございます。和夫《かずお》のアリバイは本物《ほんもの》でございましょう」

「ちょ、ちょっと待《ま》って、そんなに信用《しんよう》されても困《こま》るわ。贋《にせ》アリバイの可能性《かのうせい》もゼロじゃないんだから。現《げん》に犯人《はんにん》は昨夜《さくや》の午後九時《ごごくじ》に、わざとガラスを割《わ》って、事件発生《じけんはっせい》を屋敷中《やしきじゅう》に報《しら》せるような真似《まね》をしている。これってアリバイ工作《こうさく》の匂《にお》いがするわよねえ。影山《かげやま》も、そう思《おも》うでしょ？」

すると、運転席《うんてんせき》の影山《かげやま》は暗《くら》い夜道《よみち》を見詰《みつ》めたまま、いきなりフフンと鼻《はな》を鳴《な》らした。

「？」麗子《れいこ》は後部座席《こうぶざせき》で身《み》を乗《の》り出《だ》す。「なによ――フフンって!?」

すると影山《かげやま》は端正《たんせい》な横顔《よこがお》に微《かす》かな笑《え》みを浮《う》かべ、神妙《しんみょう》な口調《くちょう》でこういった。

「お許《ゆる》しください、お嬢様《じょうさま》。わたくしチャンチャラおかしくて横《よこ》っ腹《ぱら》が痛《いと》うございます」

麗子《れいこ》には判《わか》っている。影山《かげやま》が麗子《れいこ》に対《たい》して丁寧《ていねい》かつ無礼《ぶれい》な暴言《ぼうげん》を吐《は》くときは、彼《かれ》の頭《あたま》の中《なか》で推理《すいり》が確信《かくしん》に変《か》わったときだ。ここ最近《さいきん》の彼《かれ》との日常《にちじょう》の中《なか》で、幾度《いくど》となくこの種《しゅ》の暴言《ぼうげん》を浴《あ》びせかけられた麗子《れいこ》には、それがよく判《わか》る。判《わか》るのだが……

「な、な、なにがチャンチャラおかしいっつーのよ！　理由《りゆう》をいいなさい、理由《りゆう》を！」

判《わか》っていても、やっぱり腹《はら》は立《た》つ。麗子《れいこ》は屈辱《くつじょく》に声《こえ》を震《ふる》わせ、執事《しつじ》は冷静《れいせい》に口《くち》を開《ひら》いた。

「お嬢様《じょうさま》や風祭警部《かざまつりけいぶ》がアリバイにこだわっていらっしゃる。その様子《ようす》がおかしいのでございます。正直申《しょうじきもう》し上《あ》げて、いささか見当違《けんとうちが》いではないかと――」

「ど、どう見当違《けんとうちが》いだっていうのよ！　い、いってごらんなさいよ！」

お望《のぞ》みとあらば、喜《よろこ》んで――畏《かしこ》まった口調《くちょう》でいうと影山《かげやま》は静《しず》かに説明《せつめい》をはじめた。

「なぜ犯人《はんにん》は昨夜《さくや》の午後九時《ごごくじ》に、凶器《きょうき》のトロフィーを二階《にかい》の窓《まど》に放《ほう》り投《な》げて、窓《まど》ガラスを破《は》壊《かい》するような、これ見《み》よがしな真似《まね》をしたのか？　これが今回《こんかい》の事件《じけん》の最大《さいだい》のポイントでございます。その点《てん》は風祭警部《かざまつりけいぶ》もよくお判《わか》りになっている様子《ようす》。ですが、警部《けいぶ》はその解釈《かいしゃく》を間《ま》違《ちが》われておいでです。警部《けいぶ》の解釈《かいしゃく》によれば、犯人《はんにん》の行動《こうどう》は『ガラスを割《わ》って大《おお》きな音《おと》を出《だ》す』ためのものであり、それによって『午後九時《ごごくじ》という犯行時刻《はんこうじこく》を屋敷《やしき》の人々《ひとびと》に印象付《いんしょうづ》ける』ためのものである。そうでございますね、お嬢様《じょうさま》」

「そうね。要《よう》するに警部《けいぶ》は犯人《はんにん》のアリバイ工作《こうさく》の可能性《かのうせい》を疑《うたが》っている」

「しかし、もしこれが警部《けいぶ》の考《かんが》えるようなアリバイ工作《こうさく》の一環《いっかん》であるならば、犯人《はんにん》の行動《こうどう》には大《おお》きな疑問《ぎもん》が生《しょう》じます。なぜ、犯人《はんにん》はわざわざトロフィーを二階《にかい》の窓《まど》に投《な》げつけたのか。

なぜ、一階《いっかい》の窓《まど》ではいけなかったのか——」

「あ!」麗子《れいこ》は目《め》から鱗《うろこ》が落《お》ちる思《おも》いがした。「そういえばそうね。大《おお》きな音《おと》を立《た》てたいなら、一階《いっかい》の窓《まど》を割《わ》ればいいだけの話《はなし》。そのほうが遥《はる》かに簡単《かんたん》で間違《まちが》いもない。なのに犯人《はんにん》はわざわざ二階《にかい》の窓《まど》を割《わ》っている。ということは、どういうこと? 犯人《はんにん》の目的《もくてき》は音《おと》を立《た》てることではなかった——?」

「さようでございます。犯人《はんにん》の本当《ほんとう》の目的《もくてき》は『大《おお》きな音《おと》』ではございません。では、『凶器《きょうき》を二階《にかい》の窓《まど》に投《な》げる』という行為《こうい》には、他《ほか》にどんな意味《いみ》があるでしょうか?」

「意味《いみ》なんか、ないように見《み》えるけど」

「そんなことはございません、お嬢様《じょうさま》。現《げん》に警察《けいさつ》はこの事件《じけん》を、こう考《かんが》えているはずでございます。絹江夫人《きぬえふじん》をトロフィーで殴《なぐ》り殺《ころ》した犯人《はんにん》は、その直後《ちょくご》に庭《にわ》に飛《と》び出《だ》し、二階《にかい》の窓《まど》に凶器《きょうき》を放《ほう》り投《な》げて、後《あと》は関係者《かんけいしゃ》のひとりとして素知《そし》らぬフリを装《よそお》っている——と。このような事件《じけん》のイメージは、まさしく凶器《きょうき》が二階《にかい》の窓《まど》に投《な》げ込《こ》まれたことによってもたらされているのではありませんか」

「それは確《たし》かにそうだけど、それがなんだっていうの?」

「このことからひとつの犯人像《はんにんぞう》が浮《う》かび上《あ》がるのでございます。すなわち、犯人《はんにん》はブロンズ製《せい》のトロフィーというそこそこ重量《じゅうりょう》のある物体《ぶったい》を、二階《にかい》の窓《まど》というそこそこの高《たか》さにまで、放《ほう》り投《な》げることのできる人物《じんぶつ》である。違《ちが》いますか」

「犯人像《はんにんぞう》ってほどじゃないけど、当然《とうぜん》そう考《かんが》えられるわね」

「逆《ぎゃく》にいうと、放《ほう》り投《な》げる能力《のうりょく》のない人間《にんげん》は、容疑《ようぎ》の対象《たいしょう》にはならない。違《ちが》いますか」

「違《ちが》わないけど――ちょっと影山《かげやま》、なにがいいたいの？」

思《おも》わず後部座席《こうぶざせき》から身《み》を乗《の》り出《だ》す麗子《れいこ》に、影山《かげやま》は落《お》ち着《つ》いた声《こえ》で説明《せつめい》を続《つづ》ける。

「投《な》げる能力《のうりょく》のない人間《にんげん》は、犯人《はんにん》ではない。犯人《はんにん》はちゃんと物《もの》を投《な》げられる人物《じんぶつ》である。まさにこの犯人像《はんにんぞう》を捜査員《そうさいん》に植《う》えつけるために、犯人《はんにん》はこれ見《み》よがしに二階《にかい》の窓《まど》を割《わ》ったのではないか。それがわたくしの推理《すいり》でございます。逆《ぎゃく》にいうと、そのような犯人像《はんにんぞう》に当《あ》てはまらない人物《じんぶつ》、すなわち『投《な》げられない人《ひと》』こそが、意外《いがい》な真犯人《しんはんにん》ということになるのですが
――」

「ちょっと、待《ま》って。それってまさか里美《さとみ》ちゃんのこと？　確《たし》かに、彼女《かのじょ》は凶器《きょうき》を二階《にかい》の窓《まど》に放《ほう》り投《な》げる能力《のうりょく》がない。そのことを理由《りゆう》に、昨日《きのう》の段階《だんかい》ではいったん容疑《ようぎ》の外《そと》に置《お》かれたけれど。でも嘘《うそ》でしょ!?　あの娘《こ》が絹江夫人《きぬえふじん》を殴《なぐ》り殺《ころ》したなんて、あり得《え》ないわ」

「はい。おっしゃるとおり、あり得《え》ません」影山《かげやま》はアッサリ断言《だんげん》した。「なぜなら、この事《じ》

件《けん》において里美嬢《さとみじょう》は、体力《たいりょく》、精神力《せいしんりょく》、動機《どうき》などの面《めん》から見《み》て、もっとも容疑《ようぎ》の薄《うす》い立場《たちば》。仮《かり》に彼女《かのじょ》が絹江殺《きぬえごろ》しの真犯人《しんはんにん》ならば、二階《にかい》のガラスを割《わ》るなどの小細工《こざいく》を弄《ろう》する必要《ひつよう》はまったくございません。最初《さいしょ》から誰《だれ》も彼女《かのじょ》を疑《うたが》っていないのですから」

影山《かげやま》の理路整然《りろせいぜん》とした言葉《ことば》に、麗子《れいこ》はホッと胸《むね》を撫《な》で下《お》ろす。

「なんだ、彼女《かのじょ》じゃないのね。じゃあ、どういうことなのよ。里美《さとみ》ちゃん以外《いがい》に『投《な》げられない人《ひと》』なんていないじゃない。他《ほか》の容疑者《ようぎしゃ》は大半《たいはん》が成人男性《せいじんだんせい》だし、明子《あきこ》は女性《じょせい》にしては腕力《わんりょく》があるみたいだし——」

「いいえ、容疑者《ようぎしゃ》の中《なか》にもうひとりだけ『投《な》げられない人《ひと》』がいらっしゃいます」

「どこよ、どこにいらっしゃるってのよ？　里美《さとみ》ちゃん以外《いがい》の『投《な》げられない人《ひと》』って？」

すると運転席《うんてんせき》から響《ひび》く影山《かげやま》の低音《ていおん》が、意外《いがい》な名前《なまえ》を告《つ》げた。「児玉吾郎《こだまごろう》でございます」

「吾郎《ごろう》!?」茶髪《ちゃぱつ》にピアスのドラ息子《むすこ》だ。「なぜ吾郎《ごろう》が『投《な》げられない人《ひと》』なの？」

「お忘《わす》れですか、お嬢様《じょうさま》。前田俊之《まえだとしゆき》の証言《しょうげん》の中《なか》に、こんな話《はなし》がございました。吾郎《ごろう》はかつてプロも注目《ちゅうもく》する高校野球《こうこうやきゅう》のエースだったが、肩《かた》を壊《こわ》して投《な》げられなくなった、と——」

「はあ!?」麗子《れいこ》は思《おも》わず自分《じぶん》の耳《みみ》を疑《うたが》った。あの頭脳明晰《ずのうめいせき》で腹立《はらだ》たしいほど隙《すき》を見《み》せない影《かげ》山《やま》が、よもやこのような素人発言《しろうとはつげん》をするとは。「影山《かげやま》、本気《ほんき》でいってるの？」

「もちろんでございます。この顔《かお》が冗談《じょうだん》をいっている顔《かお》だとでも？」

運転席《うんてんせき》の影山《かげやま》の顔《かお》は、後部座席《こうぶざせき》からはよく見《み》えないが、声《こえ》の調子《ちょうし》は真剣《しんけん》そのものだ。

「ねえ、影山《かげやま》。だいぶ前《まえ》のことだけど、わたしが『なぜ執事《しつじ》になったの？』って聞《き》いたとき、あなたこう答《こた》えたわよね。『本当《ほんとう》はプロ野球選手《やきゅうせんしゅ》かプロの探偵《たんてい》になりたかったのでございます』って。あの話《はなし》は嘘《うそ》だったの？　わたし、てっきりあなたは野球《やきゅう》に詳《くわ》しいと思《おも》っていたけど」

「嘘《うそ》ではございません、お嬢様《じょうさま》。わたくし、執事《しつじ》の仕事《しごと》はともかくとしてベースボールと推《すい》理《り》には自信《じしん》がございます」

「…………」できれば本業《ほんぎょう》に自信《じしん》を持《も》って欲《ほ》しいが、それはともかく。「だったら影山《かげやま》にも判《わか》るでしょ。確《たし》かに吾郎《ごろう》は肩《かた》を壊《こわ》したかもしれない。だけど物《もの》が投《な》げられなくなったわけじゃないわ。実際《じっさい》、彼《かれ》は野球《やきゅう》をやめた後《あと》も、テニスやゴルフは普通《ふつう》に楽《たの》しんでいるみたいよ。トロフィーぐらいきっと簡単《かんたん》に放《ほう》れるわ」

「おっしゃるとおりでございます、お嬢様《じょうさま》。つまり高校野球《こうこうやきゅう》のエースだった吾郎《ごろう》が『肩《かた》を壊《こわ》して投《な》げられなくなった』という言葉《ことば》の真《しん》の意味《いみ》は、『投手《とうしゅ》として百四十《ひゃくよんじっ》キロ前後《ぜんご》の速球《そっきゅう》や、大《おお》きく曲《ま》がる変化球《へんかきゅう》を、一試合《いっしあい》に百球以上《ひゃっきゅういじょう》も投《な》げるような、そんな肩《かた》ではなくなってしまった』ということでございます。実際《じっさい》のところいまの吾郎《ごろう》は、投《な》げられる、投《な》げられるけど投《な》げられないのでございます」

「……投《な》げられるけど……投《な》げられない……!?」

奇妙《きみょう》な言《い》い回《まわ》しに戸惑《とまど》う麗子《れいこ》に、運転席《うんてんせき》からさらなる声《こえ》が届《とど》いた。

「しかしながら、お嬢様《じょうさま》、ここに大《おお》きな問題《もんだい》がございます。果《は》たしてスポーツに疎《うと》い十三歳《じゅうさんさい》の少女《しょうじょ》は、そのような微妙《びみょう》なニュアンスを正《ただ》しく理解《りかい》していたのでございましょうか」

リムジンは夜《よる》の闇《やみ》を静《しず》かに進《すす》む。麗子《れいこ》は運転席《うんてんせき》から聞《き》こえる影山《かげやま》の言葉《ことば》に耳《みみ》を傾《かたむ》ける。

「野球《やきゅう》は難解《なんかい》なものでございます。この世《よ》のあらゆるスポーツの中《なか》で、野球《やきゅう》ほど複雑怪奇《ふくざつかいき》な様式《ようしき》を備《そな》えたものは他《ほか》にございません。お嬢様《じょうさま》はかなり野球《やきゅう》というものを理解《りかい》していらっしゃるほうですが、女性《じょせい》の中《なか》には野球《やきゅう》などまるで意味不明《いみふめい》という方《かた》も珍《めずら》しくはありません。里《さと》美嬢《みじょう》もおそらくはそのタイプでございましょう。そんな彼女《かのじょ》が吾郎《ごろう》について『彼《かれ》は以前《いぜん》ピッチャーだったけれど、肩《かた》を壊《こわ》して投《な》げられなくなったんだ』と誰《だれ》かに聞《き》かされた場合《ばあい》、その言葉《ことば》のニュアンスを正確《せいかく》に理解《りかい》するとは限《かぎ》りません。言葉《ことば》どおりの意味《いみ》に受《う》け取《と》ってしまったとしても無理《むり》のないところでございます」

「言葉《ことば》どおりの意味《いみ》——つまり、吾郎《ごろう》は『肩《かた》を壊《こわ》して』いて物《もの》を『投《な》げられない』わけね。少《すく》なくとも、里美《さとみ》ちゃんの理解《りかい》としてはそうだった」

「さようでございます。そんな里美嬢《さとみじょう》が偶然《ぐうぜん》にも絹江夫人殺害事件《きぬえふじんさつがいじけん》の第一発見者《だいいちはっけんしゃ》となったとお考《かんが》えください。里美嬢《さとみじょう》は絹江殺《きぬえごろ》しの犯人《はんにん》が吾郎《ごろう》であることを知《し》ります」

「なぜ!? なぜ、里美《さとみ》ちゃんにそれが判《わか》るの？ 犯人《はんにん》の姿《すがた》を見《み》たの？」

「いいえ、見《み》なくとも判《わか》ります。なぜなら死体《したい》の傍《そば》には血文字《ちもじ》で『ゴロー』と書《か》かれているのですから」

「あ、そっか！ ダイイング・メッセージ！」麗子《れいこ》や風祭警部《かざまつりけいぶ》が読《よ》むことのできなかった血《ち》のメッセージを、里美《さとみ》だけは読《よ》むことができたのだ。「ということは、どういうこと？ ダイイング・メッセージを読《よ》めなくしたのは里美《さとみ》ちゃんってこと？」

「はい。おそらく里美嬢《さとみじょう》は遠縁《とおえん》に当《あ》たる吾郎《ごろう》に対《たい》して、密《ひそ》かに好意《こうい》を寄《よ》せているのでございましょう。往々《おうおう》にして真面目《まじめ》な少女《しょうじょ》ほど不良《ふりょう》っぽい男性《だんせい》に惹《ひ》かれたりするもの。不思議《ふしぎ》なことはございません。そんな里美嬢《さとみじょう》は吾郎《ごろう》の犯行《はんこう》を知《し》り、健気《けなげ》にも吾郎《ごろう》を庇《かば》おうと決断《けつだん》したのです。まず、彼女《かのじょ》は目《め》の前《まえ》にある『ゴロー』の血文字《ちもじ》をタオルで拭《ぬぐ》って判読不能《はんどくふのう》にします。しかし、それだけでは不充分《ふじゅうぶん》だと考《かんが》えた彼女《かのじょ》は、死体《したい》の傍《そば》に転《ころ》がっていた凶器《きょうき》のトロフィーを持《も》って現場《げんば》を出《で》ます。トロフィーを二階《にかい》の窓《まど》に投《な》げ込《こ》むためでございます」

「そうすることで、『投《な》げられない』吾郎《ごろう》を、容疑《ようぎ》の網《あみ》の外《そと》に逃《に》がしてやれる。里美《さとみ》ちゃんはそう考《かんが》えたわけね」

「でも待《ま》って。里美《さとみ》ちゃんはどうやってトロフィーを二階《にかい》の窓《まど》に投《な》げつけたの？　彼女《かのじょ》こそ間違《まちが》った認識《にんしき》に基《もと》づく間違《まちが》った理論《りろん》だが、彼女《かのじょ》としては筋《すじ》の通《とお》った行動《こうどう》だったわけだ。

は正真正銘《しょうしんしょうめい》、トロフィーを二階《にかい》まで投《な》げられない、ひ弱《よわ》な少女《しょうじょ》なのよ」

「お嬢様《じょうさま》、よくお考《かんが》えください。凶器《きょうき》が庭《にわ》から二階《にかい》の窓《まど》に放《ほう》り込《こ》まれた、というのは単《たん》なる想像《そうぞう》の産物《さんぶつ》。割《わ》れたガラスや転《ころ》がった凶器《きょうき》、一階《いっかい》で起《お》こった殺人《さつじん》などからイメージされた場《ば》面《めん》にすぎません。誰《だれ》もその場面《ばめん》を目撃《もくげき》していないのでございます」

「ということは、事実《じじつ》はそうではない？」

「はい。実際《じっさい》には、凶器《きょうき》は三階《さんがい》の窓《まど》から二階《にかい》の窓《まど》に向《む》かって、投《な》げ込《こ》まれたものでしょう。宗助《そうすけ》の部屋《へや》の真上《まうえ》が、里美嬢《さとみじょう》の部屋《へや》であることから考《かんが》えて、まず間違《まちが》いございません。やり方《かた》はいろいろと考《かんが》えられます。例《たと》えば、トロフィーの輪《わ》っかになった部分《ぶぶん》――先端《せんたん》にある打《だ》者《しゃ》のオブジェ、その股《また》の部分《ぶぶん》なんかが理想的《りそうてき》だと思《おも》われますが――そこに長《なが》い紐《ひも》を通《とお》した状《じょう》態《たい》で、トロフィーを三階《さんがい》の窓《まど》からぶら下《さ》げる。そして振《ふ》り子《こ》のような要領《ようりょう》で二階《にかい》の窓《まど》にぶつけてやるのです。窓《まど》ガラスは砕《くだ》けて、トロフィーは宗助《そうすけ》の部屋《へや》の中《なか》へ飛《と》び込《こ》む。その後《ご》、紐《ひも》の片方《かたほう》を引《ひ》っ張《ぱ》って回収《かいしゅう》する。そんなやり方《かた》です。これぐらいは子供《こども》だって思《おも》いつきますし、腕力《わんりょく》も必要《ひつよう》ありません。他《ほか》にもっとうまいやり方《かた》があるのかもしれませんが、いずれにせよ手段《しゅだん》は大《おお》きな問題《もんだい》ではございません。大事《だいじ》なのは、犯人《はんにん》が凶器《きょうき》を庭《にわ》から二階《にかい》に放《ほう》り投《な》げたと、関係者《かんけいしゃ》に印象付《いんしょうづ》けること。里美嬢《さとみじょう》はそれを実行《じっこう》し、そしてそれは確《たし》かに成功《せいこう》しました。しかしながら、いざ捜査《そうさ》がはじまってみると――」

「吾郎《ごろう》が容疑《ようぎ》の網《あみ》の外《そと》に逃《のが》れることはなかった。当然《とうぜん》だわ。吾郎《ごろう》は凶器《きょうき》を『投《な》げられる人《ひと》』なんだもの」

「はい。結局《けっきょく》のところ里美嬢《さとみじょう》のやったことは、腕力《わんりょく》のない彼女自身《かのじょじしん》を容疑《ようぎ》の対象外《たいしょうがい》にしただけ。吾郎《ごろう》を救《すく》おうとする彼女《かのじょ》の努力《どりょく》は完全《かんぜん》に水《みず》の泡《あわ》でございました。しかし彼女《かのじょ》には周《まわ》りの大人《おとな》たちの反応《はんのう》が、いっこうに理解《りかい》できなかったことでしょう。里美嬢《さとみじょう》は広間《ひろま》での事情聴取《じじょうちょうしゅ》のさなか、考《かんが》えていたはずです。なぜ吾郎《ごろう》は『投《な》げられない』ことを理由《りゆう》に彼女《かのじょ》の無実《むじつ》を主《しゅ》張《ちょう》しながら、同《おな》じ理由《りゆう》で自分《じぶん》も無実《むじつ》であると、そう主張《しゅちょう》しないのか。なぜ他《ほか》の人《ひと》たちも、吾《ご》郎《ろう》の肩《かた》が『壊《こわ》れている』ことを話題《わだい》にしないのか。誰《だれ》も話題《わだい》にしないのなら、自分《じぶん》の口《くち》からいってしまったほうがいいのか。でも、そんなことをして不自然《ふしぜん》に思《おも》われないだろうか。彼《かの》女《じょ》の中《なか》で、激《はげ》しい葛藤《かっとう》があったはずです。そうこうするうちに風祭警部《かざまつりけいぶ》の事情聴取《じじょうちょうしゅ》は終《お》わりを迎《むか》えます。ついに痺《しび》れを切《き》らした里美嬢《さとみじょう》は、吾郎《ごろう》の無実《むじつ》を訴《うった》えようと意《い》を決《けっ》して立《た》ち上《あ》がり、なにかをいおうとしたのですが——」

「極度《きょくど》の緊張《きんちょう》と混乱《こんらん》のあまり、なにもいえないまま失神《しっしん》してしまった——というわけね」

「はい。おそらくは、そういった状況《じょうきょう》だったものと思《おも》われます」

運転席《うんてんせき》からの影山《かげやま》の声《こえ》を聞《き》きながら、麗子《れいこ》は唸《うな》った。凶器《きょうき》を二階《にかい》の窓《まど》に放《ほう》り投《な》げるという不可解《ふかかい》な行動《こうどう》。その意味《いみ》を考《かんが》えることで、影山《かげやま》は少女《しょうじょ》の勘違《かんちが》いした意図《いと》を見抜《みぬ》き、そして消《け》されたダイイング・メッセージまでも読《よ》んでみせたのだ。もちろん影山《かげやま》の推理《すいり》が正《ただ》しいという確証《かくしょう》はない。だが、多《おお》くの謎《なぞ》が彼《かれ》の説明《せつめい》によって腑《ふ》に落《お》ちたことも事実《じじつ》である。

「犯人《はんにん》は児玉吾郎《こだまごろう》。そして、里美《さとみ》ちゃんは事後共犯《じごきょうはん》というわけね」

「いちおうは、そうなります」と影山《かげやま》は微妙《びみょう》な表現《ひょうげん》で続《つづ》けた。「しかしながら、お嬢様《じょうさま》もご存《ぞん》じでしょう。この世《よ》の中《なか》、心霊写真《しんれいしゃしん》とダイイング・メッセージぐらい、当《あ》てにならないものはありません。それは他人《たにん》がいくらでも捏造《ねつぞう》することができるのでございます」

「なんですって！」麗子《れいこ》は驚《おどろ》きのあまり叫《さけ》び声《ごえ》をあげた。「心霊写真《しんれいしゃしん》って捏造《ねつぞう》なの！」

「お嬢様《じょうさま》——」影山《かげやま》はゴホンと間抜《まぬ》けな咳払《せきばら》い。「驚《おどろ》くポイントが違《ちが》うのでは？」

「わ、判《わか》ってるわよ、間違《まちが》えただけよ」麗子《れいこ》は慌《あわ》てて話《はなし》を戻《もど》す。「ダイイング・メッセージが捏造《ねつぞう》だっていうのね。つまり吾郎《ごろう》が犯人《はんにん》だとは限《かぎ》らない。じゃあ、他《ほか》に犯人《はんにん》がいるっていうの？　誰《だれ》よ、それ？」

「さあ。いちおう思《おも》い浮《う》かぶ名前《なまえ》もありますが——とりあえず話《はなし》の続《つづ》きは、お屋敷《やしき》にて」

そういって、いったん話《はなし》を終《お》えた影山《かげやま》の視線《しせん》の先《さき》、フロントガラス越《ご》しに、見慣《みな》れた屋敷《やしき》の門《もん》が見《み》えた。先《さき》ほどまで多摩川沿《たまがわぞ》いを下《くだ》っていたリムジンは、いつの間《ま》にか方向転換《ほうこうてんかん》して国立《くにたち》に戻《もど》っていたらしい。

6

そんなこんなで宝生麗子《ほうしょうれいこ》が屋敷《やしき》への帰還《きかん》を果《は》たした、その数時間後《すうじかんご》のこと——

シンと静《しず》まり返《かえ》った暗闇《くらやみ》の中《なか》、真夜中《まよなか》を告《つ》げる柱時計《はしらどけい》の鐘《かね》の音《おと》が、遠《とお》くの部屋《へや》で鳴《な》り響《ひび》く。その時代錯誤《じだいさくご》とも思《おも》える不気味《ぶきみ》な音色《ねいろ》を、麗子《れいこ》はベッドの上《うえ》で聞《き》いていた。頭《あたま》の中《なか》では、先《さき》ほど影山《かげやま》に聞《き》かされた推理《すいり》が幾度《いくど》となく繰《く》り返《かえ》されている。ダイイング・メッセージが示《しめ》す犯人《はんにん》の名前《なまえ》は児玉吾郎《こだまごろう》。しかし影山《かげやま》の頭《あたま》の中《なか》には、違《ちが》う犯人《はんにん》の名前《なまえ》も浮《う》かんでいるらしい。だが結局《けっきょく》、影山《かげやま》はその名《な》を口《くち》にすることはなかった。絶対《ぜったい》の確信《かくしん》が持《も》てないうちはけっして犯人《はんにん》を名指《なざ》しすべきではない、そんな固《かた》い信念《しんねん》が影山《かげやま》にはあるのだという。素人探偵《しろうとたんてい》としては実《じつ》に見上《みあ》げた倫理観《りんりかん》だと思《おも》うが、それにしちゃあんた、この前《まえ》の事件《じけん》では割《わり》と曖昧《あいまい》な理屈《りくつ》でもって、彼《かれ》こそが犯人《はんにん》でございます、ってやってたわよね。あれはどーだってのよ、ふん、もったいぶっちゃってさ……ああ、それにしても、眠《ねむ》い……そういや、昨日《きのう》はほぼ徹夜《てつや》だったんだ……眠《ねむ》くなるのも仕方《しかた》ないわね……

やがて麗子《れいこ》が睡魔《すいま》に屈《くっ》して、ウトウトしかけたその瞬間《しゅんかん》――ガキン！ 金属同士《きんぞくどうし》が激《はげ》しくぶつかる衝撃音《しょうげきおん》。眠《ねむ》りの淵《ふち》から引《ひ》き戻《もど》された麗子《れいこ》が、朦朧《もうろう》とする意識《いしき》のまま薄《うす》く片目《かため》を開《ひら》くと、彼女《かのじょ》の顔《かお》の先《さき》にはなぜか金属《きんぞく》バット。それを握《にぎ》っているのは影山《かげやま》だった。

「お嬢様《じょうさま》！　居眠《いねむ》りしている場合《ばあい》ではございません！　クライマックスでございます！」

「え、え!?」

いわれて両目《りょうめ》を見開《みひら》いた麗子《れいこ》は眼前《がんぜん》の光景《こうけい》に慄然《りつぜん》とした。「――なに!?」

窓《まど》から差《さ》し込《こ》む月明《つきあ》かりの中《なか》、影山《かげやま》の向《む》こうに覆面《ふくめん》をかぶった黒《くろ》い人影《ひとかげ》。その人影《ひとかげ》が寝《ね》ている麗子《れいこ》めがけて剣《けん》のようなものを振《ふ》り下《お》ろし、影山《かげやま》の金属《きんぞく》バットがそれを辛《かろ》うじて防《ふせ》ぐ。敵《てき》の刃《やいば》と執事《しつじ》のバットが激《はげ》しく擦《こす》れ合《あ》い、ギリギリという切羽詰《せっぱつま》った音《おと》が闇《やみ》に響《ひび》く。

「わ、わわ！」麗子《れいこ》は慌《あわ》てふためきながらベッドから転《ころ》げ落《お》ち、床《ゆか》を這《は》いずるように移動《いどう》して、影山《かげやま》の背中《せなか》を盾《たて》にしながら立《た》ち上《あ》がった。それから、えーと、なんだっけ、こういう場《ば》合《あい》の恰好《かっこう》いい決《き》め台詞《ぜりふ》――いや、こうなったらなんだっていい。麗子《れいこ》は叫《さけ》んだ。

「引《ひ》っ掛《か》かったわね！　あんたの悪事《あくじ》はお見通《みとお》しよ！　観念《かんねん》して、お縄《なわ》につきなさい！」

時代劇《じだいげき》の岡引《おかっぴき》か、わたしは⁉　内心忸怩《ないしんじくじ》たる思《おも》いの麗子《れいこ》の前《まえ》で、男《おとこ》の野太《のぶと》い声《こえ》が響《ひび》いた。

「畜生《ちくしょう》！　どういうことだ！」

「どういうことかって、それはね――」

要《よう》するにここは、屋敷《やしき》は屋敷《やしき》でも宝生家《ほうしょうけ》の屋敷《やしき》ではなく児玉家《こだまけ》の屋敷《やしき》。その三階《さんがい》にある里《さと》美《み》の部屋《へや》である。ではなぜ、麗子《れいこ》が里美《さとみ》のベッドで寝《ね》ていたのか？　その理由《りゆう》は影山《かげやま》の推理《すいり》にある。彼《かれ》の推理《すいり》とはこうだ。

――真犯人《しんはんにん》は自分《じぶん》の知《し》らないところでダイイング・メッセージを消《け》したり、凶器《きょうき》を動《うご》かしたりする事後共犯者《じごきょうはんしゃ》の存在《そんざい》をけっしてありがたいとは思《おも》わない。むしろ不気味《ぶきみ》で恐《おそ》ろしい存《そん》在《ざい》と認識《にんしき》しているに違《ちが》いない。そして犯人《はんにん》にまともな観察力《かんさつりょく》があるならば、昨夜《さくや》の事情聴取《じじょうちょうしゅ》での里美《さとみ》の様子《ようす》から、事後共犯者《じごきょうはんしゃ》が彼女《かのじょ》であることに思《おも》い至《いた》った可能性《かのうせい》が高《たか》い。だとすれば今夜《こんや》、里美《さとみ》の身《み》に危険《きけん》が迫《せま》るのではないか。これは危機《きき》であると同時《どうじ》に、真犯人《しんはんにん》をあぶりだす絶好《ぜっこう》のチャンスでもある——

そこで、麗子《れいこ》は里美《さとみ》を別室《べっしつ》に移動《いどう》させ、彼女《かのじょ》の身代《みが》わりとなって自《みずか》らベッドに身《み》を横《よこ》たえたところ、寝不足《ねぶそく》のあまりついウトウト——というわけなのだが、「あんたに説明《せつめい》してやる必要《ひつよう》なんかないわ！」

麗子《れいこ》は面倒《めんどう》な説明《せつめい》をはしょって執事《しつじ》に命令《めいれい》した。「影山《かげやま》、こいつをやっちゃいなさい！」

「承知《しょうち》いたしました」影山《かげやま》は答《こた》えて、おもむろにブラックスーツの胸《むね》に右手《みぎて》を差《さ》し入《い》れる。

「ちょ、まさか影山《かげやま》！」ピストルでも取《と》り出《だ》す気《き》？　だけど、そんな物《もの》をここで出《だ》されたら殺人犯《さつじんはん》と一緒《いっしょ》に影山《かげやま》も逮捕《たいほ》だ。いくら麗子《れいこ》が現職刑事《げんしょくけいじ》でも拳銃《けんじゅう》の不法所持《ふほうしょじ》は揉《も》み消《け》せない。

「あ、でも大丈夫《だいじょうぶ》よ、影山《かげやま》！　お父様《とうさま》に頼《たの》めば、揉《も》み消《け》してくださるわ！」

「なんのお話《はなし》ですか？」影山《かげやま》は涼《すず》しい顔《かお》で棒状《ぼうじょう》の物体《ぶったい》を取《と》り出《だ》し、それをひと振《ふ》りした。二《に》十センチ程度《ていど》の棒《ぼう》が一瞬《いっしゅん》で三倍《さんばい》ほどに伸《の》びた。特殊警棒《とくしゅけいぼう》だ。「——護身用《ごしんよう》にどうぞ」

渡《わた》された警棒《けいぼう》を「ありがとう」と受《う》け取《と》りながら、麗子《れいこ》は眉《まゆ》を顰《しか》める。「なんで、あんたがこんなものを？」

「執事《しつじ》ですから」と影山《かげやま》は涼《すず》しい顔《かお》。

全然答《ぜんぜんこた》えになっていないが、それはともかく――

麗子《れいこ》は特殊警棒《とくしゅけいぼう》を右手《みぎて》に持《も》ち、影山《かげやま》は金属《きんぞく》バットを両手《りょうて》に構《かま》えて、暗闇《くらやみ》の中《なか》で覆面《ふくめん》の真犯《しんはん》人《にん》と対峙《たいじ》した。よく見《み》ると、犯人《はんにん》が手《て》にした剣《けん》の柄《つか》に見覚《みおぼ》えがある。広間《ひろま》の西洋式甲冑《せいようしきかっちゅう》が腰《こし》に差《さ》していたサーベルだ。麗子《れいこ》は影山《かげやま》に囁《ささや》く。

「二対一《にたいいち》よ。しかも、あいつが持《も》っているのは模造刀《もぞうとう》。断然《だんぜん》こちらが優位《ゆうい》だわ」

「だといいのですが……」

と、その瞬間《しゅんかん》、覆面男《ふくめんおとこ》が舞《ま》いでも踊《おど》るかのような身《み》のこなし。再《ふたた》び金属音《きんぞくおん》が響《ひび》き渡《わた》り、影《かげ》山《やま》のバットと男《おとこ》の剣《けん》が闇《やみ》の中《なか》で文字《もじ》通《どお》り火花《ひばな》を散《ち》らして交錯《こうさく》した。影山《かげやま》が渾身《こんしん》の力《ちから》でバットを振《ふ》り抜《ぬ》くと、たまらず相手《あいて》も距離《きょり》をとる。影山《かげやま》は金属《きんぞく》バットの先端《せんたん》を指先《ゆびさき》で触《さわ》りながら、ゆるゆると首《くび》を振《ふ》った。

「残念《ざんねん》ながら、お嬢様《じょうさま》、あの剣《けん》は模造刀《もぞうとう》ではございません。立派《りっぱ》な刃《は》がついております」

「ちッ――絹江夫人《きぬえふじん》は、ずいぶん危《あぶ》ないものを飾《かざ》っていたのね！」

いくら数的《かずてき》に優位《ゆうい》でも、こちらは金属《きんぞく》バットと警棒《けいぼう》だ。真剣《しんけん》を振《ふ》り回《まわ》す相手《あいて》に不利《ふり》ではないか。ぶつくさ文句《もんく》をいう麗子《れいこ》に狙《ねら》いを定《さだ》めて、男《おとこ》が襲《おそ》いかかる。男《おとこ》は経験者《けいけんしゃ》なのか、サーベルの扱《あつか》いに慣《な》れている様子《ようす》。麗子《れいこ》も警官《けいかん》なので警棒《けいぼう》の扱《あつか》いには慣《な》れているのだが、それでも相手《あいて》の攻撃《こうげき》をかわすのが精一杯《せいいっぱい》だ。麗子《れいこ》は敵《てき》の強烈《きょうれつ》な打《う》ち込《こ》みを警棒《けいぼう》で受《う》け止《と》めながら、視界《しかい》の隅《すみ》に影山《かげやま》の姿《すがた》を探《さが》した。だが手助《てだす》けして欲《ほ》しいときに限《かぎ》って、影山《かげやま》の姿《すがた》が部屋《へや》のどこにも見当《みあ》たらない。「――影山《かげやま》！」

「………」返事《へんじ》がない。

さては、逃《に》げたか、あの不忠者《ふちゅうもの》め。ふん、まあいいわ。所詮《しょせん》、彼《かれ》は単《たん》なる執事《しつじ》。おとなしく紅茶《こうちゃ》でも淹《い》れているのがお似合《にあ》いだ。犯人逮捕《はんにんたいほ》の実践向《じっせんむ》きではない。殺人犯《さつじんはん》を捕《と》らえるのは、国立署捜査一課《くにたちしょそうさいっか》に咲《さ》く黒《くろ》い薔薇《ばら》、宝生麗子《ほうしょうれいこ》の役目《やくめ》に決《き》まっているじゃない！

そう心《こころ》に誓《ちか》って特殊警棒《とくしゅけいぼう》を握《にぎ》り締《し》める麗子《れいこ》。いきなり襲《おそ》い掛《か》かる覆面《ふくめん》の男《おとこ》。その瞬間《しゅんかん》、ベッドの陰《かげ》から飛《と》び出《だ》す人影《ひとかげ》。それは相手《あいて》の剣《けん》を撥《は》ね退《の》けて二人《ふたり》の間《あいだ》に割《わ》って入《はい》った。影山《かげやま》だ。敵《てき》は警戒《けいかい》するように壁際《かべぎわ》まで後退《こうたい》。麗子《れいこ》は影山《かげやま》の背中《せなか》を盾《たて》にしながら、

「どこにいたのよ～影山《かげやま》ぁ～いなくなっちゃったかと思《おも》っだ～」

麗子《れいこ》は泣《な》きそうだった。本当《ほんとう》はもの凄《すご》く心細《こころぼそ》かったのである。

「お待《ま》たせして申《もう》し訳《わけ》ございません、お嬢様《じょうさま》。ここはわたくしにお任《まか》せください」

「なにが、お任《まか》せくださいよ、この馬鹿執事《ばかしつじ》！　二人《ふたり》がかりでなきゃ、やられちゃうわよ！」

「いえ、まずはわたくしが」影山《かげやま》は有無《うむ》をいわさぬ口調《くちょう》でそういうと、バットを中段《ちゅうだん》に構《かま》えて相手《あいて》を挑発《ちょうはつ》した。「いざ、男《おとこ》らしく一対一《いったいいち》の勝負《しょうぶ》と参《まい》りましょうか、前田俊之殿《まえだとしゆきどの》」

え、前田俊之《まえだとしゆき》!?　驚《おどろ》く麗子《れいこ》は、影山《かげやま》の背中越《せなかご》しに覆面男《ふくめんおとこ》を見《み》た。

名前《なまえ》を呼《よ》ばれた覆面男《ふくめんおとこ》は、確《たし》かに一瞬《いっしゅん》ひるんだ様子《ようす》を見《み》せた。だが覆面《ふくめん》を脱《ぬ》ぐことはせず、男《おとこ》は手《て》にした剣《けん》をまっすぐ影山《かげやま》へと向《む》けた。

暗《くら》い部屋《へや》の中《なか》で、黒《くろ》い服《ふく》を着《き》て相対《あいたい》する男《おとこ》。ひとりはサーベル、ひとりはバット。手《て》にした武器《ぶき》を除《のぞ》けば、ともによく似《に》た雰囲気《ふんいき》を醸《かも》し出《だ》している。ジリジリするような緊張感《きんちょうかん》の中《なか》、痺《しび》れを切《き》らしたかのようにサーベルの男《おとこ》が動《うご》いた。

「きえええええええ――ッ」怪鳥音《かいちょうおん》を発《はっ》しながら影山《かげやま》に切《き》りかかる。

影山《かげやま》もまた奇声《きせい》こそ発《はっ》しないが、バットを大《おお》きく振《ふ》りかぶって素早《すばや》い反応《はんのう》。部屋《へや》の中央《ちゅうおう》で十文字《じゅうもんじ》に交錯《こうさく》する剣《けん》とバット。瞬間《しゅんかん》、響《ひび》き渡《わた》る激《はげ》しい衝撃音《しょうげきおん》。ガキンというよりもガツンという鈍《にぶ》い音《おと》だ。暗闇《くらやみ》の中《なか》、剣《けん》とバットを交《まじ》えた状態《じょうたい》のまま、二人《ふたり》の動《うご》きは一瞬《いっしゅん》ピタリと止《と》まった。実力伯仲《じつりょくはくちゅう》の好勝負《こうしょうぶ》、と麗子《れいこ》の目《め》にはそう映《うつ》る。だがその直後《ちょくご》、サーベルを持《も》つ男《おとこ》の様子《ようす》に、明《あき》らかな焦《あせ》りの色《いろ》が見《み》て取《と》れた。男《おとこ》は二度三度《にどさんど》と身体《からだ》を揺《ゆ》するような仕草《しぐさ》。そのとき麗子《れいこ》は確《たし》かに見《み》た。月明《つきあ》かりに照《て》らされた影山《かげやま》の横顔《よこがお》に、勝利《しょうり》を確信《かくしん》したかのような微《かす》かな笑《え》みが浮《う》かぶのを。するど、次《つぎ》の瞬間《しゅんかん》——

覆面男《ふくめんおとこ》は突然《とつぜん》サーベルの柄《つか》から手《て》を離《はな》すと、勝負《しょうぶ》を投《な》げたようにあたふたと駆《か》け出《だ》した。

「……？」麗子《れいこ》は意味《いみ》が判《わか》らない。

「お嬢様《じょうさま》！　犯人確保《はんにんかくほ》です！」

影山《かげやま》の声《こえ》を聞《き》き、麗子《れいこ》は我《われ》に返《かえ》る。扉《とびら》から逃《に》げようとする男《おとこ》に背後《はいご》から襲《おそ》いかかり、特殊《とくしゅ》警棒《けいぼう》で後頭部《こうとうぶ》をポカリ！　すると、男《おとこ》はつんのめるように前方《ぜんぽう》に倒《たお》れて扉《とびら》に前頭部《ぜんとうぶ》をガツン！　頭《あたま》の前後《ぜんご》にダメージを負《お》った男《おとこ》は、観念《かんねん》したようにくたくたと床《ゆか》の上《うえ》に崩《くず》れ落《お》ちていった。

「意外《いがい》に呆気《あっけ》ない……」麗子《れいこ》は戦意喪失《せんいそうしつ》の覆面男《ふくめんおとこ》を見下《みお》ろしながら、「影山《かげやま》、明《あ》かりを！」

たちまち暗《くら》かった部屋《へや》に明《あ》かりが灯《とも》る。瞬間《しゅんかん》、麗子《れいこ》の視線《しせん》は犯人《はんにん》の姿《すがた》よりも、むしろ影山《かげやま》の手《て》にしたバットに釘付《くぎづ》けになった。それは金属《きんぞく》バットではなかった。

「どういうこと？　さっきまで金属《きんぞく》バットだったはず……いつの間《ま》に木製《もくせい》バットに？」

「お嬢様《じょうさま》が御活躍《ごかつやく》のさなかに、予備《よび》のバットに取《と》り替《か》えました。木製《もくせい》バットのほうが有効《ゆうこう》だと思《おも》ったものですから」

影山《かげやま》は木製《もくせい》バットのグリップを握《にぎ》り、麗子《れいこ》の目《め》の前《まえ》にバットの先端《せんたん》を示《しめ》した。そこには、銀色《ぎんいろ》のサーベルが十文字《じゅうもんじ》を描《えが》くようにくっついている。サーベルの刃《は》は、木製《もくせい》バットと激《はげ》しく交錯《こうさく》した瞬間《しゅんかん》、そのあまりの切《き》れ味《あじ》ゆえにバットのヘッドに深《ふか》く食《く》い込《こ》んだ。そして、それっきり押《お》しても引《ひ》いても離《はな》れなくなってしまったのだ。犯人《はんにん》が急《きゅう》に剣《けん》を捨《す》てて逃《に》げ出《だ》した理由《りゆう》が、これだった。事情《じじょう》を理解《りかい》した麗子《れいこ》は、影山《かげやま》の機転《きてん》に呆《あき》れるしかなかった。

「信《しん》じられない。相手《あいて》が真剣《しんけん》だと知《し》って、あえて木製《もくせい》のバットに切《き》り替《か》えたっていうの。普《ふ》通《つう》、逆《ぎゃく》でしょ」

「ひとつの賭《か》けではございましたが、うまくいきました。そんなことより、お嬢様《じょうさま》」

影山《かげやま》が倒《たお》れた犯人《はんにん》に視線《しせん》をやる。麗子《れいこ》は小《ちい》さく頷《うなず》き、犯人《はんにん》の傍《かたわ》らにしゃがみこんだ。

「その面《つら》、拝《おが》ませてもらうわよ」

覆面《ふくめん》に手《て》を掛《か》け、一気《いっき》に剝《は》ぎ取《と》る。現《あらわ》れたのは絹江《きぬえ》夫人《ふじん》が信頼《しんらい》を寄《よ》せた秘書《ひしょ》の顔《かお》だった。

「前田俊之《まえだとしゆき》——やはりあなただったのね。だけど、いったいなぜ？」

「こ、恋人《こいびと》の復讐《ふくしゅう》だ……」荒《あら》い息《いき》を吐《は》きながら、前田《まえだ》は懸命《けんめい》に訴《うった》えた。「俺《おれ》の恋人《こいびと》はあの女《おんな》のせいで自殺《じさつ》を……俺《おれ》は復讐《ふくしゅう》のために、あの女《おんな》の秘書《ひしょ》になったんだ……恋人《こいびと》が死《し》んだのは、そう、あれは忘《わす》れもしない三年前《さんねんまえ》の夏《なつ》……同棲中《どうせいちゅう》だった俺《おれ》と彼女《かのじょ》は……」

「あ、待《ま》って」麗子《れいこ》は掌《てのひら》を前《まえ》に突《つ》き出《だ》し、前田《まえだ》の話《はなし》を遮《さえぎ》った。「その話《はなし》、長《なが》い？　だったら明日《あした》、取調室《とりしらべしつ》で聞《き》いてあげるわ。だってほら、今夜《こんや》はもう遅《おそ》いでしょ」

正直《しょうじき》なところ、殺人犯《さつじんはん》の復讐譚《ふくしゅうたん》を拝聴《はいちょう》する気力《きりょく》は、もう麗子《れいこ》には残《のこ》っていなかった。

ちょうどそのとき、ガチャリと音《おと》がして部屋《へや》の扉《とびら》が開《ひら》く。恐《おそ》る恐《おそ》る顔《かお》を覗《のぞ》かせたのは二人《ふたり》の若《わか》い制服巡査《せいふくじゅんさ》だった。「あ、宝生刑事《ほうしょうけいじ》……」「なにかありましたか……」

騒《さわ》ぎを聞《き》いて駆《か》けつけたらしいが、いまさら遅《おそ》い。麗子《れいこ》はやれやれというように腰《こし》に手《て》を当《あ》て小《ちい》さく溜《た》め息《いき》。だが、ちょうどいいといえば、ちょうどいい。麗子《れいこ》は威厳《いげん》を示《しめ》すように胸《むね》を張《は》り、二人《ふたり》の巡査《じゅんさ》に事件《じけん》の後始末《あとしまつ》を指示《しじ》した。

「この男《おとこ》をいますぐ国立署《くにたちしょ》に連行《れんこう》するように。罪状《ざいじょう》はとりあえず公務執行妨害《こうむしっこうぼうがい》の現行犯《げんこうはん》。そして、おそらくは児玉絹江殺害《こだまきぬえさつがい》の真犯人《しんはんにん》よ。それじゃあ、後《あと》はよろしくお願《ねが》い……あ、ちょっと待《ま》って、違《ちが》う違《ちが》う……その男《おとこ》じゃないの……犯人《はんにん》はこっちよ……そっちの彼《かれ》は犯人《はんにん》じゃなくて、その、なんていうか……彼《かれ》はわたしの味方《みかた》だから……逮捕《たいほ》しないでね」

7

「感謝《かんしゃ》いたします、お嬢様《じょうさま》。わたくし、もう少《すこ》しで連行《れんこう》されるところでございました」

再《ふた》び、リムジンの車内《しゃない》。影山《かげやま》は運転席《うんてんせき》から嫌味《いやみ》なくらい感謝《かんしゃ》の言葉《ことば》を繰《く》り返《かえ》す。犯人逮捕《はんにんたいほ》に貢献《こうけん》しながら手錠《てじょう》を打《う》たれそうになったのが結構不満《けっこうふまん》らしい。まあ、無理《むり》はないが。

「あなた、普段《ふだん》から怪《あや》しい雰囲気《ふんいき》を醸《かも》してるから、犯罪者《はんざいしゃ》と間違《まちが》われるのよ。変《へん》な武器《ぶき》とか持《も》ってるし――まあ、今回《こんかい》はそれが役《やく》に立《た》ったけど」

麗子《れいこ》は借《か》り物《もの》の特殊警棒《とくしゅけいぼう》を両手《りょうて》で弄《もてあそ》びながら、「ところで、ひとつ質問《しつもん》なんだけど」

「なぜ、犯人《はんにん》は前田俊之《まえだとしゆき》なのか、でございますね」

「というより、なぜあなたがそう思《おも》ったのか、それが謎《なぞ》だわ」

麗子《れいこ》に問《と》われて、影山《かげやま》は最後《さいご》の謎解《なぞと》きをおこなった。

「わたくしも前田《まえだ》が犯人《はんにん》であるという確信《かくしん》があったわけではございません。現場《げんば》に残《のこ》されたダイイング・メッセージが正真正銘《しょうしんしょうめい》、絹江夫人《きぬえふじん》の残《のこ》したもの——つまり児玉吾郎《こだまごろう》が真犯人《しんはんにん》——そんな可能性《かのうせい》も充分考《じゅうぶんかんが》えられるのですから。しかしその一方《いっぽう》で、もしもダイイング・メッセージが捏造《ねつぞう》されたものだった場合《ばあい》、それを捏造《ねつぞう》した犯人《はんにん》は誰《だれ》か。そう考《かんが》えたときに、わたくし奇妙《きみょう》な違和感《いわかん》を覚《おぼ》えたのでございます」

「違和感《いわかん》⁉」

「はい。すでに推理《すいり》いたしましたように、残《のこ》されたダイイング・メッセージは『ゴロー』でございます。しかし、なぜ『ゴロー』なのでしょうか。なぜ『カズオ』ではないのでしょうか。もし絹江夫人《きぬえふじん》を殺害《さつがい》した犯人《はんにん》が、その罪《つみ》を誰《だれ》かに擦《なす》り付《つ》けようとした場合《ばあい》、その相手《あいて》は吾郎《ごろう》よりも和夫《かずお》のほうが相応《ふさわ》しいとは思《おも》われませんか。なぜなら和夫《かずお》は事件《じけん》の日《ひ》の夕食《ゆうしょく》の席《せき》で絹江夫人《きぬえふじん》と大喧嘩《おおげんか》をやらかし、勢《いきお》い余《あま》って『ぶっ殺《ころ》す』という物騒《ぶっそう》な言葉《ことば》を口《くち》にしているのです。犯人《はんにん》にとってこれほど理想的《りそうてき》なスケープゴートはちょっと考《かんが》えられないと思《おも》うのですが」

「それもそうね。和夫《かずお》という、うってつけの人物《じんぶつ》がいるのに、犯人《はんにん》は吾郎《ごろう》を選《えら》んでいる。なぜか？」

「はい。そこで思《おも》い浮《う》かぶ可能性《かのうせい》が二《ふた》つございます。ひとつは和夫自身《かずおじしん》がまさしく絹江殺《きぬえごろ》しの犯人《はんにん》である場合《ばあい》でございます」

「贋《にせ》のダイイング・メッセージとして、自分《じぶん》の名前《なまえ》を書《か》くわけにはいかないものね。でも和《かず》夫《お》にはアリバイがあるわ。不倫相手《ふりんあいて》の証言《しょうげん》だけど、そこそこ信憑性《しんぴょうせい》のあるアリバイが」

「はい。ですから、もうひとつの可能性《かのうせい》のほうが浮《う》かび上《あ》がるのでございます」

「もうひとつの可能性《かのうせい》って？」

「それは、和夫《かずお》の『ぶっ殺《ころ》す』発言《はつげん》を犯人《はんにん》が知《し》らなかった場合《ばあい》でございます。知《し》らなければ、和夫《かずお》に罪《つみ》を擦《なす》り付《つ》けるという発想《はっそう》が浮《う》かばないのも無理《むり》はありません。では、和夫《かずお》の発言《はつげん》を知《し》らなかった人物《じんぶつ》とは、誰《だれ》か？」

「なるほど、それで前田《まえだ》ってわけね。屋敷《やしき》の人間《にんげん》で、前田《まえだ》だけは夕食《ゆうしょく》に同席《どうせき》しない。離《はな》れでひとり食事《しょくじ》をする前田《まえだ》は、夕食時《ゆうしょくじ》の大騒動《おおそうどう》を知《し》らなかった」

運転席《うんてんせき》の影山《かげやま》がわずかに頷《うなず》く。どうやらすべての謎《なぞ》は解《と》けたようだ。麗子《れいこ》にはもうなにも質問《しつもん》すべきことはなかった。不明《ふめい》な点《てん》のいくつかは明日《あした》になれば前田本人《まえだほんにん》の口《くち》から語《かた》られることだろう。真夜中過《まよなかす》ぎの疲《つか》れた頭《あたま》で考《かんが》えることではない。そうだ、そんなことより真夜中《まよなか》過《す》ぎといえば——

麗子《れいこ》はふと胃袋周辺《いぶくろしゅうへん》に頼《たよ》りない軽《かる》さを覚《おぼ》え、ついでにこの間《あいだ》食《た》べ損《そこ》なったフォアグラを思《おも》い出《だ》した。時計《とけい》の針《はり》は午前二時《ごぜんにじ》。夜食《やしょく》が恋《こい》しい時間帯《じかんたい》だ。

「ねえ、影山《かげやま》」麗子《れいこ》は運転席《うんてんせき》に身《み》を乗《の》り出《だ》すようにしながら、「お腹《なか》すかない？」

しかし影山《かげやま》は眉《まゆ》ひとつ動《うご》かさずに、「わたくしは特《とく》に空腹《くうふく》は感《かん》じません」と彼《かれ》らしい意地《いじ》悪《わる》な答《こた》え。「ですが、お嬢様《じょうさま》がお望《のぞ》みとあらば、どこへなりと御案内《ごあんない》いたしましょう。もっとも、フォアグラを出《だ》すような店《みせ》は、この時間《じかん》はやっておりませんが」

「そりゃそうよね」麗子《れいこ》は一瞬《いっしゅん》思案《しあん》して、それからふと面白《おもしろ》い質問《しつもん》を思《おも》いついた。「ねえ、影山《かげやま》、あなたの行《い》きつけの店《みせ》とかはないの？」

「わたくしの、でございますか？」影山《かげやま》はびっくりしたように数秒黙《すうびょうだま》り込《こ》み、「もちろん、ございます」と彼《かれ》にしては意外《いがい》な答《こた》え。

「嘘《うそ》!?　あるの!?　どこ、どこ、どこよ!?　近《ちか》いの!?　深夜《しんや》もやってる!?　どんな店《みせ》!?」

なぜここまで異常《いじょう》な興奮《こうふん》を見《み》せるのか、麗子《れいこ》自身《じしん》にもよく判《わか》らない。あえていうなら、影《かげ》山《やま》の普段《ふだん》の食事風景《しょくじふうけい》が想像《そうぞう》できない分《ぶん》、なんだか興味深《きょうみぶか》いのだ。そんな麗子《れいこ》に、影山《かげやま》も少《すこ》しだけ興奮《こうふん》した口調《くちょう》で能書《のうが》きを語《かた》った。

「五日市街道沿《いつかいちかいどうぞ》いの隠《かく》れ家的名店《がてきめいてん》でございます。上海《シャンハイ》で修業《しゅぎょう》を積《つ》んだシェフが国産《こくさん》の上級食《じょうきゅうしょく》材《ざい》を用《もち》いて、秘伝《ひでん》のタレと門外不出《もんがいふしゅつ》のレシピでもって作《つく》り上《あ》げる極上《ごくじょう》の逸品《いっぴん》――」

「中華《ちゅうか》ね！」

「はい」影山《かげやま》は運転席《うんてんせき》で自信満々《じしんまんまん》に頷《うなず》く。「最強《さいきょう》の中華《ちゅうか》そばでございます」

「中華《ちゅうか》……そば!?」影山《かげやま》の意表《いひょう》を衝《つ》くチョイスに、麗子《れいこ》は啞然《あぜん》。それから、なぜか沸沸《ふつふつ》とこみ上《あ》げてくる笑《わら》いを必死《ひっし》の思《おも》いで嚙《か》み殺《ころ》し、ようやく顔《かお》を上《あ》げた。そして麗子《れいこ》は、いかにもお嬢様《じょうさま》らしい華《はな》やかな笑顔《えがお》と少《すこ》し気取《きど》った口調《くちょう》で運転席《うんてんせき》の執事《しつじ》にこう伝《つた》えた。

「なかなか、面白《おもしろ》そうな店《みせ》ね。さっそく案内《あんない》してもらえるかしら」

「かしこまりました、お嬢様《じょうさま》」

影山《かげやま》は恭《うやうや》しく答《こた》えると、大《おお》きくハンドルを切《き》り、アクセルを踏《ふ》み込《こ》んだ。街中《まちじゅう》が寝静《ねしず》まったかのような国立《くにたち》の夜《よる》に、軽快《けいかい》なエンジン音《おん》が鳴《な》り響《ひび》く。お嬢様《じょうさま》と執事《しつじ》を乗《の》せたリムジンは、真夜中《まよなか》のディナーへ向《む》けて走《はし》りはじめた。

Shogakukan Junior Bunko

★小学館ジュニア文庫★
謎解きはディナーのあとで

2017年５月29日　初版第１刷発行
2021年６月28日　　　第４刷発行

著者／東川篤哉

発行者／飯田昌宏
編集／三橋 薫

発行所／株式会社　小学館
〒101-8001　東京都千代田区一ツ橋２−３−１
電話　編集　03-3230-5616
販売　03-5281-3555

印刷・製本／大日本印刷株式会社

デザイン／高柳雅人
イラスト／中村佑介

Printed in Japan　ISBN 978-4-09-231165-7